キングダム

KINGDOM

新野剛志

幻冬舎

キングダム

1

「考え直してくださいよ社長。俺、この仕事が好きなんすよ。会社だって愛してきましたよ」

岸川昇《きしかわのぼる》は膝に手を置き、体を乗りだすようにして社長の松木を見つめた。どうにか気持ちが伝わってくれと、目にありったけの力をこめた。

「なあ岸川、もう終わった話だろ。こっちは新しい体制で動き始めてるんだから、お前が入る余地はないんだ」

新しい体制とはなんだ。従業員九人の、町の小さな吹きガラス工場。自分ひとりが辞めて、いったいどう体制が変わるというのか。その場しのぎの言葉に腹がたつ。それでも岸川は、ぐっとこらえて頭を下げた。

「わかってます。辞めてからひと月以上たって話を蒸し返すのは、非常識なんだと思います。だけど、ここの仕事がやっぱ好きだって日に日に強く思うし、それになんか納得できないっていうか、ちょっとの退職金で放りだされた感じで、もっと社長と話し合ったほうがよかったって、後悔が湧いて」

「なんだよ、ちょっとの退職金って。——金か。金が欲しくてきたのか」

後ろめたさがあったからか、ソファーにもたれ、引き気味に話していた松木だったが、急に気色ばみ、体を前に傾けた。

「勘違いしないでください。俺は金が欲しくてきたんじゃない。ただ、クビになった経緯に納得できないっていうか、だから話し合いたいし、できれば、また仕事に復帰させて欲しいって言ってるんですよ」

本当に金の話はしたくなかった。ただ、もう一度社長と話をしようと思ったのは、七十万円の退職金がきっかけだった。

岸川が松木ガラス工業をクビになったのは先々月、五月の中ごろだった。突然社長室に呼びだされ、まるで泣きごとのような厳しい経営状況の説明を受け、どうしても、ひとり辞めてもらわなければならないと言われた。三十六歳の岸川は三十歳を目前にこの仕事を始めたから、キャリアは六年ほどしかない。他の職人はほとんど二十年以上のベテランで、自分が名指しされるのもわからないではなかった。ただ、今年の初めに新たに雇われた、吹きガラス制作未経験の、社長の娘とその婚約者の存在が、当初から岸川の心にわだかまっていた。

ふたりは美大の同級生で、大学を卒業してから二、三年ぶらぶらしたあと、工場にやってきた。娘はもともと父親の仕事を継ぐつもりはなかったが、美術制作でガラスを扱い、その素材としての魅力に目覚めたのだと語っていた。しかしそれは、表向きの理由で、要は美術では食っていけないから実家に戻ってきただけだと岸川は思っていた。それでも、子供のころから父親の仕事を見ていたからだろう、娘のほうは筋がよく、めきめきと仕事を覚えていった。しかし、婚約者のほうはまるでだめだった。筋とかの問題ではなく、やる気と根性に欠けていた。千度を超す炉に囲まれた仕事場では、それがなければやっていけない。ベテランでさえ熱中症を起こすことがあるのに、素人が生半可な気持ちで立っていたら、仕事を覚える集中力など保てやしないし、すぐにぶっ倒れる。実際、婚約者は、しょっちゅう体調を崩し、休むことが多かった。そんな使えないやつが残って、自分が辞めなければならないのは釈然としなかった。

とはいえ、自分の代わりに婚約者のほうを辞めさせろと言ったところでどうにもならないのはわかっていた。婚約者は跡取りの娘とセットなわけで、中途半端なキャリアしかない岸川と婚約者のどっちをとるかは考えるまでもない。

松木はもともと人情味のある社長だった。三十近くになってこの世界に飛び込み、早く仕事を覚えたいと焦る岸川に、付きっきりで仕事を仕込んでくれた。そもそも、俳優になる夢を諦め、何か手に職をつけようと考えた岸川を、職人が足りなかったわけでもないのに雇ってくれたのだ。そんな社長がごま塩頭をぽりぽりかきながら、「本当にどうにもなんないんだ。このままじゃ、工場を畳まなきゃならなくなる。頼む」と頭を下げた。岸川としては何も言えなかった。

「お前ぐらいの腕があれば、雇ってくれるところはいくらでもある」と松木は言った。岸川が望むなら、徳永ガラスの面接を受けられるよう手配すると提案もしてくれた。徳永ガラスは都内に残る吹きガラス工場のなかでは大手で、薄吹きの食器作りで有名だった。そして少ないながらも退職金もだすと。結局、七十万円の退職金をもらって、岸川は工場を辞めた。

この話を聞いた友人は、皆、口を揃えて退職金が安すぎると言った。この額に何か根拠はあるのかと問われても岸川は答えられなかった。きっと五十万円より高く、百万円より安くと考え決めたのだろうと、ある友人は分析した。誠意があるなら百万円をぽんと渡すだろう。それでも会社の都合で辞めさせるなら安すぎるが、とつけ加えた。

ある友人は、経営が苦しいから、という理由そのものが嘘だと断じた。安月給のお前ひとりを辞めさせて経営が持ち直すくらいなら、他の経費削減策でもどうにかなる。たんにひとを雇いすぎたため、経費がかさむのを嫌ってクビを切っただけだろうと。それで七十万円しか寄越さないのは血も涙もないと、わがことのように憤ってくれた。

岸川も憤った。誠意のない社長に腹がたったし、そんなことを耳打ちする友人たちにも腹がたった。会社にいいように騙《だま》されたと、ばかにされている気がしたのだ。

徳永ガラスの面接を受けたが、薄吹きの技術がないということで採用にはならなかった。若いならまだしも、岸川の年齢だと即戦力を求められる。首都圏にある数少ない工場を軒並みあたってみたが、どこも人手は足りているか、年齢とキャリアのギャップに渋い顔をした。しばらく働かせてみて、俺の腕とやる気を見てくれと頼んだが、いい返事をくれたところはなかった。

やはり自分が働くところは松木の工場しかないと思った。経営が苦しいと聞き、社長の心痛を慮《おもんぱか》って辞める決意をしたが、それが嘘なら辞める理由はない。七十万円ぽっちで放りだされたとあっては自分のプライドが許さない、とも思えた。それで岸川は、辞めてからひと月以上たった七月の初め、江東区にある工場を訪ねた。

「あの退職金だってな、なんとかかき集めた金なんだぞ」

松木はソファーの肘掛けを摑み、細身の体を震わせた。顔を赤らめ、怒りながらも、どこか悲しげな表情を見せた。

以前の岸川であれば、松木にそんな表情をさせるのを心苦しく感じただろう。しかし、いまはなんとも思わない。狭い社長室に設《しつら》えられた応接セットはすべて間隔が狭く、テーブルが脛《すね》に当たるのが、どうにも不快だった。

「社長、負債はどのくらいあるんですか。俺の年収なんて四百万ぽっちですよ。それでどうにかなるくらいの借金なわけはないですよね。今後も誰かを辞めさせることを考えてんですか」

「ああ、まあ、考えてはいるが……」松木は言葉を濁した。

「本当ですか。辞めろと言われて、納得するひと、いますかね」岸川は膝を少し上げ、脛をさすりながら言った。「今日、早く着いたんで、なんの気なしに裏の社長の自宅のほうに回ってみたんですよ。そうしたら改築中だった。大がかりっぽいですよね。あれはなんですか」

「お前には関係ないだろ。……娘が帰ってきたから、ちょっと手を入れてるだけだ」

「ちょっとって、あれくらい大がかりなら、改築でも一千万とか、かかるんでしょ。経営が苦しくて、なんでそんなことができるんですか。俺を辞めさせたのは、改築費用がかかるからなんじゃないですか」

「……そんなわけないだろ」

理由はそれだけではないだろうが、当たっていると、松木のうろたえた様子から確信した。

「社長、どうしたんすか。社長は人情に厚い、従業員思いのひとだとずっと思ってた。俺、ここの工場に勤めるとき、人生をかけるつもりできてんですよ。それを、家の改築ごときで辞めさせられるなんて――」

「うるさい。もう終わった話だ。がたがた言うな。お前は、正式な手続きで辞めてるんだ、なんか問題あんのか」

「そういう話じゃないだろ。気持ちの問題でしょ。嘘をついて、ひとを辞めさせて、社長はそれで平気なんすか」

「――でてけ。お前と話すことなんかない。居座るんなら警察呼ぶぞ」

そう言って松木は立ち上がった。

「なんで警察がでてくんだよ。ふざけんな」

「なんだその口のきき方は。元暴走族だかの地がでたか」

「暴走族じゃねえ」

俺はギャングだったんだ、とどうでもいいことを思いながら岸川は立ち上がる。その瞬間、脛に痛みを感じた。

「痛っ」と松木が声を上げた。

岸川の脛に当たったテーブルが押しやられ、松木の脛に当たったようだ。

「なんだ暴力か」

「これのどこが暴力なんだ」

苛立ちが募り、岸川は思わずテーブルを蹴りつけた。またテーブルが移動し、松木の脛に当たる。

「ちきしょう、お前、さんざん世話になった俺に、なんて仕打ちを――」

脛をさすっていた松木がすっと腰を伸ばした。顔を真っ赤にして向かってくる。岸川も足を一歩踏みだす。

「やるのか！」松木の興奮した声が響いた。

その声に誘われるように、岸川は腕を伸ばす。松木の胸元を摑んだ。

「おい、何やってんだ！」

野太い声に振り返ると、工場長の浜口がドアを開けて立っていた。

「警察だ、警察を呼べ」松木が叫んだ。

「待てよ」と岸川は言ったが、松木は叫び続ける。浜口がデスクの電話に向かう。

「呼びたきゃ、呼べ」岸川も叫んだ。

なんでこんなことになるんだ。ただ話がしたかっただけなのに。岸川は突き飛ばすように、松木から手を離した。

十五分ほどで警官がやってきた。交番から自転車で駆けつけたと思われる、太った初老の巡査と、若くて頼りなげな巡査だった。

警官がくるまでの間に松木の興奮は冷めていた。自分の城に警官を呼んでしまったことを後悔しているようにも見えた。岸川がやってきた経緯を簡単に説明し、ちょっと興奮して摑み合いになっただけだと、大きな問題にする気はないようだった。

「あなたも、社長さんには、お世話になったわけでしょ。乱暴なことをしたらいかんよ」

すでにもめごとは収まったと知った初老の巡査は、自分がやってきた意義を残そうとするのか、どうでもいい説教をした。あんたには関係ない、と思いながらも岸川は警官に何度も頭を下げた。「社長さんにも謝りなさい」と言われ、素直に松木のほうに向き直る。

いったい俺は、なんでこんなにぺこぺこしてるんだ。自分が悪いわけじゃない。脛にテーブルが当たったのはただのはずみだ。謝る必要などないと思うのだが、岸川は松木に深く頭を下げた。

昔は警察なんて怖くなかった。自分が悪くないと思ったら絶対に頭なんて下げなかった。いったいいつから、こんなに自分を抑えられるようになったんだ。

松木は謝罪を受け容れるように、軽く頷いた。それでも岸川と目を合わせようとはしない。

もうこの工場に戻る道はないのだなと、岸川は悟った。

警官と一緒に工場の外にでた。白い自転車に跨《また》がった初老の巡査に、「諦めないで。きっといい職が見つかるから」と励まされた。

いったいどんな根拠があって言ってるのだ。岸川はそう思いながらも、「ありがとうございます」と礼の言葉を返した。

2

朝の会議が終わると、捜査員たちのほとんどは聞き込みのため、捜査本部の置かれた大会議室を飛びだしていった。

高橋剛宏《たかはしたけひろ》は、同僚の植草洋太郎《うえぐさようたろう》とともに会議室に残り、捜査資料を読み込んだ。ふたりは今日から捜査の方向性を変更することにした。他の捜査員と重複する部分もあるだろうが、自分たちなら別の見方ができるはずで、管理官にはそう説明し、すでに了解をもらっている。

「どうだ、頭に入ったか」

捜査資料を読み終えた高橋は、植草に訊《たず》ねた。

「ええ、まあ、だいたい」

植草は一度読み終えた紙の資料を参照しながら、パソコン内のＰＤＦファイルを見ていた。

「このマル害、ここまで背景が不明というのは不気味ですよね。小説とかなら、さしずめ潜入スパイということになるんでしょうね」

いつもながら発想が幼稚だなと思った。いまどきの三十そこその男は、こんなものか。もっとも、自分がこのくらいの年のときどんなだったか、五十歳に近づいた高橋は思いだせない。

「それほどのもんじゃないだろ。増田建治《ますだけんじ》の出自ははっきりしてる。わからないのは現在のことだけだ」

「そうですけど、一緒に暮らしてた女ですら、何をしていたかよくわからなかったというのは、なんかそれっぽいじゃないですか」

旦那が泥棒であることを知らなかった女もいるし、結婚詐欺師は間違いなく女に本当の仕事を知られていない。とはいえ、面倒だからいちいち反論はしなかった。

「まあ、なんにしても、まず最初に話を聞くのは、この女からですかね」

幼稚ではあるが、しっかりプライオリティーはつけられる。最近の若い刑事は、頭だけはいい。

「そうだ。まず、宮城彩《みやぎあや》からだ」

殺害された増田と半年ほど前から暮らしていた女。

植草は増田を指して、マル害——被害者と呼んだが、実際は、高橋たちが捜査にあたる「西早稲田拉致殺害事件」の被害者ではなかった。

増田は先々月、五月の終わりに、金銭トラブルで殺害された。容疑者として、暴力団曳次《ひきじ》組の構成員、平田則行《ひらたのりゆき》と西岡悟《にしおかさとる》の二名が浮かんだが、そのときにはふたりとも行方をくらましたあとだった。

ふたりのうち平田則行は、匿《かくま》われていた西早稲田の友人宅近くで四、五人の男たちに襲われ、車で拉致された。一緒にいた友人は賢明にも警察にそれを届け出たが、平田を救いだすことはできなかった。

拉致されてから十九日後、半ば腐乱していたが、体の一部が切断されたり、足の骨を砕かれるなどむごい暴行の痕跡を残した平田の遺体が、埼玉県秩父の山林で発見された。

高橋たちが捜査するのは、その平田則行の拉致殺害事件だった。

いっぽう、平田が拉致されてから一週間後、もうひとりの容疑者、西岡悟の実家に、深夜トラックが突っ込み、家屋が半壊した。幸い家で寝ていた両親にはほとんどけがはなかった。トラックは盗難車で、運転手はすぐに現場を立ち去り捕まらなかった。それから十日後、平田の遺体が見つかる二日前、西岡は神奈川県のマンションから飛び降り、死亡した。遺書もあり、目撃者もいたことから自殺と断定されている。遺書には増田を殺害したことと、両親と妹への謝罪の言葉が書かれていた。

増田の事件は被疑者死亡で書類送検された。解散した捜査本部の捜査員の多くが、そのまま「西早稲田拉致殺害事件」の捜査本部に加わり、捜査資料も引き継がれた。

遺体が埼玉県で見つかっているので、埼玉県警との合同捜査本部が、最初の拉致事件が届けられた戸塚署に置かれた。警視庁本庁からきている捜査員はほとんど捜査一課の刑事だったが、高橋と植草だけは違う。組織犯罪対策第四課に所属していた。

被害者の平田が暴力団員であり、殺害の経緯から見て暴力団による報復行為の可能性もあるので、暴力団犯罪の捜査を専門とする組対四課の高橋と植草が招聘《しょうへい》された。ふたりは遊軍扱いで、捜査本部内の捜査系統には属さず、専門的に暴力団がらみの情報収集を行なうこととなった。

捜査本部設置から一週間、暴力団関係の情報収集にあたったが、どこかの組が報復に動いた形跡は見あたらなかった。そもそもこれを暴力団の報復とするなら、増田は暴力団関係者であるはずだが、そういう情報もまるでない。曳次組周辺をあたってみても、浅草を根城に、昔ながらのノミ行為を主な資金源とする指定暴力団の三次団体は、よその組とトラブルを抱えている様子はなかった。

週刊誌あたりでは、これを振り込め詐欺団の内輪もめによる殺し合いだと、なんの根拠も示さず、報じているところがあった。平田と西岡は近年金回りがよかった様子はなく、振り込め詐欺に関わっていた兆候は何ひとつでてきていなかった。

ただ、暴力団の報復とするのにも最初から疑問があった。暴力団がこのような過激なやり方で報復するのは、組の幹部以上が襲撃された場合で、もし増田が暴力団関係者だとしても、そこまではしないように思えた。また、西岡の家族が狙われたが、暴力団が報復のため、敵対組員の家族を狙うことなどめったになかった。それをやったら自分の家族もいつ狙われるかわかったものではないからだ。

捜査本部が設置されてから、西岡の妹が会社を休み、精神科に通院していることがわかった。会社を休みだしたのは西岡が自殺する前からで、病院関係者に探りを入れたところ、はっきりとは口にしないものの、妹はどうも強姦され心のバランスを崩したようだった。西岡の遺書にあった妹への謝罪の言葉は、そのことに対してだったのかもしれない。

とはいえ、暴力団関与の可能性をすっかり排除する気はなかったし、なんらかの組織的な犯行である可能性は高い。高橋は増田のベールに包まれた生活実態を解き明かせば、何か見えてくるかもしれないと期待し、今日から徹底的に増田の背後を洗うことにした。

戸塚署をでて最寄りの高田馬場駅から地下鉄東西線に乗り、九段下で降りた。宮城彩が勤める文具卸しの会社は九段下から神保町に向かったところにあった。

あらかじめ連絡をとってあり、昼休みに駅近くのコーヒーショップにきてくれることになっていた。早めにいき、席を確保した。植草にはいやな顔をされたが、高橋は喫煙席を選んだ。結果的に宮城も喫煙者で、植草がいやな思いをする以外なんの問題もなかった。

宮城は高級そうなバッグを提げ、指、耳、首、腕、つけられるところすべてにアクセサリーを配していた。派手な感じのする美人であるが、品はあった。昼間は会社で働き、夜はキャバクラでバイトをしていた。増田はその店に客として通い、やがてつき合うことになったらしい。

増田は代官山の高級マンションに住み、ベンツを乗り回し、金があるのは確かなようだったが、けっして派手な生活ではなかったと宮城は言った。休みもあまり外にでかけず、家でＤＪの練習をすることが多かった。たまにクラブでＤＪをすることもあったらしい。宮城はそのＤＪ仲間の何人かを知っていたが、他の友人や、仕事関係の者とはまったく面識がなかった。

増田は宮城に金融コンサルタントの会社に勤めていると話していた。詳しい仕事内容を語ることはなかったが、実際に携帯電話で、送金を指示するようなやりとりをしているのを何度か聞いたことがあるそうだ。その際、何度かマジマという名がでてきて、誰なのか訊ねたところ、会社の代表だと返ってきた。あまりひとをほめることのない増田が、すごいひとだよ、と言ったのが印象に残っているそうだ。それが唯一、宮城が知る仕事関係者の名前。捜査資料にもでてくるが、その人物を追った形跡はない。宮城は、会社が渋谷にあるとだけしか聞いておらず、電話番号も知らなかった。

「増田が銀行から金を下ろすところを見たことがありますか」高橋は訊ねた。

「そういえば見たことがないです」

宮城は初めて気づいたようで、驚いた顔をした。

支払いはいつも現金で、突然高額なものを買うことになっても、財布から現金を取りだし、払っていたそうだ。資料によれば、判明している増田建治名義の銀行口座はひとつだけ。八百万円ほどの残高で、ほとんど出入りがない。手渡しで給料をもらい、それを財布に入れて持ち歩いていたのだろうか。ちなみに、増田が納税した記録は見つからなかった。

携帯電話は複数使いわけていた。宮城が知っている番号はひとつだけで、その通話記録からはたいしたことはわからなかった。殺害現場に携帯は残されておらず、携帯各社に調べてもらっても、増田が契約している番号はそのひとつだけだった。たぶん大事な電話は他人名義のプリペイド携帯などを使用していたのだろう。

最後に高橋は、増田が犯罪に関わっているような印象をもったことはないかと率直に訊ねた。宮城も「正直に言うと、あります」と率直に答えた。増田は金持ちなのに欠けているものが多すぎた。生活を楽しむことはないし、友達は少ないし、家でパソコンを使わないし、自慢話をすることもない。犯罪者というか、このひとはスパイかもしれないと考えたことがあったそうだ。それを聞いた植草は、うれしそうに、にんまりとした。

すでに捜査資料に記載されていること以上の発見はなかったが、増田が犯罪に関わっていたという印象は強くなった。それが暴力団に関係することなのかどうかは相変わらず見えてこない。

高橋と植草は代官山の増田が住んでいたマンションにいってみた。茶色いタイル張りの三階建て。新しくはないが高級感が漂う低層マンションだった。管理する地元の不動産会社も訪ねた。

マンションは賃貸で、増田が入居していた部屋は、月四十六万円の家賃だった。その支払いが滞ることはなく、とくにトラブルはなかったそうだ。入居したのは四年前。そのときの契約書を見せてもらうと、勤め先は株式会社ビギニングで、業務内容は芸能プロダクションとあった。これは捜査資料には記載されていないことだった。高橋は所在地と電話番号を手帳に書き留めた。

「この会社に勤務していることを確認しましたか」高橋は応対してくれた社員に訊ねた。

「雇用証明書とかもらっていると思います」

しかし、契約書に添付書類はいくつかついていたが、雇用証明書の類はなかった。それを指摘すると、「電話で確認したのかなあ」と首を捻《ひね》った。別に確認する義務があるわけもなく、責めるつもりなど毛頭ないが、不動産会社の若い社員は言い訳がましく言った。

不動産会社をでると、高橋はすぐにビギニングに電話をかけた。しかし、現在使われていないというアナウンスが聞こえてきただけだった。

増田の住民票はずっと世田谷区の実家にあった。健康保険も父親を世帯主とした国民健康保険に子供のころからずっと加入している。つまり企業に勤務した経験がないことを示していた。

翌日は世田谷にある増田の実家を訪ねた。

京王線千歳烏山《ちとせからすやま》が最寄り駅だった。甲州街道を渡り、入り組んだ路地を進むと、十八歳まで増田が暮らした家があった。建物は普通のモルタル造りだが、敷地はやけに広かった。増田家はもともと農家の土地もちで、現在はアパートをいくつか経営し、裕福な家庭のようだ。

応対したのは父親だった。以前、増田の事件の捜査本部からきた刑事にも、やはり父親がひとりで応対したようだ。高橋は質問内容が重複するかもしれないことを断り、話を始めた。

捜査資料からわかっていたことだが、父親は息子についてほとんど何も知らなかった。現在の様子だけでなく、子供のころ——中学や高校のころの友人関係もほとんどわからなかった。

「中学ぐらいからグレだして、家に連れてくるのは、つき合って欲しくないような連中ばかりだった。だから名前とかどういう繫《つな》がりだとか、何も訊かなかった」

父親は頑固でいかにも融通がきかなそうだった。息子に歩み寄り、心を解きほぐそう、などとは考えも及びそうにないタイプだ。

「いや、グレたというのとは違うのか。あいつは、親に反発とか、家庭環境に問題があって悪くなったわけじゃない。ただワルがかっこいいと思って、よくない連中とつき合い始めたんだ」

父親は確信をもって言った。

「高校を卒業後、家をでたのは、反発ではないのですか」

高橋は少し嫌味な質問をした。

「ただ家をでたかったからだろう。卒業式のあとすぐ、いままでお世話になりました、これからはひとりで生きていきますと言ってでていった。大学へも進学せず、就職も決まっていない。どうせまともに暮らせず、すぐに戻ってくると思っていたが、結局、最後まで戻ることはなかった」

その間、一度も小遣いすら渡したことはないらしい。たまに母親の顔を見に帰ってくることはあったが、何をして食べているのか、どこに暮らしているのかすら、ほとんど話すことはなかったそうだ。

「息子さんの国民健康保険料はお父さんが払っていたのですか」

「まとめて請求がくるから、何も考えず払っていた。いまとなれば、あいつにしてやったことは、それぐらいのものだ」

意外にも父親は、感慨深げに言った。

「息子さんの知り合いで、マジマという男に心当たりはないですか」

父親は考える素振りも見せず、知らないと答えた。

「息子さんは暴走族に入っていませんでしたか」植草が突然訊ねた。「烏山デュークスとか祖師谷《そしがや》百鬼隊とか」

高橋は植草の横顔を見つめた。いったいどこからそんな具体的な名前がでてきたのか訝《いぶか》しんだ。

「暴走族になんか、入っていない。バイクなんて買い与えてやったことはないぞ。あいつらは、ただ渋谷とかをぶらぶらしていただけだ。チーマーとか呼ばれていたやつだ」

父親は暴走族と言われて憤慨したようだ。チーマーのほうがまし、と思う価値基準が高橋にはわからなかった。

植草は「そうですか」と言って、話題を引っ込めると、ちらっと高橋に視線を向けた。

増田には三つ年上の兄がいる。高橋は話を聞けないかと父親に訊ねたが、兄は高校をでて地方の国立大学に進み、就職後も寮で生活をしているから、増田が高校に入って以降、ほとんど会っていないそうだ。それでも携帯電話を取りだし、住んでいる寮の電話番号は教えてくれた。

高橋はそれを書き留め、腰を上げた。とくに成果はなかったものの、落胆はしなかった。また何かありましたらお願いしますと、次の訪問を臭わせ、家をあとにした。

「さっきのはなんだったんだ」入り組んだ狭い路地を進みながら、高橋は訊ねた。

「さっきのって、あれですか。暴走族の話」

「そうだ」高橋は煙草をくわえ、火をつけた。「なんで、あんな具体的に、族の名前がでてくるのかと思ってな」

「俺、マジマって名前に、ちょっと心当たりがあるんですよ」

どんな心境を表しているのか、少し間をおいて答えた。

長身の植草を見上げると、細長い顔に、おどけたような笑みが浮かんでいた。何か心の不安を押し隠そうとしているのだろうか。高橋にはそういう表情に見えた。

「高橋さん、武蔵野連合って知ってますよね」

「あれだろ。プロ野球選手を殴ったとか、殴られたとかで週刊誌でひところ話題になったやつ」

六本木のクラブで、プロ野球のスター選手が、そのクラブのオーナーを殴り、それをネタに脅迫されているという記事が昨年の秋ごろ週刊誌に載り話題になった。すぐに、殴られたので思わず殴り返しただけだと選手は反論し、オーナーのほうも、自分は手をだしていないとそれに反論。ただ、双方とも脅迫はないと否定した。その後、選手の、夜の街での素行の悪さに話題は移っていき、やがて元の脅迫事件の話題は立ち消えになった。

そのクラブのオーナーが、いくつかの暴走族の連合体である武蔵野連合、通称ムサシの元リーダーで、裏社会との繋がりを噂される人物であることも注目を集めた。オーナーが経営するクラブには、多くの芸能人やプロスポーツ選手たちが出入りしているらしく、芸能人たちと裏社会の繋がりを臭わせるような記事が目立った。

「俺、極道について語るネットの掲示板を時々チェックしてるんです。そのなかに武蔵野連合を語るスレッドがいくつもたってるんですよ。読むとけっこう面白くて、止まんないんですけど、その書き込みのなかによくでてくる名に、マジマタカシっていうのがいるんです。例のプロ野球選手を脅迫したとされるクラブのオーナー、キドサキが現在の武蔵野連合のナンバーワンで、マジマはそれに次ぐナンバー2の座にいるといわれている。実質的にはナンバーワンだと言うひともいる。もしかしたら、増田が言っていたのはそのマジマなんじゃないかと思ったんです」

「おいおい、ネットの掲示板の話だろ。そんなの信用するのか。それに、マジマって名前が一致するだけで、同一人物と考えるのは飛躍しすぎだろ」

「ネットの掲示板も一概にはばかにできませんよ。ムサシ以外の暴力団関係の書き込みとか見てると、なんでこんなことまで知ってるんだというような、内部の者が書いたとしか思えないものがけっこうあるんですよ。確かに、いいかげんなのも多いですけど」

高橋は最後のところだけ捉《とら》え、頷いた。

「武蔵野連合のマジマじゃないかと思ったのは、名前だけが理由じゃないですよ。武蔵野連合はここ烏山を含む、世田谷区西部の暴走族が中心になって作ったものなんです。あとは隣接する調布市と三鷹市の暴走族。さっき名前を挙げたのは、この近辺でムサシに所属していた族なんです」

「だけど父親は暴走族には入っていなかったと否定した」

「この界隈でワルをやっていたなら、ムサシと接点があっても不思議じゃない。年代的にいっても、三十三歳の増田が暴れていた時期は、ちょうどムサシの最盛期のころですし」

いまは下火どころか、武蔵野連合という暴走族の連合体は存在しない。だから、キドサキもマジマも、ただのOBということになる。現存する組織でもないのに、ナンバーワンだとかナンバー2だとかの序列ができるのはどういうことだ。やはり胡散《うさん》臭い話だ、と高橋は思った。

「俺も、マジマが同一人物だと確信しているわけじゃないです。ただ、その可能性を一度探ってみてもいいんじゃないかと思って。とにかく、一度、掲示板で武蔵野連合のスレッドを見てみてください。

けっこうはまりますよ」植草は首を突きだし、高橋の目を覗き込むようにして言った。

あれは催眠術だったのだろうか。「はまりますよ」と言って覗き込んできた植草の目を思いだしながら、高橋は苦々しく思った。

八時に捜査本部に戻り、夕飯のコンビニ弁当をかき込みなら、ネットの掲示板を見始めた。武蔵野連合を語るスレッドは無数に存在した。そして、ひとつのスレッドに何百という書き込みがあるのだからたまらない。いや、適当に読み散らせばいいものを、植草が言ったとおり、はまってしまってじっくり読んでいるうちに、夜中の二時を過ぎてしまった。他にもパソコンに向かっている者はいて、かちゃかちゃかちゃキーボードの音をたてているが、いびきのほうがはるかに上回っている。椅子に腰かけたまま眠る者、床に毛布をしいて眠る者がそこここにいた。

捜査本部に泊まり込むことは珍しくもなく、かまわないのだが、睡眠時間を削って掲示板を熟読するなんて、たとえ職務に関係しようと、時間を無駄にしたような気がして後悔が湧いた。ともかく、武蔵野連合のマジマについては、この数時間でかなりのエキスパートになっていた。

真嶋貴士《まじまたかし》は現在三十六歳。中学三年生のときから、暴走族烏山デュークスのメンバーになり、のちに武蔵野連合八代目総長になった。父親は商社マンで海外生活の経験もある。高校卒業後は早稲田大学に進んだという書き込みもあれば、上智だという書き込みもある。卒業して外資系の経営コンサルタントファームに勤務したのち、城戸崎《きどさき》と一緒に芸能プロダクションを立ち上げたようだ。そしてそのあと、どういう経緯かはっきりしないが、暴力団の幹部をけつもちにし、闇金と振り込め詐欺団のリーダーになっている。

いまから六年前、松鉢《まつばち》会事件が世間を騒がせた。指定暴力団乃沢《のざわ》組の直参《じきさん》松鉢会の幹部がしきる闇金組織が摘発された。巨額の被害金は史上最大規模で、海外秘密口座に隠されていた数十億の資産でも話題になった。その闇金組織の残党と負債者リストを活用して再構築したのが真嶋が関わる闇金グループだというのだから驚きだった。読んだ感じでは松鉢会を一回りほど小さくしたくらいの組織で、それでもかなり大規模なものだ。真嶋は数百億を荒稼ぎしているという。そんな犯罪組織の実態が堂々と書き込まれ、何年も放置されているのだ。

武蔵野連合のナンバーワン、ナンバー2という記述は確かにあった。しかし、どこを読んでも武蔵野連合が現在組織として機能している節はなかった。ふたりの他にも、OBの名前は挙がっている。芸能プロダクションを経営する者、飲食店を経営する者、暴力団の構成員など。それらが有機的に繋がり、目的をもって動いているとする書き込みはどこにもなかった。

彼らの大きな接点となっているのは、城戸崎が経営するクラブだった。城戸崎はそこを根城にし、合成麻薬の密売をしているらしい。高橋は勘違いしていたが、城戸崎のクラブは、かつてディスコと呼ばれた踊るほうのクラブだった。てっきり女が横につくほうだと思い込んでいた。武蔵野連合のOBたちはこのクラブに通い、そこに集まる女優やモデル、アイドル歌手たちとよろしく遊んでいる。ときには薬漬けにして女をおもちゃのようにしているという。そこに実名ででてくる芸能人の中には、高橋でさえ知っている者も多く含まれる。なんでこんなところに、そんなことを書かれて黙っているのだろう。それが事実だからだろうか。

「お疲れ様です」

腕が高橋の傍らに伸びてきて、缶コーヒーがテーブルの上に置かれた。

高橋は椅子にもたれかかり、見上げた。飲み物を買いにいってきた植草が、昼間と変わらぬ活力のある笑みを浮かべていた。カチッと音をたてて、プルタブを開けた。

「やっぱり、はまっちゃいましたね」

「ばかやろう、はまってなんかいないぜ。仕事熱心なだけだ」

高橋は植草を睨みつけ、テーブルの缶を取り上げた。

「おんなじことです。読み始めたら止まらないんですよ。感情を刺激され、どうにも引きつけられちゃうんです。俺が刺激されたのは嫉妬心ですかね。どうにも悔しいっていうか、腹がたつんです、男として。こいつら、ただの暴走族のOBですよ。芸能人でもないし、IT企業の社長でもないし、やくざですらない。それが、金を手に入れて、美人モデルとかとセックスしまくってるんですよ。世の中おかしいですよ」

「なんだ、お前を引きつけるポイントはそこか。金と女か」

真剣な顔で憤る植草を見て、高橋は笑みを漏らした。

「だって見てくださいよ」

植草は高橋の隣の席につき、ノートパソコンのキーボードを叩いた。

「ほらこれ、石井《いしい》英樹《ひでき》のブログです」

ゴールデンデイズというブログタイトル。坊主頭で目つきの悪い男が、タイトル横で笑っている。

「誰だ、石井英樹って」

「だから武蔵野連合ですよ。いちおう職業は映像制作会社の社員ですけど、芸能人みたいに実名でブログをやっているのは、元ムサシだからです。どこにも俺はムサシだなんて書いてませんけど、これを見にきてコメントを残していく女どもはそれをわかってきてる。石井さんがんばってください、なんて芸能人に対するようなコメントがけっこうありますけど、こいつはただの元暴走族です。いったい何をがんばるんでしょう。まったくおかしいですよ」

笑えないくらい植草は真剣だった。高橋は思わず大きく頷いた。

「俺の心を刺激したものがあるとすると、これ、ほんとなのかっていう、驚きだろうな。まあ、疑念と言ってもいい。すべてが嘘だとは思わない。ただ、ベーシックなところで、どこか胡散臭いんだ」

「まだ掲示板アレルギーを克服できないんですか」

植草は、頑迷なおやじを憐れむような目で見た。

高橋はひとつひとつの書き込みの真偽を問う気はなかった。全体の流れが気になった。

書き込みの内容を大別すると、四つに分かれる。武蔵野連合に関係する芸能人について、城戸崎について、真嶋について、そしてその他。芸能人については誰もが興味のあることで、書き込みが多いのはわかる。城戸崎、真嶋も、ナンバーワン、ナンバー2だからと解釈できないこともないが、他のOBたちとの情報量の差を考えると、あまりに偏りがある。とくに真嶋については、天才的とか次代の闇の支配者とか、礼賛する書き込みがほとんどだ。城戸崎には揶揄《やゆ》する書き込みも多々見られるのに。

また、真嶋は闇金と振り込め詐欺団のリーダーだが、もうひとり、けつもちを同じくする闇金組織のリーダーがいる。中国残留孤児の二世を主体とする暴走族、毒龍の元頭領、井上良治《いのうえりょうじ》だ。真嶋と同じ立場であるのに、掲示板全体を見ても、取り上げられることが極端に少ない。それは毒龍と武蔵野連合を比較しても言えることだ。それらの偏りは、誰かの意思に基づきコントロールされているような気がした。

そんな感想を植草に伝えると、「コントロールするなんて無理ですよ」と反論した。

「だって掲示板は、誰でも書き込めるんですから」

「言い方が悪かったな。コントロールなんて言うと、確かに制限しているように聞こえる。俺が言いたかったのは、真嶋なんて都市伝説のようなもので、ほんとは存在しないんじゃないかっていうことだ。誰かが――複数の人間かもしれないが、適当に大量に書き込んで、面白がっているんじゃないかって」

「そこまで疑っているんですか」植草は呆れ果てたように天井を見上げた。

「他のメンバーと経歴が違いすぎる。真嶋だけ一流大学を卒業し、外資系企業に勤め、ある日突然、犯罪に手を染めるようになった。しかも振り込め詐欺の手口を次々に考えだした天才的な犯罪者。できすぎだ。スーパーマンだよ」

「それだったら、そんなやついないって書き込みが、いっぱいでてくるはずですよ。ムサシの関係者も、いっぱいこれに書き込んでるんですから」

「みんな空気を読んで、合わせているのかもしれない。架空の伝説の人物を作りあげようってな。これを実在の人物だと思っているのは、お前ひとりかもしれないぞ」

「そんなわけないでしょ。こうなったら、実在する証拠を見つけだしますから。それと、増田が言ったマジマと同じ人物だということも」

植草はパソコンに向かい、キーボードを叩き始めた。

架空の人物というのは言いすぎたかもしれない。しかし、誰かが脚色しているのではないかという疑念は拭えなかった。高橋は何も言わずに席を立った。缶コーヒーを飲んでいたら、無性に煙草が吸いたくなった。

署内は全面禁煙だが、外まででるのは億劫《おっくう》だったので、トイレに向かった。戸塚署は比較的新しい建物であるため、トイレで煙草を吸うみじめさが軽減される。二本を灰にし、大便器に流した。

会議室に戻ると、植草がなぜか立ち上がっていた。背中を丸めてパソコンを見下ろしている。近づく高橋に気づいたようで顔を上げた。笑みを嚙み殺したような、おかしな表情をしていた。

「頭の固い高橋さんも、これで信じると思います。早くも見つけましたよ、真嶋貴士と増田の接点を」

3

千歳烏山の駅をでて甲州街道方面に進んだ。もともと活気のある商店街だが、今日は日曜とあって、ずいぶんひとで賑わっていた。

岸川がこの地を訪れるのは、五年ぶりだった。店などはそうとう入れ替わっているだろうが、あまり印象に変化がないのは、ランドマークである区民会館とその前に広がる広場が変わっていないからだろう。それは子供のころから変わらない。岸川は中学三年の一学期まで、烏山で暮らしていた。両親が離婚し母親に引き取られたので、母の実家がある千葉の松戸に引っ越した。

烏山に住んでいた当時は、祖父母と同居だった。もう祖母は亡くなっているが、祖父はいまも元気で、時折、営む金物店の店番をすることもあるそうだ。岸川の父親は家業を手伝っていたが、十五年ほど前、店の金を使い込んでいるのがばれ、祖父に勘当されて家をでていった。それ以来父親とは会っていなかった。

今日、祖母の法事以来久しぶりにやってきたのは、祖父に仕事を紹介してもらえないか頼むためだった。祖父ならこの商店街に顔がきくだろうし、割のいいしっかりとした仕事にありつければと、淡い期待を抱いてきた。八十五歳になる祖父に頼るのも情けない話だと自覚はしているが、体裁を気にしている余裕はなかった。

吹きガラスにいつまでもこだわってはいられない。何より食べていかなければならないし、ちゃんと生活できることを証明しなければならない。

岸川には四年つき合っている女がいた。今年三十一歳になる香澄《かすみ》が、最近、別れ話をほのめかすようになった。結婚できないなら、このままつき合っていても意味はないのではないか、というようなことを口にする。職もない状態で、そのうち結婚するつもりだ、と言っても説得力はない。早く仕事を見つけなければと焦っていた。

まだ三十六歳だ。これから、いくらだって新しい道で花を咲かせることができるはずだ。岸川は本気でそう思う。三十のときにも同じことを考えていたなと思いだしても、落ち込みはしなかった。今日は久しぶりにいい天気だった。梅雨が明けたのかどうか定かではなかったが、強い陽差しが心を奮い立たせた。

旧甲州街道に突き当たり、自転車屋の角を曲がった。ひととぶつかりそうになり、足を止めて道を譲った。よく陽に焼けた、端整な顔立ちの男だった。軽く頭を下げて通り過ぎていく。

ふと、男の顔が古い記憶に結びつき、振り返った。黒いスーツを着た男は、角を曲がって商店街に入ろうとする。岸川は窺《うかが》うように、小さな声で呼びかけた。

「真嶋」

男はそのまま曲がっていきそうに見えた。違ったか、と思ったとき、男は足を止めた。振り返って岸川を見た。

「やっぱり真嶋か」

岸川は笑みを浮かべた。男は眉間に皺を寄せる。岸川のほうに戻ってきた。

「誰だっけ」

岸川は真嶋の全身を視野に収めた。顔には面影があるが、変わったなと思う。あのころはちびだったのに、いまは自分より背が高い。低い声が威圧的だった。二十年ぶりなのだから、変わっていて当たり前だ。

「岸川だよ。中学が一緒だったろ」

それでも、真嶋は眉をひそめていた。

「よく、一緒に悪さしたじゃねえか。職員室に爆竹投げ入れたり」

「ああ、思いだした」真嶋は大きく頷き、言った。「中学の途中で引っ越していったやつか」

「そうだよ。三年のとき、引っ越したんだ」

岸川はそう言いながら、「やつ」という言葉にひっかかりを覚えていた。

「いまでも、このへんに住んでんのか」

「いや、もうずいぶん前に、この町をでてる」

「じゃあ、今日は仕事か」

ネクタイは締めていないが、黒いスーツに白いシャツを着ていた。ありきたりのサラリーマンルック。センスは感じられない。

真嶋は自分の服装を確認するように顔を下に向け、ふんと鼻から息を吐きだした。

「今日は昔からのダチの四十九日の法要だったんだ。いまはちょっと懐かしくなって歩いていた」

なるほどと、真嶋の服装に納得した。

「昔からのダチって、俺も知ってるやつか」

真嶋の眉間にまた皺が寄った。冷たい目で岸川を見た。

「知ってるかもな。和幸《かずゆき》の弟だ」

「和幸って、誰だっけ」

「増田和幸だよ。お前、よくいじめてたろ」

岸川は誰だか思いだした。しかし、何も言葉がでなかった。

たぶん、昔だったら殴っていただろう。真嶋に「お前」呼ばわりされて、黙ってはいられない。中学のとき、お前と呼ぶのは岸川のほうで、真嶋は岸川君と呼ばなければならなかった。同じワルのグループにいたとはいえ、真嶋は格下で、グループをしきっていた岸川から見たら、使いっ走り程度の存在だった。あれから二十年もたって、まさか使いっ走りにはできないが、岸川の目線は昔と変わらず、真嶋より高いところにあった。

「兄貴のほうは思いだした。弟は知らない」岸川は硬い声で言った。

真嶋は何も言わず、ただ頷いた。

貫禄があるなと、岸川は思った。短髪で陽に焼け、海水浴場のライフセーバーを思わせる風貌だが、体を使って働いているわけではないだろう。ほっそりとした指が綺麗だった。

会社では偉いのかもしれないが、そんなことは関係ない。俺のほうが上だ。そういうのは、いつまでたっても変わらないのだ。

「お前、いまなんの仕事してんだ」岸川は訊ねた。

「教えないよ」真嶋は笑いながら首を横に振った。

「俺は、いま働いてない。仕事をクビになったばかりだ」

それでも俺のほうが上だ。

「そいつはたいへんだな」口元に薄い笑みを残したまま言った。

お前と呼ばれたとき、殴っておけばよかった。岸川は後悔した。そうしてはいけないと思ったのは、なぜだ。

車がすーっとふたりの横に停まった。黒いベンツだった。サイドウィンドウが下り、なかからドライバーが身を乗りだすようにして顔を見せた。

「真嶋さん、そろそろいいっすか」

岸川はぎょっとした。坊主頭の男は真嶋以上に陽焼けし、眉がなかった。十代のガキならやんちゃですむが、自分とさほど年が変わらないと思われる男のその風貌は、無闇に暴力的恐怖を喚起した。

堅気じゃない。

「もういい。充分歩いた」真嶋はドライバーに言った。

車に近づきながら、岸川のほうを向いた。

「想像しても、俺の仕事は当たらないよ」

真嶋は内ポケットに手を入れ、名刺入れを取りだした。なかからカードを一枚抜き取り、岸川に差しだす。

名刺だと思って受け取ったが、違った。表に「フリーライド」と書かれ、下のほうに住所があるだけ。ショップカードのようだが、なんの店だかわからない。電話番号もなかった。

「来週の金曜、そこでパーティーがある。よかったらこいよ。そのカードを見せれば入れる。本来、お前が一生出会うことのない、華やかな世界が見られるかもしれない」

「はあー？」と大きく口を開け、眉をひそめた。むかついたことを、せいいっぱい面に表した。

真嶋は後部のドアを開けた。もうそこからは違う世界だとでも言うように、岸川のほうを見もせず、乗り込むとすぐにドアを閉めた。

ベンツが動きだした。一瞬、遠ざかるテールを見送った岸川は、視線を落とした。

手のなかにカードがあった。こんなものはいらない、破り捨ててしまおうと思った。破り捨てろ。岸川は自分自身に強い命令を発した。

4

たまには人混みを歩いてみようと気まぐれを起こして、月子《つきこ》は竹下通りに足を踏み入れた。すぐにやめておけばよかったと後悔した。

夏休み前の日曜日。久しぶりに覗いた青空に誘われたのか、歩くのもままならないほど、通りはひとで溢れていた。

アイドルグッズやチープなアクセサリーは、中学時代に卒業している。覗いてみたくなる店もとくになく、なかなか進まない流れに身をまかせ、ただ歩いた。中学生のグループや、親に連れられた小学生が多く、目の保養になる、おしゃれなひとはほとんどいない。ネットのような透かし編みの緩いサマーニットを着た女の子が目につく。おばちゃんみたいで野暮ったい、と月子は思った。

最近、流行《はや》る服は女の子に優しくないものが多い。一歩間違えれば野暮ったく見える服がなぜか流行る。とくに去年の夏はひどかった。カンカン帽にマキシ丈のスカートにプリント柄のサロペット。どれも着こなすのが難しいものばかりだった。ファッション誌のモデルが着れば、よく見えるだろうが、街で見かけるひとのほとんどが見事に失敗していた。カンカン帽なんて、脱げば普通に見えるのに、どうして被っているのか意味がわからなかった。マキシ丈のスカートは、こなれてきたのか、冬ごろには案外着こなすひとが増えた。サロペットはさすがにおかしいとみんな気づいたのだろう。今年の夏は見かけることがない。せっかく去年、買ったのに、もうタンスの肥やしだ。

今日の月子の服は、黒地に黄色の水玉のTシャツにふんわりとしたチュールのスカート。どちらも古着屋で買ったもの。おしゃれというほどのものではないけれど、自分には似合っていると思う。服は着たひとを引き立たせるべきものであるはずだ。なのにうまく着こなせないようなものを流行らせ、売りつけてしまうアパレルショップに軽い憤りを感じる。現在高校二年生の月子は、将来、服を作る仕事に携わりたいと考えていた。

竹下通りのなかほどまできたとき、月子はすぐ後ろから聞こえてきた声に意識を留めた。

幽霊みたいに真っ白。きもー。こわー。

それが自分に向けられたものだとは思わなかったが、ひっかかりを覚えて背後を振り返った。とたん、きゃはははと、癇《かん》に障る笑い声が耳に飛び込んできた。

「気持ち悪いぐらい白いと思ったら、ほんとに月子だった」

「あんた、ひとりで原宿とかくるんだ」

知っている顔がふたつ並んでいた。月子は自分の運の悪さを呪った。なんで休みの日に原宿で、同級生の顔を見なければならないのだろう。

舞《まい》と茜《あかね》。〝一文字コンビ〟に捕まってしまった。

「何しにきてんの」

「ちょっと、買い物」

ふたりが立ち止まったから、しかたなく月子も足を止めた。

「あんた何、笑ってんの」舞が低い声で言った。

「ううん、何も」

顔をうつむけて答えた。

月子は茜の服装を見て、思わず笑みを浮かべてしまったのだ。

茜はリバティプリントのサロペットを堂々と着ていた。きっと去年買って着なくなった、お姉ちゃんのお下がりだろう。

舞のコーディネイトは、片方の肩が覗くほど襟の緩いカットソーにデニムのショートパンツ。ありがちなものだった。

「あんたが原宿にきて買い物する意味あんの。そんな古着屋で買ったみたいなかっこうしてんだから、近所で間に合いそうだけど」

サロペットを着た茜に言われてしまった。

おしゃれな古着屋がどこにあるのかも知らない。きっとこのふたりは、原宿にきても、この通りのチープなアクセサリーを見て、ラフォーレのなかを、ぐるぐる回るだけだろう。セレクトショップに足を踏み入れる勇気すらない気がした。

何を言われようと、月子はファッションに関してはセンスも知識も上だと、このふたりに優越感を抱いていた。ただ、それをどう説明しても、このふたりが劣等感をもつことはないとわかっている。鈍感な人間には、どうやっても勝つことはできないのだと思うと口惜しかった。

「ほんとにあんた、いっつもひとりなんだね。ひとりで買い物って、死にたくなんない？」

舞が言った。

茜が笑った。

死にたくはならないが、殺したくなる。月子はうつむいたまま、そう思った。

このふたりだけじゃなく、他のクラスの子たちも勘違いしている。言葉の暴力を受け、あたしが傷つき、ひたすらめそめそしていると思っているのだろう。確かに傷ついているし、めそめそすることもある。けれど、いちばん感じているのは怒りだ。この子たちに対しても、自分に対しても、怒りをもっている。鈍感な子たちは、そんな当たり前のことにも気づいていない。

ふと顔を上げると、怒りの視線にぶつかった。駅のほうからやってくる歩行者に、ものすごい目で睨まれた。背を向けているふたりは、そんな視線に気づいていない。こんな混雑したところで平気で立ち止まることができるのだから、やはり鈍感な人間は強い。

「あたしたち、すごい邪魔になってる。怖い目で睨まれた」月子は言った。

「はあ?」とふたりは声を揃えて言った。

そのとき、後ろからおばさんが、舞に肩をぶつけた。「はあ?」と舞はまた声を上げた。

「端に寄らないと」月子はそう言って、歩きだした。

流れに逆らうようにして道を横切る。ようやく店の前のわずかな空間に抜けだし、後ろを振り返った。ふたりはあとを追ってくるだろうと思ったが、そこまで暇ではないようだ。流れに乗り、ばか笑いして歩く姿が目に入った。

月子はふーっと息をついた。

いつも、これくらいあっさりと関心をなくしてくれれば助かるのに。きっと明日学校にいけば、また何か言われるのだろうと思うとうんざりした。他の子たちにも今日のことを話して、あたしの机を囲むのだ。まるで人気者だ、と諦めの吐息を漏らした。

わざわざ中学受験をして入った女子校だったけれど、まったくその甲斐《かい》のない、つまらない学校だった。高校からだと偏差値も低く、それほど入るのは難しくもないのだから、わざわざいじめられるために入ったようなものだ。月子へのいじめは、中学二年のときから続いていた。

どうすれば、無視してくれるようになるのだろう。月子はそう思うが、真剣に考えたりはしなかった。ああいう子たちは、鈍感だけれど、こちらが何を望んでいるか、しっかりわかっている。間違っても、無視をしていじめられっ子を喜ばせるようなことはしないはずだ。

月子は歩きだした。クレープ屋の角を曲がり、ごみや食べかすが散乱する、汚い脇道に入った。東郷神社の敷地内を抜け、明治通りにでた。再び一文字コンビに見つからないよう気をつけながら、竹下口のほうに戻る。信号がちょうど青に変わり、明治通りを渡った。とんちゃん通りに先月できた古着屋を目指していた。そこまでいけば、あのふたりには絶対にでくわさないから、安心だった。

信号を渡りきり、すぐそこにあるとんちゃん通りの入り口に歩を進める。横から声をかけられた。男のひとの声。月子は無視して歩き続けた。

「ちょっと待って。怪しい者じゃないんだ」

男は小走りで月子の前にでた。ベージュのコットンスーツを着た、まともな感じのひとだった。

「モデル事務所のマネージャーをやってるんだ。モデルとかに興味はない？」

男は手に名刺をもって並んで歩く。

なんであたしにモデルの話を――。やはり怪しい。月子は顔を伏せて歩く。

「すごくおしゃれだよね。服には興味があるでしょ。モデルをやると、アパレル業界のひとと知り合いになれるし、いろんな服も着られるから勉強になると思うよ」

月子は顔を上げた。男は口元に笑みを浮かべ、月子の前に回り込むようにして足を止めた。月子もしかたなく、男の前で止まった。

「高校生？」

月子は頷いた。

「化粧は全然していないよね」

月子はまた頷いた。

男もなぜか大きく頷く。

「迷惑だろうから、ここでは細かい話はしない。名刺だけ受け取ってもらえるかな。ネットで調べれば、すぐわかると思うけど、うちの事務所はしっかりした会社なんだ。たぶん、きみが知っているモデルやタレントも何人かいると思う」

男が名刺を差しだした。月子はそれを受け取る。ヘリテージという事務所名だけ確認した。

「住んでいるのはどこかな。それだけ教えてくれる」

「東京です」

「じゃあ、問題ない。その気になれば、すぐに仕事はできるね。もし、ちょっとでも興味が湧いたら、電話をください。ちゃんと親御さんに相談をしてからね」

男はよろしくと言った。

月子はちょこっと頭を下げて歩きだした。手にもった名刺に目を向けた。

あたしがモデルをやれば、茜や舞も自分たちのセンスが劣っていることを納得するだろうか。もしそうなら、嫌がらせがひどくなるのだとしても、モデルをやってもいいな、と月子には思えた。

けれど、この話を親に相談することは絶対にないだろう。

5

高橋と植草は池の鯉を見て暇を潰していた。

高橋が、昔、人面魚というのが流行ったのを知っているかと訊ねたら、そんなテレビゲームがありましたねと植草が答えた。

なんにも知らないやつだなと、高橋は妙に苛立ちを感じた。池のなかにひとの顔に見える模様の鯉を二匹見つけていた。教えてやろうと思ったのだが、やめにした。

ちょうど本堂に隣接する建物からひとがでてきた。高橋は植草に頷きかけ、建物のほうに向かった。年寄りが大半を占める集団がこちらのほうに歩いてきた。

「まだいたんですか」

近づいていくと、増田和幸が顔をしかめて言った。隣には赤い顔をした父親がいた。

和幸は増田建治の三つ年が離れた兄だ。細面で神経質そうな顔は、いかにも堅実なサラリーマンという雰囲気だった。

「すみません。今日の法要に出席されたかたたちについて、訊きたかったものですから」

高橋は最低限の愛想を見せて言った。

四十九日の法要のあとに行われた会食には、家族と親戚のみが出席した。法要には建治と同年代の男たちも二十人ほど出席していた。人相の悪い者が多く、不良だったころの仲間たちだと推察された。植草が法要の前後、男たちにレンズを向け、カメラに収めている。ただし、駐車場に回った何人かは、漏れてしまった。

「お兄さんが、昔の友達に連絡をとったとお父さんから聞いたものですから。出席されたかたの名前を教えていただきたいんですが」寺の広い庭を歩きながら言った。

「名前はひとりしかわかりませんよ。中学の同級生にしらせて、その彼がみんなに呼びかけただけですから」

「記帳とかしてもらっていないのですか」

「会食に出席するひと以外からは、供物料などはいただいていませんので」

和幸は冷たい言い方をした。とくに警察に敵意をもっているわけではないのだろうが、協力的な感じはしない。

「それでは、その中学の同級生の名前と連絡先を教えてもらえませんか」

「これは、建治の事件の捜査のためなんですよね」

「もちろんそれに関係したことです」高橋は嘘のない、微妙な言い方で答えた。

和幸は携帯電話を取りだし、横江茂という名と自宅の電話番号を教えてくれた。

「お兄さんは、建治さんの知り合いで、真嶋貴士という人物を知りませんか」

「知りません」正面を見て歩きながら、硬い声で即答した。

「じゃあ、加藤ひろしはどうですか」

和幸は高橋のほうに顔を向けた。

「いや、知りませんよ」間をおいて答えた。

植草がちらっと高橋に視線を向けたのがわかった。

あとの名前は適当に思いついたものを口にしただけだった。知らない名を聞き、和幸は思わず誰だか考えた。ならば、即答した真嶋のほうは、知っているのかもしれない。

いまのところは、それ以上突っ込んでみる気はなかった。訊くとしたら、もう少し真嶋について調べがついてからだ。

高橋と植草は、現在、真嶋貴士について重点的に調査をしていた。それは先日、植草が増田建治と真嶋貴士とを繋ぐ細い線をネットで見つけだしたからだった。

増田が住んでいたマンションを管理する不動産会社で、入居時、増田の勤務先がビギニングという芸能プロダクションとなっていたことを聞いた。掲示板にビギニングという名は見あたらないが、真嶋がザンジバルというAV女優中心の芸能プロダクションの陰のオーナーだという書き込みはあった。植草はそのプロダクションについてネットで検索し情報を集めていた。そのうち、ザンジバルに所属する女優のひとりがかつてビギニングに所属していたという記述を、あるAVファンのブログのなかに見つけた。それが確実な情報なのか確認はできないものの、単なる偶然とも片付けられなかった。

翌日、ザンジバルの登記を調べたところ、三年前まで真嶋貴士が役員に名を連ねていたと確認がとれた。捜査本部の管理官にもそれらを報告して、宮城彩が聞いたというマジマが真嶋貴士なのかどうかを調べ始めた。もし、そうであるなら、平田則行を拉致、殺害したのは武蔵野連合である可能性もでてくる。同時に武蔵野連合についても調べるつもりであるが、調べ始めたばかりの現在、ほとんど進展はなかった。

そのまま、増田の家族と一緒に自宅までいき、通夜と葬式の記帳名簿を借りてコピーさせてもらった。署に帰って名簿をあたってみたが、真嶋貴士の名は見あたらなかった。

6

「信ちゃん、いいかい」

岸川はドアをノックしながら訊ねた。

なかからどうぞという声が聞こえて、岸川はドアを開けた。

「ノボちゃん、久しぶりだね」ベッドに寝そべり雑誌を読んでいた信吾《しんご》は、大儀そうに起き上がった。

「ばあちゃんの三回忌以来だから、五年ぶりか」岸川は言った。

その間に信吾はまた少し太ったようだ。長髪を後ろに束ねているのは変わらない。

岸川は勧められて、勉強机の椅子に腰を下ろした。

信吾は岸川の従弟《いとこ》、父親の弟の子供だった。父親が勘当されてしばらくたってから、叔父が金物店を手伝うようになり、家族で店の上に引っ越してきた。岸川が住んでいたときと違って、現在、金物店はビルになっている。だから、信吾の部屋は、かつて岸川が使っていた部屋ではない。もし、自分が使っていた部屋に信吾がいたなら、いまになってもわだかまりがないとは言い切れなかった。

「じいちゃんに、仕事を紹介してもらいにきたんだって？　いまは職探しもたいへんだからね。何かいい話はあった」

「あたってみるとは言ってくれた。大きい商店街だけど、じいちゃんと繋がりのある店や会社は規模が小さいものばかりだから、いい条件のものは難しいだろうってさ。確かにそうだよな。あまり期待しないで、他もあたってみるつもりだ」

岸川は明るい声で言ったが、もちろんがっかりしている。ただそれは、そんな当たり前のことにも気づかず、期待してやってきた自分に対する落胆だった。

「俺も紹介できるような人脈なんてないしな。うちの会社も仕事は減ってる。あっても、受注額はかなりディスカウントしてるから、もうけなんてほとんどでないんだよ」

「大丈夫だ。信ちゃんに紹介してもらおうなんて思ってないから」

信吾はコンピューターのプログラミング関係の仕事をしている。

「信ちゃん、話は変わるけどさ、増田和幸の弟って知ってるかい。ちょうど信ちゃんと同い年ぐらいだと思うんだけど」

信吾は岸川より三つ年下で、岸川が三年の一学期まで通った、北烏山中学校を卒業していた。

「増田和幸の弟って、増田建治のことかな」

「名前はわからない」堂々巡りしそうな話に、岸川は軽い苛立ちを感じた。「とにかく、その弟が最近死んだらしいんだ」

信吾は目を丸くし、二回頷いた。

「だったらそれ建治君だよ。ふた月くらい前に殺されたんだ。ニュースにもなったよ」

「殺された？」

「金銭がらみのトラブルでやくざに殺されたんだって。怖いのは、逃亡していた、そのやくざのほうも殺されたんだ。ひどいリンチを受けたっていうんだから、これは報復だよ。なんかすごい犯罪組織がからんでそう」

声を弾ませた信吾は、ふいに何か気づいたように顔を曇らせた。「ああでも、建治君、いいひとだったから、けっこうショックだったよ。中学の同級生からも久しぶりに電話かかってきたりした。不良っぽかったけど、お調子もんのところもあって、みんなから好かれてたんだ」

「ワルだったのか」

兄の和幸は、真面目でおとなしいやつだった。おどおどした目が気に入らなくて、いじめたこともあったはずだ。

「中学のときから渋谷とかいって、悪さはしてたみたい。本格的に悪くなったのは、中学卒業してからなんじゃないのかな。つき合いはなかったから、その後どうしてたか、全然わからないけど」

大人になっても、悪をやり続けたのだろう。そういうあほの末路は、警察に捕まるか、殺されるかのどちらかしかない。岸川はそう考え、自分自身深く納得した。

「おんなじ中学に通ってたのに、なんでこんなに人生って違っちゃうんだろうね」

信吾はしんみりした声で言った。

中学のときから住む世界が違ったのだろう。信吾は昔からゲーム好きのおたくだった。ワルとまともに交わることなどなかったはずだ。

「葬式とかいかなかったのか」

「うん。学年は一緒だったけど、同じクラスになったことはないし。誘いもこなかったしね」

「今日が、四十九日だったらしい。くるとき、真嶋っていう同級生に偶然会ったんだ。そいつが法事にいってきたと言ってたよ」

ふーんと頷いていた信吾が、突然「えっ」と声を発し、首を突きだした。

「真嶋って、もしかして真嶋貴士のこと？」

「そうだよ。信ちゃん、真嶋のこと知ってんの」

「へえー、すごい発見。ノボちゃん、真嶋貴士と同級生だったんだ。っていうか、真嶋って北烏山中学の出身だったんだ。このへんに住んでいたのは知ってたけど。年は三十六歳でノボちゃんと一緒だから、いやー、間違いないよ」

信吾は幅の広い顔に満面の笑みを浮かべて、いやにうれしそうだった。

「何、興奮してんだ」

「だって、真嶋貴士っていったら、けっこう有名人だよ。それが、中学の先輩で、ノボちゃんの同級だったなんて、すごい親近感」

「有名人なのか、あいつ」

信吾はひゅっと息を吸い、わざとらしくも見える驚き顔をした。

「あいつなんて呼んだら殺されちゃうよ」そう言って笑った。「有名人って言っても、ネットのなかの一部の世界の話だとは思うんだけどね。ノボちゃん、武蔵野連合って知ってる？」

「ああ。昔、烏山デュークスに入っていた先輩がいた。デュークスも武蔵野連合のひとつだろ」

「すごいね、ノボちゃん。実体験として武蔵野連合を知ってるんだ」信吾は本気で感心したような口ぶりだった。「俺はネットで初めて存在を知ったんだ。極道について語る掲示板のなかに、武蔵野連合についてのスレッドがたくさんたってる。最初は芸能人との繋がりとかが面白くて読み始めたんだ。ほら、女優の塩田友梨《しおたゆり》って、一時期、奇行でぷっつん女優とか呼ばれてたじゃない。あれって、武蔵野連合にクスリ漬けにされて、おもちゃにされてたんだって。他に神谷裕子《かみやゆうこ》や久米しおりとかが武蔵野連合のメンバーとつき合ってるらしいけど、ふたりとも、バラエティーとかで妙にテンション高いときがあるもんね。やっぱりクスリやってたんだって、合点がいった」

「なんで暴走族が、アイドルとかとつき合えんだよ」

真嶋の話はどこへいったんだ、とも思うが、まずはそちらが気になった。

「暴走族じゃないよ。武蔵野連合はもう解散してるし、そのメンバーというのはOBの話。いまは、それぞれ仕事をもっている。やくざのひととかもいるけど。で、武蔵野連合の現在のリーダーが城戸崎っていうひとなんだけど、このひとがクラブのオーナーをやっていて、そこに芸能人が集まってくるらしい。その関係から、メンバーともつき合ったりしてるみたい」

「よくわかんねえよ」岸川はかぶりを振った。

アイドルなら、ベンチャー企業の社長とか、金持ちだってよりどりみどりだろうに、なんで元暴走族なんかとつき合うのか。腹立たしくなるくらい、意味がわからなかった。

「だいたい、武蔵野連合は解散したんだろ。それが、なんで現在のリーダーとかいるんだ」

「組織としての実体はなくても、ＯＢたちの結びつきはいまでもあるんだよ。そのなかでいちばん実力のある人間がリーダーってことなんだと思う。本人たちは武蔵野連合と名乗ったりしないだろうし、リーダーが誰だとか意識していないのかもしれないけど、掲示板に書き込みをする事情通の外野の人間としては、そう呼んだほうが、書きやすいだろうから、便宜上そう呼んでるんだと思うよ」

まだよくわからないが、武蔵野連合のレクチャーはもうこのくらいでいい。

「それで、真嶋はどうしたんだ」

「そうそう、武蔵野連合といったら、なんといっても真嶋さんですよ」信吾は浮かれた声で言った。「またノボちゃんにいやな顔されるかもしれないけど、真嶋貴士は現在の武蔵野連合のナンバー2なんだ。実力では、城戸崎よりも上だというひともいる。なんてったって、稼ぎまくってるから。闇金グループや振り込め詐欺団の総元締めが真嶋なんだよ。巷《ちまた》を賑わす振り込め詐欺のほとんどは、真嶋の部下がやってるんじゃないかな。バイク便で金を取りにきたり、詐欺の手法は変わるじゃない。あれは全部真嶋が考えだしているんだって。詐欺の立案に関して天才的なところがあって、いずれは武蔵野連合どころか日本の犯罪組織全体を牛耳るんじゃないかと言われてるぐらいなんだ」

「嘘だろ」

あり得ない。俺に頭の上がらなかった真嶋が、そんな大物になるわけがない。岸川は何を言われてもただ黙ってうつむいていた中学時代の真嶋の姿を思いだしていた。

「嘘じゃないよ。ネットのことだから、全部が真実ってこともないだろうけど、何人ものひとが書き込んでいて、それをクロスチェックすると、ちゃんと整合性がとれてるんだ。大きなところで嘘はないはず。真嶋は、振り込め詐欺団の総元締め。裏の世界の大物だよ。武蔵野連合のスレッドのなかでも、真嶋についての記述はだんトツで多いんだ」

ちょっとした会社の社長でもやっているなら、あり得るかもしれない。しかし、裏の世界の大物だなんて。あのやせっぽちで意気地のなかった真嶋がそんな……。岸川の耳に「お前」と呼ぶ真嶋の声が甦《よみがえ》った。

岸川はジーンズの尻ポケットに手を入れた。真嶋に渡されたショップカードに指先が触れて、すぐに手を抜いた。破くことができず、そのままもっていた。

「信じないんだったら、自分で読んでみてよ。きっと納得するから」

信吾は立ち上がって岸川の横にきた。机に向かい、パソコンを立ち上げ始めた。

「見始めたら、なかなかやめられないよ。現在のことだけじゃなく、かつての暴走族時代のこととかもあってさ。えー、ほんとにこんなえげつないことしたのって、信じられないようなこと、けっこういっぱいでてくる。もうどきどきしちゃって。——あっ、でもノボちゃんは、中学、高校と、そっちの世界にいたから、俺ほど驚いたりしないのかな」

そうだ。俺もあのころは同じ世界で生きていたのだ。岸川は、キーボードの上で別の生き物のように動く、信吾の指をぼんやり見つめていた。

7

ひとのいないラウンジは広々として見えた。グレーを基調としたインテリアが、照明を映して冷たく光っていた。

真嶋貴士はペプシの缶に口をつけ、ゆっくりと喉に流した。

明日、客を迎え入れれば、とたんに狭く感じられることだろう。五十人も入ればいっぱいのフロアーに、明日はオープニングパーティーのため、百人以上を詰め込むことになる。

パーティー自体、とくに重要なものではなかった。ここラウンジバー、フリーライドは会員制で、一般客は入れないから、外にアピールする必要はない。そもそも、このラウンジで金銭的な利益を上げようとは考えていないのだから、なおさらだった。

それでも、フリーライドのオープンは真嶋にとって大きな意味がある。十年後、二十年後、東京という街を手に入れるための大きな布石となる。だから明日のパーティーは、それに向けての決起集会みたいなものだった。集まるのは、だいたいが身内で、あとはその取り巻きたち。フリーライドにとって大切な客がやってくるのは明後日以降、営業を始めてからだ。とはいえ、最初は閑古鳥が鳴くだろう。いまのところ、会員となる目星がついている人物は四、五人ほどのものだった。十年後を目指して、じょじょに増やしていけばいいと思っていた。

真嶋はラウンジをぐるりと見回してから、カウンターの横にあるドアに向かった。フリーライドにおいて、このラウンジはメインのフロアーではなかった。そのドアを抜け、さらに奥にある三つの小部屋がフリーライドの心臓部だった。それがなければ城戸崎のクラブほどの価値もない、ただの酒場になる。

ドアに進みかけたとき、携帯電話が着信をしらせた。真嶋は取りだして通話ボタンを押した。

「日枝《ひえだ》です。ちょっと、まずいことが起きたようです」

真嶋がでると、日枝がいつもと変わらぬ、落ち着いた声で言った。

「何があった」真嶋はカウンターのスツールに腰を下ろして訊ねた。

「講壬会《こうじんかい》の鷲美《わしみ》さんから連絡がありまして、金が口座に振り込まれていないそうです」

「四億まるごとだな」

「そうです。どこで滞っているのか、確認を急いでいますが、いまのところわかっていません」

「シュウのところはなんて言ってるんだ」

「それが連絡つかないもので」

真嶋はカウンターの上のペプシの缶に手を添え、ふんと鼻を鳴らした。

「鷲美さん、明日までに金が用意できないと、とんでもないことになると、電話口で怒鳴り散らしていました」

「気にするな。あいつらは吠えるしか能がないんだから。だいたい、こんな押しつけられたような仕事で、トラブルまで面倒みてられない。ほっとけばいいんだ」

フリーライドの開店祝いに水を差すようなトラブル。真嶋は腹だちを感じて、カウンターに缶を打ちつけた。

「そう言ってすますことができれば、いいんですけどねえ」

どんな場面でも変わらない日枝の落ち着きぶりには苛々させられることが多い。が、時折、冷静さを取り戻すのに役立つこともある。

「わかったよ。すぐにそっちに戻る。シュウには俺のほうから連絡をとってみる」

真嶋はスツールから下りた。よろしくお願いしますと日枝の声が聞こえた。

「本間《ほんま》はそこにいるのか」

「ええ、珍しく遊びにもいかず、電話にかじりついています」

大丈夫だ。三人揃えば、解決できないことはない。——いや、そういう言い方はよくないな。真嶋は出口に向かいながら、思い直した。

うちのオフィスはついこの間まで四人で動いていたのだ。増田が抜けた穴は大きい。マンパワーの上でも、精神的にも。

まあ、それでも、なんとかはなる。真嶋は感傷的になりかけた自分を置き去りにするように、足早にドアへ向かった。

8

岸川は六本木の交差点を渡り、ミッドタウンの方向に進んだ。地下鉄の出口がよくわからず、信号待ちでよけいな時間をとってしまった。六本木にくるのは、何年ぶりだろう。前にきたとき、ミッドタウンがあったか、なかったかも覚えていない。

金曜の九時、歩道はひとで溢れ、なかなか先へは進めなかった。パーティーが何時から始まるのか聞いていなかったが、六本木で催されるパーティーなのだから、盛り上がるのはこれからだろう。焦ることはなかった。

ショウウィンドウに映った自分の姿をじっくりと確認する。アルマーニエクスチェンジの黒いTシャツとホワイトジーンズ。陽に焼けていたほうがしっくりくるが、このかっこうなら、どこのクラブでも浮いたりすることはないだろう。岸川は満足して正面を向いた。

クラブなんてそれこそ久しぶりだった。もう十年以上いっていない。だからといって、うきうきと心を弾ませているわけではなかった。どれだけ華やかだか知らないが、パーティーそのものはどうでもいい。真嶋をもう一度この目でじっくりと見てやりたくて、フリーライドに向かっていた。

信吾の部屋で、武蔵野連合に関する掲示板を読んだ。自分のアパートに帰ってからも、最近はめったに使わないパソコンをネットに繋いで、書き込みに目を走らせた。武蔵野連合に関するスレッドは本当に無数にあった。岸川は、三日間ほど外へもでず、パソコンの前に座り込んでそのほとんどに目を通した。真嶋に関するものばかりでなく、芸能関係や暴走族時代の話なども含めてだ。

掲示板のなかの真嶋貴士は三十六歳。地元の暴走族烏山デュークスに入ったとあるから、烏山周辺に住んでいたと考えられる。あのへんに、同い年の真嶋貴士がふたりもいたとは思えないから、自分が知る真嶋と掲示板に書き込まれた真嶋は同一人物と見て間違いない。

信吾が言ったように、真嶋は闇金や振り込め詐欺団のトップに立っているという書き込みは無数に見られた。資産は数十億で、代官山の豪邸に暮らしているらしい。しかし、完全に独立して組織を率いているわけではなく、夷能会《いのう》の幹部が後ろ盾についている。この幹部の下に、別のトップが率いる同じような組織がもうひとつあることもわかった。

真嶋に会ったことがあるという人間の書き込みは、決まって真嶋を紳士的だと褒めていた。しかし、いったん火がつけばいくらでも残酷になれそうな怖さも見え隠れしていると書く者もいた。実際、以前にあった、振り込め詐欺団の仲間割れによる、生き埋め殺害事件は、表にでないが真嶋の指示により行なわれたものだそうだ。

女優の朝井里子《あさいりこ》とつき合っていた。モデルのミホともつき合っていた。車は三台所有しているが自分では運転しない。クロムハーツの指輪をしている。酒はほとんど飲まない。コーラはペプシを好む。真嶋について、そんなどうでもいいことまで岸川は知るようになった。

明らかな嘘も書き込まれていた。真嶋の父親は商社マンで海外経験もあると書かれていたが、そんな話は聞いたことがなかった。岸川が知る真嶋には父親はおらず、母親とふたりで団地に暮らしていた。母親は水商売をしていて、商社マンの奥様だったとは考えられなかった。

一流大学に通っていたという書き込みも嘘くさい。中学のときの真嶋は、岸川と同じくらい勉強ができなかった。それに、高校時代暴走族で暴れていたやつが、勉強などする暇があるわけなかった。

真嶋が嘘の経歴を言いふらしているのか、書き込んだ者が嘘をついているのかわからないが、それらが嘘だからといって全部がそうだとは限らないだろう。すべてが嘘だったら、これほどの書き込みがされるはずはなかった。岸川は真嶋が裏社会の大物であることを信じた。

真嶋の現在の姿はよくわかったが、暴走族時代については意外なほど書き込みは少なかった。烏山デュークスのリーダーであり武蔵野連合の八代目総長であることぐらいしかわからない。武蔵野連合の最盛期が、真嶋の代のふたつ、三つ下あたりの代だからなのだろう。現役時代の話は、そのころのものが多かった。

それらを読むと胸糞が悪くなった。武蔵野連合の残虐非道ぶりは、ある程度暴力に慣れ親しんだ岸川が読んでも背筋が寒くなるようなものだった。抗争相手の暴走族のメンバーを捕まえると、二度と刃向かってこないよう徹底的に痛めつけるのが、武蔵野連合のやり方だった。爪を剥がしたり、肛門をカミソリで切り裂くぐらいは当たり前で、幹部を捕まえたときは石やブロックで手や足を叩き潰す。それで一生残る障害を負った者も何人かいるそうだ。

たとえ相手の人数が多くてもその凶暴さは変わらなかった。金属バットを手に向かっていき、徹底的に頭部を狙って何度もバットを振り下ろすことでも有名だった。死者がでてメンバーが逮捕されたことも一度だけあったそうだ。それだけやって、死者がひとりだけというのは、ある意味、運がいいと言えるのかもしれない。それほどに凶暴な連中だった。

他にも、排泄物を無理矢理食べさせたり、ハンマーをもって相手の自宅に乗り込み、めちゃめちゃに家のなかを破壊してみたり、精神的な打撃を与えるのもうまかったようだ。

信吾に、ノボちゃんも同じ世界にいたんだよねと言われたが、自分がいたのとはまったく別だった。自分がやっていたのは、ただ拳を振り回すだけの子供の喧嘩に思える。かたや、武蔵野連合がやっていたのは戦争だ。まるでゲリラ戦だった。なんでひとりしか殺せなかったのか、当の本人たちも不思議がっているに違いない。

武蔵野連合の凶暴さは、代々受け継がれたものだというから、真嶋が現役だったころも、そう違いはないだろう。やせっぽちで意気地なしだったあの男が、なんでそんな集団のトップにまで上り詰めることができたのか。真嶋は中学三年のときに先輩から誘われて烏山デュークスのメンバーになったそうだ。岸川も中二のときにデュークスのメンバーだった先輩に、中三になったらうちに入れよと誘われたことがあった。その後千葉に引っ越したため入ることはなかったが、もしあのまま烏山にいたらどうなっていたのだろう。岸川は考える。

中二のころ、真嶋よりも喧嘩は強かったし、度胸もあった。もし自分が烏山デュークスに入っていたら、リーダーになれただろうし、武蔵野連合の総長にもなっていただろうと思えてしかたがなかった。別にそんなものになりたかったわけでもないのに、とんびに油揚げをさらわれたような、もやもやした気分が残った。

裏社会の大物になど自分がなれるはずはないが、それでもなお、真嶋より自分のほうが上にいるという感覚は捨てられなかった。だから、もう一度真嶋に会いたいと思った。いったいどんな人間になったのか確認したかった。それで、中学のときの真嶋のイメージが消えてくれればと思っているのか、それともやはり自分のほうが上だと確認したいのか、岸川自身にもよくわからなかったが。

ミッドタウンを通り過ぎて、右に曲がった。静かな住宅街に入っていく。真嶋にもらったショップカードを手にして、住居表示を見ながら歩いた。ギャラリーみたいな何かの店がぽつんとあったりするが、フリーライドの看板などは見あたらなかった。このへんのはずだがと思って少し進んでみると、コンクリート打ちっ放しのマンションの前に男がひとり立っていた。黒いTシャツに黒いパンツをはいた男は、腕を組んで筋肉質の腕を強調していた。岸川は男に近づいていった。

「これなんだけど、ここ？」

男にショップカードを差しだして訊ねた。

男はカードに目をやると、しかめた顔のまま頷いた。どうぞこちらへと半地下に続く階段を下りていく。岸川はあとに続いた。

黒いスチールのドアを男が開けてくれた。岸川はあたりを見回したが、どこにもフリーライドという看板はでていなかった。漏れだした低いベース音に誘われるようになかに足を踏み入れた。

壁も床も真っ黒な、薄暗いクローク。天井から小さなシャンデリアが吊り下げられていた。床には開店のときに見られる、鉢植えの花などがそこかしこに置かれていた。パーティーというのは店のオープニングパーティーなのかと初めて気づいた。

奥にあるドアの前にスーツ姿の男がいた。いらっしゃいませと頭を下げて、ドアを開ける。とたんに弾けたように音が漏れだした。音楽ばかりでなく、いくえにも重なったひとの声が、塊となって押し寄せ、岸川は意外に感じた。ここはクラブではないのか。六本木でパーティーと聞き、踊るクラブだと勝手に思いこんでいた。しかしクラブなら、フルボリュームの音楽で、ひとの声はかき消される。なかに入ると、ドアのすぐ前にまでひとが溢れていた。照明もクラブに比べれば明るかった。フロアーの中央にテーブルがあり、料理が並ぶ。その周りを取り囲むようにして、ひとが立ち並び、賑やかに声を響かせていた。壁際にはソファー席があり、そこもひとで埋まっている。

見た感じ、なんの店だかはわからなかった。小箱のクラブと見えないこともないし、インテリアの感じは高級なキャバクラでもおかしくはなかった。カウンターがあるから、ラウンジバーといったところか。

岸川はこの場に気後れを感じた。クラブなら、ダンスフロアーに逃げ込めば、ひとりでもかっこうがつく。知り合いがひとりしかいないパーティーで、逃げ場がないのは憂鬱だった。ぱっと見た感じで伝わってくる、華やかな雰囲気も気後れの原因ではあった。なんだか融《と》け込めそうもない。岸川はひとの間を縫って、カウンターに向かった。

生ビールをバーテンから受け取り、カウンターの端に寄ってグラスを傾けた。まずは喉を潤し、ひと息つこう。真嶋を捜すのはそれからだ。

カウンターにもたれて、客たちを眺めた。ぱっと見ただけで華やかだと感じたのは、きている女たちの多くが、とびきりの美人だったからだろう。顔の造りも化粧の乗りも、そのへんを歩いている女とは明らかに違う。街で見かけることなどめったにないレベルの女がそこかしこにいた。

――いや、街で見かけることはないが、見たことのある顔がけっこういる。ソファー席のほうに目を向けた岸川は、そう気がついた。

テレビで見かける女優やモデルが酒を飲み、大口を開けて笑っていた。武蔵野連合と女優たち。掲示板の噂を思いだし、腹だたしさを感じた。岸川はぐいっとビールを呷《あお》った。

女たちばかりに目がいきあまり意識を向けていなかった男たちも観察した。スーツを着た者が多いが、岸川のようなTシャツ姿もいるし、タンクトップで筋肉やタトゥーを見せびらかす者もいた。総じていえば、やはり柄が悪い。まともなビジネスマン風の男でも、あいつはやくざだと耳打ちされれば、そうかもしれないと思えるほどの面構えはしていた。このなかに武蔵野連合のOBはどれくらいいるのだろう。掲示板を熟読した岸川は、メンバーの名を十人ほどはすらすら言える。しかし、顔はほとんど知らなかった。

ふと視線を感じて顔を横に向けた。カウンターで飲み物を待っているらしい男がこちらを見ていた。

ずんぐりした男だった。Tシャツの上にベストを着ていた。口の周りに髭をたくわえ、ニット帽を被っている。柄が悪いわけではないが、怪しい風貌ではあった。岸川は眉間に皺を寄せ、男を睨みつけた。髭の男は気にした風もなく、こちらを見続ける。ふいに男の顔に笑みが広がった。

「昇、こんなとこに、なんできてんだよ」

名前で呼ばれ、驚いて目を凝らした。誰だ。

瞬時に思ったのは、鳥山に住んでいたころの知り合いではないかということだ。真嶋は他にも地元の人間を呼んでいたのだと。岸川は二十年以上前の記憶と目の前の男を照らし合わせようとした。

「おい、まだわかんないのかよ」

男はニット帽を脱いだ。「ちょっと薄くなってきたけどよ」と言いながら、短髪の頭をかいた。

「なんだよ、裕弥《ゆうや》か」

「ようやくわかったか」

昔よりずいぶん脂肪をたくわえた男は、カクテルを受け取り、こちらにやってきた。

鳥山時代の知り合いではなかった。堀越《ほりごえ》裕弥は千葉でギャングをしていたときの仲間だ。津田沼の駅前でたむろして、女に声をかけたり、時折子供の喧嘩をするだけのギャング団だった。

「なんでここにいるんだ」岸川は訊ねた。

「俺さ、AV制作の会社をやってんだよ。それでつき合いのあるAVプロダクションがこの店と関係があってさ、遊びにこないかと誘われたんだ」

つき合いのあるAVプロダクションとは、真嶋がオーナーのプロダクションだろうか。掲示板には、真嶋が実質的なオーナーを務める企業の名前もいくつか挙げられていた。

「なんだお前、あれからずっとAVやってたのか」

高校を卒業したころ、堀越は当時遊び仲間だった女たち何人かをＡＶに紹介し、小遣い稼ぎをしていた。仲間内でひんしゅくを買い、焼きを入れられた上、ギャング団を放りだされた。会うのはそれ以来、十七年ぶりだ。

「まあ、この世界の水が合ってたんだな。――で、お前はなんでいるんだよ」

「中学のときの同級生に誘われたんだよ。俺、千葉にくる前、世田谷にいただろ。そのときの知り合いだ。――真嶋っていうんだけど」

堀越を見つめていた岸川は、旧友の細い眉がつっと上がるのがわかった。

「お前、真嶋さんと同級生だったのか」大きな声で堀越は言った。「なあ、だったら一緒に挨拶にいこうぜ。大物だからさ、なかなか俺ひとりじゃ声をかけづらいんだよ」

堀越は甘えた声をだし、岸川の腕に自分の腕をからめてきた。

「あいつ、そんなに大物なのか」

「まあ、色々噂はあるけど、ＡＶ関係の話だけでいえば、制作会社やネットのＡＶ配信の会社をいくつか束ねているらしくてね。知り合いになっておけば、うちのような小さな会社にとってはメリットが大きい人物ではある。表にでてくる機会もないから、いいチャンスなんだよ」

表にはでてこないが、表の世界でも知られているわけか。堀越に促されて岸川は歩き始めた。

「この店は、どういう店なんだ」

「なんだ、そんなことも知らないできてたのか」

ひとの間を縫って、奥の壁のほうへ進んでいく。

「開店したら、会員制のラウンジバーになるそうだ。だから俺たちが入れるのは、今日だけだよ。真嶋さんの、道楽なのかなんなのか、もうかりそうな感じじゃないな」

「これ、真嶋の店なのか」

とくに驚きはなかったが、岸川はあらためて店内を見回した。

堀越は「なんでお前、きたんだ」と呆れていた。

人混みを抜けると壁際の空間にでた。堀越が「あっち」と岸川の腕を引いた。進む方向に目を向けた岸川は、真嶋の横顔を見つけた。

ソファーにゆったり座る真嶋は、早口で喋る向かいの女の話に耳を傾けていた。ぎらぎらとあぶらぎった周りの男たちに比べると、スーツ姿の真嶋は確かに紳士風に見えた。

「お話し中にすみません。オフィス・スティングレイの堀越と申します。いつもお世話になっています。さっきたまたまこの岸川と会って話したら、真嶋さんと同じ中学と聞いて驚きまして——。私は岸川と高校時代によくツルんでたんです」堀越は岸川の肩に手を置いて言った。

「そいつは偶然だな。スティングレイさんは、前にうちに女の子を紹介してくれたんだよな」

真嶋はちらっと岸川のほうに目をやり、言った。

「ええ、そうです。驚いたな、よくそんな細かいことまで覚えておいでで」

堀越は目を丸くした。本当に驚いているようだった。

「またよろしく頼むよ。うちの誰かから連絡させる」

今日はきてくれてありがとうと真嶋は片手を上げた。紳士的だが、もういってくれと伝えている。立派な社会人の堀越は、ちゃんとそれを察した。真嶋に頭を下げ、岸川に目配せをして去っていった。

真嶋が岸川のほうを見た。「なんだお前、ほんとにきたのか」

「ああ、誘われたから、きてやった」

岸川は場を考えて笑みを浮かべながら言った。真嶋も笑みを返した。

「まあ、せっかくきたんだから、座れよ」

真嶋の隣にいた、ゴリラ並みのがたいの男が横に移動した。前に座っていた女が立ち上がる。

「あたし、後藤君に挨拶してくる」岸川のほうを向いて「どうぞ」と言った。

女の顔を正面から見て驚いた。最近テレビでよく見かける顔だった。モデル上がりの女優。名前はでてこなかった。真嶋が女にまたあとでと声をかけている間に、岸川はソファーに腰を下ろした。

「何か飲みますか」

隣の席に座る金髪の男が訊ねた。

「こいつに気をつかわなくていい」真嶋が言った。

何かのスイッチが入ったように、こちらを見ていた金髪の顔つきが瞬時に変わった。皮膚が張りつめ、能面のような表情でそのまま見つめる。

「岸川、なんでこの間、お前を誘ったかわかるか」真嶋は体を前に傾け、訊ねた。

岸川は「さあね」という言葉以外思いつかず、そう口にした。

「ここへ呼んで、お前をなぶりものにしたかったんだ。なんでだかわかるか」

岸川の頭に浮かんだのは、また同じ言葉。しかし口にはできなかった。

真嶋の隣のゴリラが、まともに答えなければ殺す、とでも言いたげな視線で岸川を睨《ね》めつけていた。

9

パソコンの画面をスクロールし、ツイートに視線を走らせる。!マークつきの前向きな言葉がずらりと並んでいる。延々と遡っていってもそれは変わらない。この子は何も悩みがないのだろうかと月子は呆れた。きっと頭が悪いのだろうと結論づけるしかなかった。

〈明日から夏休みでしゅあー！。海いくぴょろー。ビ、ビキニ着ちゃってもいいですか〉

やたらにハイテンションなツイートを見つけ、いったいどんな子なのだろうと思って、過去ツイを遡ってみた。はっきりいってしまえば、何か不幸を背負っていればいいなと期待していたのだけれど、何も面白いものはなかった。読んでいて疲れるくらい、いつもハイテンションだった。

月子は椅子にもたれ、溜息をついた。もう三十分以上もパソコンに張りついている。見も知らぬ、あかの他人のツイッターを延々と遡るなんて、確実に自分のほうが頭が悪い。

ヘッドホンからテイラー・スウィフトのラブソングが流れていた。英語の歌詞は、何を語っているかわからない。暗く、必死な歌いっぷりから、押しつけがましい恋の歌なのだろうという気がした。

月子はインナーイアーヘッドホンを外した。また溜息をついた。

どうして、こんな棘《とげ》のあることばかり考えているんだろう。もうやめよう。少しはこの子を見習って、何も考えずに明日からの楽しい生活を夢想しよう。

今日は一学期の終業式だった。明日から舞や茜に会わないですむのでほっとしている。夏休みを迎えるにあたり、心のなかに湧き上がる感想はそんなものしかない。旅行の予定があるわけではないし、友達と遊ぶ約束もないし、自分でやりたいこともないから、わくわくするような期待感がないのも当たり前とはいえた。でも、それじゃあいけないと、わかっていた。

月子はまだ進路を決めていなかった。大学にいくか、服飾関係の専門学校にいくか、迷っていた。いずれにしても来年の夏は遊んではいられないだろうから、高校生活での夏休みは実質、今年が最後になる。去年の夏も、とくに楽しいことはなかった。いちばんのイベントは友達に誘われていったコミケだったが、誘われただけで、とくに興味はなかったし、あり得ないくらいに蒸し暑くて、貧血で倒れた。なんの思い出にもならないイベントだった。

少しは努力をしてみるべきだ。充実した夏休みを過ごすためには、自分から動きださなければならない。待っていても何も起こらないと、これまでの経験から充分わかっていた。ただ、やりたいことがあるわけでもなく、いったいどこに向かって努力をすればいいのかわからなかった。とにかく、家にいても何も起きはしないから、毎日でかけてみようか、とは考えていた。

月子は勉強机の引き出しを開け、なかから名刺を一枚取りだした。原宿でもらったスカウトマンの名刺。あの日、ここにしまって以来、一度も見ていなかった。

モデルや芸能界の仕事に興味はなかった。そもそも、自分をモデルとしてスカウトするなんて怪しすぎた。背も高くないし、顔だって普通だ。よく話に聞く、スカウトして金を騙し取る、詐欺の可能性もあると思っていた。

ただ、舞や茜を口惜しがらせることができるならやってもいいとあのとき考えたが、いまでもその気持ちは少し残っていた。それに、モデルなんて仕事は誰にでもできるわけではないし、やってみたら思わぬ世界が広がるかもしれない。あてもなく外にでかけるよりは、よっぽど充実した夏休みに近づける気がした。もちろん、まともなモデル事務所だったとしたらだ。

月子はヘッドホンを耳に差し込んだ。流れていたのは大好きなアデルの曲だった。パソコンに向かい、検索バーに、ヘリテージ、モデルと検索ワードを入れた。

もし、ちゃんとしたモデル事務所だとわかったら、どうしよう。

そんなのは考えてみるまでもない。尻込みする自分を鼓舞しながら、月子は思った。まずは電話をかけてみる。話を聞いて、やるかどうかはそのあとに悩めばいいことだった。まだ努力とも呼べない簡単な行為だ。

検索ボタンをクリックした。現れた検索結果のいちばん上に、モデル事務所、ヘリテージのホームページがあった。カーソルをそこに合わせた。

このクリックで私の夏が変わったりするのだろうか。月子はふいに膨らんだ期待に当惑しながら、ホームページを開いた。

10

「あのとき、お前の顔を見て思いだしたんだ。建治が、兄貴をいじめたやつをなぶりものにしてやりたかったたって言ってたのを」

真嶋はそう言うと、シャンパングラスを手に取り、口をつけた。

建治とは誰のことなのか、岸川にはわからなかった。しかし、それを問い質《ただ》そうとは思わない。

真嶋の隣の男が、相変わらずガンを飛ばしてくる。声にださずに、何か喋っている。語尾にやたらと「おらー」をつけているのが、口の形でわかった。真嶋の言葉に集中できない。

「だから、代わりに俺がお前をなぶりものにしてやろうと思ったんだ。あの日は四十九日だったから、そんな気にもなったんだが、日がたったら、どうでもよくなった。建治も、子供のころにそう思ったという話をしただけで、いまさらお前をいたぶったところで喜びはしないだろう」

建治というのが、増田和幸の弟だと理解した。やくざに殺されたらしい男。

「もう帰っていいぞ。すまなかったな。居心地悪かっただろ、こんな華やかな場所に迷い込んじゃって。なかなか決まってるぜ、アルマーニなんとかっていうそのTシャツ」

真嶋の言い方はあくまで紳士的だったが、その顔に浮かぶ笑みは完全にひとをばかにしていた。

確かに居心地は悪い。さっさと帰りたい気持ちはあった。しかし帰れと言われて、これ幸いと逃げだすようなまねはしたくない。無言で真嶋を見つめた。

近くのテーブルでひときわ大きな笑い声が上がった。岸川は思わずそちらに顔を向けた。ふたつ離れたテーブルにつくグループのようだ。繋げたテーブルを囲む大所帯。そのなかのひとりが立ち上がった。モノクロ写真がプリントされたTシャツを着た、金髪頭の男。湖鉢尚人《こばちなおと》だとすぐに気づいた。

演劇界のプリンスと呼ばれる湖鉢は、大物演出家湖鉢則生《のりお》の長男で、早稲田の学生のころに小劇団を立ち上げ、早くから演劇界で注目された。作、演出、主演もこなし、これまで数々の演劇賞に輝いている。最近は、役者としてはテレビや映画が中心だが、演出家として舞台の仕事も続けていた。俳優を目指していた岸川も小劇団に参加して舞台に立っていたが、友人、親戚に頭を下げてチケットを買ってもらい、ようやく小劇場の席が埋まる無名の劇団で、同い年の湖鉢は別世界の眩しい存在だった。

「お前ら、俺のでかさを疑うなんて失礼にもほどがある」湖鉢が言った。

酔っぱらいの荒れた声だが、腹からダイレクトに発せられたような、いい声だった。

周りの女たちがきゃーきゃーと騒いでいる。

湖鉢がジーンズのボタンを外した。はき口に手をかけたところで隣の男が立ち上がった。

「もう湖鉢さん、こんなとこでやめましょうよ。でっかいひとだとわかってますから。誰かふたりっきりになったときに、見せつけてやってくださいよ」

青柳涼だった。武蔵野連合出身だと言われている俳優だ。湖鉢の肩を摑んでなだめる。

「なんだよ、誰がふたりっきりになってくれんだよ。ミサ、お前、いくか」

湖鉢はそう言って腰を下ろした。騒がしい声はまだ聞こえていたが、岸川は顔を正面に戻した。

真嶋も湖鉢たちのほうに顔を向けていた。ひどく冷たい横顔だった。ふいに岸川に目を戻した。

「なんだお前、まだ帰らないのか。俺と昔話でもしたいのか」

冷たい顔に、笑みが混ざった。

「いや、もう帰るよ」

「帰りますだろ」とすかさず隣に座るガキが囁いた。

「帰ります」

岸川はせめて笑みを作り、言った。演劇界のスーパースターを間近に見られて満足だった。もう帰ろうと思った。

湖鉢が世に出始めたころ、同い年の男の成功に嫉妬心のようなものを感じた。しかしそんな思いはすぐに消え去った。一度だけ湖鉢の舞台を観たことがある。作品の完成度、神懸かり的な演技、容姿にいたるまで、圧倒的な能力の差を見せつけられた。それらはどれひとつとして努力で埋まるものではないし、羨望はしても、嫉妬するのはばからしく、恥ずかしいことだと自然に納得できた。

湖鉢を間近に見て、かつてそんなことを感じたなと思いだした。人間、どうにもならない圧倒的な差はある。少年のころの真嶋は自分よりも下だったが、その後、どこかで大きく跳ねたのだろう。昔といまの真嶋は違う人間だ。だから、いまの真嶋を見て嫉妬心を感じてもしかたがないのだ。自然にそう思えたわけではないが、自分自身を納得させることはできた。だからもういい。

岸川は柔らかい革のスツールから腰を上げかけた。真嶋に呼び止められた。

「まあ、待てよ。せっかくだから、昔話でもしようぜ。いま、ちょっとな、思いだしたことがある」

隣のガキが、待てよと囁き、岸川の肩を押さえた。岸川は前に傾けた体を戻し、座り直した。

「お前、加村望《かむらのぞみ》のことが好きだったんだろ」

「なんの話だ」

「中学のときテニス部にいた加村だ。引っ越すとき、お前、告っただろ。本人からそう聞いた」

岸川は真嶋のにやけた顔を見返した。そんな昔の恋愛話をされても恥ずかしくはない。ただ、加村本人がその話をひとに言いふらしたということに、軽いショックは受けた。

加村望とは小学校も一緒で、何度か同じクラスになったこともあった。スポーツも勉強もでき、顔もかわいいクラスのマドンナ。小学生のときはいじめもしたが、そのころから好きだった。当時の岸川は女に奥手というか、自分から好きだと言えるタイプではなかった。不良グループに近寄ってくる女と適当につき合うことはあっても、自分とは居場所が違う加村はただ横目で眺めるだけだった。

中学三年の一学期、引っ越す一週間くらい前に、最後のチャンスだと意を決し、加村に好きだと告白した。どうせ遠くにいくから、返事はしなくていいと言い添えた。岸川は学校で告白して、それですべて完結するつもりでいたが、加村に一緒に帰ろうと誘われ、初めてふたりで帰った。小学生のときにいじめられたことなど、冗談まじりで加村は話した。岸川はただ黙ってそれを聞いていた。千葉と東京、それほど遠くないよな、やっぱりつき合ってくれと言おうかな、と心のなかで葛藤していた。一度言ったことを撤回するのは男としてどうか。言ったところで、いい返事がもらえるとは限らない。受験もあるし、つき合ったところで長続きはしない。そんなデメリットばかりが浮かんできて、結局は何も口にしないまま、家の近くでさよならを言った。親の離婚で引っ越さなければならないやりきれなさと相俟《あいま》って、いま思いだしても少しばかり切なくなる、中学時代の記憶だった。自分と加村だけの記憶。他人には知られたくなかった。

「望、お前のこと好きだったたってさ。小学生のときから、元気だし、親分肌だし、ずっと気になってたって言ってたよ。残念だったな。告白してそれで終わりなんて、かっこつけちまったんだよな、中坊だから」

言えばよかったのか。いまさら、がっかりしている自分を、岸川は笑った。

「がんばって遠距離恋愛していれば、望とできたのにな。あいつ、お嬢さんだから、もちろん処女だった。まだ中学生だからそういうのは早いって最初は言ってたのに、無理矢理やったら、気持ちよくてしょうがないらしくて、すっかり淫乱になってたよ」真嶋は大きく目を開き、おどけた顔をした。

隣のゴリラが口元をだらしなく歪め、好色な笑みを浮かべた。

こいつら、俺の綺麗な記憶に泥を塗りやがった。切なさを突き破り、でてきた怒りは激しかった。

真嶋を睨めつけ、ゴリラにガンを飛ばした。

「まあ、俺だって変わんないけどな。童貞に毛が生えたようなもんだから、やりまくった。校舎の裏やトイレのなか、がまんできなくなると学校でもよくやった。だけど、お嬢さん育ちだから、つまんないと言えばつまんない女でさ、飽きるのも早かった。高二の初めには、もう他の女に乗り換えてたよ。スキモノだから、男なしじゃかわいそうだと思って、後輩によく貸しだしてやったな。普段せんずりばっかりしてる猿どもが、ひーひー喜んで腰振ってたぜ。──おい、お前もその猿のひとりだろ」真嶋は隣のゴリラに言った。

「はは、もう順番待ちきれなくて、ヒデアキとマサルと、よく4Pをやってましたよ。ほんとに猿。自分でも思います」

男は猿には絶対まねできない、締まりのない顔をした。

「このクズども」岸川の口から言葉が漏れた。

「おい、いま、なんか言ったかよ」

「何も、言ってねーよ」隣のガキを睨みつけて言った。

「なんだその言い方は。言ってませんだろ」

隣のガキが手を伸ばしてきた。髪を摑もうとした手を、岸川は払いのけた。

「てめー」

「よせっ。ここで騒ぐな」真嶋の隣の、筋肉の塊が言った。「おいお前、裏で話すか。それがいやなら、何も言ってません、申しわけございませんでしたときっちり頭下げろ。一回だけは許してやる」

陽に焼けた肌。薄い眉。とくに表情を作らなくても、ひとを震えあがらせる顔をしていた。ステロイドでも使ったのか、異常に発達した筋肉もそうだ。

実際に喧嘩も強いのだろう。やればまず勝ち目はない。いや、喧嘩をする気力さえ最初から湧かない。それでも、岸川は謝る気にはならなかった。

「おい、びびって何も言えないのか。おら、言ってみろ。すみませんでしたと手をついて謝れ」

ゴリラは苛立ったように顔を歪め、口を半開きにした。

真嶋は口元に笑みを浮かべ、冷ややかな目で見ている。

岸川は怯えが顔にでないように気をつけながら口を閉じていた。俺のほうが上だ。こんなクズより、真っ当に生きてきた俺のほうがひととして上だ。謝る必要などあるわけがない。

裏の世界の大物だろうと、何十億と金をもっていようと関係ない。男の勝負はそんなところで決まるのではない。この圧倒的に不利な立場で一歩も引かなければ、俺は男としてこいつの上に立てる。

岸川は真っ直ぐ真嶋を見た。

「お前、いいかげんにしろよ。さっさと言わないと、ほんと後悔するぞ」

いったいどこまで突っ張れるのか自分でもわからなかった。だからこそ、男を試されている。

ゴリラの顔色が赤みを帯びてきた。真剣に怒っている。岸川は口を開いた。

「お前らみんな、どうしようもないクズだ。頭なんか下げられるか」

言ってやった。笑みも浮かべた。あとはどうなるかわからない。横から摑みかかってくる気配を感じて、岸川は立ち上がった。向かいのゴリラのようなやつも立ち上がる。

「ふざけんじゃねーぞ、お前。さっきから、むかつくんだよ」

野太い怒声が響き渡った。あたりはしんと静まり返る。

他のテーブルからだった。目を向けると、また湖鉢だ。立ち上がって青柳に摑みかかった。

「やめてくださいよ」

青柳は半笑いで、湖鉢の腕を押さえる。

「二流のお前が、なんで俺の隣にいんだよ。それだけでむかつくんだよ」

湖鉢はシャンパングラスを取り、中身を青柳の頭からかけた。グラスを投げ捨てる。壁に当たって砕け散る。近くにいた女が悲鳴を上げた。

「おい、いいかげんにしろ」

ゴリラが叫んで通路にでた。立ち上がった真嶋がゴリラを押さえて、湖鉢のテーブルに向かった。

「湖鉢さん、いいかげんにしてくれないか。騒ぎたいなら、でてってくれ」

「おい、あんた、なんて名前だか忘れたが、わざわざ、きてやってんだぞ。帰れとはなんだよ。俺を誰だと思ってんだ」

真嶋は大袈裟に溜息をついた。

「湖鉢さん、あなたのところに招待状は届いていないですよね。きてほしくないから、だしてないんです。さあ、どうぞ。出口はあちらです。お帰りください」優雅な仕草でエントランスのほうに腕を伸ばした。

「なめてんのか、俺を」

湖鉢はテーブルを足で蹴った。

「俺は帰りたくなったら帰る。お前みたいなやくざが、俺に指図するんじゃねえ」

湖鉢がぶんと腕を払った。テーブルの上のマグナムボトルをなぎ倒す。

「帰れと言ってんだ」

真嶋は一声を発すると、壁際の湖鉢に向かっていく。

湖鉢がテーブルの上のグラスを取った。向かってきた真嶋に投げつけた。

真嶋はとっさによけたが、どこかに当たったようだ。足を止めて、頭を押さえている。

「てめー」とあちらこちらから声が上がった。

見守っていたゴリラが、湖鉢のほうへ向かう。岸川の隣にいた金髪も。

あっという間に、男たちが取り囲み、湖鉢の姿は見えなくなった。

「放せ。俺にさわんじゃねえ」

声だけが聞こえた。

「連れていけ」真嶋が言った。

両脇をがっちりと挟まれた湖鉢は、放せとわめきながら引きずられていく。そのあとを人相の悪い男たちがぞろぞろついていく。

「すみません、お騒がせしました」

真嶋があたりを見回しながら、落ち着いた声で言った。こちらを向いたとき、額を押さえる手の下に、血がにじんでいるのがわかった。

岸川は、連れていかれる湖鉢を目で追った。外に放りだされるのかと思ったが違うようだ。エントランスには向かわず、カウンターの横にあるドアを開け、ぞろぞろと入っていく。男たちは十人ほど。

青柳涼の姿もあった。

「すぐ、ここは片付けさせますから。まだ時間はありますので、どうぞ楽しんでいってください」

真嶋は言うと、その場を離れる。岸川のすぐ前を通ったが、まったく視線を向けることはなかった。

カウンターへ進んだ真嶋は、店員に何か指示をだし、カウンターの横のドアに消えた。

あたりの喧噪はすぐに戻り、フロアー全体の空気になじんだ。店員がやってきて湖鉢がいたテーブルを片付け始めた。湖鉢と同席していた女たちが、こちらのテーブルに移動してきた。

岸川はカウンターへ足を向けた。

武蔵野連合に連れていかれた湖鉢。誰もその後の運命を気にするような素振りは見られなかった。

いまのはその程度のことなのか。

カウンター横のドアの前に立った。真っ黒に塗られた木製のドア。ラッチ状のノブがついていた。

「お客様、こちらは従業員専用になりますので」カウンターのバーテンダーが言った。「化粧室でしたら入り口脇のドアを入ったところにあります」

「ああ、ありがとう」

岸川はそう言って、ドアから離れた。

「マサ、タオルを十枚ほどもってきてくれ」

背後で声が聞こえた。

人混みに紛れると岸川はカウンターのほうに目をやった。

さっきのバーテンダーがタオルをもってカウンターをでた。テーブル席のほうへ向かう。

岸川はドアの前に戻った。あたりを見回し、誰もこちらを気にしていないことを確認する。ラッチ状のノブを下げて押すと開いた。滑り込むようになかに入り、後ろ手にドアを閉めた。

11

ドアを開けて玄関に入った。なかから、お帰りなさいと声が聞こえた。

高橋は廊下に上がり、ダイニングキッチンに向かった。がたがたと賑やかな音が聞こえている。半開きのドアを開けてなかに入った。

綾乃《あやの》がフライパンを振って、炒めものを作っていた。

「おお、悪いな」

「冷蔵庫にビールが入ってるから」綾乃がこちらにちらっと顔を見せて言った。

高橋は冷蔵庫に向かいかけたが、気を変えて綾乃の後ろに立った。ブルーのサマーセーターの上から綾乃の胸をもみしだいた。

「だめよ。もうすぐできるから」

綾乃はフライパンから手を離し、高橋の手を払いのけようとする。

「じゃあ、なんでスカートなんてはいてるんだ」

高橋はスカートをたくし上げ、尻を摑んだ。また、綾乃の手が伸びてきた。

「だめよ、焦げちゃう」

高橋は手を伸ばしてコンロの火を消した。ようやく硬くなってきたものを、綾乃の尻に押しつけた。尻を摑んでいた手を、スカートのなかに潜り込ませ、前にもっていった。下着の上からでも湿り気を帯びているのがわかった。綾乃はスカートの上から高橋の手を摑み、体をよじって抵抗を試みる。

高橋はますます硬くなっていくのを感じた。

このままここで――、と思ったが綾乃に拒まれた。興奮が冷めないよう気持ちを盛り上げながら、寝室に移った。前戯もなく、いきなり体を重ね貫いた。セックスを覚えたての高校生のような性急さだが、硬くなったときを逃さず挿入しなければ、次はいつ硬くなるかわからない、という切実な理由があった。四十八歳の肉体というのはそういうものだ。

終わってから、しばらくは布団のなかで抱き合った。満足していないだろう綾乃に対するせめてもの気遣いだ。

綾乃は三十三歳。それなりの落ち着きがあり、若いと呼べる年齢ではない。それでも自分より一回り以上離れていることを考えると、若いと思うべきなのだろう。自分が年をとったとはあまり考えたくはない。

綾乃を紹介されたのは二年前だった。紹介といっても交際相手としてではない。長年通う飲み屋の主人に、知り合いが困っているので相談に乗ってくれと頼まれたのだ。

会って話を聞くと、別れた男に、つき合っていたときに撮られた裸の写真をネタに脅されているのだという。復縁するか、手切れ金三百万円を寄越すか迫られていた。男は飲食店に勤めているが、暴力団にも所属していると別れてから言いだしたのだそうだ。綾乃は私立の小学校の教師をしており、警察に被害届をだして事件のことが学校関係者に知られることを心配していた。被害届をだしたからといって、この程度の事件では世間に広まることもないと思ったが、高橋は綾乃の頼みを聞き入れ、男と会うことにした。

綾乃が呼びだし、高橋だけが男との待ち合わせ場所にいった。高橋が組織犯罪対策課の刑事であることを告げると、男はテーブルに額をこすりつけて謝った。自分は暴力団員ではなく、嘘をついただけだと。あらかじめ調べた暴力団構成員の資料に名前がないから、そんなことだろうとは思っていた。高橋はそのまま男の自宅にいき、綾乃の写真をパソコンから削除させた。念のため、男に金槌《かなづち》でパソコン本体を破壊させもした。何かのメディアにデータが残っている可能性もあったが、そこまで徹底的にやる気もなかった。とにかく二度と脅すことがなければ、それでよかった。

その後、綾乃からお礼にと、食事に誘われてでかけた。次は、お返しにと高橋のほうから食事に誘った。その帰りにふたりでホテルに入った。食事のとき、酔いが回っていたからか、綾乃が男が撮った写真を見たのですよね、と訊ねた。高橋は見たと答えた。それは性器まではっきりと写った写真だった。その会話でふたりとも火がついてしまったのだと思う。

綾乃は最初から濡れていた。高橋もいつになく興奮していた。朝までに二回、綾乃と交わった。

「事件は解決したの」綾乃が服を着ながら言った。

ベッドのなかでうとうとしていた高橋は体を起こし、まだだと答えた。

「事件が解決するまではセックスしない主義だとか前に言ってなかったっけ」

「そんなこと言った覚えはないよ」

そんな主義もなかった。

きっと前につき合った男が言ったことなのだろうと高橋は思った。

綾乃は以前にも刑事とつき合ったことがあるらしい。とくに刑事が好きなわけではなく、たまたまだとは言っていた。刑事ふたりに、やくざを騙《かた》る男。あまり男の趣味はよくないようだ。そうでもなければ、一回り以上年が離れた男とつき合ったりはしないだろう。

「今日は泊まっていくんでしょ」

身支度を整え、綾乃はベッドから腰を上げた。

「泊まっていく」

綾乃はタンスから、高橋の部屋着をだしてベッドの上に置いた。料理を温め直すから、少ししたらきて、と言って部屋をでていった。

綾乃のマンションは西武新宿線上石神井《かみしゃくじい》が最寄り駅で、捜査本部がある高田馬場まで電車一本でいけ、便がよかった。本部が立ち上がってからここに泊まるのは今日で二回目だった。

高橋の自宅は西武池袋線の石神井公園が最寄り駅で、このマンションから割合近かった。歩くとけっこうあるが、車なら十分弱くらいなものだ。だからこそ知り合ったのではあった。

高橋はここへくるとたいてい泊まっていく。この一年ほどは、自宅で寝るより綾乃のところに泊まるほうが圧倒的に多い。着替えもいつの間にか、自宅よりここに置いてあるもののほうが多くなっていた。四年前に妻を癌で亡くし、家にいるのは義母と子供だけ。妻という接点がなければ、他人と同じような存在だった。そのことについて、高橋はとくに苦にしているわけではなかった。刑事の仕事に打ち込めば、必然的に家庭はおろそかになる。そう割り切っているから、もし綾乃と出会わず、自宅に毎日帰るような生活をしていても、苦にはしていないだろう。

しょせん家族などその程度のものだと思っている。好きな女と結婚すれば、そのあとに必然的についてくるだけで、世間がいうほど大きな価値があるとは思えなかった。そんなのは、小説やドラマが作りだした幻想のようなものだ。

そういう幻想があるからややこしい事件が起こる。家庭内の殺人、普通の子が家族を殺す。そんなのは起こる必然性のない事件で、警察にとってはよけいな手間だ。犯罪とは本来、悪人が起こすもので、警察が力を向けるべきはそこだと思っていた。長年マル暴の刑事をやっている高橋は、自分の職務こそ本流だと考え、やり甲斐を感じていた。子供のころに思い描いた警察像、悪人を懲らしめる正義の味方、というイメージからあまり発展はなかった。もっとも、家族云々《うんぬん》という考えは、妻を亡くしてからつけ加えたものではあった。

また炒めものをする音がキッチンのほうから聞こえていた。フライパンとコンロがぶつかるがたがたという音は、何かの不満を表明しているようで、居心地が悪かった。高橋は起き上がり、部屋着を身につけ始めた。

携帯電話の着信音が鳴りだした。高橋の携帯だ。

Ｔシャツを頭から被り、ハンガーラックにかかっているスーツの上着に向かった。内ポケットから取りだして見ると、植草からの着信だとわかった。通話ボタンを押した。

「どうした。何かあったか」

「すみません、おくつろぎのところ」

明るい声。植草は高橋がどこにいるか知らないはずだが、皮肉を言われているような感じがした。

「先ほど、前畑さんたちと話をしましてね、面白いことがわかったものですから――。明日でもよかったんですが、ちょっと高橋さんの耳に入れておいたほうがいいかと思いまして」

前畑は外にでず、本部デスクで電話で問い合わせたり、資料を揃えたりする班の捜査員だった。

「それで、なんなんだ」

へんな間をあける植草を促した。

「それが、たいへんなんですよ。今回のヤマと武蔵野連合を直接結びつける線を、見つけちゃったみたいなんです、俺」

植草の声に、宝物を発見した子供のような歓喜が表れていた。

12

ドアを閉めると、フロアーの喧噪は消えた。狭い廊下だったが、入った瞬間から違和感があった。豪華だ。

廊下が狭く圧迫感があるのは、従業員専用のスペースらしくていいのだが、壁に取りつけられた貝の形をしたアンバー照明や、正面と両側にある三つの木製のドアが、ホテルのような雰囲気を醸しだしていて、岸川は違和感を覚えた。

重厚な木製の白いドアがひとつだけ半開きになっていた。こちら側に向かって開いているため、なかは見えない。はっきりはしないものの、物音、話し声は聞こえていた。

足音をたてないよう気をつけながら、開いたドアに近づいていく。先ほどまで体中を駆けめぐっていたアドレナリンが、まだいくらか残っているようだ。こんなことで男の度胸試しをすることもないと思うのだが、足が進んでいく。恐怖感はしっかりあった。

はっきりした声が聞こえて、足を止めた。やめてくれ、と男の声だった。笑い声が続いて起こった。

再び足を進め、ドアのところまできた。壁に肩をつけ、しゃがみ込む。蝶番《ちょうつがい》で繋がった、ドアと壁の隙間に目を近づけ、なかを覗いた。

ほんの数ミリの隙間だから、見える範囲は狭い。しかしちょうど、床にしゃがみ込んでいる湖鉢の姿を正面から捉えた。腹を押さえて苦しそうな顔をしている。その前に立つ後ろ姿は、真嶋だろう。他にも湖鉢を囲むような配置で、男たちの姿が見える。

「おい誰かナイフをもっているか」と訊ねる声が聞こえた。真嶋の声のようだ。

うつむいていた湖鉢の顔が上がった。顔をしかめ、目で何かを追っている。湖鉢の視線が正面の真嶋に向いたとき、伸びてきた手が真嶋に何かを渡すのが見えた。

「なんでこんなもんパーティーにもってきてんだよ」

真嶋の声。すみませんと小さな声が続く。男たちの野卑な笑い声が響いた。

だらんと、真嶋が右腕を下げた。手には開きだしたフォールディングナイフが握られていた。

正面の湖鉢は、見開きぎみの目で、ナイフを見つめている。

「俺は役者じゃない。だけどな、役者と同じくらい、顔は大切なんだよ。傷がついたら、誰かにやられましたって、宣伝して歩いているようなもんだ。駆けだしのチンピラじゃあるまいし、俺はいい笑い者になる。湖鉢さん、どう落とし前つけるんだ」

湖鉢は真嶋を見上げた。口を半開きにした間抜けな顔。日常で湖鉢がひとに見せるとは思えないその表情は、演技をしているようにも感じた。

突然、湖鉢は前に倒れ込んだ。「申し訳ありません。謝ります。許してください」

真嶋の足下に手をついて頭を下げた。舞台でだすような、よく響く声だった。

「頭を下げて謝るのは当然だな。あとは、どう詫びるんだ。残念だが、俺はしこたま金をもっている。金で解決なんて簡単な方法は使えない。それ以外でどう誠意を見せてくれるんだ」

湖鉢は頭をさげたまま、口を閉じていた。

「おい、こっちを見ろ」

真嶋に言われて湖鉢は顔を上げた。ナイフを顔の前に差しだされて、体を後ろに引く。

「これでお前も顔に傷を作れよ。ぐさっと肉に達するくら深い傷じゃないと許せねえな。ほら、自分でやれ」真嶋は湖鉢の顔の前でナイフを振った。

「すみません、できません」

たぶん湖鉢は本気にしていないのだろう。たいして怯えた表情ではなかった。岸川も真嶋がどういうつもりなのか測りかねていた。現役のころの武蔵野連合の凶暴さを考えると、それくらいのことを本気で強要しかねない。しかし、いい大人になって、金にもならないのに、有名な俳優にそこまでするだろうか。あとあと面倒なことになるだけだ。

「できませんですむかよ」

横から男が蹴りを入れた。湖鉢は横様に倒れ込んだ。真嶋は男を制するように、手を前にだした。

湖鉢は体を起こし、座り直した。まったく顔を上げようとはしない。

「すみません。申し訳ないです」

湖鉢はそれで押し通す気だ。根負けして、もういいと言ってくれるのを待っている。酒癖が悪そうだから、これまでにもこういうトラブルはあったのだろう。

真嶋がフォールディングナイフを折りたたみ、ズボンのポケットにしまった。

「おい、誰か、こいつの家を知ってるか」

真嶋が声を大きくして訊ねると、「俺、知ってます」と見えない誰かが言った。

「住所とかわかんないすけど、駒場の、なんて通りだったか――東大の裏の通りを進んで、少し住宅街に入ったとこにあります。いけば俺わかりますよ」

「よーし、じゃあ、これからいこう」

真嶋の姿が、岸川のごく狭い視界から消えた。

「いって、みんなでパーティーしようぜ。湖鉢の新婚ほやほやの奥さんももちろん一緒だ。なあ、みんなでかわいがってやろうぜ。夜は長いし、ひとり何発でもいけるぞ」

真嶋が言い終わるや、男たちの間の抜けた歓声が上がった。

「国島美奈とできちゃうのかよ」

「俺、もうたってきたぜ」

「うぉー、ぶち込みてー」

男たちは口々に卑猥な言葉を並べた。

いったいこいつらはどういう性欲をしてるんだ。高校生のころなら自分も同じような反応をしただろうが、いい年をしてなんなんだ。気持ち悪いやつらだと岸川は思った。

ただ、なんでこれほど喜ぶのかは、わかる。

湖鉢は今年の初めに結婚したばかりだった。相手は人気女優の国島美奈だ。清楚で美人なお嬢様系の女優は、男なら誰でもそそられるものがある。

「待ってくれ、それは勘弁してくれ」

湖鉢が顔を上げた。初めて狼狽した表情を見せた。

「待ってくれじゃねえよ。お前も一緒にいくんだよ」

男が屈《かが》んで湖鉢の腕を取った。異常にごつい、あのゴリラだった。

「かみさんが俺たちみんなと楽しんでるところ見てろよ」

ゴリラに引っぱり上げられるように、湖鉢は立ち上がった。

「さあ、いきましょう、いきましょう。俺がいちばん乗りかな」

そう言いながら若い男が視界に入ってきて、すぐに消えた。

まずい、こちらに向かってくる。岸川は立ち上がった。あたりを見回す。

「待ってくれ」と声が聞こえたが、こっちは待てない。

フロアーの出入り口より、反対側の壁にあるドアのほうが近い。音をたてないよう動きながら、そう判断した。ドアは向き合っていない。反対側のドアのほうが出入り口寄りだ。

ノブを摑んで捻った。引いてみたが開かない。押してみた。

だめだ。鍵がかかっている。

向かい側のドアに視線を振った。半開きだったドアが大きく開きだした。


沢井が湖鉢の腕を摑み、立たせた。

湖鉢はようやく、自分の置かれている立場を理解したようだ。未開のジャングルで人食い人種にでも出会ったかのように、恐怖と嫌悪が合わさった表情で、視線をさまよわせている。

それにしても、こいつらは猿か、と真嶋はなかば呆れた目で仲間たちを見回した。

門脇《かどわき》が、いきましょう、いきましょう、と張り切った声を上げて、ドアへ向かう。

「待ってくれ」湖鉢が泣きそうな顔で叫んだ。「なんでもするから、うちにいくのはやめてくれ」

「だったら、ナイフで顔を切れ。そうするなら、いくのはやめる」

真嶋は湖鉢の前に立ち、言った。

「えっ、いかないんですか」ノブを摑んで、ドアを開けた門脇がこちらを振り向いた。

「顔を切るならいかない」

門脇はがっかりした表情を見せ、戻ってくる。

「さあ、やってみせろよ」

「それも無理だ。他にできることを言ってくれ。なんでもやるから」

湖鉢は手を合わせて言った。

「他なんてない。かみさんがまわされるのがいいか、顔を切るのがいいか、どっちかひとつを自分で選べ。選べないいって言うなら、お前のうちにいってみんなで楽しむ。いいか、慎重に答えろ。これが最後だ。言い直しはきかないぞ」

真嶋は静かに言った。前屈みになっていた体を戻し、周りを見回す。みんな固唾《かたず》を呑んで、湖鉢を見つめている。真嶋は思わずにやついた。

湖鉢はがっくりとうなだれた。しばらくそうしていたが、やがて、ゆっくりと腕を上げ、手を差しだした。

「ナイフを貸してくれ」

顔を上げた。虚ろな目をしている。

「正座しろ」真嶋はポケットに手を入れ、そう言った。

湖鉢は床に正座した。

真嶋は取りだしたフォールディングナイフを湖鉢に渡す。手が震えて、なかなか刃を開きだすことができなかった。刃が開き、垂直に立った。湖鉢はそれをじっと見ている。

「あとは、簡単だ。ざくっといけ。一瞬で終わる」

俳優としても終わるのかもしれない。真嶋は静かに思った。

湖鉢は震える手でナイフを頬にあてがった。目を剝き、歯を食いしばる。全身が震えだした。ゆっくりとナイフが下に向かった。肌の上を滑る。しかし、まったく切れていない。血が噴きだすどころか、傷ひとつついていなかった。

「もっと、力を入れろよ。手伝ってやろうか」

湖鉢は首を振る。口を開け、喘ぐように息を吸う。歪んだ顔はいまにも泣きだしそうだった。

「あーっ」と声を上げる。ナイフが通ったあとに、ぷつっ、ぷつっと小さな血の玉が弾けた。振り絞った声。ナイフをいっきに引き下ろす。「うーっ」と呻きながら、湖鉢はがっくりと前に倒れ込む。手をついて、四つんばいになった。

湖鉢の頬にひとすじの赤い線。端のところから血のしずくがゆっくりと垂れる。

「全然切れてませんよ」沢井がばかにしたように言った。

真嶋は「ああ」と頷いた。

切り傷程度のものだった。傷跡も残りはしないだろう。

湖鉢は頬に手を当て、すぐにその手を顔の前にもってきた。手についた血を見て、ははっと笑い声のようなものを発した。背中が揺れる。声は嗚咽《おえつ》に変わっていった。

「大袈裟なんだよ。もう一回やらせますか。この程度じゃ、真嶋さんも満足できないでしょう」沢井が言った。

家にいっちゃいましょうよと誰かの声が聞こえた。

「もういい」

こんなものに、端《はな》から満足感なんて求めてはいない。

「いけ。世間に顔を売って生きてるやつが、ひと前でみっともないまね晒《さら》すんじゃねえ。とっとと消えろ」真嶋は爪先で湖鉢の肩を小突いた。

湖鉢は頬を押さえ、顔を上げた。そこにあるのは屈服した人間の表情だった。下がった眉尻に、感謝の念が表れていた。真嶋は思いがけず、満足感を覚えた。

「あーん」

沢井が変な声をだした。目を向けると、ドアのほうを見ている。

「どうした」真嶋は訊ねた。

「いま、廊下のほうで足音が聞こえた気がしたんですよ」沢井は言いながら、ドアに向かった。

ドアから外に顔を覗かせ、すぐに戻ってくる。

「気のせいだったようです」

頷いた真嶋は湖鉢に向き直る。立ち上がった湖鉢は、ぼーっとした顔で動かない。屈服した人間は、王の指示がなければ動けないものだ。

「いけ」真嶋は優しく声をかけた。

湖鉢は頭を下げて、歩きだした。ドアまでいって、振り返ると、また一礼してでていった。

「まあ、しつけることはできましたね」

湖鉢が消えていったドアに目を向けながら、沢井は言った。

沢井は烏山デュークスのふたつ後輩で、ガキのころから一緒に暴れた仲だった。武蔵野連合のなかで、真嶋が最も信頼をよせている男だった。

「真嶋さん」

門脇が真嶋の前にやってきた。

「やっぱ、いっちゃだめですかね、湖鉢のところ。みんな、もんもんとしちゃってますよ」

真嶋はにやりと笑った。門脇も目尻を下げて笑った。真嶋はその顔に拳を叩き込んだ。

まったく予期していなかっただろう門脇は、後ろに倒れ込んだ。

「ガキじゃないんだ。遊びでやることじゃねえだろ」

若い連中を見回した。みな、神妙な顔をして頷いた。

どうしようもないやつらだ。しかし、だからこそ俺はこいつらと繋がっている。真嶋は再び、にやりと笑った。

「パーティーに戻るぞ。十二時を過ぎたら、ここの部屋を使っていい。それまでに、くどいておけよ」

真嶋は背を向け、ドアに向かった。若い連中の歓声が聞こえた。

この部屋にはキングサイズのベッドと、バスルームが完備してある。他のふた部屋も造りは一緒。高級ホテル並みの設備が整えられている。

こいつらに使わせるのはもったいないとも思ったが、今日はいいだろう、特別な日だ。


フリーライドをでて前の道を進んだ。ミッドタウンの脇に延びる道にぶつかり、左に曲がる。表通りとは反対の方向だ。岸川はすぐに足を止め、民家の塀にもたれてふーっと大きく息を吐いた。

やばい、いつか見つかると思いながらも、結局最後まで見てしまった。湖鉢が解放されるという段になって、岸川は慌てて通路から逃げだした。

携帯電話を尻のポケットから取りだした。バッテリーはあまり残っていないようだが、なんとか間に合うだろう。携帯をもったまま、岸川は待った。すぐに現れるだろうと思っていたが、五分待っても何も起こらない。塀の角から、顔を覗かせた。フリーライドの前には、セキュリティーの黒いTシャツを着た男がいるだけだった。

明かりに乏しく、こちらに気づく心配はないだろうと、そのまま様子を窺い続けた。一分もたたないうちに、男が階段を上がってきた。白っぽいTシャツを着ている。髪の毛は金髪。たぶん、湖鉢だ。

こちらに向かって歩いてくる。手で頰を押さえている。間違いなく湖鉢だろう。岸川は顔を引っ込め、塀にもたれた。

湖鉢の姿が見えるまで、思いのほか時間がかかった。少しふらつきぎみの足取りで、表通りのほうへ曲がった。岸川はタイミングを計りながら、湖鉢の後ろ姿を見つめた。

いまだ。塀から離れ、湖鉢のあとを早足で追う。湖鉢が街灯の下に入ったとき、声をかけた。

「湖鉢さん」

湖鉢が足を止めて振り返った。

岸川は腕を上げ、湖鉢の顔の正面に携帯をもっていく。シャッターボタンを押した。

「おい」と湖鉢が叫んだときには岸川は駆けだしていた。

表通りにでるとき、背後を振り返ったが、湖鉢は追いかけてきていなかった。

写真をどう使おうか決めていない。きっといつか何かの役に立つだろうと、漠然と考えていた。

真嶋との関係はまだ続く。それは岸川のいっぽう的な思いだが、間違いのないことだった。俺のほうが上だと、あの男に認めさせてやる。岸川はそう決意していた。

13

「まあ、要は偶然。運がよかったってことですよ」

前畑は疎《まば》らな前髪を指二本で慎重にかき上げ、少し自慢げな笑みを浮かべた。

「偶然というのは、確かな物証はないということだ」

高橋は植草のほうを見て言った。

「高橋さん、まだ掲示板アレルギーが残ってるんですか」

「そういうことじゃない。前のめりになるのはまだ早いということだ」

昨晩電話をかけてきたときもそうだったし、いまも植草には、犯人一味を見つけだしたような高揚感が見て取れた。それを戒めようと思っただけだ。

朝の会議の前に、高橋は植草とともに、前畑の摑んだ手がかりについて話を聞いた。

前畑は、被害者、平田の拉致現場近くに設置されている、自動車ナンバー自動読み取り装置——Nシステムの記録を取り寄せたそうだ。犯行時刻から二十分以内に記録されたものだけで、犯人グループはワゴン車で移動したことがわかっているため、その記録のなかからワゴン車だけを抽出した。今度は平田の遺体遺棄現場へ向かう際に通ると思われる、関越道のNシステムの記録をあたり、抽出したワゴン車のナンバーと合致するものがないか検索にかけたそうだ。

遺体が見つかったのは拉致から十九日後で、いつ遺棄されたかは特定されていない。だから前畑は当日、翌日、二日後と検索をしていき、二日後の記録のなかに合致するナンバーを見つけた。

その車の持ち主、高垣清吾《たかがきせいご》を調べたところ、暴力団関係者らしいことがわかり、何か情報がないか、昨晩植草に訊ねたようだ。植草は本庁の所属部署に問い合わせ、高垣が指定暴力団の三次団体の構成員であることを確認した。さらに植草は、例によってパソコンで掲示板を調べた。そして武蔵野連合関係のスレッドのなかに、高垣清吾の名を見つけた。暴走族、下連雀《しもれんじゃく》狂走モンクの元リーダーで、武蔵野連合のメンバーと書かれていたそうだ。

そんなことから、植草は犯人を特定したような感覚に陥っている。確かに、当てずっぽうに見た掲示板で名前を発見したのだから、その高揚感は相当なものだったろうと想像はつく。ただ、でだしのところでは、なんの根拠もないのだ。拉致した車両がNシステムの下を通ったとわかっているなら、まだいい。遺体を遺棄したのが、拉致から二日後と特定されているなら、疑いも強まる。しかし、高垣のワゴン車と事件とを結びつける要素はまるでなかった。

かといって無視できるものでもない、と高橋も考えてはいた。

朝の会議のあと、高橋と植草は高垣清吾の調査を割り振られた。一課の課長からは、なんでもいいから埃のひとつでも見つけといてくれと言われた。ある程度事件への関与が見えてきたら、別件ででも引っぱってこようという腹のようだ。平田を拉致し、遺体を運んだのがそのワゴン車であるなら、調べれば何かでてくるだろうから、泳がせるよりも、確かに有効に思えた。

しかし、調べ始めてすぐ、課長の目論見どおりにはいかないことがわかった。

高垣が所有するワゴン車は事故を起こし、二日前に廃車になっていた。

14

皇居にほど近いホテルのラウンジは、正午に近づき、客の姿が増えてきた。

真嶋は奥の壁際にあるテーブル席に座っていた。その周りは綺麗に席が空いている。入ってきたとき真嶋は、案内するウェイトレスに、周りの席を空けておくように言った。そのようなリクエストにはお応えできないとウェイトレスは丁寧に断ったが、トラブルを避けたいからだろう、言われたとおりに誰も案内しなかった。

隣に座る日枝が腕時計を見ていた。整った細面は神経質そうにも見えるが、ことさら焦《じ》れているわけではないだろう。いつでも変わらず冷静沈着にことを運べる。増田の死を伝えてきたときでさえ、この男は落ち着いていた。こちらが怒りを覚えるほどに。

真嶋はカップを手に取り、口に運んだ。なかが空だと気づき苛ついた。その程度には焦れていた。お代わりを頼もうと、ウェイトレスを目で探す。そのとき、向こうからやってくる、講壬会の鷲美とお供の姿が目に入った。

足取りに勢いはあるが、慌てた素振りはなかった。席までくると、「待たせた」のひとこともなく、軽く頷きかけただけで真嶋の向かいのソファーに腰を下ろした。

真嶋も、忙しそうですねと遅れてきたことに対する皮肉も言わず、どうもと口にしただけ。相手が何か言うまで、それ以上口を開く気はなかった。

やってきたウェイターに鷲美はコーヒーを注文した。隣のテーブルに腰を下ろしたお供のふたりもコーヒーだった。無闇に開いた股で威圧感を与えながら、「できるだけ早くな」とウェイターを急《せ》かした。

ソファーに深く腰かけ、真嶋は正面の鷲美を見つめていた。鷲美も同じように見つめ返す。酒の飲み過ぎでむくんだような顔はポーカーフェースだが、頭のなかではいつまで根比べを続けるか、どのタイミングで口を開こうか考えているはずだ。用があるのは鷲美のほうだ。真嶋のように、口を開かないと決め込むわけにはいかない。

「契約が流れた。逸した利益は、およそ二億。どう責任をとるつもりだ」

鷲美は案外早くに口を開いた。

やはりそういう話か。真嶋はゆったり腰かけたまま言った。

「俺たちは、これに懲りて、もう二度と外部の洗濯依頼には手をださないと決めましたよ」

「そんなのは勝手に決めろ。うちに対して、どう責任をとるのかと訊いているんだ」

「それはもうとったはずですけどね。報酬の四千万円をそっくり返したでしょ」

真嶋はそう言うと、背筋を伸ばして近くにきたウェイトレスにコーヒーのお代わりを注文した。

「なんの役にもたたなかったんだから報酬を返すのは当たり前のことだ。それに加えて、うちの損害に対してどう補償するかと訊いてんだよ」

ウェイトレスがいくまで待たされた鷲美は、苛立たしげに言った。

隣のテーブルに目を向けると、お供のひとりが、凄むような視線をこちらに向けていた。

「なんか勘違いしていないか。おたくの資金を海外に移送し洗濯したのは、合法的な取引じゃない。ただの犯罪行為だ。なんの契約もしていないし、こっちは期限内に必ず洗濯した金を口座に振り込むとは約束してもいない。おたくもその言質《げんち》をとらなかったのは、そうすればうちが手を引くとわかってたからでしょ。好意でしてやったことに、補償なんて求めるのは、お門違いじゃないですかね」

真嶋の言葉に鷲見は顔色を変えた。文字どおり、土気色した肌が一瞬色褪せたように見えた。こちらを見据えたまま、つっと顎を上げた。

真嶋は怒らせようと思って言ったわけではないが、もともとやくざは嫌いだった。

真嶋が講壬会の金、四億円をマネーロンダリングすることになったのは、真嶋の後ろ盾である夷能会の幹部、松中に頼まれたからだった。

真嶋の仕事は闇金と振り込め詐欺を仕切る元締だが、そこから上がった収益を表の世界でも使えるよう、マネーロンダリングを自前で行なっていた。それはあくまで、自分たちの犯罪収益の洗浄であって、よその組織の資金洗浄を請け負う業務は行なっていなかった。今回は松中に頼まれ、特別だった。

真嶋が使うマネーロンダリングの手法はいくつかあったが、今回はよくあるオフショア取引を利用した。いったんスイスにある真嶋が利用している口座に金を送り、そこからケイマン諸島にあるペーパーカンパニーの口座に送金して、鷲美が指定した日本にある企業の口座に還流させるものだ。

鷲美は三日後には金を使いたいということだったので、日本からスイスへの送金は手間を省くことにした。真嶋と同じく松中を後ろ盾にする闇金の元締、毒龍の元頭領、酒井に頼み、中国マフィアを紹介してもらった。鷲美の資金四億円を中国マフィアに預けると、ヨーロッパにいる仲間が現地からスイスの口座に直接金を振り込んでくれるのだ。当局に金の流れを辿られる心配はないし、素早く確実な方法だった。しかし三日後、四億円が指定の口座に振り込まれることはなかった。

フリーライドのパーティーの前日、口座に金が振り込まれないと鷲美から連絡があった。どこで滞っているのかと調べてみたところ、中国マフィアの現地の仲間がスイスの口座に振り込むのが一日遅れになっていたことがわかった。そのため玉突きでその後の送金が遅れ、結局、日本の口座に金が振り込まれたのは、指定した日より一日遅れとなってしまった。

鷲美はそのせいで取引が流れたから、責任をとれと言っている。逸した利益が二億円と言うが、どんな取引なのか聞いていないので、本当にそれだけの利益を逃したのかはわからなかった。マネーロンダリングをするからには、表の取引には違いないだろうが、どうせ犯罪に関わるものだろうから聞かないほうがよかった。二億円など払う気はないのだから、それが本当かどうか知る必要もない。

「お前のほうこそ、何か勘違いしてるんじゃないのか」鷲見は、血走った白目の面積を広げて言った。

「俺は法律に則《のっと》って責任を追及しているわけじゃない。やくざとして、へたを打ったやつには、当然その責任をとらせなきゃいられないんだよ。力ずくでも補償してもらう、と言ってるんだ」

隣のテーブルにいる鷲美のお供が、にやにやといたぶるような笑みを浮かべている。

片や、うちのお供は、まったく表情を変えることなく聞いているだろうと、目を向けなくても真嶋にはわかった。

「なるほど、よくわかりましたよ。ただ、それでもやっぱり筋違いだ。へたを打ったのは中国マフィアの連中ですよ。連中はすぐに口座に振り込めると確約したにもかかわらず、一日遅れた。いいかげんな仕事をした連中に責任を取らせるのが本当じゃないですか」

「俺たちが依頼したのはお前のところで、中国マフィアじゃない」

「法律も関係ないって言うのに、そんな杓子定規なことを言わないでくださいよ。誰に依頼しようと、直接へまをしたやつのところにいけばいいじゃないですか。まさか、中国マフィアが怖いんじゃないでしょうね。講壬会ともあろうものが、中国人が怖くて手がだせないから、うちにきたっていうんじゃ、笑われますよ」

「なんだと。もういっぺん、言ってみろ」

「ばかにしてんのか」

隣のテーブルから同時に声が上がった。

抑えられた声だったが、剣呑《けんのん》な響きが耳についたのだろう、周りの視線がこちらに向いた。

「勘違いしないでくださいよ」真嶋は笑みを浮かべ、軽薄な口調で言った。「怖いわけではないでしょ、と確認しただけだ。怖くないんだと、いまのでよくわかりました。――じゃあ、なんの問題もない。中国マフィアのところにいってください。話を通したやつの名前も居場所もわかっているから、あとでファックスを入れますよ」真嶋は立ち上がった。

「おい座れ。まだ話は終わっていない」

鷲美が言うと、お供の二人が立ち上がり、通路を塞いだ。

「依頼したのはお前のところだ、と先ほど言いましたが、紹介した人間を忘れていませんか」隣の日枝も立ち上がり、初めて口をきいた。「依頼したうちにくる前に、紹介した松中のところへいって、責任をとれと凄んでみたらどうですか。もっとも、うちにきた時点で、後ろ盾の松中に喧嘩を売っているのも同然ですが。このことは松中に報告しておきます」

鷲美は日枝を見上げたまま、何も言わない。日枝と松中の関係を、きっと知っているのだろう。いずれにしても、松中の名をちらつかされて、鷲美の気勢がそがれたのは間違いない。

松中は、広域指定暴力団甲統会《こうとう》の直参、夷能会の若頭だった。鷲美が所属する講壬会は甲統会の三次団体で、格が違い過ぎる。松中の名をだせば鷲美が黙ることはわかっていたが、あえて口にはしなかった。何かがおかしい、と真嶋は感じていた。

幹部である鷲美が松中の存在を忘れていたはずはない。どうやっても盾をつける相手ではないのに、その松中が後見人を務める自分たちのところへいきなりやってくるのはおかしな話だった。松中にお伺いをたて、筋を通すのが普通だろうが、そんな話は真嶋の耳には聞こえてこない。日枝も知らないはずだ。

ウェイトレスがトレーにコーヒーカップをのせてこちらに近づいてきた。立ち上がっている男たちを見て、視線を泳がせた。鷲美がお供に顎をしゃくった。ふたりは頷くと、ソファーに腰を下ろした。

「せっかくお代わりを頼んだのに無駄にしてしまう。よかったら、飲んでください」

真嶋はそう言って通路に進みでる。

「またな」と鷲美は、横を通り過ぎる真嶋に言った。

薄い笑みが浮かんだ顔を見る限り、諦めた様子はまるでなかった。

ＴＢＳの前を通り過ぎ、赤坂通りを乃木坂方面に進むと、交番の手前に一階がラーメン屋の古い雑居ビルがある。その五階に真嶋のオフィスがあった。実際に存在した投資コンサルティング会社として賃貸契約を結び、小さく看板を掲げていた。

広くもなく、古いオフィスだったが、ひとを招くこともないから、これで充分とはいえた。広さでいえば、ひとりメンバーが欠けて、あまった空間が苛立たしく思えるほどだ。

真嶋たちが戻ると、オフィスにいた本間が笑顔で迎えた。

「どうでした。やくざ屋さん、またきゃんきゃん吠えてましたか」

パーティーの前日、鷲美から電話できゃんきゃん吠えられ、血相を変えて四億円の行方を追っていたのは、本間だった。

アフロ並みにきつくパーマをかけ、薄く口髭を生やした本間は、いつもにやけていて軽薄に見える。実際にそういうところはあるが、仕事では異様に責任感が強かった。無理矢理ねじ込まれた仕事でも、四億円が期日になっても届いていないと知ると、全力を挙げてことにあたる。商売人の息子だから手が抜けないんですよ、というのは本間がよく口にする言葉だ。本間の実家は群馬で小さなスーパーマーケットを営んでいるらしい。

日枝と本間はスーパーバイザーとして、全国に散らばる闇金の事務所をふたつのブロックに分けて監督していた。だから出張も多く、月の半分くらいは席を空けていた。ふたりは闇金の収益のマネーロンダリングにも関わっていた。とくに元証券マンの日枝はスイス、香港、シンガポール、オフショアなどを組み合わせたマネーロンダリングの還流ルート開発に最初から携わり、深く関わっていた。それも当然で、日枝は、闇金の収益を把握し真嶋の動きを監視するために、夷能会の松中が送り込んだ男だった。

もともと闇金の仕事は松中から任されたもので、そこに松中の意を受けた者が加わることに、不快感はなかった。金をごまかす気などないから、何を見られて報告されようと、かまわなかった。ただそれでも、仕事はやりにくくなるだろうと当初は考えていた。しかし、実際に仕事をしてみると、日枝は闇金組織の利益を考え、行動するだけで、真嶋の利益に反するようなことはなかった。

真嶋は、以前、松鉢会がしきっていたころのようなきついノルマを店長に課していなかった。ノルマがきついと、ひとりの客に対して必要以上に多く融資しがちになる。結局、どうにも首が回らなくなった債務者が続出し、注目を浴びたことが、松鉢会摘発の端緒になっている。多重債務者は限りある資源だと真嶋は考えていた。生かさず殺さず、うまく借金で金が回せる程度のラインを見極め、その範囲内で最大限の利益を上げればよかった。きついノルマがあると、その見極めをする余裕もなくなってしまう。日枝はそういうことも理解し、ノルマが緩くないかと疑問に思った松中に対して、真嶋の考えを説明し、持続的に闇金組織を運営するためには自分もそのほうがいいと思うと報告してくれたことを真嶋は知っていた。

いつも変わらぬ落ち着きぶりに苛々させられることもあるが、おおむね日枝を信頼していた。ただし、真嶋が個人的に始めた振り込め詐欺には関わらせてはいなかった。

振り込め詐欺には、本間も関与していたが、主に実行グループの監督をしていたのは、殺された増田建治だった。詐欺による収益のマネーロンダリングは、闇金とは別ルートで行なっており、建治が実務的な処理を一手に引き受けていた。

建治が欠けて、その穴を埋めるのはたいへんだった。闇金の仕事を抱えている本間ひとりにやらせるわけにもいかず、しかたなく、傍《はた》でみていて仕事のやり方はある程度心得ているだろう、日枝にも振り込め詐欺を手伝わせることにした。たぶん、それで見知ったことは松中に筒抜けになる。真嶋はマネーロンダリングの処理だけは自分ひとりでやることにした。これに関わらせると真嶋のビジネスの全貌を知られることになる。それは、よほど信頼がおける者でないと難しい。

建治の代わりになる人間の当てはいまのところない。当分はこの体制でいくしかなかった。

本間から、振り込め詐欺に使っていた口座が、昨日、ひとつ凍結されたと報告を受けた。とりたてて重要な報告ではなかった。詐欺が発覚すれば口座を押さえられるのは必然で、あらかじめ用意してある別の口座を使えばいいだけだった。まめに詐取した金を引きだしているため、たいていは小さな損害ですむ。今回も残高は百二十万円だけだった。

待ち合わせて受け取ったり、バイク便を装い受け取りにいったりする手法が主流になっていた時期もあるが、その手口が一般に知られるようになると、もう使えなかった。ばれたときは口座が凍結されるだけではすまないのだ。切り捨ててしまえるような末端であっても、メンバーを危険に晒すことはできない。自分の所有物をひとに奪われるのは真嶋にとってがまんのならないことだった。

本間からの報告を聞き終え、真嶋は携帯電話を手にした。どうせ日枝から報告がいくだろうが、今日の鷲美との一件を松中に伝えておこうと思った。

松中の携帯に電話をかけた。すぐにでた松中は外で食事をしているところだったようだ。ちょうどトイレに立ったところだと、妙に機嫌よく言うのは、酒が入っているからだろう。

鷲美の話を聞かせても、機嫌のよさは変わらなかった。「あそこは金回りが悪いから、必死なんだろう」と鷹揚《おうよう》に理解を示す。少しくらい恵んでやったらどうだ、と言いだしかねない口ぶりだった。

酔っぱらいに何を言ってもしかたがない。今日のところは話が伝わればよかった。鷲美の出方を見て、必要があればまた連絡すればいい。電話を切ろうと考えていたとき、松中が言った。

「ちょうどいいところに電話をくれたな。ちょっと、お前に提案があるんだ」

少し松中の声が引き締まった。

「なんでしょう」と、硬い声で真嶋は応じた。

「上納金の割合を上げようと思っているんだ。一割アップして六割にする。いいな」

「冗談でしょ。そんなことを提案されても、呑めるわけがない。なぜですか。売り上げは落ちてませんよね」

　上納金は粗利の五割。とくに根拠のある数字ではなく、事業を始める当初からそう決められていた。粗利から五割を抜き、残りの五割で従業員の給料、事務所の家賃、本間たちスタッフの給料を賄っていた。真嶋の報酬はその残りだった。

「伸びてもいないだろ。うちも台所事情は厳しいんだ。呑める呑めないの話ではない。そう決めたんだ」

「決めた？　さっき提案だって言いましたよね」

　感情を抑えた声が、自分でもひやりとするほど、冷たく響いた。

「変わらないだろ。俺の提案なんだから」上機嫌が戻ったように、声が浮ついた。

「酒井はなんと言ってるんです。おとなしくこの話を呑んだんですか」

　酒井の闇金グループも五割の上納金。同じ条件でやっている。

「あいつには話していない。酒井のグループは据え置きだからな。当面、五割のままでいく」

　真嶋は、松中に音が届きそうなほど強く息を吸った。飛びだしそうになった言葉を呑み込んだ。

「俺が何かへまをやりましたか」

「そんなことはない。お前はよくやってるよ」なだめるように松中は言った。「よくやってるついでに、協力して欲しいんだ。ずっと六割で、とは言わない。財政状況がもち直したら、また五割に戻す。そういうことでどうだ。――お前も、別のほうでそうとう稼いでいるそうじゃないか。それぐらい、協力できるだろ」

　そういうことなのか。見かけは上納金を一割上げて闇金の利益を減らす形になるが、振り込め詐欺でもうけた金を、少しこちらへまわせと言っているのではないか。パソコンに向かう日枝の横顔を見つめていた。やはりこいつに振り込め詐欺を手伝わせたのは間違いだったのかもしれない。

「協力はしますよ。ただ、一割上げるという話は呑めません。松中さんとしては、取り分が増えればいいわけですよね。利益を上げるよう努力することもできるし、代案はある。電話ではなんですから、お目にかかれませんか」むかむかと沸き上がる怒りを抑えて言った。

真嶋の怒りは、振り込め詐欺で稼いだ金に松中が触手を伸ばそうとするからではなかった。こんな大事な話を、普通、電話ではしない。普段松中は、そのくらいの礼儀をもって真嶋に接していた。自分は粗雑な扱いを受けているのだという思いが、怒りを呼んだ。同時に疑問もある。なぜそんな扱いを受けなければならないのか。

酒に酔っているせいで礼儀を忘れたわけではないだろう。へまをした覚えなどなかったが、何かが松中の感情を逆撫でしたのだ。いったい、なんだ。

「もう、戻らなきゃならない。——そうだな、会って話そう。いまはたて込んでいてな、そのうち連絡を入れるよ」最後は妙に明るい声で言った。

財政が厳しいなら、早急に会おうとするものではないか。真嶋はまたひとつ疑問を増やした。

15

八月に入って三日間猛暑が続いた。とくに二日めは炎暑ともいえるほど陽差しが強く、街からひとの姿が消えた。その日、岸川は、再び職を失った。

六本木でパーティーがあった二日後、鳥山の祖父から電話があった。たいした仕事じゃないかもしれないが、正社員の口がある、興味があるならすぐにこっちへきてくれと言われた。

パーティーから戻ってきた岸川は、真嶋への熱病をぶり返した。またパソコンの前に座り続けていたが、祖父の電話が現実に引き戻してくれた。働かなければならない。

仕事は陶器のギャラリーとそれに併設されたカフェの店長だった。岸川もよく知っている、烏山に昔からある和菓子屋の息子がオーナーで、烏山や隣の仙川《せんがわ》で何軒か飲食店を経営しているのだそうだ。ギャラリーは八月の終わりに開店予定で、岸川はその日のうちに烏山へいき、面接を受けた。

オーナーは岸川の経歴をいたく気に入ってくれた。役者を目指したあと、吹きガラス職人に転身、という流れがかっこいいのだそうだ。元職人が店長というのもかっこいいね、としきりに口にした。あとあとがっかりされないように、ガラス食器を作ることはできてもデザインのことなどまるでわからないし、陶器についてはまったく素人だと重ねて言ったが、その場で採用されることになった。

「僕は、職人に憧れがあるんだよ」と、岸川よりふたつ、三つ年若いオーナーは、目を細めて言った。憧れる、と言うだけあって、オーナーは職人にはなれそうもない、いかにもぼんぼんといった感じの男だった。

オープン予定のギャラリーは仙川にあった。仙川は近年再開発が進み、岸川が知る昔の面影は薄く、おしゃれな街並みに変貌していた。陶器のギャラリーがあってもおかしくないし、実際に多目的ギャラリーや陶器店があるようだった。

ギャラリーはまだオープンに向けて改装中だが、開店時に並べる器の類はすでに買い付けが終わっていた。オーナーは作家リストや資料をもってきて、よく勉強しておくように命じた。休みの日に窯元を訪ね歩いたりするのも勉強になるよと、強制に近いアドバイスもくれた。

ギャラリーの接客は当面店長ひとりだけだった。それも、カフェを含んでのことだ。飲食店の接客も厨房も、バイトで経験ずみだが、陶器を売る店の店長などまるで初めてだった。それでもなんとかなるだろうと思った。

お前、役者を目指していたんだから、なんだって演じられるだろ。面接の日、自分にできるかなとこぼした岸川に祖父が言った言葉だ。寡黙なじいさんだけれど、なかなかいいことを言う。

カフェの研修ということで、オーナーが経営する別のカフェでしばらく働くことになった。研修のため、給料はでないが昼飯はだしてくれた。

カフェは烏山と仙川の間の住宅街のなかにあった。農家の庭先に立つ和風のカフェは、なかなかセンスがよかった。千歳烏山の駅から十五分ほどの道程を歩いて通った。途中、加村と表札のかかった家があった。毎日その家の前を通ると、庭を窺い、古い建物の窓に人影がないかを確認した。

加村望の実家だった。真嶋貴士に弄ばれた、岸川の淡い思い出の女。

現在、ここに住んでいることはないだろうが、つい気になって目がいった。ただ、真嶋に対して、あのパーティーの日のような怒りは湧いてこなかった。これから店長としてばりばり働くのだ。芸能人や元暴走族が集まったあのパーティーでのことは、現実とは遠いところにあるように感じられた。

カフェの研修が始まってから最初の休日、岸川は三時間電車を乗り継いで、栃木にある窯元を訪ねた。猛暑のなか、素焼きをするところを見学させてもらった。汗も蒸発しそうなほどの窯の熱が、不快だけれど、とても懐かしかった。

翌日、研修が終わるころ、カフェにオーナーがやってきた。残念だけれど、研修中の接客の様子を見て、不合格と判断したとおもむろに告げた。まったく意味がわからなかった。不合格も何も、すでに採用が決まっていたはずだし、カフェの研修も無難にこなし、店長からこれなら問題ないですねと言われたばかりだった。

納得できずに問い詰めると、陶器に詳しく、カフェで働いた経験のある店長候補が見つかったのだと白状した。もうその女性に採用の打診をしているので、あなたが働く場所はないという。「やはり、元職人っていうノリだけじゃ、店長は難しいと思うんだよね」と若いオーナーは笑った。自分が言いだしたことだ。自分でばかだと認めたようなものだ。そんな男のもとで働いてもろくなことにはならない。その前に気づけてよかったと思った。しかし、怒りが消えるわけでもない。

岸川は退職金をだせと迫った。カフェで働いた給料も、昨日いった窯元への交通費も全部だせと要求した。オーナーは払ういわれのないものだと突っぱねた。店長になるという前提で研修していたのだから、それを反故《ほご》にしたら給料を払うのは当然だと、岸川も譲らなかった。

さすがにひどいと思ったのか、カフェの店長が、バイト代くらいは、だしたほうがいいと耳打ちし、オーナーはようやくカフェのバイト代だけは払うと言った。どういう計算をしたのか、その場で五万円を差しだした。

バイト代だけでは納得できなかったが、一週間ほど一緒に働いた店長の厚意を無にしたくもなかった。岸川は五万円を受け取り、カフェをあとにした。

昼間の炎暑がまだ滞留する街路を、駅に向かって歩いた。加村の家の前で立ち止まった。明かりが灯る窓に目を向けた。何を感じたかといえば、夕暮れどきに見る古い家は不気味だ、ということだけだった。

翌日、祖父から電話があり、オーナーが交通費や違約金を払うそうだから、カフェに取りにいってくれと伝えてきた。たぶん、祖父が話をつけてくれたのだろう。八十五歳の祖父に面倒をみてもらう自分に気を重くしつつ、岸川はその翌日、カフェに向かった。

前日までの三日間とはうってかわって、曇り空のこの日は少し肌寒くも感じられた。

カフェで店長に封筒を渡された。すまなかったねと言われたが、何も感じない。オーナーへの怒りは消えていたし、その言葉に対しても無感動だった。元に戻っただけだ。封筒の中身がいくらか見ていないが、懐が少し温かくなったのだから、けっして悪くはない。

帰って武蔵野連合について書かれた掲示板でもまた見ようか。カフェからの帰り道、そんなことを思ってみたが、アパートに戻っても見ることはないだろう。

加村の家の前を通った。また夕暮れ。一昨日よりは早い時間だったけれど、曇り空で薄暗い。建物はいっそう不気味だ。

庭に何か動くものを見た。白いもの。ブラウスだ。

女性の後ろ姿だとはっきりしても、岸川は驚きはしなかった。きっと加村の母親だろう。そのまま歩き去ろうと思ったとき、庭の植物にじょうろで水をまいていた女が体の向きを変え、横顔を見せた。加村の母親という年齢ではなかった。いくつくらいとは言えないものの、それよりずっと若い。

加村に兄弟はいただろうか。兄弟のお嫁さんの可能性もあると考えた。

視線に気づいたのか女がこちらを向いた。正面から顔を見た。加村だとすぐにわかった。

薄闇が二十年分の加齢を隠し、まるで中学のときの加村がそのまま立っている気がした。白いブラウスが制服のそれにも見えた。

岸川は動けなかった。真嶋の言葉が、真嶋の隣に座っていたゴリラの顔が頭に甦った。

じょうろをもった加村が、こちらに向かってきた。「こんばんは」と言った。

岸川も動いた。やはり、このまま立ち去ろうと思った。岸川はそう思って見たから、加村だとわかったが、向こうは誰だかわかっていないだろう。

隣の家との境まできたとき、はっきり自分を呼ぶ声を聞いた。

「岸川君？」

よせばいいのに足を止めてしまった。

「ねえ、岸川君でしょ」

岸川は振り返った。

錆びついた格子のフェンスのところまで加村はきていた。

「加村さんだよね」

当たり前のことしか訊けなかった。

「やっぱりそうでしょ。気がついたとき、胸がどきんとしちゃった。懐かしい。二十年ぶりよね」

声は中学のときとほとんど変わっていない。顔も面影があり美人だ。ただ、口の脇に皺が走っており、年齢なりにという意味でだ。しかし、生活の疲れのようなものが顔にでていないのが意外だった。真嶋の話を聞き、きっと身を持ち崩していると勝手に思い込んでいた。

「今日は、どうしたの。こっちに戻ってきてるの」

「いや、たまたま、この先にあるカフェに用事があって」

「ああ、あのカフェね。素敵なカフェよね。あたしも時々いくのよ」

「加村はいまもこの家に住んでいるのか」

白いブラウスに、丈の短いベージュのパンツを合わせた服装は、主婦っぽかった。髪は綺麗に整えられ、いいところの奥様といった感じだ。

「あたし、出戻りなの。去年離婚して、親と同居。負け犬なんです」冗談めかして言った。

「そうか、――よかった」

思わず口走った言葉に、加村はえっと驚きを示した。岸川も慌てた。

「いや、そういう意味じゃないんだ。ちょっと考え事をしていて」

自分はかつがれたと気づいたのだ。

加村とつき合い、仲間たちに貸し出しおもちゃにしたという真嶋の話は嘘だったのだ。そんな経験をした女が、どこも崩れた様子もなくこんなに潑剌《はつらつ》としていられるはずはない。離婚はしたものの、きっといい家に嫁いでいただろうし、最初は幸せな結婚生活を送っていたはずだ。どこにもひどい体験をした痕跡はなかった。

岸川は笑いだしたくなった。武蔵野連合だから、そんなこともするだろうという思い込みで、まったく疑おうともしなかった。

加村が不思議そうな目でこちらを見ていた。自分の顔に大きな笑みが浮かんでいることに岸川は気づいた。


「あのとき、吉川先生、私のことすごい顔で睨んでいた」

「悪かったな。だけど、言ったのが加村だから、睨まれるだけですんだんだ。もし俺が、鼻毛なんて言ったら、絶対にげんこつで殴られていた」

先生の渾名《あだな》を授業中に無理矢理言わされた、小学校時代の思い出話だった。

あたしも独身だから、飲みにいきましょうと、加村のほうから誘い、烏山に飲みにでた。旧甲州街道沿いにある、山小屋を思わせるしゃれた感じの居酒屋に入り、初めてふたりで酒を飲んだ。

その後の生活の話もしたが、多くは昔の思い出話だった。加村は細かいことまでよく覚えていた。恥ずかしくなるほどよくいじめたな、と聞いていて思った。好きなのが見え見えだった。

中学時代の話もよくした。それを聞いて、さらに確信した。いやな思い出があったら、こんなに明るくは話せないはずだ。真嶋の話がでなかったのは当然だろう。つき合ってもいなかったのだから、記憶にもないのかもしれない。

六時に店に入り、でたのは十一時だった。加村はかなり酔っていたので、岸川は家の近くまで送ることにした。

商店街を抜け、甲州街道を渡って、住宅街に入った。このあたりはまだ畑も多く、人通りは少なかった。酔った加村は岸川に摑まり、しなだれかかりながらゆっくり歩く。

とくにどきどきすることもなかった。若い女が好き、というほどではないが、岸川は主婦にはまったく興味がなかった。加村は現在独身だが、見た目は主婦そのもので、美人とはいえ、特別な感情は湧かない。これが十年前だったらなと、雲間から覗く月を見上げながら夢想した。

はあはあ、と荒い息に気づいた。視線を落とすと、加村は顔をうつむけ、肩で息をしている。気分でも悪いのかと思い、大丈夫かと声をかけた。

加村の返事はない。腕が動いていた。手が股間をこすっていた。それが何を意味するのか、最初はわからなかった。ただ、岸川は不安な気持ちに駆られた。

「どうした」

加村が顔を上げた。虚ろな目で岸川を見上げ、口をぽかんと開けている。

「ねえ岸川君、やろうよ。ここでして」

岸川は耳を疑った。その言葉の意味はすぐにわかった。

加村の股間をこする手の動き。その意味もわかった。

「何やってんだよ、こんなとこで」

「ねえ、したいの。ずっとやってないんだもん」

加村の手が岸川の股間に伸びてきた。

「よせ」

岸川は加村の肩を突き飛ばした。

加村はアスファルトに倒れ込んだ。

「どうしたの、岸川君だって、あたしとしたいでしょ」

横座りになった加村は、また股間をこすり始めた。

「よせ」

そう言ったが、もう見ていることもできなかった。岸川は踵《きびす》を返し、暗い道を駆けだした。後ろを振り向かなかった。振り向くと追いかけてきていそうで、怖かった。

怖いはずなのに、なぜか涙がでそうだった。

16

月子は男の手に見とれた。

色が白く、器用そうな指は細く長い。短く整えられた爪には透明なマニキュアが塗られているのか、艶やかに光っていた。

性的な事物と同じで、じっとは見ていられない。話を聞きながら、時折、顔をうつむけ、盗み見るように視線を向ける。綺麗だなと思う。信用できないとも感じた。

「ウォーキングのレッスンとか、普通、レッスン料を取られるのは知っているでしょ。登録料とかかかる事務所もある。うちはそういうの、いっさいないから。まあ、全員というわけではなく、将来有望だと見込んだ子だけなんだけど、月子ちゃんは間違いなく、うちとしては欲しい人材だ。レッスン料なんて取らないから、安心して」

おいしい話なんて世の中にはない。いったいどんな裏があるのだろう。

わかったふりをして、そんなことを考えてみた。騙されるな、アンテナを張り巡らせろ、と心の中で警報を鳴らしているのは、この話に自分が魅力を感じているからだとわかっていた。月子は、これっていい話かもしれないと思っても、素直に飛びつけない小心者だった。

月子は原宿で名刺をもらったモデル事務所、ヘリテージを訪ねた。先日声をかけてきたマネージャーの北林政志《きたばやしまさし》が応対し、モデルの仕事や事務所のこと、月子のモデルとしての素質についてなどを熱心に語った。

事務所は国道二四六号から少し奥まった、南青山のビルのなかにあった。全体的な規模はわからないが、月子が通された応接ラウンジはテーブルがいくつか並び、しゃれたカフェみたいだった。月子たちの他に、業界人っぽいひとたちが、ふた組打ち合わせをしていた。

しっかりした事務所であることは、ある程度わかっていた。ネットでヘリテージのホームページを開くと、有名雑誌の専属モデルや、最近モデルから転身して売り出し中の女優など、知った顔や名前をいくつも見ることができた。二番煎じ、三番煎じともいえるが、人気のアイドルユニットをまねて、オーディションでかき集めた中高生たちをアイドルグループとして売りだしているようだ。最初に北林から、アイドル歌手とかに興味はあるかと訊かれたので、まったくないと月子は答えておいた。

「お父さん、お母さんにはこの話をした？」北林が訊ねた。

「いえ、まだです。忙しくて、なかなか話すタイミングなくて。私の面倒は、祖母がみてくれてるんです。もし契約するとなったとき、祖母の承諾でもかまわないですか」

「おばあさんが、実質的な保護者ならかまわないですよ。契約のときは立ち会ってもらって、契約内容を一緒に確認してもらうことになる」

月子はほっとした。父親に話せば反対されるのは目に見えていた。祖母なら月子のやりたいことに反対するはずはなかった。父親にも黙っていてくれるはずだ。

「どう、その気になってくれた」

月子はテーブルの上で組んだ北林の手を見ていた。

「だいぶ傾いています。ただ祖母には相談しないと」

「うん、そうだね、じっくり考えてみて。できれば、時間のある夏休み中にスタートしたほうがいいとは思うんだけど」

じっくり――と言いながら、結局は急かしている。なんか怪しいと警報を鳴らしてみるが、本気で警戒するにはいたらない。

月子自身も、やるなら夏休みに始めたいと思っていた。いや、夏休みだからこそ、モデルをやってみてもいいかも、という気になったのだ。夏休みの間にモデルになって雑誌などにでるようになったら、学校が始まってからクラスのみんなはどんな顔をするだろう。そんな夢想が月子の背中を押した。ぐずぐず迷っているうちに、新学期になったなら、きっとモデルはやらないだろう。

北林は社内を案内すると言って、月子を連れてラウンジをでた。マネージャーなどスタッフがいる業務の部屋をちらっと覗き、会議室、社長室の前を説明しながら通り過ぎ、ひとつのドアの前で足を止めた。

「ここは、タレント専用のラウンジなんだ。ここでモデル仲間と談笑したりもできるし、簡単な打ち合わせをしたり、雑誌のインタビューを受けたりするときにも使うんだ」

誰かいるかなと言いながら、ドアを開けた。月子は北林に手招きされ、なかに入った。

ソファーとテーブルの応接セットが部屋いっぱいに三セット配置され、ちょっと狭苦しく感じられた。

「お邪魔します」

北林はそう言って、部屋の奥の応接セットの前で足を止めた。

ソファーに腰を下ろしているのは、ポロシャツを着た男と、髪の長い女性。打ち合わせをしていたところだったようだ。話を止めて、こちらに顔を向けた。

「この子は、この間スカウトしたばかりで、いま口説いているところなんだ。俺のこの夏のイチオシだ」

どういうつもりか、北林はそう紹介した。

月子は自己紹介するようなシチュエーションでもないと思い、頭だけ下げた。どのみち、緊張してうまく喋ることなどできなかったはずだ。

髪の長い女性を月子は知っていた。コンサバ系のファッション雑誌で活躍し、CMなどにも出演している売れっ子モデル、浜中愛《はななかあい》だった。化粧はしておらず、眼鏡をかけていたが、普通のひととはまるで違うオーラを放っていた。

「高校生？」

浜中の質問に、「はい」と答えただけで月子は高揚感を覚えた。あの浜中愛が自分の存在を認めた。その目に自分が映っている。

「いかにも北林さんがスカウトしそう。肌がすべすべ」

浜中が腰を浮かして手を伸ばしてきた。月子の頰に浜中の手が触れた。月子は思わず体を引き、うつむいた。意識的にひとに触れられたことなど、ここしばらくないことだった。

「チョーかわいい。あたしかわいい子、大好き」

月子も綺麗なひとやかわいい子を見るのが好きだった。そのひとをより綺麗に、よりかわいくさせたくなって、頭のなかで勝手にスタイリングを考えたりする。

浜中は白のタンクトップに、腰回りの緩いベージュのサルエル風パンツを合わせていた。容姿にあぐらをかいた手抜きファッションといえなくもないが、センスが悪いというイメージのあるコンサバ系のモデルにしては、悪くないと思った。このひとなら好きになることができるかもしれない。月子にとって好きということは、尊敬の念を抱けるということだった。周りにそんな人間は、いまのところ見あたらなかった。

「うちの事務所ね、悪くないわよ。タレントにしっかり投資してくれるから。モデルってけっこうお金がかかるから、他の事務所じゃ、水商売のバイトをしたり、お金持ちの愛人になったりするのが当たり前だけど、うちはそんなことしなくても大丈夫」

「――ちょっと、愛ちゃん」北林がたしなめるように言った。

「あらいいじゃない。うちの長所を教えてあげただけなんだから」

浜中は首を傾げ、無邪気とも呼べそうな笑みを見せた。

月子が視線を向けると、北林は肩をすくめ、苦笑いを浮かべた。

確かに悪い話ではなかったと思う。けれど、浜中の言葉に、どこか悪意のようなものが感じられた。

17

高垣清吾についてわかっていることは多くある。

甲統会系三次団体、縄出組の幹部であり、武蔵野連合の元メンバー。板橋区赤塚にある一戸建ての住宅に妻とふたりの子供と暮らしている。武蔵野連合の溜まり場、リーダーの城戸崎が経営するクラブに時折顔をだす。酒はほとんど飲まない。

どこで訊いても、おしなべて評判がいい。近所では、礼儀正しく挨拶するひと、子供たちとよく遊ぶパパで通っていた。やくざの世界でも、他の組織の人間からあの男は信頼できる、いいやつ、というような声を聞くことができる。

あの世界で、信頼できる男という評判は、これ見よがしの、薄っぺらな男気を口にし続ければ案外、簡単に手に入るものだが、高垣の場合はそれとは違うようだ。へたを打ったとき、誰それから庇《かば》ってくれた、などという具体的なエピソードがついてくる。寡黙な男で、無闇に男気を振りまいたりはしないし、自慢話など決してしないそうだ。

高垣の身辺を洗った高橋と植草は、現在も武蔵野連合のメンバーと接触があるとわかったことで、ひとまず満足した。これ以上ストレートについてみたところで、たいしたことはでてこないとわかっていた。

高垣の車が廃車になったことで、平田則行殺害に関する高垣の関与は濃厚だと捜査本部内では見ている。証拠を隠滅させたと、一課長は怒り狂っていた。

しかし、ありそうにない偶然が、ときとして起こるものだった。それを事件と結びつけたがために、冤罪を生んだこともあったはずだ。たまたま事故が起き、廃車になった可能性もある。

とはいえ、慎重に捜査を進めようと思う高橋でも、高垣の関与を強く疑っていた。平田の拉致当日、高垣にはアリバイがあった。その日、都内のホテルで縄出組関係者の食事会が行なわれていた。予約の段階で組とホテルの間にトラブルがあり、組対の捜査員が当日ホテルで警戒にあたっていた。高垣はそこに姿を見せたと、高橋は同僚から聞き及んでいた。つまり、高垣はその時間に車を使用してはおらず、Ｎシステムに捉えられたときは誰か別の人間が運転していたことになる。車は実行犯たちに貸し出されたのではないか、と疑いたくなる。高垣の妻は運転免許をもっていなかった。

車の事故を起こしたのも、高垣本人ではなかった。バーベキューをやりにいく知人に車を貸し、その知人が帰りに起こしたものだ。酒を飲んでいたようだが、酒気帯びにもひっかからない程度のもので、電柱にぶつかる自損事故だったため、交通課も念を入れて調べてはいない。その限りでは、とくに事故の状況に怪しい点は見つからなかったそうだ。

事故を起こしたのは、湧永卓人《わくながたくと》。ネットでゲームを配信する会社の役員をやっていて、年齢は高垣や真嶋と同年代の三十四歳。武蔵野連合の元メンバーかどうか確認はとれていないが、有名私大を卒業しているからたぶん違うだろう。高橋たちは、ひき逃げ事件の捜査の一環と偽り、湧永に接触し、話を聞いた。湧永いわく、高垣とはバーでたまたま知り合いになり、それ以来の仲だそうだ。事故の当日は、実際に仲間とバーベキューにでかけているようだった。湧永は刑事を前にして終始笑みを浮かべて受け答えをした。しかし時折、侮蔑の色が目に現れるのを高橋は見逃さなかった。まともな会社の役員をしているはずの男から、やくざと変わらぬ暴力の臭いを嗅ぎ取った。

高垣の関与を疑いつつも、武蔵野連合の関わりについては、捜査本部内で意見が分かれていた。高垣は武蔵野連合の元メンバーである前に現役暴力団員であり、組織として平田を殺害する理由が何かあった可能性もないではなかった。それに、何より、武蔵野連合と平田の関係がはっきりしない。増田建治殺害に対する報復と考えるにしても、増田と真嶋の間に繋がりがあったことすら、いまだに証明できていない。

植草が見つけた、ザンジバルというＡＶプロダクションをあたってみたが、経営陣が刷新され過去のことはわからないと言われ、なんの情報も得られなかった。それでも過去に真嶋が経営していたとされる、ビギニングというプロダクションに在籍したことがある女優に話を聞くことはできた。彼女によれば、オーナーが真嶋という名だった覚えはあるが、面識はないそうだ。増田建治については、少なくとも自分が在籍当時、そんな名の社員はいなかったと断言した。増田は代官山のマンションに入居するため、実在する会社の社員だと虚偽の申告をした可能性が高かった。

あとは、増田が通った小、中、高校に、真嶋貴士という卒業生はいないか問い合わせてみたが、いずれも空振りだった。

八月に入ってまだ間もないころ、高橋と植草は遠山小春《とおやまこはる》のアパートを訪ねた。JR大塚駅から歩いて五分ほどの距離だが、炎天下、長い上り坂がきつかった。

古いタイプのチャイムを鳴らすと、遠山はすぐにドアを開けた。高橋たちの顔を見るなり、犯人はわかったのかと訊ねてきた。

遠山小春は殺害された平田の女だった。事件当時は練馬区桜台のマンションで平田と同居していたが、現在はこのアパートで一人暮らしをしている。

高橋と植草は初めてだったが、平田が増田殺害の容疑者として浮上して以来、捜査員は何度も遠山を訪ねていた。あいにく、捜査に役立つような情報は何も引きだせてはいなかった。

武蔵野連合の線に行き詰まりを感じた高橋は、事件の発端に立ち返ってみることにした。増田が殺されるにいたった経緯のなかに、何か真嶋との繋がりを示すものがないか探りにやってきたのだ。

部屋のなかにはまだ開けていない段ボール箱がいくつか積まれていた。その分ものがなく、すっきりと片付いて見えた。くしゃくしゃの赤い髪の毛、襟が伸びきったＴシャツ。最初に遠山を見たとき、高橋はもっと散らかった部屋を想像した。

遠山は部屋の三分の一を占めるベッドに腰を下ろし、足を組んだ。

「犯人逮捕に向け鋭意努力を重ねています。ぜひ捜査にご協力ください」

高橋は堅苦しい挨拶をして床に座った。

「ノリ君を潰したやつ、絶対に捕まえてよね」

遠山の目に怒りの影が差した。二十八歳という年齢の割には幼く見える表情だった。平田がひとを殺していることをどう考えているのだろう。高橋は興味を覚えたが、訊ねはしなかった。

「事件の半年前に、平田さんは三百万円ほどの金を手にしています。その金について何か言っていませんでしたか。あるいはその前後に何か変わったことはありませんでしたか」高橋は訊ねた。

「それは前にも訊かれた」

「もう一度、じっくり考えてください。ささいなことでもいい。何か思いついたら話してください」

「ちょっと金が入ったと言って、焼き肉を食べに連れてってくれたのがそのころだったと思う」

遠山は考えた様子もなく、そう言った。

「金について何か訊ねましたか」

「訊いたけどはぐらかす感じで何も——。ただ、十万とか二十万とかのお金じゃないな、とは思った。態度が偉そうだったから。なんか、大物になったような感じ。まあ、うれしそうでもあったけど」

まったく同じ話を、以前訪ねた別の捜査員に話している。あらためて本人の口から聞いても、違和感は拭えなかった。

平田は増田から借金をしたと見られている。十万やそこらならまだしも、三百万という大金は、返済のことを考えたら、たとえ一時的に懐が温かくなっても、それほど喜べるものではない気がする。そもそもなぜ借金をしたのか。普通、それほどの金を借りるのは、必要に迫られたときに限る。しかし平田は、いったん銀行口座に入れ、小出しに使っていた。生活費や遊興費に消えたと見られている。

増田の殺害事件も、はっきりしないことが多かった。増田が、借金を返してもらいにいくと宮城彩に言ってでかけ、殺害されたため、原因を金銭のトラブルだろうとし、半年前に平田が自分の口座に三百万円を入金しているから、それが増田から借りた金だろうと見ているだけで、確証はなかった。

さらに根本的なところ、増田と平田の関係もはっきりしない。十代のころ、平田も渋谷あたりでずいぶん悪さをしていたようだから、そのころ知り合ったのではないかと推測できるだけだった。平田は町田キングスというギャンググループに所属していた。植草によれば、キングスもＯＢの犯罪者集団化が進み、掲示板の書き込みもわずかながら見られるそうだ。そこに武蔵野連合との接点を見いだそうとするが、いまのところ、何もでてきていなかった。

もうひとりの容疑者、西岡は、平田から金をもらい、殺害に協力しただけだと見られている。

「増田建治という名は聞いたことはなかったんですね」

「ないですよ」

当然、何度も訊かれた質問だ。遠山はすぐに答えた。

「真嶋貴士という名はどうですか。心当たりありませんか」

遠山は口のなかで小さく、真嶋と復唱した。

「聞いたことがあるような気もするけど、ノリ君から聞いたのかな。なんだろ、わかんない」

やくざの女だから、武蔵野連合の真嶋の話をどこかで聞いた可能性もある。よく考えて、と言って待ったが、答えはなかった。

「事件が起こる前、平田さんは怯えていませんでしたか。増田さんが殺される前も含めて」

遠山の顔が一瞬強《こわ》ばった。居心地悪そうに、いずまいを正してから背中を丸めた。

「怯えていたわけじゃないけど、その前、少し荒れてた記憶がある。毎晩お酒を飲んでいた」

「その前というのは、増田さんが殺される前のことですね」

遠山は拗《す》ねたような目を向け、頷いた。

「そのあとは様子がおかしいのがわかった。ずっと笑ってた。浮ついた笑いで、気持ち悪いって思った。少し怖かった」

増田を殺害してから逃亡するまでは、一日半しかなかった。

それはそのとき感じたことなのだろうか、あとで増田を殺害したとわかってから感じたことなのではないかと高橋は思った。

上ずった声で言った遠山は、大きく息を吸い、続けた。

「さらにそのあとは、もうほんとに怯えてた。俺やばいよって。あたしにも、しばらくどこかに姿を隠したほうがいいって言ってた。でも、ほんとに、誰に狙われているのかは最後まで言わなかった」

高橋は眉をひそめてから、目を剝いた。黙って聞いていた植草と顔を見合わせる。植草も同じような表情をしていた。

「遠山さん、なんの話をしてるんだ」

責めるような高橋の声に、平田の女も驚いた顔を見せた。

「それは、平田が逃亡してからの話だろ。平田が身を隠してから連絡をとっていたんだな」

遠山は平田の逃亡後、連絡をとっていない、いどころを知らないと言い続けていた。

顔を強ばらせた遠山は、すぐに自嘲するような笑みを浮かべた。

「そうか、言ってなかったんだっけ」照れ隠しのように、妙に明るい声で言った。「そりゃあ逃亡中は、連絡とってるなんて言えないでしょ。どこにいるかも知ってたけど、やっぱり彼だから、最初は庇おうって気があったし――。べつにいまさら、罪に問われたりしませんよね。ノリ君も殺されちゃったんだから」

「すっかり話してくれるなら、まあ大丈夫でしょう」

高橋にそれを決める権限などないが、このケースで、わざわざこの女を訴追する手間などかけないだろう。

「平田さんは警察以外に追われている自覚があったんですね」

平田は増田の背後に真嶋が、武蔵野連合がいると知っていたのだろうか。増田と真嶋が繋がっていたとしてだが。

「命を狙われるかもしれないって言ってた」

「高橋さん」

植草が割って入るように言った。どこか緊張したような表情をし、何かを目で訴える。

高橋は口を開かず、何か見落としたことがあったかと心を澄ました。

「遠山さん」植草は遠山に顔を向けて言った。「あなたは、平田さんの潜伏先を誰かに話しませんでしたか」

――そうだった。高橋は間抜けな自分に舌打ちした。

平田の潜伏先を犯人たちがどうやって知ったのか、いまだ解明されていなかった。それがわかれば、いっきに犯人に辿りつく可能性もある。まずそれを訊くべきだったのだ。

遠山はとくに表情を変えることもなく、小さく頷く。口を開いた。

「話しましたよ。ノリ君の組のひと。ノリ君を助けたいから教えてくれって言われて。知ってるひとだったし、ノリ君がやばいって言ってたから、なんとかしてくれるならと思って教えましたけど」

「誰なんだ」

「なんてやつだ」

高橋と植草が同時に言った。

ふたりの勢いに気圧《けお》されたか、遠山は後ろに体を引いた。

「どうしたんですか。教えたことが何かまずいんですか。まさか……」

遠山は目を見開いた。

平田が姿を隠してから、曳次組が動いた気配はない。そもそも個人的なトラブルでひとを殺害した構成員を、組が助けるとは思えなかった。

遠山は、平田と一緒に何度か飲みにいったことがある、平田の先輩にあたる組員の名前を挙げた。もしかして、自分が喋ったことで、平田の居場所が犯人たちにばれたのかと、何度も訊いてきた。高橋はわからない、とそのたびに気休めを言った。


捜査本部は曳次組構成員、戸部仁《とべひとし》を犯人隠匿で引っぱってきた。

戸部はノミ行為の集金を行なう程度の小者で、公営住宅を追いだされ、安アパートに暮らしていたが、最近、マンションと呼べる賃貸住宅に越している。車も買い換えた。

取り調べで戸部は、警察に出頭するよう説得するために平田の潜伏先を訊いたのだと当初は言い張った。しかし、車の購入代金や、部屋から見つかった二百万円の出所を追及するうちに落ちた。

戸部は二千万円の謝礼と引き替えに、平田を売ったのだそうだ。戸部は潜伏先を教えた相手が誰だか認識していた。ただし、本物かどうか戸部にはわかりようがなかった。取調官は捜査本部にあった、その人物の写真を見せて確認させた。戸部は自分が会ったのは、この男に間違いないと断言した。

戸部に金を渡し、平田の潜伏先を訊きだしたのは、増田建治の兄、和幸だった。

18

遊歩道を通り抜け、真嶋はゴールデン街の迷路に迷い込んだ。

目当ての店があるわけでもなく、週末のバカ騒ぎを鑑賞する気もなく、ただの時間潰しで、ぶらぶらと歩いた。ふた筋目の通りに、店先まで外国人が溢れだしているバーがあった。真嶋は気まぐれを起こし、バーのドアを開けた。

なかに入ってみても、日本人は髪の長いマスターだけで、客はすべて外国人だった。場違いだろうが気にせず、真嶋はカウンターに張りつき、マスターに生ビールを注文した。周りも同じで、異物であるはずの真嶋を誰も気にしたりはしなかった。みんな、同胞とのお喋りに夢中だった。あとから入ってきた外国人が、元からいた客に気安く話しかける。べつに知り合いでもないのだろう。

「客は常連が多いの？」真嶋はマスターに訊ねた。

「けっこう観光客も多いんですよ。ガイドブックとかで、紹介されてるらしくて」

関西訛《なま》りのあるマスターが答えた。

わざわざ観光で日本にきてまで、同胞で集まるのか。真嶋は心のなかで皮肉ったが、その気持ちがわからないでもなかった。

どこにいたって、自分の居場所を見つけたくなるものだ。いや、異質なものに囲まれていたら、なおさらだろう。いつでも、どこでも、居場所が用意されているわけではない。なければ自分で作るしかない。肩で押し、肘で突き、まずは自分のスペースを確保する。そこに仲間を呼び寄せてスペースを広げていけば、いつかは居心地のいい場所になる。

後ろから押され、体がカウンターに押しつけられた。振り返って睨みつけようと思うが、こちらを見ていない。インド人のグループだった。

すいませんねとマスターが代わりに謝ったが、ひとの居場所に紛れ込んだ自分が悪いのだろう。ここで肘鉄を使おうとは思わない。真嶋はグラスを空け、カウンターに千円札を置いて店をでた。

こちらによろけてきたサラリーマンに肘を当て、進路を開いた。ゴールデン街を抜け、裏から花園神社の境内に入った。

遅い時間だが、ひとの姿はあった。それほど御利益があるという話も聞かないが、社殿に進み、賽《さい》銭《せん》を投げるひとがあとを絶たない。境内の真ん中あたりに佇《たたず》み、真嶋は待った。五分も過ぎたころ、大柄な人影が早足で近づいてきた。待たせたな、とも言わず、低く、聞き取りづらい声で「おう」と言った。真嶋はそれに片手を上げて応えた。

毒龍の酒井建一は真嶋の前で足を止めると、キャメルを取りだしてくわえた。真嶋のほうに差しだし、一本勧める。習慣というより、もう儀式のようなもので、会うと最初はいつもこれだ。真嶋は何も考えず、一本抜き取りくわえた。酒井がつけたライターに先端を近づけ、炙《あぶ》った。

「なんか迷惑をかけたそうだな」

酒井は外国の俳優みたいに、気取った仕草で煙草を口から抜き取り、薄く開いた唇から煙を吐きだした。

この男はだいたいが気取っている。いつも仕立てのいいスリーピースのスーツを着ている。夏でさえ麻の生地のスリーピースだ。爪の綺麗さは尋常じゃない。歩くとかちゃかちゃ音がするのは、靴の爪先にスチールチップを埋め込んでいるからだ。しかし、無口で田舎の純朴な青年みたいな顔をしているから、嫌味にはならない。むしろ滑稽だった。本人はそれを承知の上でやっているようだ。

「ちょっとめんどくさいだけで、たいしたことはない」

真嶋が言うと、酒井は太い眉を上げた。

「講壬会は、もうけそこなった金を補償しろと言ってきた」

酒井は煙草をくわえ、ばかにしたように軽く頭を振った。

「悪いが、シュウさんの連絡先を講壬会に伝えた。文句があるなら、ミスしたほうに言えとつっぱねた。中国マフィアとことをかまえる気はないと思うが、いちおうしらせておこうと思ってな」

それを伝えようと、酒井を呼びだした。真嶋はどこかの店で会ってもよかったのだが、あまり時間はとれないからもったいないと酒井が神社を指定した。そういうところは気取りがない。酒井の事務所はここから近い、歌舞伎町にあった。

「わかった、向こうに伝えておく」

酒井は事務的に言って、煙草をふかした。横を向いたり、うつむいたり、忙《せわ》しなかった。最後は唇を軽く舐めながら、うつむき、煙草を足下に落とした。

「話はそれだけか」

「それだけだ」

酒井は頷き、またキャメルをくわえた。もう一本吸うくらいの時間はあるようだ。

「ついこの間、電話で松中さんと話したんだが、上納金をアップすると言ってきた。一割アップで六割だそうだ」真嶋は半笑いで言った。

酒井は無表情で真嶋を見つめていた。

「お前、知っていたのか」

「いや、初めて聞いたよ、そんな話」

「安心しろ。お前のところは、据え置きだそうだ。一割アップは俺のところだけだ」

酒井は顎を突きだし、煙を吐いた。

「お前、何かへまをやったのか」

真嶋は鼻で笑った。「そんな覚えはまるでない。それでも、松中さんにとって、気に入らないことが何かあったんだろうな」

「まるで、ひとごとだな」

「ひとごとみたいなもんだ。何をどう思われようと俺はどうでもいい」

「一割、取り分が減ってもか。——まさか、拒否するつもりか」

酒井は細い目を、めいっぱい開いた。

「さあ、どうするかね。何も考えていない」

それは嘘だった。あれこれ絶えず考えてはいる。

酒井も信じていないだろう。眠たげな細い目で、じっと真嶋を見る。

「なあ酒井、正直な話を聞かせてくれ。もしお前だったらどうする」

「どうするもこうするも、呑むしかないだろ」酒井は即答した。

「嘘だろ。いつからそんなに聞き分けがよくなったんだ」

凶暴さでは武蔵野連合の上をいくと言われた毒龍のなかでも、とりわけ容赦のない暴力で恐れられた男。剛胆で狡知にも長《た》け、東京の東側から、他の暴走族を完全に消滅させた元頭領の言葉とは思えなかった。

「聞き分けとかの問題じゃない。これはルールだ。言われたことをやる。いやならやめればいいだけのことだ。最初からそういうルールだった。俺は昔からルールは守る。じゃなかったら、百人ぐらい殺しているはずだ」

酒井はにこりともしない。冗談を言っているわけではないから、当然だ。

「俺のルールとは違うようだ。俺のルールは自分の頭で考える。それだけだ」

言われて、はいそうですかとはいかない。最終的には酒井と変わらない結論になるかもしれないが、まずはどうすれば自分にとっていちばん利益になるのか考える。

「まあ、悪いルールじゃないな。たまにはひとの意見も聞いたほうがいいとは思うが」

当たり前のことを言う酒井に、真嶋は沈黙で答えた。

酒井は暗がりに煙草の火を赤々と灯らせてから、指先で遠くへ弾き飛ばした。

この男が普段、どういう意思決定のしかたをしているかは知らない。ただ、周りを信頼のおける元毒龍のメンバーで固めている。何人かは真嶋も昔から知っているやつだった。

現在の毒龍は武蔵野連合の形態と似ている。暴走族の元メンバーが集まり、明確な組織をもたずに助け合いながら、合法、非合法の活動を行なっている。ただ毒龍は、中国マフィアや日本の暴力団との連携が密だった。その分、武蔵野連合と比べて、あるていど組織化されている。酒井は真嶋と同じように闇金組織のヘッドオフィスを歌舞伎町に置いているが、それとは別に、毒龍の連絡事務所のようなものも歌舞伎町に開いていた。

武蔵野連合はいってしまえば、ＯＢの親睦会だ。昔の絆を絶やさず温め続けることが主眼だった。そのなかで金を融通したり、仕事を手伝ったり、ときには力を合わせて戦う。毒龍は生活のため、経済的利益を求めて集まっている。その分、派手さはない。だからマスコミなどで取り上げられることはあまりないし、掲示板などでも、毒龍の書き込みは少ないのだろう。毒龍の闇金組織のリーダーについての書き込みはあるが、酒井ではなく井上良治などという、わけのわからない人物になっていた。もちろん、そんなのはどうでもいいことだった。生きるために集まってきている連中は必死さが違う。だから人材も育つ。酒井の闇金グループの幹部は、すべて毒龍の元メンバーだった。数も多く、地方に店長を指導するスーパーバイザーを常駐させていた。

武蔵野連合のメンバーは、多くが掲示板の自分たちの書き込みを読んでいる。そこで求められている自分たちの役割を、現実で演じようとしている者も多い。わざと粗雑に、勝手気ままに振る舞い、注目を集めようとする。人目を忍んでことにあたる、多くの犯罪に向かないのだ。

人材豊富な毒龍を羨ましいと思うこともある。だからといって、武蔵野連合に不満があるわけではなかった。いや、あったとしても、武蔵野連合に対するスタンスは、なんら変わることはない。そこが自分の居場所であり、唯一の仲間だった。

酒井は三本目のキャメルをくわえたが、火はつけなかった。

「戻るよ」と低く、聞き取りにくい声で言うと、早足で歩み去っていった。

靖国通りでタクシーを拾い六本木に向かった。ミッドタウンの手前で降り、すぐに表通りを外れて路地を進んだ。

コンクリート打ちっ放しのマンションの、半地下に続く階段を下りた。ドアを開け、クロークのなかに入った。ひとはいない。ふたつの防犯カメラが真嶋を狙っている。

カチッとロックが解除される音が聞こえて、真嶋はフロアーに続くドアを押し開けた。

マネージャーの石黒が出迎えた。「お待ちになっています」と耳元で囁いた。真嶋はフロアー内をざっと見回し、奥のほうへ進んだ。壁際のいちばん奥のテーブルで足を止めた。

川尻慶《かわじりけい》がすぐに気づいて顔を向けた。向かいのソファーに座る女ふたりが「それじゃあ」と腰を上げる。

「すまないね。また会いましょう」川尻は名残惜しそうに言った。

女たちは真嶋に会釈をすると、自分たちのテーブルに戻っていった。

「すみません、お邪魔してしまった」真嶋は川尻の向かいに腰を下ろして言った。

「いやいいんだ。今日はあなたに会いにきただけだから」

川尻は女たちがいるほうに目をやり、カクテルグラスを傾けた。

「いまの子たち、AV女優なんだって。最近のAV女優って、美人なんだね。モデルと変わらないよ」

「そうですね」

真嶋は相槌を打ちながら、思わず笑みを浮かべた。

まるで最近のAVを知らないような口ぶりだが、そんなことはないだろう。

「先生、何かお飲み物は？」真嶋は空のグラスを見て言った。

「明日は朝一で地元に戻らなければならないので、酒はこれぐらいにしておこう。コーヒーをもらおうかな」

真嶋はスタッフを呼び、コーヒーをふたつ注文した。

「ここ、大丈夫かい。閑古鳥が盛大に鳴いているよ」

いまいるのは川尻と先ほどのAV女優たちだけだった。先週末はけっこうひとが入っていたと言おうとしたがやめた。その日、川尻もきていたのだと思いだした。

「ですから、川尻先生の協力が欠かせないんですよ。よろしくお願いします」

「ここがなくなったら、僕も寂しいからね、協力はしますよ。ただ、話が話だけに、慎重に声をかけないといけないんで、時間はかかるかもしれない」

遠い先を見据えている真嶋にとって、時間はどうでもよかった。慎重に進めてくれるほうが助かる。

「そうはいっても、誰に声をかければいいのか、だいたいわかってるんだけどね。艶聞やら醜聞が、永田町界隈では飛び交っているからさ。まあ、男性議員の半数くらいは、潜在的なこのラウンジの客と考えていいんじゃないのかな」川尻はそう言って笑った。

川尻は、三年前、政権交代で与党の座についた、民政党の若手代議士だった。真嶋は十五年も前から川尻を知っていた。

当時真嶋は学生パーティーを主催して小金を稼いでいた。もともとは、あるイベントサークルの用心棒のようなことをやっていたが、そのサークルを乗っ取り、実質的に支配するようになった。学生を使ってひとを集めパーティーを開く。単純な営みのようだが、会場となるクラブの箱貸しに、やくざが利権を求めて入り込むようになり、芸能の興行並みにややこしいものになっていた。円滑に話を進めようと、やくざにけつもちを頼む学生サークルが多いなか、真嶋はどこの紐付きにもならずに独立を保った。そのため、金銭トラブルは多かったし、パーティー潰しの襲撃を受けることもあった。そのたび、武蔵野連合のメンバーを集めて戦った。それを含めて楽しんではいたが、やくざの存在を目障りだと感じるようにもなった。建治と再会したのもそのころで、真嶋の片腕としてサークル運営を手伝った。真嶋が城戸崎と事業を興すことになり、引退したあとは、しばらく建治がトップに立ってサークルを率いた。

慶應の学生だった川尻もイベントサークルの会長として、大きなパーティーを仕切っていた。その縁で知り合い、何度か合同でパーティーを主催したりもした。川尻は卓越したコミュニケーション能力をもっており、女の子を集めたり、ひととひとを結びつけるのが抜群にうまかった。パーティーはいつも満員御礼。学生のパーティーでは考えられないような一流企業のスポンサーをとってきたりもした。その世界ではちょっとした有名人だった。

真嶋より三歳年上で、知り合って一年ほどで卒業し、つき合いは途絶えた。川尻は大手家電メーカーに就職したが、三年前の政権交代選挙で民政党から出馬し、代議士となっていた。

真嶋はフリーライドの構想を実行に移すにあたって、川尻に会いにいった。川尻のコミュニケーション能力を活用できると期待していったわけではない。真嶋は川尻のある性癖を知っており、それがフリーライドの趣向とぴったり合っていたため、川尻から意見を聞こうと思ったのだ。いわば、モニター調査みたいなものだった。

十五年ぶりに会った川尻だったが、代議士になっても中身はまるで変わっていなかった。パーティー好きの軽薄な学生がそのまま年をとった感じだった。構想を話すと、きっとうまくいくと太鼓判を押したし、自分自身も乗り気だった。晴れて川尻は、フリーライドの会員第一号となった。

当てにしていたわけではないが、結果的に川尻がフリーライドの政界での普及活動もやってくれることになった。もちろん、それなりの便宜を図ることを約束した。

現在、若手を中心に、十名の国会議員が会員になっているが、本人をのぞいてすべて川尻が声をかけた者だ。他に弁護士や一流企業の社員、官僚などにも、他の人間が声をかけている。しかし、フリーライドのメインのターゲットはあくまでも政治家だった。

やくざは昔から政治家との結びつきが強かった。もちつもたれつの関係で、やくざが暴力装置以上の存在になり得たのは、政治家との交際のおかげといえるのかもしれない。ただ、やくざの交際のほとんどは、長く政権についていた前与党、民自党の議員とのものだった。

政権交代で何が起きたか。それを示すいい例が三年前の春、政権交代前に起きた、若手俳優の加納《かのう》俊《しゅん》が関わったSM事件だった。加納はホテルにデリヘル嬢を呼んで、緊縛プレイをしていた。縛った女をベッドに残し、風呂場でシャワーを浴びて三十分後に戻ったら、女が死んでいたと警察に通報した。検視の結果、死因は嘔吐物が気管に詰まっての窒息死と判明した。しかし、警察が到着したときには死後数時間がたった状態で、縄は解かれていたが、鬱血の様子から、解いた時点ではまだ生きていた可能性があることもわかった。加納の証言と食い違いがあったが、警察は事故死として処理し、加納をなんらかの罪に問おうとする気配はなかった。マスコミはこぞって、自己保身のため加納は警察に通報するのをためらい、助かったかもしれない命を見殺しにしたのだと、バッシング報道をした。加納の行動は救護義務違反にあたり、罪に問われないのはおかしいと、警察の怠慢もやり玉に挙げた。しかし、それでも警察は動かなかった。これは、加納が所属する事務所が甲統会と密接な繋がりがあり、甲統会の幹部が民自党の大物代議士に頼んで警察の動きを抑えてもらったからだった。

事故から五ヶ月後、政権交代が起きた。そしてそのひと月後、警察は突然、事故の再捜査を始めた。加納を呼んで、連日取り調べを行なった。

事情がわかっている者から見たら、あからさまな動きだった。抑える者がいなくなって、捜査活動が正常に行なえるようになっただけと見ることもできるし、政権から滑り落ちた民自党に対する警察の意趣返しと見ることもできた。

加納は訴追され、有罪判決を受けたが、真嶋にとってそんなのはどうでもよかった。民自党が権力の座から降りた影響を、はっきりと見ることができた。やくざの力が弱まると感じた。実際、民政党が政権についてから、暴力団排除条例を施行する自治体が急増し、暴力団に対する締めつけが厳しくなった。これはチャンス以外の何ものでもない。

真嶋はやくざに政権交代を迫ろうと考えるようになった。イベントサークルのころから変わりなく、仕事をしていく上でやくざは目障りな存在だった。なんの制約も受けずに、自由に裏の仕事ができるよう、やくざにとって代わり、自分が頂点に立とうと決意した。全国制覇など考えていなかった。この東京だけでいい。やくざから奪ってやろうと動きだした。

それがすぐに実現できるはずもなく、真嶋は十年、二十年先を見据えていた。フリーライドはその布石だった。このラウンジバーを介して民政党の若手議員と昵懇《じっこん》になる。その議員がいつか大臣クラスの大物となったとき、本気で東京を獲りにいく。

ただ、このままずっと、民政党の政権が続くとは考えられなかった。政権運営の杜撰《ずさん》さと、内紛続きで、すでに次の選挙では民自党が返り咲くのではと囁かれ始めていた。そこで右往左往してみてもしかたがない。この先、何度となく政権交代は繰り返される。機が熟し、民政党の目がでたときに勝負にでればいい。そうは思っているが、そのときを漫然と待つ気もなかった。

「川尻先生、民自党の議員のほうへの声かけも、お願いしますよ」

「わかってますよ。超党派で楽しみましょうってことだったものね。僕はね、名塚《なづか》先生あたりなら興味を示してくれるんじゃないかと、密かに狙いをつけてるんだよ」

狙いをつけるも何も、名塚の女癖が悪いのは有名だ。しかも、古参議員の名塚は暴力団員との交際も度々取り沙汰されている。

「もっと若いひとをお願いしますよ。将来有望な」

民自党でも若手は、まだやくざに侵食されていない。いまのうちに声をかけておけば、政権交代のリスクヘッジができるかもしれない。

現在の頼みの綱はこの川尻だった。次の選挙で政権が代わることよりも、川尻が当選できるかどうかが、真嶋にとってのいまの気がかりだった。

19

「おい見てくれよ。俺はどこからどう見たってたこ焼き屋だろ。そんな犯罪なんかに、関わるわけはないんだよ」

男は黒いTシャツの上に薄汚れたエプロンをつけていた。それが犯罪者ではない証拠になどなるわけがなかった。

「お前、総馬《そうま》組の構成員だろ。そんなせりふは、足抜けしてから言え」

植草は気をつかったのか、声を低くして言った。

「いまどき、普通の人間のほうがよっぽど悪いぜ。礼儀も知らないしな。俺は礼儀正しく、お悔やみの言葉を言いたかっただけだ。それ以外のことなんて実際、何も言ってないぜ」

「じゃあ、なんでお兄さんの携帯に電話したんだ。お悔やみの言葉だったら、普通、自宅に電話して、親に言わないか。だいたい、なんでお兄さんの携帯番号を知ってるんだ」

植草は畳みかけるように、早口に言った。

高橋はガードレールに腰を下ろして、ふたりのやりとりをじっと聞いていた。

焦り、もどかしさ。時間の経過とともに強まっていく感情に、高橋は静かに耐えていた。

いまごろ増田和幸は、戸塚署の取調室で洗いざらい話しているかもしれない。早ければ、平田殺害犯の逮捕状をとりに動いているかもしれない。犯人が捕まれば文句はない。ただ、できれば、その名前を聞く最初の人間が自分であればと切望していた。

それは功名心ではないし、刑事の本能などでもない。ただの我《が》だ。

子供のころ、正義の味方ごっこをしたとき、悪もんはやだ、俺はいいもんなんだと言い張って、友達を殴りつけた。そのときの感情とほとんど一緒だ。

曳次組の戸部が、増田建治の兄に平田の潜伏先を教えたと供述してから三日がたつ。翌日から和幸の事情聴取が行なわれている。家宅捜索にも入った。

和幸は、平田の潜伏先を聞きだし、警察に伝えるつもりだったと供述している。その後すぐに平田が拉致され、潜伏先から消えたので、これまで黙っていたのだという。戸部に渡した二千万円のでどころについては、言いたくないの一点張りだった。和幸の銀行口座を調べても、そんな大金が動いた記録はない。借金をした形跡もなかった。念のため父親のほうも調べてみたが、同様だった。

警察に伝えるつもりだったなどという言い訳を誰も信じない。和幸は犯人を知っている。任意の取り調べだが、取調官は厳しく追及しているようだ。しかし和幸もなかなか折れない。警察に伝えるつもりだったと繰り返す。金のでどころについて訊かれても、昨日は、もう何も答えなかったそうだ。

家宅捜索でも、とくに色めき立つようなものはでてきていない。しかし、携帯電話の通話記録を調べた結果、建治が殺されてから、暴力団員と二回通話していることが判明した。和幸が潜伏場所を知る前とあとの一回ずつ。高橋と植草は、その暴力団員で、たこ焼き屋を営む尾関智也《おぜきともや》に話を聞きにきていた。

「なんでお悔やみの電話を二回もかけるんだ」

植草は質問を途切れさせせなかった。

「二回も言わないぜ。同級生の横江君から、お兄さんの携帯番号を教えてもらっただろ。そのとき四十九日の法要があると聞いたんだ。それで最初に電話したとき、お兄さんに四十九日にはいくって言ったんだけど、いけなくなったから、それを伝えようと思ったんだ」

「そんなもんでいちいち電話するな。最初からお前の席なんて用意してねえよ」

植草も高橋と同様の焦りがあるのかもしれない。本気で苛立っているようだった。

尾関は建治の中学の同級生だった。不良仲間でもあり、高校時代も一緒に渋谷へ繰りだしたりしたそうだ。だからといってこの男が平田殺害と無関係とは言い切れない。不良であり、烏山に住んでいたなら、武蔵野連合と関係があっても不思議ではなかった。

「お前、暴走族に入ってたのか」植草が訊ねた。

「入ってない。俺らの地元の族は、あの当時かなりやばくてね。自殺願望でもなけりゃ、飛び込まないよ。だからあのころの普通の不良は、地元が怖くて、渋谷や池袋にでかけたんだ」

「武蔵野連合か」

植草の質問に、尾関はふっと笑みを見せた。

「ムサシもすっかり有名だな。うちの地元はデュークスが多かったな。真嶋さんとか、川崎さんとか、けっこう有名人がでてるんだよ」

「真嶋貴士と知り合いか」

「いや、直接は知らないけど、俺の先輩とかはけっこう仲よかったらしくて、昔の話とかは聞いたことあるよ」

尾関は得意げな顔をしていた。本当に知らないのだろうという気はした。

「それに、同じ中学出身だし」

「真嶋と一緒？」

植草は頓狂な声を上げ、高橋のほうに目を向けた。高橋はガードレールから腰を上げた。

「お前、増田建治と同じ学校なんだよな」

「そうだよ。最初からそう言ってるだろ」

そんなはずはなかった。小学校も中学校も、念のため高校も調べたが、建治の通った学校に真嶋は在籍していなかった。

「真嶋は途中で転校したのか」

高橋は横から質問した。

「いや、そんな話は聞いたことがない。卒業生のはずだよ」

「だったら、和幸と同学年になる」植草は独り言のように言った。

「そうか、お兄さんと同じ学年か。だから建治のやつ、憧れてたのかな。確か高校のとき、真嶋さんがかっこいいって話をしてたよ。真嶋さんがいたら、デュークスに入るのにって。もうそのころ、真嶋さん、引退してたから」

植草がこちらを見た。高橋は大きく頷いた。


尾関を訪ねたその足で、建治が卒業した北烏山中学校に向かった。以前は電話で問い合わせただけなので、これが初めての訪問だった。

教頭が応対した。すぐに卒業者名簿をだしてくれた。指でなぞりながら、ざっと真嶋の名を探す。しかし、問い合わせたときと同じで、名前はなかった。調べてくれた人間が見落としただけだと思っていたから、狐につままれた気がした。

もう一度確認してみようと思ったとき、教頭が言った。

「ありましたよ。真嶋貴士さんでしたよね」

高橋と植草が座るソファーにやってきた。手にしているのは卒業アルバムだろうか。

「ここに」

テーブルにアルバムを広げて、指をさした。

上段の真ん中あたりに真嶋貴士の名があった。写真の上段真ん中を見ると、パンチパーマを当てた、幼い顔の少年がいた。

卒業アルバムにあるのに、どうして卒業者名簿にないのか。高橋はもう一度名簿を確認する。

三年C組だとわかったから、たいした労力はいらない。さっきより、ゆっくりと丁寧に見ていった。

「これじゃないですか」横から植草が言った。

植草が指さしたところにあったのは、小川という姓だった。名は貴士だ。

アルバムのほうをあたってみても、小川貴士の名はないから、たぶんそうだろう。いったい、どういうことなのか、教頭に訊ねた。

「真嶋さんのご両親は離婚されてるのですかね」

「確か、母子家庭だったと思います」掲示板を読み込んでいる植草が言った。

「たぶん、小川というのがお母さんの姓なんでしょう。離婚しても途中から名前が変わるのがいやで、戸籍上はお母さんの姓になっても、そのままお父さんの姓を通名として使う生徒はときどきいます。公式の書類以外は、学校側も通名で対応しています」

高橋は説明に納得したが、すぐに疑問が湧いた。

「植草、お前が調べたプロダクションの登記、役員名が真嶋貴士だったんだよな」

「ああ、そうでした。間違いなく真嶋貴士になっていましたよ」

「登記は、本名じゃなければ受けつけないはずだ」

真嶋貴士の本名は小川貴士。となると登記の人物は別人なのだろうか。

「あの、あとからまた父親の姓に戻すことは可能ですよ。実際にそういう卒業生に会ったことがあります」

教頭が教えてくれた。

「なるほど。ありがとうございます」

本当にそうだとして、なぜ変える必要があったのだろうか。犯罪者であるなら、名前がふたつあったほうが何かと都合がいいはずだ。

小さな疑問は胸にしまった。

建治が口にしたマジマが真嶋貴士であると証明されたわけではないが、ほぼ間違いないとみていいだろう。同じ中学という接点が、その後ふたりを結びつけた。あるいは、兄と真嶋が友人だったのかもしれない。

高橋と植草は、急いで捜査本部へ戻った。

20

東急世田谷線の上町を過ぎたあたりで、世田谷通りから右折して路地に入るようタクシーの運転手に指示をだした。

「このへんは一方通行が多くて、ほんと迷路のようですよね。抜けだせなくって難儀したことがけっこうありますよ」

路地に入ると、運転手はぼやいた。

真嶋はそれを聞き流し、次の角を左に曲がるように言った。その道も一方通行だった。

車は急激にスピードを落とし、左に方向を変える。真嶋は後方に目をやり、後続の車がないことを確認した。閑静な住宅地で、車が入ってくることはあまりない。ジョギングする者や犬の散歩をする者、ひとの姿は夜中でも案外見かけるが、今日はいなかった。

その後二回角を曲がり、マンションの前で停まった。前から車がきていたので、真嶋はゆっくりと支払いをした。

「ここを真っ直ぐいけば世田谷通りにでるんですかね」

訊いてきた運転手に説明をしてやり、車を降りた。ひとも車も周囲には見当たらない。真嶋はオートロックを解錠し、エントランスを潜《くぐ》った。

世田谷区桜にあるこのマンションが真嶋の住居だった。他に五部屋、都内にマンションを所有している。その内二部屋は泊まったりひとを呼んだりすることもあるが、真嶋にとってはあくまでもここが帰る場所だった。とくに思い入れのあるものを置いているわけではなかった。単に、このマンションが誰にも知られていないというだけの理由だ。武蔵野連合の人間にも、オフィスの本間や日枝にも教えていなかった。もっとも、他のマンションもそうだが、名義は別の人間で、その者だけはこのマンションと真嶋の繋がりを知っている。そこから漏れることはないと思うが、絶対に安全なすみかとまでは真嶋も過信はしていなかった。

エレベーターで六階に上がり、鍵を開けて部屋に入った。すぐにリビングのドアが開き、昭江《あきえ》が廊下をやってきた。

「お帰りなさい、今日は早かったんですね」昭江は硬い笑みを浮かべて言った。

「どうした。早く帰ってきちゃ、まずいことでもしていたか」

「いえ、そんなことはありません」

昭江は訴えるように首を横に振った。

「冗談に、本気で答えるな」

真嶋は靴を脱いで廊下に上がった。肩をすくめて立ち尽くす昭江の横を通り、リビングに向かった。

上着を脱いで、ソファーに腰を下ろした。食事はしてきたのかと昭江が訊ねた。

「ちょっと食った。何かあるなら食べる」

「たいしたものはできないですけど」昭江はそう言うと、消え入るような声でつけ加えた。「早く帰ってくると思わなかったから」

一日中暇なくせに、この女はいったい何をやってるんだ。冷たい怒りが腹のなかでしこった。それがすぐに熱いものに変わっていくのを真嶋は意識した。

「お前、またパチンコでもやってるんじゃないのか」真嶋は薄い笑みを浮かべて言った。

昭江は瞬間、顔を強ばらせてかぶりを振った。綺麗に整えられた髪が乱れた。

「やってないです」

たぶんやっているのだろう。どうでもいいことだから訊ねはしなかったが、昼間、パチンコにいっているのだろうなとこれまでにも考えたことはあった。

この女にとって、パチンコホールは自分の居場所。そこにいればすべてを得られる。金を得ることはないが、金を失うことによって得られるものもある。

「どんなかっこうしていってるんだ。そのかっこうのままいくのか」

ジェームスパースのカットソーにフィリップリムのプリントパンツ。うまい組み合わせではないが、それぞれはセンスのいいものだった。もっとも本人は、それがどんなものなのかわかっていない。真嶋が買い与えた服を適当に着ているだけだった。

かつて、パチンコ屋にいくときに着ていただろう、色の褪せたジーンズや襟の伸びきったTシャツなどは、もう処分しているから、どう選んでも華美な服装にはなるだろう。

「いってません」昭江はカーテンの閉まった窓のほうに顔を向けた。

「パチンコ屋で知り合った男と、やったりするのか」

「そんなことしません」

真嶋に顔を向け、強い口調で言った。

やっていないのかもしれない。しかし、やっていてもいっこうにかまわなかった。パチンコ屋に足繁く通ううらぶれた男と体をからめ合う。どんないい服を着ようと、中身は変わらない。この女にはそんな男がふさわしかった。

笑みを向けると、昭江はふて腐れたような顔でそっぽを向いた。そういう表情をすると頰がたるみ、年齢なりの容姿の崩れが浮き彫りになる。

昭江は四十歳の元主婦だった。真嶋と出会うまで、特別な肌の手入れなどはしたことがないはずで、髪形や服装である程度カバーはしているが、容貌はそのへんの主婦と大差ないものだった。

真嶋が昭江と知り合ったのは二年前。昭江は真嶋が実質的に経営する、AVプロダクションのオーディションを受けにやってきた。

昭江はパチンコ依存症で、そのために借金を作り、結婚生活が破綻したシングルマザーだった。離婚の際に元夫が借金を清算してくれたが、その後にまた借金を作り、それを返すためにAVにでたいのだと、面接で動機を語った。

面接をしたスカウト兼マネージャーは、もともとの容姿は悪くなく、主婦らしい崩れもあるから、使えるかもしれないと考えた。ただ、主婦ものや熟女ものは、一定の需要はあっても爆発的にヒットすることはないから、出演料は高がしれたもの。ＡＶにでても、三百万円ほどあるという借金を返すのは簡単ではないと誠実に伝えた。すると昭江は、娘を使ってもらえないかと言った。昭江には当時中学三年生の娘がいて、合法的には無理だろうが、何か裏の仕事で使えないか、最低でも百五十万円欲しいと言ってきたそうだ。

真嶋の会社だから、裏の顔がないわけではないが、マネージャーは表の、真っ当なＡＶの仕事しか知らない。こんなないかれた女とは関わらないほうがいいと判断し、面接不合格で追い返した。

真嶋はあとで、社長からその鬼畜のような母親の話を聞いた。興味が湧いた真嶋は、自分がもう一度その女の面接をやるからセッティングするようにと社長に指示をだした。

女は再び事務所にやってきた。三十八歳の女が着るものとは思えない、毛玉がいっぱいついたピンク色のセーターを着ていた。金も教養も何ももたない埼玉に住む主婦、というイメージをそのまま具現化したような姿だった。それでも顔は、思いの外、崩れていなかった。ヤンキー上がりで水商売をやってきた女といったイメージからはずれ、髪は黒く、普通の母親の顔をしていた。たった三百万ほどの借金のために、中学生の娘を売り飛ばそうとした鬼畜には見えなかった。

真嶋は話もそこそこに、女を犯した。人払いした事務所は、叫ぼうが喚こうが誰もこない。最初のうちは抵抗していたが、そのうち協力的になった。これも面接のうちと思ったようで、わざとらしい喘ぎ声まで上げ始めた。その頭の悪さが真嶋の興奮を煽《あお》った。当初そんな気はなかったが、二回、女を犯した。

終わったあと、真嶋はいくら欲しいか昭江に訊いた。昭江は百万と言った。真嶋は思わず笑った。

三百万とふっかければ、借金を返せる可能性もあったのに、なぜか百万ぽっち。また金が欲しくなったら連絡しろと言って、真嶋は携帯の番号を教えた。

それから時々会うようになった。食事をしたり酒を飲んだりする手間は省き、セックスをするだけだった。金は最初のときみたいに百万もやるわけはなく、十万ていどの小遣いを渡した。その金をどう使おうが知ったことではなかったが、いちおうは借金の返済に充てていたようだ。半年も過ぎたころ訊ねてみたら、借金はもう返し終わっていると、とくにうれしそうな顔も見せずに答えた。

一緒に暮らそうかと提案したのは、ちょうどそのころだった。真嶋の身の回りの世話をし、セックスの相手をするだけで何不自由のない生活が送れる。外に食事に連れていったり、旅行に連れていったりする気はなかったから、ただ金の心配をせずに暮らせるだけで、面白みのない生活になるだろうことは理解したようだが、もともと何もなかった女はそれだけで充分だったのだろう。昭江はふたつ返事で真嶋の提案を受け容れた。

娘は昭江の母親に預けさせた。毎月十五万円の仕送りを約束したら、母親は喜んで孫の面倒をみることを承諾したそうだ。娘にとっても鬼畜の母親と離れて暮らすことができて幸いだっただろう。もっとも真嶋にとって、娘がどうなろうと関心は薄かった。もし娘を金で裏風俗にでも売り飛ばしていたら、人でなしとして、ますます昭江のことが気に入っていたかもしれないと気づいたのは、暮らし始めたあとだった。

真嶋は昭江に愛情を感じていないし、特別な執着もない。ただ、鬼畜のような女に、性的興奮を覚えるというだけだった。

夷能会の松中を後ろ盾に、本格的に裏の仕事をするようになってから、真嶋は女と暮らすことも深くつき合うこともやめていた。女はウィークポイントになる。誰かと敵対したとき、そこを突かれたら、真嶋とて平静ではいられない。だから、一緒に暮らすなら、昭江のような女がちょうどよかった。

ネットの掲示板では、真嶋は女優の朝井里子とつき合っている、半同棲生活を送っていると盛んに書き込みがされていた。しかし、実際に暮らしているのは、AV女優志願の、何ももたない中年女だった。それを考えると、いつも笑いが込み上げた。べつに自慢になることでもないのに、書き込みをしたやつらに、本当のことを知らせたくてたまらなくなるのだった。

最初は一年くらいで飽きるだろうと思っていた。しかし、一緒に暮らし始めてすでに一年半が過ぎていた。その間、加齢による崩れが、いくらか見てとれた。年とともにどれほど醜くなっていくのか、もう少し見てみたい気もした。

「脱げよ」ふて腐れた顔の昭江に言った。

昭江はこちらに視線を向けた。眉をひそめ、怒りを表す目。しかし、その目と昭江の感情には因果関係はあまりない。そういう目つきを真嶋が好むと知っているからだ。

「脱げよ」動かない昭江にもう一度言った。

下から脱ぎ始めた。どういう迷いがあったのか、パンツとショーツを一度に下ろしかけて、パンツだけ脱いだ。カットソーを脱ぐ。ブラジャーを外して、最後にショーツを下ろした。

昭江は胸を隠して、休めの姿勢で立った。

食べたいものを食べたいだけ摂っているからだろう。最初に会ったときから、ひとまわり体が大きくなっている。ウェストのくびれはまだあるが、その下の尻へと続く肉が、大きく横に張りだしていた。下っ腹の肉も、小山のようにせりだしている。醜く崩れていく体。人でなしにとって、それは進化ともいえた。真嶋は、ある種、羨望の眼差しで昭江を見つめた。

胸を隠していた腕を脇にたらし、ためらうような足取りで近づいてきた。ズボンのなかで痛いくらいに硬くなった真嶋のものを、不思議そうな目で見下ろした。

「さあ、何がしたいんだ。言ってみろ」

真嶋はズボンのジッパーを下ろしながら言った。

21

携帯電話での通話を終えた本間が、真嶋のデスクにやってきた。

「真嶋さん、ポーターから連絡でした。金庫Ｂへの入庫、完了です。とくにトラブルはないそうです」

真嶋は了解と答え、パソコンに目を戻した。

画面に表示されたエクセルに、今日、入庫予定だった金額がすでに記入されていた。金庫Ｂの残高は、現在四千百二十万円。そろそろ金の振り分けを考えておいたほうがいいなと、真嶋は心に留めた。

ポーターは、振り込め詐欺で詐取した金を、口座から引きだした出し子から受け取り、金庫まで運ぶ人間のことだった。ふたりいるポーターはどちらも武蔵野連合の後輩で、信用のおける男たちだった。「金庫」は詐取した金を一時的に保管するために用意したマンションのことで、都内に三ヶ所ある。家財道具などはいっさいなく、あるのは文字どおり、金庫だけだった。そのマンションの所在を知っているのは、真嶋とふたりのポーターだけ。殺された増田も知っていたが、本間や日枝には教えていなかった。

金庫から先の金の移動は、増田が死んだいま真嶋しか把握している者はいない。振り込め詐欺のマネーロンダリングは、闇金で行なっているマネーロンダリングとはまるで違った。海外の匿名口座やペーパーカンパニーを経由させることなく、国内で完結させている。しかも、匿名口座やペーパーカンパニーとはいっても記録はしっかり残り、いったん目をつけられたら当局に跡を辿られる可能性は高いが、振り込め詐欺の金の洗浄は、直接市場に溶かしてしまうやり方で、まず跡を辿るのは困難だった。ただし、洗浄がすんで表の金になるまでに時間がかかる。あるいは、溶けたまま金となって戻ってこない可能性もあった。組織の金の洗浄には向かないやり方だった。

昔の親分さんたちのなかには、マネーロンダリングの必要性を理解しない者も多かったという。実際、賭博や覚醒剤だけを生業《なりわい》としている組織であるなら、あまりマネーロンダリングの必要性はない。覚醒剤を売った金で、また覚醒剤を仕入れる。裏の取引が続くだけだから、金を洗濯して表の金にする必要はない。子分に小遣いをやったり、飲み食いするにも、裏の金のままで問題はなかった。しかしバブル期、土地を買ったり、会社に投資したり、表の取引がやくざのなかでも当たり前になり、マネーロンダリングに懐疑的な親分は駆逐されたらしい。ただ、それでマネーロンダリングが活発になることはなく、各組織が企業舎弟のフロント企業をもつ方向へ流れた。ややこしいことはやめて、最初から表の金で取引する。白か黒かはっきりつけたがるやくざらしいやり方だった。

真嶋のやり方は、いきなり市場に溶かしてしまうため、表か裏か曖昧だった。えんえんと投資を繰り返してようやく表になることもある。ただ、市場に金を流している限りは、なんらかの影響力をもつことができる。たとえ現金として使うことはできなくても、将来を見据えている真嶋にとっては、それだけでも充分利益になることだった。

「真嶋さん、たまにはふたりで飲みにいきませんか」

仕事にひと区切りついたのか、五時ごろ本間がそんなことを言った。

今日は日枝が出張にいっているため、オフィスにはふたりだけだった。

「バーレスクのジュリちゃんが新しい店に移ったんですよ。ちょっと顔を見せておこうと思うんですけど、一緒にどうです」

本間は大きめの口を横に引き、軽薄な笑みで真嶋を誘った。

六本木にあるキャバクラ、バーレスクにはいったことがある。しかし、ジュリちゃんが誰だかわからないし、興味も湧かなかった。それでも本間の軽薄な笑みを見ていたら、たまにはいいかという気になった。フリーライドに寄ったあとに合流しようかと考えていたとき、インターホンが鳴った。

本間が背筋を伸ばしてドアのほうを向いた。真嶋も反射的にドアに顔を向けた。

めったにインターホンが鳴ることはない。仕事の関係者ですらこのオフィスの存在を知る者はいなかった。宅配便が届くこともなく、やってくるのはビルの管理人か新聞の勧誘員ていどのものだった。

めったに鳴らないから驚いただけで、めったにこない誰かがきただけだろうと真嶋は不安には感じなかった。立ち上がった本間をそのままインターホンに向かわせた。

受話器を取り上げた本間が、はい、ええ、ちょっとお待ちくださいと言った。耳から受話器を離し、送話口を塞ぐ。こちらを振り返った本間の顔は、憤ったように険しかった。

「真嶋さん、講壬会の鷲美がきてます。近くまできたから寄ってみたと言っています」

真嶋は本間を睨みつけただけで、言葉がでなかった。代わりに拳を振り上げた。デスクに叩きつけるつもりだったが、大きく息を吸い、それを抑えた。

近くにきたから寄った、などというのは考えるまでもなく嘘だ。しかしそんな理由などどうでもいい。鷲美に対する怒りすらどうでもよかった。この場所を誰かに知られたという事実が真嶋にはショックだった。

デスクに手をつき、立ち上がった。キャスターつきの椅子が、背後の壁にぶつかった。

「真嶋さん、大丈夫ですか」

ドアへと向かう真嶋に、本間が訊ねた。

大丈夫だろう。何かことをかまえるつもりなら、鷲美が正面きって訪ねてくることはないはずだ。

ロックを外し、ドアを開けた。鷲美がいた。親しみなど微塵も感じられない笑みが、顔に張りついていた。先日も一緒だったお付きの片割れが、背後から睨みをきかす。

「珍しいお客さんで驚きましたよ。どうしたんですか、こんなところまで」

真嶋は、鷲美よりは愛嬌のある笑みを浮かべて言った。

「近くまできたから寄っただけさ」

「そうですか。残念ながら、ここは狭苦しい事務所で、とても客人をもてなすようなとこじゃないんですよ。せっかくですので、お茶でもいきましょうか。近くにいい喫茶店があるんですよ」

真嶋は廊下にでて、ドアを閉めた。

「ああ……、いや、いい。ほんとに寄っただけだ」

鷲美は戸惑いをにじませて言った。真嶋の反応が予想したものと違ったからだろう。

鷲美の予想どおり、怒りを露わにして喜ばせるようなことはしたくなかった。しかし、鷲美の戸惑いを面白がる余裕もない。

鷲美にこの場所を知られた。先日、ホテルのラウンジで会ったあと、誰かにつけさせたのかもしれない。となれば、真嶋の自宅マンションや、本間たちスタッフの住まいも押さえられている可能性があった。鷲美は、お前たちの首にすぐ手を伸ばすことができるのだと、脅しをかけにきたのだろう。修羅場を潜り抜けてきたおかげとでもいうべきか、真嶋は暴力的な脅しには恐怖感が湧かなかった。ただ、仕事の邪魔をされるのを恐れた。

「近いうち連絡する。この間の話の続きをしようぜ」

「そうしましょう。講壬会が中国マフィアとどう対峙したか、ぜひ話をうかがいたい」

背を向けかけた鷲美が、真嶋に顔を向けた。無表情で真嶋を睨み据える。

「お前が教えてくれたシュウとな、話をつけた。詫びとして七千万を向こうは払うと約束した」

真嶋は目を剝いた。「嘘だ。連中がそんな金を払うはずがない」

預かった金をなくしたなら筋をとおすかもしれない。しかし、逸した利益などというあやふやなものを、金にうるさい中国の連中が補償するとは考えられなかった。

「払うはずがないものを払わせるのが交渉というもんだ。シュウのところに直接訊いてみろ。本当だとわかるさ」

鷲美はいたぶるような視線を向け、口元に笑みを浮かべた。

「下請けが責任をとってんだ。元請けもきっちり補償するのが筋ってもんだろ。残りの一億三千万、払ってもらうぜ」

鷲美は背を向け歩きだした。真嶋は何も口にせず、見送った。

補償などする気は毛頭なかったが、この場でのやりとりは自分の負けだ、と真嶋は素直に認めた。

それにしても、講壬会はどうやって補償金を引きだしたのだ。そもそも、中国マフィアと交渉に臨んだこと自体が驚きだった。とれるはずがない金を手に入れ、浮かれてもいいはずなのに、講壬会は手を緩めることなく、真嶋にプレッシャーをかけてきた。

連中の目的は本当に補償金を手に入れることなのだろうか。何かがおかしいと、真嶋は感じた。

22

警察官を法の番人と呼ぶことがある。しかし、警察官ほど、法律に対して苛立たしさを感じている人種もいないのではないかと思う。事件に関係しているとわかっていても、物証や自白がなければ、手だしはできない。事件解決の鍵がすぐそこにあるのに、手をこまねいて見ているしかないのだ。そのジレンマこそが、法の番人である証といえるのかもしれない。やるせなさを自負心で補うように、高橋はそんなことを考えた。

増田和幸の任意の事情聴取は連日行なわれた。建治殺害の犯人逮捕のため、個人的に平田の潜伏先を聞きだしたという主張を和幸は続けた。取調官は戸部に払った二千万円のでどころについて厳しく追及した。しかし、見た目とは違い、和幸はタフでその質問にはほとんどだんまりで通した。

同じ中学だった真嶋貴士を、以前知らないと答えたのはなぜかと訊ねたら、覚えてないからですと言った。真嶋と和幸は中学時代に同じクラスになったことはなかった。クラスが違えば知らないこともあるわけで、それ以上の追及はできない。

こちらにとって形勢がいいとは言えなかったが、根比べなら負けやしないと、取調官は自信を見せていたし、周りも期待していた。しかし、四日目に大きく情勢が変わった。

和幸の事情聴取中に、父親の増田敏文が捜査本部にやってきて、二千万円は自分がだしたのだと証言した。その金のほとんどは、脱税してこしらえたタンス預金から拠出したもので、だから和幸は金のでどころについて口をつぐんでいるのだと言った。

父親はわざわざ確定申告の用紙をもってきて、脱税の手口も打ち明けた。所有するアパートは三棟で十九部屋あるのに、確定申告では十六部屋と偽り、三部屋分の所得を隠していた。その金を銀行口座には入れず、十数年、タンス預金で積み立ててできた金なのだという。

タンス預金では足りない分を、敏文が使っている義妹名義の口座から下ろしたのだといい、預金通帳を見せた。それが本当に敏文が使っている口座であるかどうかははっきりしなかったが、確かに戸部が金を受け取った前日、六百万円が口座から引きだされていた。辻褄《つじつま》が合った。

捜査員が烏山へいき、父親が所有するアパートを検分したところ、十九部屋あることが確認された。和幸も、父親がきて金のでどころを打ち明けたと伝えると、父親の脱税がばれるので口をつぐんでいたのだと供述した。

金をだしたのが父親だったとしても、和幸への疑いが晴れるわけではなかった。高橋も和幸が平田の潜伏先を犯人グループに伝えたのだと思っている。しかし、和幸が説明を拒む部分がなくなってしまうと、厳しい追及をするようなこともなくなってしまう。被害者家族でもある和幸に対して、無理な捜査もできない。いったん事情聴取は打ち切りにし、捜査によって、和幸と犯人との繋がり、事件との関わりをもう少し詰めてから、再度聴取することにした。さほど濃い線とは見ていないが、父親が戸部に金を払っていることから、犯人は増田親子に金で雇われた線もでてきた。

いずれにしても和幸は犯人を知っている。しかし、犯人を挙げてからではないと、それを立証できないのではないかと高橋は皮肉に考えた。

高橋と植草は、引き続き真嶋と武蔵野連合の線を追った。

通った中学が判明したことで、真嶋の身元もいくらか明るみにでた。母親は小川奈津子《なつこ》。真嶋が七歳のときに父親、真嶋克夫《かつお》と離婚している。克夫は殺人の罪で十七年服役していた。離婚したのは、ちょうどその罪を犯したころだった。克夫は鉄砲玉だ。暴力団の構成員で、敵対する組織の組長を射殺した。神奈川で起きたその事件を、高橋はおぼろげに覚えていた。母親は真嶋が十九歳のときに電車に飛び込み自殺した。もともと心を病んでおり、精神科に通院していたようだ。

真嶋が、小川から真嶋に姓を戻したのは二十歳のときだった。成人してから一年以内に届ければ、元の姓に戻れるという法律上の規定があるようだが、母親の死も影響していたのかもしれない。もともと、父親が罪を犯して離婚したのに、学校で子供に父親の姓を名乗らせるのもおかしな話だった。そのへんも何か関係しているのかもしれない。父親は真嶋が二十三歳のときに出所している。簡単な調査だが、出所後の消息はわからなかった。元の組織に戻らなかったことだけは確かだ。

地道に真嶋の中学時代の交友関係を洗い、建治に繋がる細い線も探した。

意外なことに、中学時代の真嶋は目立つ存在ではなかったらしい。ぼーっとした感じで、声を聞いた記憶もあまりないという元同級生も多かった。不良グループにいたといっても、中三になって暴走族に入るまでは、使いっ走りのような立場だったという。

三歳離れた建治とは、やはりどうやっても直接繋がらなかった。兄の和幸との線のほうがありそうだが、こちらも何もでてこない。和幸もおとなしく目立たない生徒だった。不良グループからいじめを受けていたという証言があり、これで繋がると期待に胸を膨らませたが、クラス内でのいじめだったと同じくいじめられていた証言者が断言した。真嶋と和幸は同じクラスになったことがないから、そのなかに真嶋はいなかったことになる。

烏山には大きな商店街があり、二代目、三代目として街に残っている元同級生も多く、当時の話をしてくれる人間には不自由しなかった。烏山に通って三日目、向かう京王線の車内で、植草が久しぶりにネットの掲示板の話をした。

「真嶋という男は、いったい何をやろうとしてるんですかね」

突然そんなことを呟き、話を始めた。

掲示板には、真嶋は裏の仕事だけではなく、表の仕事にも関わっているという書き込みがされている。以前に高橋たちが調べた、AVプロダクション、ザンジバルがそうであり、その関連会社のAV制作会社とAVコンテンツの配信会社が挙げられている。プロダクションから派生して関連会社を作っていったと見られ、自然な流れで、植草はとくに不審に思っていなかったそうだ。

「AV制作会社が自社の作品を配信する会社を作るのが、昨今、あの業界の流れらしいので、それこそ普通のことだと思っていたんですよ」

植草は長身の背中を丸め、小声で高橋に話した。沿線で、夏休みのイベントでもあるのか、平日だけれど、親子連れで混み合っていた。

「昨日、掲示板を見ていて、ふと気まぐれに、そのAV配信会社、OSMっていうんですけど、その会社概要を調べて見たんです。そうしたら、思いの外、大きい会社なんで驚きましたよ」

資本金が八千万円で、年間の売り上げが百億近くもあるそうだ。AV配信だけではなく、アダルトのチャット・サイトもやっており、それぞれ複数のサイトを運営している。

「どうも、真嶋が立ち上げた会社ではないようなんです。二〇〇四年には、前身の会社が立ち上がっていて、ザンジバルよりも古いんですから。様々なAVのレーベルを配信していて、ザンジバルの関連会社、エバーブルー映像のコンテンツを配信するようになったのは途中からなんです。きっと、そのときに資本参加したと思われます」

「だったら、逆なんじゃないか。そのエバーブルー映像がOSMの傘下に入っただけで、真嶋はOSMには関わってないんじゃないか」

高橋は掲示板に書かれていることがすべて正しいとは思っていないから、そう反論してみた。

「いや、そんなはずないですよ。ムサシのメンバーが、ＯＳＭの役員になっているんですから」

「それは掲示板に書いてあるだけなんだろ」

「確かにそうなんですけど」

植草は、いつものようにいやな顔はしなかった。自分でも、適当な書き込みの可能性があると、思っているのだろう。

「もし書き込みが本当なら、真嶋はいったい何をやりたいんだろうなって。裏の仕事だけでもそうとうな収入があるはずなのに、表でも百億近くも売り上げのある会社に関わるんですからね。いずれは表の世界に飛びだそうとでも考えているんですかね」

ネットでここまで名前が広まっているのだから、それはないだろうと高橋は思った。

平田殺害の捜査に関わってくるとは思えないが、浮かんだ疑問は潰しておこうと考え、烏山の聞き込みを終えてから、高橋と植草は新宿にある法務局の出張所を訪ねた。

ＯＳＭの登記内容が書かれた登記事項証明書を発行してもらい、その場で確認した。そこに武蔵野連合のメンバーの名前があれば、ＯＳＭに真嶋が関わっている可能性が高くなる。

証明書を見ると、気が抜けるくらいあっさりと事実がわかった。

武蔵野連合のメンバーの名前は、玉木《たまき》恒生《こうせい》。その名が、取締役の欄にしっかり記載されていた。

「やっぱりほんとだったんだ」植草は無邪気ともいえる笑みを浮かべてそう言った。

しかし疑《うたぐ》り深い高橋は、まだ納得はしていなかった。本当に玉木は武蔵野連合のメンバーなのだろうか。実在するＯＳＭの取締役を勝手に武蔵野連合だと書き込み、いかにもＯＳＭが真嶋と関係があるように思わせている可能性もある。

即、捜査に関わることでもないから、喜んでいる植草に水を差すこともないと、口にはしなかった。

ぼんやり証明書に視線をそそいでいた高橋は、ふと知った名前を見た気がした。ずらっと並んだ取締役の名前を見ていったが思い当たる名前はない。

別の欄に、三年以内に抹消された取締役がふたり並んでいた。そのひとりに目を留め、これだ、と思った。しかし、その人物が誰なのか瞬間的に思いだせない。

自分は大きな発見をしているのだと、その一瞬の間に理解し、腹の底から何かが沸き上がった。

「おい植草、これを見ろ！」

高橋は吐きだすように言うと、抹消された取締役のひとりを指さした。

一瞬にして顔を引き締めた植草は、証明書に顔を近づけた。いったん細めた目を、大きく見開いた。

「この名前――、あいつですよ」

そこに記載されていたのは湧永卓人。

武蔵野連合の高垣が所有する車を廃車にしてしまったあの男だ。

「確か、バーでたまたま知り合ったとか言ってましたけど、湧永はもともとムサシと繋がっていたんだ。間違いないですよ。最初から信じちゃいませんでしたけど、あれは偶発的な事故じゃない。証拠隠滅だ」

高橋も間違いないと思う。玉木は武蔵野連合のメンバーだろうし、証明するのは難しいかもしれないが、真嶋はOSMに関わっている。そして湧永の証拠隠滅。

湧永はいったいどういう立場の人間なのだろう。ただの雇われ取締役なら、証拠隠滅まで手伝うことはない。しかも、現在は別の会社に移っている。ネットでゲームを配信する会社だ。

どこから漂ってくるのかわからないが、高橋の嗅覚は、何かきな臭いものを嗅ぎとった。

23

真嶋はルームミラーを窺った。後続と充分距離があることを確認して強くブレーキペダルを踏んだ。ベンツはスムーズにスピードを落とす。ウィンカーもださずに、大きく左にハンドルを切った。ベンツは目黒通りをそれ、碑文谷《ひもんや》の住宅街に入っていった。

真っ直ぐ進みながらルームミラーに目をやる。夏の午後五時は、まだライトを点灯させる時間ではない。夜間以上に集中力がいった。路地に入ってくる後続車がないことを確認して、右折した。

普段から、真嶋はあとをつけられていないか確認することを怠らなかった。しかし、これほどまでに警戒することは、かつてなかった。

目的のマンションがある区画をぐるりと一周してから、地下の駐車場にベンツを入れた。ボストンバッグをもって、マンションに入った。エレベーターで四階に上がり、すぐ前にある部屋に向かう。鍵を差し込みロックを解錠し、金庫Bのドアを開けた。

もともとは一昨日、ここを訪れるつもりでいた。しかし、その前日に鷲美がオフィスにやってきたため、用心して二日、先に延ばしたのだ。この三日の間、あとをつけられていると感じたことは一度もなかった。過信は禁物だが、まず大丈夫だろうと思い、金の回収にやってきた。

もし鷲美が真嶋のあとをつけさせオフィスの場所を特定し、さらに立ち回り先を突き止めようと考えたのであったら、オフィスに訪ねてくる前にそれをすませているはずだ。ホテルのラウンジで会ってから一昨日までの間に、真嶋はA、B、Cのどの金庫にも立ち寄っていなかった。

自宅を知られている可能性はある。しかし、自分の身は自分でなんとか守れる。あとは失って困るものは、あそこにはなかった。

いずれにしても、自宅もオフィスも近いうちに引っ越そうとは考えていた。ただ、すべては取り越し苦労の可能性もあった。鷲美はあとをつけさせオフィスを特定したわけではないのかもしれない。真嶋、本間、日枝の三人以外に、あのオフィスの所在地を知っている人間がもうひとりいた。夷能会の松中だった。

どんな理由があるのか知らないが、松中は真嶋にプレッシャーをかけてきていた。鷲美が逸失した利益を補償しろと言ってきていることを報告したとき、松中はそのくらい払ってやればいいと、鷲美の肩をもつようなことも言った。鷲美にオフィスの所在地を教えないとは言い切れなかった。

ただその場合、松中にとっても闇金組織のヘッドオフィスは重要なものだから、所在地を他言したり、業務の妨げになるような行為はするなと鷲美に言い含めているはずだ。オフィスを移転させる必要もないわけだが、松中が教えたのかどうか、確かめる術《すべ》はなかった。

上納金一割アップを通告されてから二週間近くがたつ。一度会って話を、と言っていたのに、その後松中からは連絡がなかった。こんな重要な話をどうして二週間も放っておくのか。真嶋には松中の考えていることがだいたいわかった。

そろそろ、今月分の上納金をマネーロンダリングする時期だった。松中はその直前に連絡してきて、一割上乗せして海外に送金するようにねじ込んでくるに違いなかった。考える時間も、交渉する時間も与えずに、押し切ろうという腹なのだろう。

向こうがそうでるなら、こっちはどうするか。断ることはできる。今月の上乗せ分を来月に回すことを約束し、一ヶ月の間、交渉する手もあった。とにかく、一回向こうの要求を呑んでしまったら、それを覆すことはできない。また新たな要求を突きつけてくるだろう。

真嶋はクローゼットのなかにある金庫を開けた。現金が空間の半分を埋めていた。ポーターが百万円の束にしてくれているので、楽だった。輪ゴムでまとめた束を取りだし、紙袋に詰めていく。振り込め詐欺で詐取した金のマネーロンダリングでは、市場に流す入り口となる会社が四社あった。四社への配分はすでに考えてあり、束をかぞえて四つの袋に詰めていけばいいだけだった。あとは、その袋を各社の担当の人間に渡せば、それぞれうまく処理してくれる。

四つの袋に現金を詰め終え、ボストンバッグにしまった。金庫の扉を閉めて、さあ帰ろうと立ちあがった。玄関まできたとき、携帯電話が鳴りだした。真嶋がプライベート用に使っているほうだ。

ポケットから取りだし、画面を見ると、青柳涼からだとわかった。

青柳は武蔵野連合の後輩で、現在は俳優をやっている。電話をかけてくるのは珍しいことだった。

「おう、どうした。元気にやってるか」真嶋は通話ボタンを押すと、そう言った。

「ええ、おかげさまで」

いつもの、ちょっと甲高い、ハスキーな声が聞こえた。

「先日はパーティーにきてくれて、ありがとうな」

「こちらこそ、ありがとうございます。楽しかったっていうか、なんていうか。――実は、あのパーティーに関することで電話したんですよ」

「パーティーがどうした」

とくに興味をそそられることもなく、静かに訊いた。

「湖鉢さんから連絡がありまして、あの日のことが週刊誌にすっぱ抜かれたようなんですよ。湖鉢の頬の傷は、パーティーで武蔵野連合とトラブルになり、自らナイフで傷つけるように強要されたものだと、どういうわけか、嗅ぎつけられたようなんです」

「なんだって。どうしてそんなことを週刊誌のやつが知ってるんだ」真嶋は思わず大きな声をだした。

「それはわかりません。とにかく、昨日、『週刊ラスト』の記者が、湖鉢さんのところに確認の取材にきたそうです。湖鉢さんは否定したようですけど、確かな筋から情報を得ていると、向こうは強気で記事を載せる気のようです」

「確かな筋っていうのはなんなんだよ」

「いや、それは、俺に訊かれても……」

あの部屋で起きたことは、なかにいた人間しか知らない。身内の誰かが漏らしたのか。あるいは、湖鉢が誰かに話し、それが伝わったのか——。

いや、いまはそんなことは、どうだっていいのだ。

「おい、週刊誌はフリーライドのことを把握しているのか」

「ええ、所在地とかわかってるようです。それどころか、真嶋さんの経営だってことも知っているらしくて、武蔵野連合のリーダー真嶋貴士の店の開店パーティーに出席しましたねと、いきなり訊かれたって言ってました」

まずい。自分の名が知られたとか、そんなことはこの際いい。フリーライドの存在をマスコミに知られたのは致命的だ。

「ラストの発売はいつだ」

「明日です」

「わかった。知らせてくれて助かった。また連絡する」

早口で言うと、電話を切った。すぐに、メモリーから番号を呼びだし、発信ボタンを押した。

コール音を、もどかしく聞いた。これで終わりではない。しかし、原状を回復させるまでにどれほど時間がかかるのか。真嶋は遠い先を思い、早く、早くと、心のなかで叫んだ。

コール音が途切れ、マネージャーの石黒の声が聞こえた。

「すぐに店を閉めろ。今日の営業は中止だ。フリーライドはいったん撤退する。明日からの営業もない」


岸川はアパートをでて深夜の住宅街を歩いた。

昼間の暑さはいくぶん和らいでいたが、湿った空気が肌にまとわりつき、不快だった。ちゃっ、ちゃっと響く自分のビーサンの音は軽快で楽しげだ。

歩く速度はどんどん速くなっていく。汗が肌を覆っていく。それでも空気の湿り気を肌で感じた。

三分ほどでコンビニに到着した。まだ一時にもなっていないが、店内に客の姿はない。岸川は雑誌の棚に直行した。

棚をざっと見渡して、思わず顔を綻ばせた。雑誌の入れ替え作業がしっかり行なわれたようで、日付が変わって今日発売の、週刊ラストが棚に差し込まれていた。笑ってしまうのは、表紙が朝井里子だったことだ。真嶋の彼女じゃないか。なんていう皮肉だろう。

岸川は一冊抜き取り、酒の棚で缶ビールを選び、レジに向かった。

コンビニをでて近くの児童公園へいった。ベンチに座り、プルタブを開けた。ごくごくとビールをあおってから、週刊誌を開いた。

『湖鉢尚人と武蔵野連合との危険過ぎる関係』と題された記事は前のほうに掲載されていた。まず目に飛び込んでくるのが写真だった。頬に手を当て、驚いたように目を剝く湖鉢の顔のアップ。顎に拭った血の跡があるが、モノクロだから、読者にはわからないだろう。そう思って写真の下のキャプシヨンを見ると、「黒い染みのように見えるのは血」だと説明がされていた。

自分が撮った写真が、こんなメジャーな週刊誌に大きく掲載されているのが不思議だった。今日、日が昇って、この記事がテレビのワイドショーなどで話題にされたら、もっと不思議な気持ちになるだろう。

記事は岸川が語った内容そのままだった。やや誇張されているところはあるにしても、あの日、パーティー会場で起きたことが、事実に沿って書かれていた。ただし、記事内容を記者に証言した人物は、パーティーに参加したAV業界関係者となっていた。岸川が証言したと悟られないための配慮だ。真嶋も武蔵野連合リーダーのM氏と表記され、名前はでていなかった。裏の顔をもつと噂されるラウンジバーのオーナーという紹介のしかたで、そのへんは突っ込みが足りない。

湖鉢は記者の取材に対して、頰のけがは髭を剃っていて過って切ってしまっただけだと、全面否定していた。M氏との関係も、知り合いに誘われてパーティーにいっただけで、面識もないとまで言い切った。湖鉢としては、そう否定するしかないだろう。最初は話題になるだろうが、湖鉢が否定し続ければ、そのまま立ち消えになるような類の話だとは思う。

真嶋に対してはどの程度の打撃を与えられるだろうか。記事を見て、驚き、怒るだろうが、せいぜい会員制だというあのラウンジへの入会者が、一時的に減る程度のような気もした。

あの男を本気で怒らせたいと思った。半狂乱になって怒り、地団駄を踏んで口惜しがる姿をこの目で見たいと、岸川は強く望んだ。

この数日、ネットの掲示板で、真嶋について書かれた記事を熟読していた。あいつが住んでいる場所のヒントでもありはしないかと期待したが、そんなものは見当たらずがっかりした。

現在の岸川の願望は、真嶋の家にいき、部屋にあるものをめちゃくちゃにして、さらにションベンやクソをまき散らすことだった。家に帰ってきた真嶋は怒り狂うだろう。しかし、ひとり暮らしだったりしたら、その汚物を泣く泣く自分で片付けたりするかもしれない。その姿を想像するだけで、思わずにやけてしまうのだ。

子供ぽっい妄想だとは思う。しかし、家を探し当てそんなことをやり遂げたなら、案外立派な大人であるような気もした。岸川はビールを呷った。ごくごくと飲み下し、缶を空にした。雑誌を閉じて、傍らに投げだすと、ベンチから腰を上げた。膝の裏、肘の裏に溜まった汗が、しずくとなって垂れた。暑い夏がずっと続けばいいと思った。この暑さがひとをどこか狂わせる。本当に狂った人間を目立たなくしてくれる。

岸川はTシャツの襟ぐりを引っぱり、ぱたぱたと煽った。

24

九月に入っても夏は続いていた。

学校が始まって二十日たつが、九月は連休も多く、夏休みのだらけた生活がなかなか改まらない。学校はそれを見越して、夏休み明けからテストを連発し、生徒の緩みを引き締めようとした。

テストが一段落した週末、帰り支度をしていた月子に声をかけてきたのは、片山美緒《かたやまみお》だった。

美緒は絵に描いたような優等生だった。勉強はできるし、運動もできる。いじめを注意したりはしないが、ひとりでいる月子に時々声をかけてきたりもした。かわいそうな子に手を差し伸べてあげる。それで月子の心がいくらか救われると考えているようだった。鈍感だという意味では舞や茜たちとあまり変わらず、月子は美緒に怒りを感じていた。さすがに憎しみまではなかったが。

「高橋さん、『フリッパー』にでてたでしょ。原宿のストスナで」

美緒は空いていた月子の前の席に腰を下ろすと、好奇心いっぱいの目で見つめた。

「何それ。ちょっとすごくない」

隣の席の里穂《りほ》が食いついてきた。

里穂は誰かが月子をからかえば、それに加わるし、美緒が話しかけてくれれば、会話に入ってくる。節操がないというより、悲しいくらいに自分というものをもたない子だった。

「それも、扱いが他のひとたちより明らかに大きいの。あれ、編集部に気に入られたんだよね」

「なんか、本格的に、すごいっす」

話には入ってはこないが、あたりにいた子たちがこちらに意識を向けているのがわかった。

「別にすごくないんです」月子は首を振り、小さな声で言った。「あれ、やらせです。道で声をかけられてスナップを撮ってもらったんじゃないんです。私、モデル事務所に所属していて、最初から撮影が決まっていて、あそこにいっただけで。でも、服は完全に私服だけど」

ふたりとも驚いた顔をした。近くの子たちの視線が、あからさまに自分に向けられるのがわかった。

月子は祖母に保護者になってもらい、ヘリテージと契約を結んだ。チーフマネージャーである北林は、せっかく夏休みで時間があるからと、月子を雑誌の編集部巡りに連れだした。まだなんのレッスンも受けていない、カメラの前に立ったことすらない月子に、なんらかの仕事をもらおうと考えたわけではなく、少しでも顔を覚えてもらえたら、という程度の挨拶回りだった。

女性向けファッション雑誌だけでなく、グラビアページのある男性誌も含めて、二日間で二十社ほどを回った。そのうち、古着などを取り入れた、ゆるフワ系のファッション雑誌、いわゆる青文字系とも呼ばれるフリッパーの編集長が、月子のことを気に入ってくれた。

雰囲気あるねと、ほめているのかどうか、よくわからないことを言ったが、今度のストリートスナップにでてみないかとその場で誘うくらいには、気に入ってくれたみたいだ。

ヘリテージと契約する前、夏休み中に雑誌にでて、それを同級生が見たらどんな顔をするか夢想してみたけれど、実際にそういうシチュエーションになってみると、さほどの感激はなかった。

「ねえ、どこのモデル事務所」横で聞いていた宇都宮《うつのみや》亜衣《あい》が訊ねた。

月子がヘリテージと答えると、有名どころじゃんと声を大きくした。亜衣とは中等部のときから何度か同じクラスになっているが、口をきくのはこれが初めてだった。

月子は顔をうつむけて受け答えをしていたが、茜と舞がこちらを見ているのが、視野の隅で確認できた。きっと、むかついているのだろうなと思ったら、うれしかった。前にも増してちょっかいをかけてきたりするのだろうかと考えても、さほど気になりはしなかった。ウォーキングのレッスンを受けたり、ちょっとした撮影を行なった程度のモデル活動しかしていないが、外の世界に触れた月子にとって、学校生活はどうでもいいものになっていた。あのふたりが何を言ってこようと、黙ってやり過ごせばいいとも思える。退屈さは以前より強く感じるかもしれないが。

月子は吉祥寺にある学校をでて、青山に向かった。

今日はポージングのレッスンだった。カメラの前でわざとらしいポーズをきめたり、表情を作るのはとても居心地の悪い行為だった。それでも、「やる気あるのか」と怒られたり、「いまのはよかったよ」とほめられたりしながら、自分ではない何者かになることに集中していった。

レッスンが終わると月子はラウンジにいった。ここのところ、それが習慣のようになっていた。知り合いがいるわけでもないけれど、しばらくそこで時間を過ごす。制服姿の女子高生に興味をもって、誰かが声をかけてくれることもあるし、部屋に誰もおらず、ひとりっきりのときもある。教科書を広げてテスト勉強をすることもあった。

今日は週末だからか、ひとの姿がいつもより多かった。月子は空いてるスツールに腰を下ろし、きょろきょろとあたりを窺った。みんな勝手にやってきて、多くはただ時間を潰しているだけなのに、モデルだらけの部屋は、パーティーでも行なわれているような華やかさがあった。月子がいるのとは反対側の壁際に北林の姿を見つけた。浜中愛と一緒だった。声をかけてみようかと思ったが、真剣な顔で話し込んでいる様子なので遠慮した。

「女子高生、何しとる？」

二十分ほどたったとき、声をかけられた。顔を上げると、浜中愛が見下ろしていた。Aラインのゆったりしたカットソーのワンピに、編み上げのブーツを合わせたスタイル。今日の服装も悪くないなと思った。

「宿題やってました」月子は答えた。

「えー、週末なのに？　そんなの日曜の夜に慌ててやるもんでしょ」

「早めにやったほうが気が楽なんです」

それに勉強は退屈で苦痛だ。ここでやれば少しは気が紛れる。

「いずれにしても、高校生には勉強より遊びのほうが大切でしょ、言うまでもないことだけど。ねえ、一緒にごはん食べにいく？」

「ええっ、あたしが浜中さんと？」

モデルクラブに所属してはいても、言ってみれば、そのへんにいるただの高校生と変わりのない自分が、トップモデルの浜中とどこかへ連れだってでかける状況が想像できない。同じものを食べるのが不思議だった。

「愛ちゃん、彼女はまだ高校生なんだ。悪い遊び、教えないでくれよ」

やってきた北林が、浜中の背後から言った。

「食事にいくだけよ。心配だったら北林さんもついてきたら？」

「そうやって、俺に会計をもたせる気だろ」

浜中は舌をだして笑い、それを肯定した。

「月子ちゃん、仕事のほうはどうなの？」北林のほうを向いて、浜中は訊ねた。

「俺の一押しだけあって、でだしからいいよ。フェミナスの春夏のカタログモデルに決まるかもしれない」

「あれ、決まりそうなんですか」月子は驚いて北林に訊ねた。

先日、アパレルブランドのオーディションを受けたが、素っ気ない対応で、きっとだめだったのだろうと思っていた。

「先方は月子ちゃんのことをかなり気に入っていたよ。ただ、ひとり有力候補がいてね、そちらが他のブランドとかけもちしていて、その結果待ちだ。そっちのブランドに決まってしまえば、月子ちゃんに回ってくる可能性が高そうだ」

「じゃあ、前祝いとはいかないけど、有望な前途を祝して食事にいこう。――はい、お財布もってください」

浜中は高い声をだして、おどけた。

「あのね、俺は普通のサラリーマンなんですけどね」

「北林さんが、普通のサラリーマンではあり得ないくらいのお給料をもらってるの、知ってますよ」

北林を横目で見る浜中の視線に、小さな悪意が窺えた。

「それこそあり得ないよ」北林は笑いながら首を横に振った。

北林がどれほどの給料をもらっているかは知らない。けれど、やはり普通のサラリーマンではないと月子は思う。靴下を履かずにローファーをつっかけているのはまだいいとして、爪に透明のマニキュアを塗っているのは普通ではなかった。


浜中は他にふたりのモデルの子を誘い、月子と北林の五人で食事をした。特別高級な店ではなく、事務所の近くにある、モダンな佇まいの蕎麦屋で、月子以外はお酒も飲んだ。

時折、質問を挟む程度で、ほとんどの時間、月子は話を聞くほうに回っていた。業界の噂話、美容の話、ファッションの話。普通の女の子たちの会話とあまり違いはなかった。それでも、現役のトップモデルたちの会話となれば、いくらかありがたみが増す。退屈には感じたけれど、月子は耳を傾け続けた。

食事が終わったのは九時。北林が会計をすませた。

「さて、夜遊びはこれからが本番よ」

店をでると、浜中が宣言するように言った。

「月子ちゃんもついておいで。社会勉強になるから。この業界やアパレルで上を目指すなら、夜遊びして、いろんなひとに会って、感性を磨かなきゃ」

「おいおい、月子ちゃんは高校生なんだからな」と北林がたしなめるように言った。

「もう少しくらいなら、時間は大丈夫です」月子は言った。

祖母は十時には寝てしまうから、そのあとは何時になってもわかりはしなかった。

「おじさんは、もう帰ってよし。大丈夫、夜が明ける前には帰すから」

「おい、せめて深夜になる前には帰せよ」

「わかってます。冗談よ」

浜中は約束しますと北林に請け合った。

ひとりは用があるからと別れ、女三人でタクシーに乗り、六本木にやってきた。通りから少し外れたビルのなかにある店に入った。感性を磨く夜遊びとはなんだろうと思ったが、やはりこれも普通の女の子——高校生と変わらない。三人で入ったのはカラオケルームだった。

しかし案内された部屋に入ってみると、さすがに高校生がいくような店とは違う。格段に豪華で広かった。メニューを見ても、料理やカクテルの種類が豊富で本格的な感じがした。

しばらく三人でマイクをもっていたが、そのうちひとがどんどん増えていった。女のひとは少しで、ほとんどが男だった。明らかにモデルとわかる、背が高くて顔が小さいひとがひとりいた。あとは、ストリート系のひとたち。ベースボールキャップにTシャツ姿が圧倒的に多い。外国人もいた。

訊いてみると、みんなDJをやっていると答えた。DJで食べているひとがこんなにいるのかと驚きながらさらに訊いてみると、アパレルブランドを経営していたり、グラフィックデザイナーをやっていたり、建築をやっていたり、他に仕事をもっているようだ。どちらが本業なのかわからなかったが、アパレルブランドは月子も聞いたことがあるストリート系のメンズブランドだったから驚いた。

アパレル業界ではDJをやるひとが多いと聞く。それが必須ではないのだろうけれど、音楽からインスパイアーされたデザインというものも多いのだろう。月子も洋楽を聴くが、アデルやリアーナなど、女性ボーカルが中心で広がりがなかった。もっと色々なものを聞いてみたいと思いながらも、どこから手をつけたらいいかわからずにいた。

月子は、アパレルブランドを経営しているというコウヘイさんに、音楽とファッションの関係について質問した。いま、どんな音楽を聴いたらいいのかも訊ねてみた。髭を生やして怖い感じだったけれど、話してみると意外なほど優しく教えてくれた。他のひともそう。あれを聴いたらいいよ、これも聴いたらいいよと丁寧に教えてくれる。iPadで、実物を観せてくれもした。

「おい、男ども、女子高生がきたからって、何、テンションあげてんだよ。ひとの歌も聴かないで」

歌い終わった浜中愛が、マイクに向かって叫んだ。

「だって、月子ちゃん、純粋でかわいいんだもん」

iPadでユーチューブを観せてくれたシゲコバさんが叫び返した。

「ほんと、あんたたちはとんだロリコン野郎だ。うちの事務所、最近、中学生とかも増えてきてるから、今度連れてきてあげましょうか。もう、ひーひー言って喜ぶんでしょ」

「いや、さすがに中学生はだめでしょ」

「音姫楽団か。いろんなものの二番煎じみたいなやつ。あれ、お前の事務所なのか」

コウヘイさんが呆れたような口調で言った。

「あたしだってけっこう恥ずかしいわよ、同じ事務所だなんて。なんでいまさらアイドルユニットなんてやるのか、全然意味がわからない。社長の趣味なんだろうけど」

「お前のところの社長、ロリコンなのか」

「そういう意味じゃなくて、遊びでやってるようなものってこと。もうかってそうもないし。予備軍みたいなものまで作ってるけど、日の目を見ることがあるのかしらね。月子ちゃん、大丈夫だった？スカウトされたとき、そっちに誘われたりしなかった」

「大丈夫です。アイドルに興味はあるかと訊かれて、ないって答えておきましたから」

コウヘイさんが、大袈裟に頷いた。

「月子ちゃん、気をつけろよ。芸能界もモデル業界も怖いところだからな」

「何、わかったようなこと言ってんのよ。さっさと、次、歌ってよ」

浜中はそう言って外人さんにマイクを押しつけた。

古いアニメソングのイントロが流れた。ずっと英語しか話さなかったから、日本語の曲はだめだろうと思ったら、外人さんははっきりした日本語で歌い始めた。

「月子ちゃんは、音楽やファッションの他に何が好き？」

隣から声をかけられた。月子は熱唱する外人さんから目を離し、顔を向けた。

先ほどまでシゲコバさんが座っていたところに知らないひとがいて、月子は面食らった。

白くて綺麗な顔をした男のひとだった。それでも、モデルっぽくはないし、ＤＪという感じでもなく、周りにくらべるとかなり普通っぽいひと。いつ入ってきたのか、これまで見た覚えがなかった。

部屋には十人以上のひとがいた。電話をかけにいったり、出入りが多いから、やってきたのに気づかなかったのだろう。

「私、アートとか観るのも好きです」

月子は男に顔を近づけて答えた。

「ほんと？　僕も好きだよ。この間、ゲルハルト・リヒターの回顧展を観てきたよ」

「ええ、すごい。それって、外国でやってるやつですか」

誰か有名人のブログで、観にいってきたという記事を見た覚えがあった。

「うん。パリのポンピドーでやってるやつ。直《じか》に観られて、感動した」

「いいな。すごいですね。わざわざ観にいったんですか」

「たまたま仕事でいっただけさ。ロンドンでは、ダミアン・ハースト展もやってたんだけど、これは見逃した」

見逃した、という話だけれど、月子は聞いていてわくわくした。現存する最高のアーティストたちの個展を外国の各都市で鑑賞するという行為が、突如、最高にかっこいいことのように思えてきた。様々な展覧会が開かれる東京でも、現代の巨匠の大規模な個展となると、なかなか観られなかった。

「月子ちゃんも、そのうちモデルの仕事で外国にいくようになるかもしれないけど、そのときは、美術館にいくようにしたらいいよ。刺激になって、きっと仕事にも役にたつ」

歌がサビに入ったからか、男は月子の耳元で言った。耳に息がかかり、くすぐったかった。

「アート関係のお仕事をしてるんですか」

「いやいや、ただのサラリーマンだよ」

男はチェックのシャツにホワイトジーンズを合わせていた。業界人風だけれど、この部屋のなかでは誰よりもサラリーマンぽくはあった。

「月子ちゃんがうらやましいな。これからいろんな可能性があるもんね。アートを観たり、夜遊びしたりして、いっぱい感性を磨くんだよ。モデルでも、デザイナーでも、アーティストでも、なんでもなれそうな気がするな」

目を細め、眩しそうな顔で月子を見ていた。

「いろいろ教えてください。私、いちばんなりたいのは、ファッションデザイナーなんです」

「そう。じゃあ、たくさん映画も観ないと。本も読んで、音楽を聴いて、お酒もたしなんでおいたほうがいいかな」

男は自分のカクテルグラスをもって、月子のほうに差しだした。

「私、まだ高校生だから……」月子は首を横に振った。

「最近の高校生って、ほんとに酒も煙草も毛嫌いするよね。ここにいる連中なんて、高校のころから浴びるほど飲んでたと思うよ。まあ、無理に飲むこともない。ただ、なんでも、本や映画のなかだけでなく、自分でも一度体験してみることが、いろいろなことを理解する上で大切だと思うんだ」

耳元で響く男の声は、優しく静かだった。けれど、それを聞いた月子の心には、咎《とが》めだてされたような疚《やま》しさが残った。このひとに嫌われたくない、という気持ちも芽生えた。

「飲んでみようかな。それ」

月子は誰だか忘れたが、芸術家が遺した言葉を思いだしていた。

美しいものを生みだそうと思ったら、美しいものばかり見ていてはいけない。醜いものも知ってこそ、美しいものを生みだせる。

真面目ないい子では、きっと何も生みだすことはできないのだろう。

「無理をすることはないよ。口に合わなかったら、やめればいい」

月子は男の手から、カクテルグラスを受け取った。

やはりこのひとは普通のサラリーマンではないなと思った。北林と同じで、爪に透明なマニキュアをしているのに気がついた。

グラスの縁に口をつけ、月子は甘いカクテルをごくごくと飲んだ。

25

「なるほど、営業形態は以前とは違うのか」

川尻は満足そうに頷き、水割りのグラスに口をつけた。

「前みたいなラウンジの営業はやめにします。万が一を考え、アリバイづくりのためにラウンジは用意しますが、外部の人間はいっさい入れません。個室での接客が中心になりますので、客同士が顔を合わせることもありません」

向かいに座る真嶋は、背筋を伸ばして言った。

「いいねえ。とにかく、なかに外部の者さえ入ることがなければ、なんとでも言い訳できる。あとは女の子の出入りさえ見られなければね」

「それも大丈夫です。車庫から建物のなかに出入りできるようになっていますので、シャッターを閉めてしまえば、誰が出入りしたか、外からはわかりません。女の子だけでなく、お客様にもそのような出入りのしかたをしてもらうことはできます」

川尻は頬杖をついて、渋い顔をした。「うーん、へたに怪しい動きをすると何かあるのではと勘繰られる恐れもあるからね。僕らは堂々と正面から出入りしたほうがいい場合が多いんだ」

「もうそのへんは、どちらでも――。先生がたの判断におまかせします」

最初からそういうつもりで話している。真嶋は辛抱強く、どんな感情も表にださずに答えた。

代議士の川尻にフリーライドの移転再開について、ホテルの一室で説明を行なっていた。川尻はあれこれ細かいことを気にするが、それは取りも直さず、川尻自身が安全だと信じたがっているからだろう。

真嶋と会っているところをひとに見られたくないようで、面会を申し込んだら、ホテルの部屋をとるように指示された。心配ならば面会を断ればいいのに、それでも会おうとするくらい、川尻はフリーライドに魅力を感じているのだ。きっと他の会員も同じだろう。トラブルになるのは困ると思いながらも、ある程度の安全が確認できれば、また通いたいと願っているはずだ。

湖鉢のスキャンダルが週刊誌に掲載されてから一ヶ月が過ぎた。当初は、フリーライドを閉鎖させ、湖鉢に圧力をかけ、編集部がどれくらい情報を摑んでいるか探りを入れ、事後処理に追われて本業が滞るほど、ひどい状態だった。真嶋がいちばん心配したのは、政界関係者がフリーライドに出入りしていた事実を週刊誌に押さえられていないかどうかだった。

八方手を尽くして編集部に探りを入れてみたが、はっきりしたことは何もわからなかった。ただ、すぐに店は閉鎖しているし、フリーライドの実態まで調べがつくはずはない。店と真嶋の関係すら、明らかにする方法はないはずで、そんななか、店にきていた政治家の名を個別に挙げて記事にすることはないと思えた。せいぜい、客のなかには政界関係者もいた、という程度の表現に止まるはずだ。いまのところ、そんな記事も見ていない。

湖鉢には、青柳経由で、顔を傷つけるよう強要されたことは全力で否定し続けろと伝えた。それが本人にとってもベストな選択のはずで、特別な脅し文句は必要なかった。

青柳には頻繁に湖鉢に連絡をとらせたが、一時期連絡がつかなくなったことがあった。警察から被害届をだすように強く要請されていたようだ。連絡を絶つくらいだから、どうしようか心が揺れていたのだとは思うが、湖鉢はどうにか沈黙を守り通した。二週間ほどで湖鉢のスキャンダル報道は沈静化した。しかし、湖鉢の名が消えただけで、武蔵野連合に関する報道はそのまま継続された。

これまで武蔵野連合が注目されていたのは、主にネットのなかだけで、世間一般には知られた存在ではなかった。以前、城戸崎がプロ野球選手とトラブルになったときも、多くのマスコミは元暴走族のリーダーという紹介のしかたで、武蔵野連合の名がでることはあまりなかった。しかし、今回は最初からその名が記事に使われていた。武蔵野連合の幹部M氏、武蔵野連合のメンバーに囲まれた湖鉢、青柳に関しては実名で武蔵野連合のメンバーだと紹介されていた。この記事で、武蔵野連合とは何ものか、世間の注目をいっきに集めた。

真嶋に関しては、どの媒体でもＭ氏という呼称で実名がでることはなかった。正業をもたないため、各社とも扱いに苦慮していた。事件の舞台となったラウンジバーの実質的オーナーと紹介されることが多かったが、ＡＶ業界の大物と書いている記事もあった。ネットの噂だけで、闇金や振り込め詐欺に関わる犯罪者と断じることは大手マスコミにはできない。ベールに包まれた謎の人物として、怪しさを伝えるに止まり、湖鉢の件が収束すると同時に、Ｍ氏の名も取り上げられなくなった。

その後ネタとして取り上げられたのは、Ｋ氏こと城戸崎とそのクラブに集まる芸能人との交遊や、武蔵野連合が過去に起こした暴力事件の数々が中心だった。各社が同じネタを使い回し、そろそろネタ切れになるのは目に見えていた。遅かれ早かれ、ムサシネタも収束していくだろう。

真嶋は収束を待たずにフリーライドの再建を始めた。金銭を目的としての営業ではないから、ゆっくりほとぼりが冷めてからの再建でもよかった。しかし真嶋は、何事もなかったかのような涼しい顔で早期に営業を再開し、この程度のことはなんの打撃にもなりはしないのだと証明したかった。別に誰かに認めてもらいたいわけではない。自分自身が納得したいだけだった。

新しいフリーライドは、世田谷区代沢の高級住宅街にある、以前はレストランとして使われていた一戸建ての物件に移すことになった。もともとはバブルのころに住宅として建てられたコンクリート打ちっ放しの二階建てで、個室もあり、さほど改装の必要がないのが利点だった。

前回の失敗に学び、今度はお披露目パーティーなど開くつもりはなかった。あれは、モデルなどの綺麗どころをラウンジに呼び込むのが目的だったが、今度のフリーライドはラウンジの営業は行なわない。女の子を集める必要もないから、都心から少し離れた代沢でもかまわなかった。

早期に再開とはいっても、慎重にことを運ばなければならない。前回の二の舞は真嶋自身ごめんだったし、何より会員たちに危険はないと安心してもらう必要があった。物件の賃貸契約に真嶋の名はいっさいないから、真嶋が吹聴しない限り、フリーライドが移転再開したとマスコミに嗅ぎつけられることはないはずだ。不動産業者には企業の接待所にすると伝えてあった。看板を掲げることはないし、会員たちにもフリーライドから、ただのFと呼称を改めることを伝える予定だった。

「川尻先生、早ければ今月末には再開できます。会員のみなさんに、危険はないことを納得していただけるよう説明をお願いします」

真嶋は背筋を伸ばし、膝に手を置いて頭を下げた。

「加えて、新規会員の勧誘のほうも引き続きお願いいたします」

「まあ用心深いひとたちだから、どう説明しても、最初は様子見になるとは思う。再開して何も起きなければ、自然に戻ってきますよ。新規勧誘のほうはとくに問題ないでしょう。週刊誌などでフリーライドの実態が報じられることはなかったから、今度のFとあの事件の舞台になったラウンジが同じものだとは気づかないはずだ。Fのサービス内容に興味があれば、すぐに飛びついてくるでしょう」

川尻は政治家らしく、歯切れよく言った。

「ではまず川尻先生に遊んでもらい、トラブルが起こらないことを他の会員に示していただきたいですね」

「なに？　僕が実験台に乗るの。——まあ、でも、たぶん、再開したら、真っ先に遊びにいくとは思うけどね」

川尻は笑みを噛み殺し、澄ました顔で言った。

六本木交差点を左折し、外苑東通りに入った。ドン・キホーテを少し通り過ぎたあたりで、真嶋はタクシーを降りた。

サングラスにマスク姿で六本木を歩かなければならないのは不本意だったが、フリーライド再開に向けて注意は必要だった。せめて、あたりをきょろきょろ窺わないことで、自分なりに矜持《きょうじ》を保った。

路地に入ってすぐにある、ビルのスロープを地下に向かって下りていく。半地下にあるエントランスを潜ると真嶋はマスクを外した。目顔で挨拶する店員に片手を上げ、ベースの音が漏れ響くメインフロアーには入らず、横にある通路を進んだ。

突き当たりにあるドアを開けると、立ち上がって話をしていた城戸崎と目が合った。

ぎょろりとした目をさらに見開き、笑みを浮かべた。

「おお、ちょうど、お前の噂をしていたところだよ。M氏はSなのかMなのかってな。湖鉢の件を誰が週刊誌に売ったか突き止めようとしないのは、M氏がMでマスコミに叩かれてひーひー喜んでいるからじゃないかって話してたところだ」

真嶋はサングラスを外して、ジャケットの胸ポケットに差した。満席のソファーの間を縫って歩き、城戸崎のほうに向かった。

「いまさら俺のMっ気について論じることはないでしょ。犯人を突き止めようとしなかったのは、体がひとつしかなくて、動けなかったからですよ。――なあ、誰か、パーティーでの出来事をマスコミにたれ込んだやつを見つけてきてくれ。突き止めたやつには、五百万やるよ」

若い連中が歓声を上げた。こいつが犯人ですよとおどける者もいた。

「ずいぶんと気前がいいな」城戸崎が真嶋を見上げて言った。

横幅のある城戸崎は太って見えるが、背が低いからそう見えるだけで、実際は鍛え上げられた筋肉質な体型だった。

「誕生日プレゼント代わりですよ。これでパーティーが盛り上がったでしょ」

「なんだよ。だったら俺に現金で寄越せよ」

城戸崎は本気か冗談かわからない、もの欲しそうな顔で言った。

「まあ、いいや。お前が真性のMではないとわかってよかったよ。今日はよくきてくれたな」

「すみません遅くなりました」真嶋は三つ年上の先輩に頭を下げた。

「ちゃんとお前がくるまで、乾杯はとっておいたんだ。乾杯の音頭はお前じゃないとな。――おい、真嶋にグラスを」

シャンパンを注いだグラスを、近くにいたモデル風の女が真嶋に手渡した。

真嶋は部屋のなかを見渡した。城戸崎が経営するクラブ・フィッシュのVIPルーム。六、七十人はいるだろうか。城戸崎の三十九回目の誕生日を祝いに集まってきていた。男のほとんどは武蔵野連合のメンバーたち。女は揃いも揃って美人ばかりだった。そのうちの何人かが城戸崎への誕生日プレゼントのはずだ。真嶋もAVプロダクションの女優をふたりほど送り込んでいた。

武蔵野連合が世間から注目を浴びているいま、誕生日会などやっている場合ではないだろう。マスコミがこのパーティーの噂を嗅ぎつければ、メンバーの写真を収めようと表にカメラマンを張り込ませるだろうし、店内に記者を潜り込ませるはずだ。しかし、そんなことは百も承知で、能天気にパーティーを挙行するのが武蔵野連合だった。やられたら、たとえ相手がやくざだろうと叩きのめす。大人のお約束など知ったことではない。何をしでかすかわからない無軌道ぶりが大人たちを怯えさす。

真嶋もまさしく武蔵野連合だった。こんなときに誕生日会をやらなくても、と思いながらも、のこのこやってくる。そもそも、東京を自分の手中に収めよう、などと本気で考えるのだから、まともな大人のはずはなかった。

東京を手に入れるには長い時間が必要だ。しかし、武蔵野連合のスタイルを続けていれば、そこに辿り着く前に、どこかで破綻するだろうことは目に見えていた。そのへんのバランスをうまくとらなければと思うが、なかなか難しかった。ここに集まったメンバーはみんな同じようなものだった。こいつらよりは自分のほうがましだと思いながらも、そう変わりはないとわかっていた。

このリーダーもそうだ。どうしようもない人間だ。誰からも尊敬されることのない、イカレた人間。だからこそ、俺たちのリーダーだった。

「我らが愛すべきリーダー、城戸崎正吾の三十九回目の誕生日を祝しまして、――乾杯！」

乾杯と小気味よく声が揃った。

城戸崎は満面の笑みを浮かべ、グラスを掲げた。目にはうっすらと涙を溜めている。

グラスの酒を飲み干すと、城戸崎は各テーブルを回り、女に抱きついたり、胸をもんだり。いつもどおり、本能の赴くままだった。真嶋は自分と近い年代が固まって座っているテーブルにいった。武蔵野連合では年寄りグループだ。

「お疲れ様です。真嶋さん、なかのほうに座ってください」

真嶋がソファーの端に腰を下ろそうとしたら、沢井が立ち上がった。

レスラーなみの体型をしている沢井は、見かけとは違って、気配りの男だった。真嶋の下で、詐取した金を運ぶポーターをやっていた。

「真嶋がMだとは知らなかったぜ」

真嶋が腰を下ろすと、外車のディーラーをやっている武藤が言った。

「お前、テレビ見ないのか。M氏、M氏って、いまや全国的に有名だぜ。真嶋のMは」

武藤の向こうに座る杉本がへらへら笑いながら言った。

真嶋よりひとつ代が上の杉本はヤク中だ。城戸崎や真嶋が仕事を世話してやっているが、長続きしたためしはなかった。

「もうM氏なんて誰も覚えてない」真嶋は投げやりに言った。「いまはK氏、K氏って騒いでますよ」

「Kはなんだ。キチガイのKか」

杉本はそう言って、ひとりで大笑いした。

「杉本さん、冗談でも言いすぎですよ」

真嶋は声がしたほうに顔を向けた。

ソファーの向こうの端に、高垣が座っていた。穏やかな顔をこちらに向けていた。

「ただの冗談だろ。テンション下がるぜ」杉本はぶつぶつ言いながら、シャンパンを呷った。

真嶋はグラスをもって腰を上げ、反対側の端に向かった。ひとつ代が下の中里と高垣の間に割り込んだ。

高垣はグラスを掲げてお疲れさんと言った。

「どう、落ち着いたのかい？」

「まあな。完全に原状回復とはいかないが、波風は弱まっている」

真嶋はポケットから煙草を取りだし、一本くわえた。高垣にすすめてみたが、首を横に振った。

この男はひとを傷つけると禁煙をする、変な習慣をもっていた。しばらくすればまた吸い始めるが、その期間はまちまちだった。

甲統会系三次団体縄出組に所属する高垣と真嶋は同じ代だった。高垣は三鷹の族に所属していたが、昔からよく知っていた。

「真嶋はサーファーみたいなものだからな。波風が強いほうが、わくわくするんだろ。目をぎらぎらさせて荒い波の上に乗る、お前の姿が目に浮かぶな」

高垣は目尻に皺を寄せて笑った。

「そんなことはない。俺がわくわくするのは正面からくる波だけだ。横から突然くる波は、苛々させられることが多い」

真嶋はそう言いながら、ふいに鷲美のことを思いだした。

湖鉢の件でひとつだけいいことがあった。M氏として世間の注目を集めている真嶋と、いま関わるのは得策ではないと考えたからだろう、あの一件以来、鷲美からの接触はなかった。もちろんこれで終わりのはずはない。湖鉢のスキャンダルも収まり、そろそろまた何か言ってきそうな気がした。

松中も同様で、先月の上納金をマネロンする時期に電話をかけてきて、「お前も何かと大変そうだから、今月は五割据え置きでいい」と言った。相手が弱っているとき、嵩にかかるのがやくざというものだが、さすがに、加熱するマスコミ報道に腰が引けたのだろう。やはり松中も、一割アップをまた要求してくるころだろうと思っていた。

「警察が動いてるよ」高垣が正面を向いて、ぽつりと言った。

「あの件だろ」

建治の敵討ち。高垣の車に関して警察が動いていることは聞いていた。

「はっきりはわからない。ただ、ここのところ、俺の立ち回り先に警察の影がちらつくんだ」

「まだお前の周辺をうろうろしているということは、捜査がはかどっていない証拠じゃないか」

「そうかもしれない。ただ、動きが活発になってきたようで、ちょっと気になった」

ちょっと気になった、という言葉どおり、高垣は口元に笑みを浮かべ、気楽な表情をしていた。

弾けたような歓声が上がり、真嶋は顔を向けた。

離れたテーブルで、城戸崎が半裸の美人と肩を組み、シャンパンのボトルをいっき飲みしていた。真嶋は、ふんと鼻で笑い、高垣に顔を戻した。

真嶋も気楽な気持ちだった。これは自分自身が立てた波風で、どれほど高い波がこようが、怯《ひる》むことなく向かっていける。

いちばん気がかりだった増田和幸が、警察の取り調べをどうにか乗り切った。そこさえ破られなければ、当面の心配はいらない。警察は真嶋に的を絞っているようだと和幸から聞いて知っていた。しかし、実行犯を特定し、逮捕しない限り、真嶋の関与を証明することはできないだろう。

「高垣、お前の笑みは本物か」真嶋は高垣の横顔を見ながら言った。

「――どういう意味だ」

高垣がこちらに顔を向けた。

面構えは悪くないが、物腰が柔らかく、やくざにはまず見えなかった。姿勢がよく、スーツがよく似合う。書道家とか、合気道の師範とか、そんなイメージがあった。

「なんだ、本当は警察にうろうろされて、びびってるんじゃないかって言いたいのか」

変わらず笑みを湛《たた》えたまま言った。

真嶋は冷ややかな笑みで応え、頷いた。

「俺はやくざだから、そういう覚悟はいつでもできているんだ。だから別にな――」

高垣の言葉に嘘はないだろうとは思う。ただ、この男の内面が理解できないというだけだった。

高垣は子煩悩で、家族を愛しているのは間違いない。なのに、自分の生業とは関係のないことで犯罪に関わり、家族と離ればなれになるかもしれない状況を自ら作りだしている。真嶋が建治の敵討ちを手伝って欲しいと頼んだとき、何も強制などしていない。いくらでも断ることができたはずだ。それでも高垣は真嶋の頼みを聞き入れたし、現在、警察の影がちらついても動じることはない。

真嶋はそれを不思議に思っているわけではなかった。相変わらずわからないやつだと確認しただけだった。

高垣は自分の知り合いのなかでいちばん誠実な男かもしれない。だが、それでもまともではない。やはりこの男も武蔵野連合のメンバーだった。

高垣とは所属する族は違っても、武蔵野連合として他の族との抗争では一緒に戦った。当時の高垣はいまよりもきつい目をしていた。それでも控えめな少年ではあった。

初めて高垣と一緒になったのは、神奈川の暴走族との抗争だった。多摩川の河川敷で金属バットを振り回した。こちらが圧倒的に数で上回っていたため、簡単に相手を蹴散らした。ものの二十分ほどで、相手は逃げていった。まだ経験が浅く、異様に興奮していた真嶋は、もの足りなく感じて、逃げ遅れたやつはいないかと河川敷を捜して歩いた。コンクリート造りの上水道施設の陰を覗いたとき、真嶋は息を呑んだ。普段、控えめな少年が、何かに憑《つ》かれたようにバットを振り下ろしていた。完全に意識を失った男の腕を踏みつけ、ぐしゃぐしゃに潰れるまで手にバットを叩きつけた。

しかも男は、高垣と同じ暴走族の先輩だった。

26

遅れてやってきた堀越裕弥を岸川は笑顔で迎えた。

中ジョッキをちびちびやりながら、ひとりで三十分も時間を潰さなければならなかったのだから、それなりに苛立ったが、堀越の顔を見たら自然に笑みが漏れた。

堀越は、しけた居酒屋だなと遅れてきたことを詫びることもなく感想を漏らした。

ふたりで会おうと誘ったのは岸川のほうだった。堀越のAV制作会社は東中野にあり、待ち合わせるなら新宿が都合がいいということで、岸川がこの店を指定した。新宿はなじみがなく、思いつく店は他になかった。ちなみに、居酒屋ではなく、沖縄料理店だった。

「ここ、安いけど、料理はけっこううまいんだ」

「お前とだから、別にどんな店でもいいけどさ。まあ、安いならそれに越したことはないか。いい話だったら、ここは俺がおごるぜ」岸川の向かいに腰を下ろして堀越は言った。

「まあまあ、話はあとでゆっくり」

岸川は店員を呼び、堀越の飲み物を頼んだ。料理は適当に選んでいいと堀越が言うので、値段の安いものばかり四、五品頼んだ。

「いやー、しかし、あのパーティーの裏であんなことになっていたとは、驚いたよな」

頼んだジョッキがきて乾杯をすると、堀越は大きな声でそう言った。

「ああ、まったくだな。俺は途中で帰ったから、あとのことは全然わかんないが、湖鉢がムサシに連れていかれるのは間近で見ていたよ」岸川は素知らぬ顔で言った。

「最後までいても、なんかあったとは全然わからなかったよ。いつの間にか真嶋さんたちは戻ってたし、湖鉢は帰ってたようだ。とにかく、マスコミで話題のあのパーティーに居合わせたっていうのは、すげえよ。けっこういろんなところで言いふらした。キャバクラで話すと、女の子たちの食いつきがよくてさ」

「おい、大丈夫か。そんなの言いふらしてると、ムサシの逆鱗に触れたりするんじゃないか」

「大丈夫。俺がいくキャバクラは中野に町田。武蔵野連合のテリトリーとかぶっちゃいないよ」

堀越は喉を鳴らしてビールを飲んだ。ジョッキをテーブルに戻すと、ひとりでにやにやする。

「どうした。何がおかしいんだ」

「実を言うとさ、週刊誌の記事に俺のコメント載ってるんだよ。いろんなとこで話してたら、知り合いの知り合いが週刊誌の記者で、話を聞かせてくれってことになってな」

堀越は得意げな顔をして顎鬚を引っぱった。

「最初の記事がでてから二週間たったころでさ、パーティーの様子を話したんだけど、もういろいろと記事がでたあとだから、普通に話してもつまんないと思って、湖鉢が頬を押さえて、逃げるように店からでていくのを見たって話を盛ったんだ」

「そんな嘘ついたらまずいだろ」

「大丈夫だよ。誰が言ったかなんてわかりはしないさ」

確かに、週刊誌の記者は絶対にネタ元は明かさないと約束したたし、実際にムサシの連中が岸川の前に現れ、因縁をつけるようなこともなかった。

注文したもずく酢とお新香が運ばれてきた。堀越が箸を取り、もずくをずるずるとすすった。

「電話で、真嶋に関係することで耳寄りな情報があると言っただろ」

「ああ、それそれ。早く聞かせてくれよ。仕事に繋がるかもしれないってやつ」堀越は箸を止め、少し甘えた口調で言った。

岸川は堀越に微笑みかけた。「あれさ、嘘なんだよ。お前を呼びだすための口実」

「なんだ、それ。時間の無駄かよ。こう見えても、忙しいんだぜ。おい昇、俺、おごらないからな。ここ、お前払ってくれよ」

堀越は大根の漬け物を二枚まとめて箸でつまみ、口に運んだ。

「最初から奢るつもりさ。だから真嶋について、何か聞かせてくれよ。あいつの家がどこらへんにあるとか、聞いたことないか。仕事場とか、なんでもいいから、あいつの情報が欲しいんだ」

週刊誌に記事がでてからひと月がたった。

反響は予想以上だった。連日、湖鉢のスキャンダルがマスコミに取り上げられた。M氏こと真嶋も世間の注目を集めることになった。何より意外だったのは、フリーライドが営業をやめたことだった。そこまでする必要があるのかとも思うが、とにかく真嶋にはかなりの痛手だったはずだ。自分のやったことが、あの男に大きな打撃を与える結果になって、岸川は有頂天になった。

二週間ほどでこのネタは下火になった。湖鉢についても、真嶋についてもメディアで語られることはなくなった。入れ替わりに武蔵野連合全般についての報道が多くなったが、それは真嶋に何か影響しそうなものではなかった。

しばらく高揚感は残ったものの、長続きはしない。最初から、これで終わりとは考えていなかったが、岸川は次なる刺激が欲しくなった。真嶋の部屋をめちゃくちゃにする。それが最終目標となるなら、その前に、あとふたつ三つ、真嶋に打撃を与えたかった。

九月から、岸川の環境に少し変化があった。ひとまず正社員の仕事が見つかるまでの繋ぎとして、近所のレンタルビデオ店でアルバイトを始めた。そして、働き始めてすぐ、恋人の香澄から別れを告げられた。職探しに必死さが感じられないと、愛想を尽かしたようだ。思ったより早かったが、いずれそうなるだろうと覚悟していたから、岸川は動じることなく、別れの言葉を返した。

そんなことだから、職探しをするポーズをとる必要もなく、岸川はまたネットにかじりついた。何か真嶋の住所や立ち回り先に繋がる情報はないか調べた。湖鉢のスキャンダルの影響で、掲示板の書き込みは爆発的に増えていた。結果的には、時間ばかりとられて得るものは何もなかった。

そこで岸川は堀越から話を聞くことにした。業界の噂で何か真嶋について知っている可能性もなくはなかった。三日前に電話をかけ、今日までの間に、岸川の期待は膨れあがっていた。

「真嶋さんの情報なんてあるかよ。だいたい、あのひとが実在するかどうかだって、この間のパーティーまで、半信半疑だったんだ。まあ、何か知ってたとしても、お前には教えないよ」

堀越は岸川に目も向けずにそう言うと、キュウリの漬け物を口に放り込んだ。

「おい堀越、俺にそんなこと言っていいのかよ」

「なんだよ」堀越は即座に険のある目を向けた。

「お前、あの日のパーティーのことを雑誌記者に話したんだろ。そのこと、真嶋に言っちゃうぜ」

「何はったりかましてんだ。真嶋さんの連絡先も知らねえんだろ」

そう言いながらも、かすかに怯えが見えた。

「何も直接話す必要はない。真嶋が関係してるっていうプロダクション、なんていったっけ。ザンジバルか。そこに電話して伝えるさ。運がよければ、業界的に立場を悪くするだけですむ。運が悪ければ、真嶋の耳に入って、ムサシからお仕置きもされる」

「おい、待ってくれよ」

堀越は簡単に折れた。かつてチームから叩きだされたときに見せた、憐れっぽい顔を再現した。たいしたことを話していないのに、何をおたおたしてるんだ。こっちは本格的にやばいことを週刊誌にたれ込んでいる。岸川はそう考え、愉快な気持ちになった。

「いくらでも待ってやるよ。その間に何か話してくれ。真嶋の立ち回り先とか、あいつと接触できそうなところを知らないか。あるいはあいつの弱味になりそうな噂話とかないか」

「だから、そんなもん知らねえよ。プロダクションにも顔をだすことはないらしい。前にあそこの社員に真嶋さんのことを聞いたら、確かにそういう噂があることは知ってるが、そんなひと見たこともないって、本気で言ってたんだ」

「じゃあ、立ち回り先じゃなくて、なんか噂とかないのか」

「噂ねえ」

堀越は頬杖をついて考え込んだ。

「——というか、堀越、お前、あの日まで真嶋が実在するかもわからなかったんだよな。当然つき合いなんてなかった。なんであのパーティーに呼ばれたんだ」

これまで裏に隠れていたのに、なぜ急に表にでてきたのか、という疑問だ。

「それは、あのラウンジに女の子を呼び集めるためさ。営業を始めたら、あそこにモデルとかAV女優とかが、いつもたむろしている状態にしたかったらしい。女の子はただで飲み食いできるらしくてさ、それを女の子たちに広めてもらおうと業界関係者を呼んだんだ。パーティーの最後に、真嶋さんはそういうことだからよろしくと、挨拶に立ったよ」

「なるほどね」岸川は納得して言った。「じゃあ、ザンジバルのオーナーとして、業界関係者を呼んだってわけではないのか」

「ああ、まさにお前の言うとおりだな。招待状に、ザンジバルの名前はなかった。真嶋さんの名前が書いてあっただけ。噂を知っているから、ザンジバル絡みのパーティーだと思っただけだ。だから、噂を知らない人は、真嶋という名を見てもぴんとこず、こなかったひともいるんじゃないかな」

真嶋はとくに表の世界にでてきたというわけでもないようだ。

「ああそうだ、いまの話でひとつ噂話を思いだした」

「なんだよ」

堀越の顔にほっとしたような表情が浮かんでいたので、期待した。

「いや、あのラウンジに営業が始まってから遊びにいった女の子から聞いた話なんだ。ＡＶ女優の子でさ、さっき言ったように、ただで飲み食いできるっていうんで、あのラウンジにいったそうなんだ。そうしたらさ――」

堀越が声をひそめたので、岸川は顔を近づけた。

最初聞いたとき、それほどたいした話ではないと思った。しかし、自分が実際にあのラウンジで見たものと堀越の話を照らし合わせて考えると、ひとつの可能性が浮かびあがってくる。

もしそれが事実ならば、使いようによっては真嶋に対して大きな爆弾となるような気もした。

岸川は興奮した。その爆弾を早く使ってみたいと気が急いた。しかし、一発しかない爆弾だ。不発に終わらせないよう効果的に使わなければと、自分を戒めた。

27

高橋は玄関で靴に足を入れた。紐を結ぼうとして、おやっと思った。いつもは右から結んでいるのだったか、左から結んでいるのだったかわからなくなった。

確かに習慣があったはずなのだが、あらためて考えると思いだせない。別にげんをかつぐつもりはなく、ただ思いだせないのがもどかしかった。

「どうかしたの」背後から綾乃が訊いてきた。

「いや、靴の紐、いつもはどっちから結んでたかなと思って」

そんなこと、と綾乃は呆れたように言った。

「私の胸に吸いつくときは、いつも右からよ」

振り返って見ると、綾乃はからかうような笑みを浮かべていた。

そんな習慣があるとは自分自身気づいていなかった。高橋は綾乃の顔から視線を胸に移し、また顔に戻した。

「高橋さん、いつも仕事のことで頭がいっぱいで、プライベートなことはさらっと流してしまう。だから思いだせないこともある。しょうがないわよ」

慰めているような口調ではあったが、内容的には批判されている気がしないでもなかった。

高橋は右から紐を結び、立ち上がった。

「いってらっしゃい。気をつけて」

「ああ、いってくるよ」

ちらっと背後を見やり、そう言った。

綾乃の部屋をでた。外廊下を通り、階段を下りようとしたとき、ふと娘の名前を覚えているだろうかと気になった。

大丈夫だった。さすがにそう考えている間に、頭に浮かんだ。

捜査本部が立ち上がってからは、すれ違いばかりで娘とまともに口をきいたのは数回しかなかった。このひと月ほどは、綾乃の部屋に泊まる頻度が高くなり、顔を合わせることもなかった。名前を頭に浮かべることすらない。

階段を下り、上石神井駅へと続く道を進んだ。

綾乃の部屋から何度捜査本部へ通ったか、もう思いだせないくらいになっていた。このひと月の間に、高橋が身を置く環境は大きく変化した。俳優の湖鉢尚人が武蔵野連合の真嶋に強要されて自ら顔に傷をつけたというスキャンダル報道がなされ、それが口火となって大きく動いた。

捜査への直接の影響はなかった。当初、真嶋がようやく表にでてきたことに喜びはした。別件で逮捕できれば、大きく捜査は進展する、と期待もあった。しかし、再三要請したにもかかわらず、湖鉢が被害届をだすことはなかった。

影響はもっと高いところへ飛んだ。連日の報道で世間の目はいっきに武蔵野連合に向いた。それが本庁の上層部を動かしたのだ。

ネットで流れる武蔵野連合の情報に注目していた警察官は植草ばかりではなかったようで、湖鉢のスキャンダルの前から、しっかり上層部も武蔵野連合の存在は意識していたらしい。ネット上で注目を集める武蔵野連合。手を染める犯罪の数々が、ある程度のリアリティーをもって堂々と書かれている。武蔵野連合は指定暴力団ではないから、警察も手がだせないのだという書き込みに、上層部は苦りきっていた。このまま放置すれば、書き込まれた犯罪が事実だと明るみになったとき、警察は何をやっていたのかと批判に晒される。不良集団には手をだせないという風潮が広まれば、第二、第三の武蔵野連合が現れかねなかった。何か手を打ったほうがいいと、だいぶ以前から、警視庁内部では対策を練り始めていたらしい。そして、湖鉢の件で加速がついた。ネット上だけでなく、世間一般の関心までもが武蔵野連合に向き始めて、上層部の尻に火がついた。

十月一日、組織犯罪対策部組織犯罪対策特別捜査隊に、不良集団による組織犯罪を取り締まる専従班が設置される。不良集団と大きく括《くく》っているが、実質的には武蔵野連合に切り込むためのものだった。

高橋と植草も捜査隊に編入されることが決まっている。編入以降も捜査本部に残り、真嶋を追うことに変わりはなかった。ただ、捜査本部以外に報告するところがひとつ増える。

高橋と植草は専従班の設置準備にもかりだされていた。捜査の合間に本庁へいき、資料作りに勤《いそ》しんだ。武蔵野連合の名簿を含む生安関係の資料で、現在の捜査にも役にたつはずだからと誘いを受けた。実際に役にたちそうなものだったが、もともとの激務にさらに拍車がかかった。

西武新宿線で高田馬場駅にでて、本部のある戸塚署に入った。捜査会議が終わるとすぐに植草と本庁へいき資料作りに精をだした。

午後に入り捜査開始だ。高橋と植草はそのまま本庁でパソコンに向かっていた。

ふたりは、武蔵野連合のメンバーと、その周辺人物の名前をすべてコンピューター内のリストに書き込み終えた。このリストは検索が可能で、検索欄に入力した名前と一致すれば、リストからプロフィールとともに名前が呼びだされる。

植草が登記事項証明書にある名前を検索欄に入力し、検索していった。該当なしが続いたが、九人目で一致する名前がリストから呼びだされ、ディスプレイされた。

「うーん」と植草が唸った。

「気持ちいいですね。画面が変わった瞬間、止まっちゃいそうなほど、心臓が跳ねましたよ」

「で、誰だったんだ」高橋は急かすように言った。

「入力したのは、系列会社の社長です。ミルキースノーという芸能事務所。系列会社社長というのは、深町と一緒ですね」

高橋は頷いた。

検索結果は画面を見ればわかる。村上学《むらかみまなぶ》。武蔵野連合の友好団体、練馬デスペラード・リーダーとプロフィールに書かれていた。

「深町も検索したら、でるかもしれない」

「いや、最初に検索してます。何もでませんでした」

ひとり一致すれば充分だった。これで、真嶋と関係する会社だと、ほぼ確定できる。

「友好団体までわかるのは便利ですね。これがあれば、湧永のとき、苦労しなかったな」

植草はディスプレイのへりをなでた。

湧永は武蔵野連合の高垣の車を借りた男。真嶋が関係すると思われるAV配信会社OSMの元取締役で、現在はネットゲーム配信会社ギャレコの役員だった。

先月、登記事項証明書からOSMの元取締役だとわかってから、周辺を洗った結果、高校生のころ、渋谷のチーマーグループに一時期所属していたことがわかった。それが武蔵野連合の友好団体だとわかったのは、資料作りをやるようになってからだ。湧永がギャレコに移ったのは真嶋の意を受けてのことだろう。たぶん、ギャレコも真嶋が関係しているはずだ。

湧永と高垣は、現在一課の捜査員が洗っている。しかし、真嶋との接点がわかってもそれを証明することはできないし、車がこの世から消えてしまった現在、ふたりの証言を突き崩すのは難しそうだった。

結局、実行犯を特定するしか、この山を解決する方法はないだろう、というのが現在の捜査本部の流れだった。このリストには三百名ほどの名が入っているが、現在、武蔵野連合として活動している者はせいぜい五、六十人くらいのもので、ひとりずつ、事件当日のアリバイを訊いていこうかという声もあった。素直な市民にならら有効だが、武蔵野連合にそれをやっても時間の無駄だろうということで実行はされなかった。

高橋と植草が現在調べているのは、深町修の線だった。

深町は、湖鉢のスキャンダルの舞台となった店舗の借り主だった。不動産業者と契約したのは深町個人で、ラウンジバーの営業と目的をちゃんと申告していた。真嶋を表にださないための身代わりであることは明白だったが、深町が説明した金の流れにも矛盾はなく、見かけ上は深町が経営者だった。

あの日のパーティーはひとに貸しただけだと言ったが、かなり怪しい話だった。しかし、確実に嘘だと決めつけられるものでもなく、ひとまず引き下がった。そして、深町の会社やその親会社が、ギャレコやOSMのように真嶋と関係している可能性を考え、登記事項証明書にある役員名を検索にかけたのだ。

系列会社ミルキースノーの社長、村上学が、武蔵野連合と接点があることがわかった。その関係で深町が真嶋の身代わり契約したのだろうとほぼ確信している。

そしてたぶん、ミルキースノーの親会社の経営に真嶋は関係している。モデル事務所だから、AVプロダクションのオーナーだという真嶋が関わっていても違和感はない。

青山にあるヘリテージという大手のモデル事務所だ。

28

「このへんに大きい花瓶か壺でも置いたほうがいいんじゃないですかね。インテリアで集客が左右されることはないでしょうが、あまりに殺風景なのも、どうかと思います」

玄関までくると、マネージャーの石黒はそう提案した。

「確かにそうだな。お前にまかせるよ」

真嶋は、だだっ広いコンクリート打ちっ放しの玄関を見回して言った。

石黒は至急手配をすると請け合った。

コンクリート打ち放しの建物がもてはやされた、バブルのときに建てられた元邸宅。寒々とした印象はあるが、四角く窓が少ない造りは要塞みたいで安心感があった。改装は終わり、すでに家具、調度類も運び入れていた。石黒と最終チェックを終えて帰るところだったが、これで本当に終了だ。四日後から、Ｆは営業を再開する。どうにか、九月の終わりには間に合った。

待ちわびていたように、予約もすでに三件入っていた。もちろん、そのなかに川尻の名前もある。少しばかり金はかかったが、ひと月とちょっとのブランクで、たいした影響はない。いや、シンプルな営業形態に変えるきっかけになり、かえってよかったとさえいえる。

外にでた真嶋は、満足感を覚えて建物を振り返った。日がかげり、薄汚れて見えるコンクリートの外壁が刑務所の塀を連想させた。それでも、満足感に水を差すことはない。ただ、苦笑いを浮かべた。

タクシーを拾って帰るという石黒と別れ、真嶋はベンツに乗り込んだ。これからマネロンの金を取りに金庫Ａにいく予定だった。今月の振り込め詐欺は各グループ好調で、金庫には金が貯まっていた。もう少し早くいく予定だったが、なかなか時間がとれなかった。建治が殺されてから補充なしでなんとかやってきたが、そろそろ限界だろう。本間たちも、手が回らず闇金の仕事に支障がでそうな感じだった。

ひとり、建治の後釜に据える男の目星をつけていた。思いついてみると、これほどの適任者はいないように思えた。まだ打診はしていない。やりたがるとは思えないが、断わることはないだろう。明日からすぐにできる仕事でもないから、早いところ話し合いの場をもったほうがいい。しかし、それもままならないのが現状だった。

シートベルトを締め、エンジンをかけようとしたとき、携帯が着信をしらせた。上着のポケットから取りだしてみると、松中からだった。

明日、上納金をマネロンする予定だった。ぎりぎり前日になってかけてきたかと、真嶋は鼻で笑った。通話ボタンを押した。

「はい、真嶋です」

「これから、渋谷にでてこい。六時にハチ公の前で待ち合わせだ」

松中はいきなりそう言った。

「無理ですよ、いま名古屋にきてるんです」

「ほんとか」

驚きも露わな声を聞いて、真嶋はほくそ笑んだ。

「嘘ですよ。ただ、急に言われても、難しいってことです。色々やることがありますから」

「ふざけるな。重要な話がある。必ずこい」

松中は怒鳴るように言うと、電話を切った。


日が沈んだばかりのハチ公前は、ガキどもで溢れていた。かといって自分が浮いているわけでもないのが、なんとはなしに腹立たしかった。

腹立たしいといえば、こんな雑踏で待ち合わせをした松中に対してのほうが大きい。松中の自分に対する粗雑な扱いは、露骨さを増しているようだった。

もうすぐ六時になる。しばらく松中は現れないような気がした。やくざというものは案外時間にはうるさい。勝手に待ち合わせより十分早くきておいて、時間ちょうどにきた真嶋を遅いと詰《なじ》るようなことがよくあった。この時間になってもこないというのは、松中にとっては遅れているのも同然で、何か意図があってのことだろうと思えた。

六時を過ぎてすぐ、携帯が鳴った。松中からだった。

「はい」と素っ気なく電話にでると、「道路のほうにでてこい」と前置きなしに松中は言った。

「井の頭線のほうに渡る横断歩道があるだろ。そこにいる」

「マークシティに渡るやつですね」

「そんなの知るか。井の頭線だ」

怒鳴る声に、心なしかうれしそうな響きが聞き取れた。

真嶋は携帯をしまい、動いた。人混みをすり抜け、もくもくと煙の上がる喫煙所の横を通って、道路にでた。

頭上を連絡通路が塞ぐ横断歩道の手前に、ハザードランプをつけた、黒塗りのベンツが駐まっていた。真嶋が近づいていくとサイドウィンドウがゆっくりと下がり、松中の横顔が覗けた。

ゴルフ焼けで干涸《ひから》びた肌は皺が目立ち、いまどきの五十代前半にしては、年寄り臭く見えた。しかし、いつも見開き気味の目がぎらぎらしていて、普通の五十代ではあり得ないパワーを感じさせる。

真嶋がドアの前で足を止めると、松中は顔をこちらに向けて見上げた。

「上納金の件、六割で頼むな」

口を大きく開いたが、静かな声だ。

「松中さん、こんなところで話し合うようなことじゃないと思いますが」

「話し合うつもりはない。伝えにきただけだ。電話じゃ失礼だと思ったから、直接伝えている。文句はないだろ」

松中は正面を向いた。ウィンドウがいっきに上がっていく。

松中の顔が見えなくなると、真嶋は腕を振り上げた。思い切り拳をルーフに叩きつけた。

激しい音がした。動きかけたベンツが、つんのめるように停車した。

車道側のドアが開き、お付きの大谷木《おおやぎ》が、ルーフの上から凄みのある顔を覗かせた。

車のなかから「戻れ」という声が聞こえた。番犬並みの従順さで、大谷木はさっと車内に戻る。サイドウィンドウが下がっていく。

「すみません。返事をしないのも失礼かと思ったんで。――わかりました。六割で手を打ちます」

松中はかすかに眉を動かしてから、重々しく頷いた。

「――ただし、条件がふたつあります。損失を補償しろと難癖つける、講壬会を黙らせてください。毒龍の酒井のほうも、六割にアップしてください。それだけです」

「ふざけるな。条件なんて呑めるか」松中は吐き捨てるように言った。

「ひとつだけだったらどうです。講壬会に話をつけるだけでもいいですが」

「ひとつでも、ふたつでもおんなじだ。条件なんて認めない――」

「どうして。上納金を払っているんだから、それぐらいの便宜は図ってくれてもいいんじゃないんですかね。簡単なことでしょ。松中さんが、講壬会の会長にひとこと言えば、すむことだ。もともと松中さんがもってきた話でもあるわけだし」

真嶋は薄い笑みを浮かべて言った。

「そのくらいのことは自分で解決しろ。とにかく条件はなしだ」

「いったい、どれだけのことが起これば、便宜を図ってくれるんですかね」

ウィンドウが上がっていく。松中がこちらを見ている。

「五割だ。上納金は五割しか納めない」

ウィンドウが止まった。ひとを呑み込んでしまいそうな目がこちらを睨んだ。

「それでいいんだな。それがお前の最終回答なんだな」

「いいですよ」真嶋は迷いなく、答えた。

ウィンドウが閉じるまで、松中はこちらを見ていた。怒りを伝える目をしていたが、そう見せようと演技しているだけではないかと真嶋には思えた。

ウィンカーをだし発進したベンツは、あっという間に消えていった。

松中への回答は、やくざに屈しない武蔵野連合気質が言わせたわけではなかった。どう答えても、結果はたいして変わらない気がしたのだ。松中は自分を切ろうとしている。真嶋はそう判断した。あの男がそう腹を決めたのなら、こちらは出方を窺うしかなかった。

真嶋は金庫へ寄ったあと、赤坂のオフィスに向かった。マネロンのための送金準備はすでに終わっていた。できるものだけでも、今晩中にやってしまおうと思った。松中がどう動くかわからない。明日になったら、日枝は自分の指示どおりに動かない可能性もあった。

29

雑居ビルの五階でエレベーターを降りた。時間は十時を過ぎ、廊下は静まり返っていた。

考え事をしていた真嶋は、ドアの前に立ってもそれに気づかなかった。鍵を差し込み、ロックを解除したとき、すぐ目の前にある小さな穴にようやく目を留めた。

古い金属のドアに、内側に突き通したような穴があった。真嶋は慌てて体を引き、ドアを見た。もうひとつ穴を見つけた。

そちらは貫通はしていなかった。へこみとなった金属板の奥に、ひしゃげた銃弾がめり込んでいた。

月子がそれを見つけたのは、昼休みが終わったあとだった。

机のなかに一枚の紙が入っていた。浅く入れていたようで、何かのひょうしに、するりと膝の上に落ちてきた。

レポート用紙。そう認識したとき、それがどんなものであるか月子はすぐに理解した。

裏返してみると、思ったとおりのことが書いてあった。

白くてブスでかわいそう。ブスなのにモデルとかいってキモい。死んでくれたら助かるわん。ブスなのにあんな世界に入って、心も体も汚れてそう、汚物。

まだまだ書いてあるが、全部を読む気にはならない。久しぶりにもらった、黒い寄せ書き。学校なんて自分の生活のなかのほんの小さな一部分にすぎなくなっているから、何を言われようと、書かれようとどうでもよかった。それどころか、自分に嫉妬を感じ、身もだえするほど口惜しがっているのだと知って、ほくそ笑むような気持ちもないことはなかった。それでも、ひとに牙を剝く言葉の数々にはぞっとする。たぶん自分はもう傷つかないと思うけれど、ひとの醜さを見せつけられ、心が萎《しぼ》んでいった。

月子がモデルをやっているとクラスに知れ渡ってから十日ほどがたつ。普通に話しかけてくるひとが少しずつ増えていた。それでも、茜や舞など、陰口をたたくひとはいた。ものがなくなることもあった。そういうとき月子は、これもいい勉強をさせてもらっているのだと思うようにしていた。ひとの醜さを知る自分ならば、ひとの美しさを見いだすこともできるようになるはずだと。

実際、子供のころにいじめを受けていたというクリエイターの話をよく聞く。きっとそういう経験が、ものを生みだす彼らの一部分を形成したのではないかと思えた。

寄せ書きを机のなかにしまった。月子はきょろきょろとあたりを窺った。素知らぬ顔で、教壇のほうに目を向けていた茜が思わず噴きだすのが見えた。きっとこちらの様子を窺っていたのだろう。月子が傷ついていると思い、喜んでいる。それは許せないと思ったが、しばらくは放っておいた。

五時間目が終わり、六時間目に入ったとき、月子は立ち上がった。六時間目はクラスの担任教師、武庫川《むこがわ》の現国の授業だった。

「先生、こんなものが私の机に入ってました」

教壇の前までいった月子は、寄せ書きを武庫川に渡した。

レポート用紙を手にした武庫川は、視線を走らせると顔色を変えた。

「今日は授業をとりやめます」

五十代のベテラン教師である武庫川は、普段穏やかな声で話す。しかしこのときの声は低く、硬かった。いじめに断固として立ち向かおうという、ベテラン教師の意志が感じられた。

「これを書いたひと――ひとりじゃないと思うが、正直に先生に伝えてください。みんな、机に顔を伏せて。手を挙げて教えてくれたなら、それは先生の心のなかに留めます」

月子が机に戻ると武庫川はそう言った。

古くさいやり方だと思った。誰も手など挙げないだろう。

犯人など見つからなくてもかまわない。自分を苦々しく思ってくれればそれでよかった。

学校帰りに青山の事務所にいき、ポージングのレッスンを受けた。来週、初めての仕事が入っているので、月子はいつも以上に熱心にレッスンに励んだ。

この間受けた、来期のカタログモデルのオーディションは、結局他のひとに決まった。ただ同じ会社から、ホームページで期中に公開するスタイリングサンプルのページのモデルをやらないかと誘われた。つまり来期の春夏ものではなく、現在の秋冬もので、早めに露出していったほうがいいから、ぜひやらせてもらいなさいと北林から言われ、やることに決めた。北林によればカタログほど大きくはないが、けっして小さな仕事ではないそうだ。なんであっても初めての仕事。そこから自分の人生がスタートするような気がして、月子はわくわくした。

レッスンのあと、ラウンジにいった。例によって、教科書を開いて宿題をやった。

ラウンジに入ったとき、中学生くらいの女の子がふたりいたから、こんにちはと挨拶をした。ふたりは立ち上がり、妙に元気よくはきはきと、こんにちはと頭を下げた。月子はその迫力に圧倒された。たぶん、ふたりは音姫楽団の研究生なのだろう。将来、アパレルの仕事の役にたつかも、とモデルを始めた月子とは違い、彼女たちはアイドルになりたいという強い思いを抱いてこの世界の門を叩いたはずだ。やる気がまるで違うのは、その挨拶だけでもわかった。

しばらくおとなしくしていたが、そのうち、こそこそと何か話し、くすくすと笑うふたりの声が聞こえてきた。まじでキモい、と掠《かす》れたように囁くその声音から、きっと男の子のことを話題にしているのだろうなと察した。ひとに聞かれたくないというより、秘め事を話す自分に酔いたいための囁き声。笑い声の艶《なま》めかしさから、たぶんエッチな話も含まれているのだろうと思った。

最近の中学生はませているからな。

月子は中学から女子校で、男の子と話すことなどほとんどないし、もちろん彼などいたためしはなかった。

この間は、かなり年上のひとばかりだったけれど、男のひととたくさん話をした。少しだけお酒を飲んで、自分も色々な話をした気がする。自分があんなに楽しく男のひとと話ができるとは思っていなかった。かまえてしまって、何を話せばいいかわからず、パニックになるような気がしていた。

また会えるだろうか。とくにアートについて話してくれたひと――吉井恵《よしいめぐみ》には会いたいと思った。ひとつひとつの言葉が、ためになる。教えてくれるばかりではなく、自分のこともすごく理解してくれているような気がした。男とか女とか関係なしに、自分にとって大切なひとになるのではないか。月子はそんな予感がした。

「おお、女子高生、またきてたか」

声に振り返ると浜中愛が月子の背後に立っていた。

「浜中さん、いたんですか」

「いまきたところ。見たら、誘って欲しそうな顔をした女子高生がいたから声をかけてみました」

浜中は鼻の頭に皺を寄せ、からかうような笑みを浮かべた。

遊びにいきたいとは思っていたけれど……。

「今日は平日なので――」

「平日は遅く帰るとまずいの?」

「おばあちゃんはいつも早く寝てしまってるから、べつにかまわないんですけど、明日学校があると思うと――」

「月ちゃん、授業中に寝たことないの」

目を丸くする浜中に、月子は首を振った。「あります。しょっちゅうです」

「だったら問題ないじゃん。いこう。月ちゃんは、不良になるって決心したはずだよ。ファッションの世界を志すっていうのは、そういうこと」浜中は確信をもった声で言った。

そんな単純なものではないと思うけれど、それに近いところに、真理はあるような気がした。月子は教科書を鞄にしまい、浜中に付き従った。

でかける前に、スウェット上下のレッスン着に着替えた。浜中のニット帽を借りたら、ワンマイルウエア風に見えないこともなく、どうにか夜の街を歩けるようになった。しかし着替えた甲斐もなく、向かった先は今日もカラオケルームだった。月子が一緒だからだとは思うが、浜中の遊びにはあまりバリエーションがないようだ。

浜中の友人、平岡慶子《ひらおかけいこ》も一緒だった。ヘアメイクをやっている平岡はものすごく面白いひとで、よく喋る。カラオケルームにいた三時間、喋りどおしで、平岡の三十年近い人生の半分くらいを、月子は知った気になった。あんたたちモデルちゃんと違って、あたしはブスだから喋りで勝負するしかないのさ、と平岡は言った。

平岡のキーワードにはブスが多かった。月子はなんとなくそんな気がして、子供のころいじめに遭いましたかと平岡に訊ねた。平岡はいじめられたことを認めた。もうほとんどプロの手並みで、陰惨な話を笑いに変え、過去のいじめ体験を語ってくれた。

やっぱりなと月子は思った。このひとは醜いものを見たから、いまはひとを美しくする仕事に就いているのだと確信した。

十時を過ぎて、浜中が、この間きていた連中のＤＪを聴きにいこうと言いだした。クラブは二十歳未満は入れないはずだが、浜中は大丈夫大丈夫と軽く言った。不安は消えないけれど、またあのひとたちに会えるのならうれしかった。

六本木からタクシーで恵比寿に移動した。狭い階段を下りて入った店は、クラブではなく、バーのようだった。薄暗い店内には押し合うようにたくさんのひとがいた。先日会った、コウヘイさんもシゲコバさんもいた。シゲコバさんは、店の奥のＤＪブースでターンテーブルに向かっていた。怖い見た目からいって、コアなラップとかかけそうなのに、アンビエントなエレクトリックサウンドだったから意外だった。

店のなかにはもうもうと煙草の煙が立ちこめていた。制服を入れた紙袋の口を、くるくると丸めてきつく閉じた。月子は先日覚えた、ベテランお笑いコンビと同じ名前のカクテルを頼んだ。それを飲みながらコウヘイさんに、煙草を一本もらっていいか訊ねた。今日の不良のテーマは、煙草であるような気がしたのだ。

吸うの？　と訊かれた月子は、吸ってみると答えた。

「あまり強く吸い込まないほうがいいよ、最初のうちは」コウヘイさんはそう言って一本くれた。

最初はむせそうになったけれど、一本吸ううちに慣れた。時間をおいて二本目を吸っているとき、挟んだ指から煙草を奪われた。カウンターに肘をついて座っていた月子は、消えていった煙草を追って振り返った。すぐ後ろに吉井恵が立っていた。

「この間、なんでも経験したほうがいいと言ったけど、煙草は別だ。もう充分わかったからやめようと思っても、なかなかやめられない。引き返せなくなるからね」

吉井はカウンターの灰皿を引き寄せ、月子の煙草をもみ消した。

「吉井さん、きてたんですか」

月子はうれしくなって、声を高くした。

「いまきたんだ。そうしたら、不良娘がいた」

後ろ姿でわかったのだろうか。鋭いひとなのだろうな、と思った。

今日の吉井は、Tシャツの上にジャケットを羽織っていた。この間より、くだけた感じだ。

吉井は「いい？」と訊ねてから、月子の隣のスツールに座った。さっきまでいたコウヘイさんが、いつの間にか、いなくなっていた。

「本当に煙草はやめたほうがいい。体には悪いし、臭いはつくし。クリエイティビティーに影響はないし」吉井はカクテルをオーダーすると、またそう言った。「煙草を吸うくらいなら、ドラッグのほうがずっといいと思うよ。もちろん体に悪いものもあるし、依存性の強いものもあるから選ばなければならないけれど、とくにクリエイティビティーの面からいったら、得るものがたくさんある」

月子は眉をひそめて聞いていた。

ドラッグ――違法薬物。それは法律に反することだ。そう考えた月子は、酒も煙草も未成年が手をだすのは違法なのだとあらためて気づく。自分はすでに法を破っている。

月子のほうを見ていた吉井は、笑みを浮かべた。

「もちろん、それは違法だ。やってはいけないことだよ。ただ、現実として、海外のアーティストやデザイナーはみんなやっている」

「そうなんですか?」

やっていそうなイメージはあったけれど、それほど多いものなのだろうか。

「みんな、っていうのは言い過ぎかな。でもほんとに多くのひとがやってる。それは、ただドラッグが好きだとかそういうことじゃなくて、やはり必要があって手をだすケースが多いんだと思う。ものを生み出す人間にとって、ドラッグを用いなければ見ることのできない世界があるようだ。それがなければ生まれ得なかった傑作もある。それに対して善悪を論じても意味はない気がするんだ」

月子は納得して頷いた。そして意味があると思われる質問をした。

「ドラッグで何が見えるんですか」

「それは本人にしかわからない。ひとそれぞれだろうし。ただ、こうは言えるのかもしれない。もともと見えていた世界が、クリアーになるんじゃないかな」

「もともと見えていた世界？」

月子はそう訊いて、薄暗いバーの風景を見回した。

「クリエイターたちが普段見ている風景は、きっと普通のひとたちとはちょっと違うと思うんだ。でも、本人も、その違いがもやもやしてうまくすくいとれない。ドラッグによってそのもやもやが晴れ、風景が鮮明になるんだ」

「吉井さんも、その風景を見たことがあるんですか」

「僕はクリエイターじゃないよ」と言って口元に浮かべた笑みは、ちょっとわざとらしかった。見たことがあるのではないかと月子は思った。

本当に、このひとは普通のサラリーマンなのだろうか。仕事では何も作っていなくても、もともとそういう資質のあるひとなのかもしれない。もしかしたら吉井はゲイなのではないか。唐突に月子はそう思い至った。これまでゲイのひとに会ったこともないし、なんの確信もなかったけれど、そうであればいいとなんとなく思えた。

「月子ちゃんにはこの世界がどう見えてるの」

「えっ、私にですか」

「月子ちゃんも、普通と違った風景を見ている気がしたんだ。もやもやとはしてるだろうけど」

月子は吉井から視線を外し、ひといきれのする店内に目を向けた。

煙草の煙が立ちこめる風景をじっと見ていたら、何か別のものが見えてきそうな気がした。しかし気がするだけでは何も見えていないのと一緒だった。

「ドラッグをやれば、はっきりするかもしれないよ」

吉井の言葉が、ヘッドホンから響いたように、鮮明に聞こえた。

月子は視線を戻し、目を細めた吉井の白い顔を見つめた。

「もちろん、それはいけないことだ。簡単に手に入るものでもない。だから僕たちはお酒でがまんしよう」

吉井はカウンターに置かれたカクテルグラスを手に取った。それを月子のグラスに軽く当てた。

「月子ちゃんにとっては、お酒もいけないものか。ドラッグとあまり変わらないのかもしれないね」

月子がグラスを手にすると、吉井は言った。

吉井の目がグラスにそそがれている。月子は吉井に試されているような気がして戸惑った。これを飲んだほうがいいのか、カウンターに戻したほうがいいのか——。

月子はいまの自分の気持ちに従った。ついっと顎を上げ、カクテルを飲み干した。

30

だめよ、と口にしたが、下着のなかに手を入れると、みじめなほどぐっしょり濡れていた。

岸川の手を押さえるように、白い手が下着の上から重ねられた。しかし指を動かしてやると、あっさり股が広がっていく。目を潤ませ、荒い息をつく。岸川の股間に手が伸びてきた。

日の落ちたばかりの公園のベンチで三十半ばの男と女が、互いの体をまさぐり合っている。醜いなと岸川は覚めた頭で考えている。

これが自分にとってなんになるのかわからなかった。真嶋のお古とやることで、怒りをたきつけようとしているのだろうか。それとも、少年時代の数少ないよき思い出を、完全に消し去ろうとしているのだろうか。女の手で取りだされた岸川のものは、硬く反り返っている。意味など必要としていないそれを、さらに怒張させようというのか、白い手がしごいた。

加村望が上に乗ってきた。岸川のものを自分にあてがい、体を沈めた。ふんと鼻から息が漏れた。広がった鼻の穴が醜かった。セーターをたくし上げ、白い肌に舌を這わせる。汗の臭いは中年女のものだった。

「誰かがこっちを見てるぞ」暗がりに動く人影を感じて、岸川は言った。

加村は「いや」と小さく声を発して、激しく腰を振る。静かな公園に、ぬちゃぬちゃと粘膜の音を響かせる。

「この淫乱女」

岸川はそう呟いた。怒りが残酷な欲望をともなって現れた。何度もそう繰り返すと、加村は、ごめんなさい、ごめんなさいと泣き声を上げた。岸川はたまらなくなって下から突き上げた。加村とのリズムがうまく合わず、苛立ちにまかせて激しく突く。怒りが興奮を呼び、すぐに快感に呑み込まれた。

加村の底なしの欲望を満足させることなく、岸川は果てた。

芦花《ろか》公園の駅までふたりで歩いた。加村は目についた草花や樹木の名前を口にし、岸川はそれを黙って聞いていた。会って、やるだけ。今回で三回目の逢瀬だった。

九月の初めに、加村のうちへいき、飲みに誘った。店に辿り着く前に岸川は加村と交わった。ひとけのない住宅街で加村の下半身に手を伸ばしたら、素面《しらふ》の加村は最初拒んだ。しかし長く焦らされることはなかった。近くの公園のトイレに移動して後ろから貫いた。年増に興味はないと思っていたが、崩れかけた加村の体を見て、妙に興奮したのは自分自身意外だった。終わったあと、ベッドの上でもう一度したいと加村はねだったが、聞き入れなかった。飲みにもいかずにそこで別れた。

二回目は近所の団地へいき、階段の踊り場で、口でさせた。泣きながら、入れてと懇願されたが岸川は無視した。その日いった団地は、かつて真嶋が暮らしていた団地だった。きっと加村はここで何度も真嶋とやったことがあるはずだった。別にそれに嫉妬して、やらなかったわけではない。ただなんとなく、加村をいじめてやりたくなったのだ。小学生のとき以来の感情だった。

加村に真嶋との関係は訊いていなかった。加村の淫乱さが真嶋と関係しているのは、岸川にとって、すでに確定した事実だった。よけいな知識は耳に入れないほうがいいと思い、何も言わない加村にわざわざ訊ねることはしなかった。

芦花公園駅から京王線に乗り、新宿でＪＲに乗り換えて池袋にでた。通い慣れた道を歩き、西口の繁華街から少し外れたところにある居酒屋に入った。人気店らしく、会社帰りのサラリーマンでいつも賑わっている。岸川はサングラスをかけ、客の顔を窺いながら、ゆっくりと店内を進んだ。

小あがりに熊谷の姿を見つけて向かった。向こうも気づいて、片手を上げた。

「すいません、野暮用で遅くなりました」

畳に上がり、熊谷のテーブルに近づいて言った。

熊谷は「ああ」と無愛想に頷いた。

「いないか」

「ええ、いまんところ――」岸川はそう言いながら、小あがりから店内を見回す。

「やっぱり、いないすね」

「俺がきてから帰った客もいないから、大丈夫だろう」

熊谷はエントランスのほうを向いてあぐらをかいていた。岸川はその向かい――エントランスに背を向けて座った。すぐにメニューに手を伸ばし、広げて見た。

岸川はあまり迷うことなく、注文を決めた。店員を呼んで、じゃこチャーハンと豆腐サラダと手羽の黒酢煮を頼んだ。野菜とタンパク質と炭水化物を、バランスよく取り交ぜたオーダーだ。ついでのように梅ハイも頼んだ。

熊谷はテーブルの上の焼き鳥とお新香に、ほとんど手をつけていないようだった。グラスのビールをちびりちびりと飲んでいる。

熊谷は週刊ラストの記者だった。岸川が湖鉢のネタを売ったのが熊谷だ。

先日、堀越裕弥から聞いた話を買ってもらおうと、再び熊谷と連絡をとった。金が欲しいというより、何か真嶋の情報をもらえればと思ったのだ。

あの六本木のラウンジに政治家が出入りしていたというのが堀越から仕入れたネタだったが、どうも編集部のほうでもそのネタは摑んでいたようで、熊谷は興味を示さなかった。

岸川は堀越から話を聞いて、あのラウンジの目的は、政治家などの夜の接待所ではないのかと推測した。湖鉢を脅した関係者専用のエリアには、ベッドが入った、ホテルのような部屋が並んでいた。真嶋はＡＶ女優などをあのラウンジに集めていたというから、その女たちを政治家などにあてがい、裏の部屋で遊ばせるのが、ラウンジの本当の目的だったのでは、と考えた。

その話は熊谷にはしなかった。これはとっておきのネタとして、何か大きなチャンスが巡ってきたときに使いたかった。それに、ネタは買ってもらえなくても、熊谷から真嶋に関する耳寄りな情報を流してもらうことはできたのだ。

週刊ラスト編集部では、真嶋が時折顔を見せるという居酒屋を押さえていた。真嶋は二十代のころイベントを主催して金を得ていたが、その当時の仲間が店の常連で、今年に入って真嶋を何度か見かけているのだそうだ。編集部がその男にどうやって辿り着いたかは知らないが、とにかく確度の高い情報だと熊谷は言った。週刊ラストはその店で張り込み、真嶋を捕捉したいと考えていた。

ただ、問題がひとつあった。編集部は真嶋の現在の写真などを手に入れることができなかった。ネタ元の男は真嶋の顔はわかるが、真嶋と関わりをもつことを恐れ、編集部への協力を拒んだ。そこで白羽の矢がたったのが岸川だった。編集部は少なくとも一ヶ月間、真嶋が現れるまで毎日張り込むつもりだった。真嶋を特定するため、それにつき合って欲しいと熊谷に頼まれた。

岸川にとっても渡りに船だった。真嶋の住居を突き止めることができたなら、教えてくれることを条件に、受けることにした。毎晩居酒屋で張り込むため、レンタルビデオショップのバイトはやめた。交通費しかだせないというから生活は苦しくなるが、居酒屋での食事はすべて編集部もちで、食べるのに困ることはない。このチャンスを逃したら、真嶋に迫ることはもうできない気がした。

岸川と熊谷は五日前からこの店に通っている。開店からしばらくは、店の前で入っていく客をチェックする。混み合い始めてから、店内で閉店近くまで粘る毎日だった。

店の近くには、尾行用の車とバイクが待機していた。

ネタ元によれば、真嶋はいつも同じ男とふたりで飲んでいたらしい。ふたり連れで現れるのか、ここで待ち合わせをするのか、とにかく、入ってくる客の顔をすべて確認するのが岸川の役目だった。いつやってくるかわからないが、やってくる保証もなく、五日も続けていると緊張感など消えてしまう。ただ退屈なだけで、なかなかしんどい仕事だった。先は長いと考えると、気が遠くなる。

「きたぞ」グラスを口に運ぼうとした熊谷が、小声で言った。

引き戸の開く音で岸川もわかっていた。ゆっくりと振り返ると、サラリーマン風の男がひとり。眼鏡をかけている。違うと瞬時に判断して顔を戻す。しかし、すぐにまた振り返り、男に目を向けた。サングラスをもち上げ、直に見る。

三十代半ばくらいの細身の男は、生真面目そうな横顔を見せて、奥のカウンター席に向かう。ふと知っているような気がして、再度目を向けたのだが、グレーのスーツを着た男は、どこにでもいるような風貌で、似た感じの知り合いが二、三人はいる。ただそれだけのことだった。サングラスを鼻の上に戻し、正面に顔を戻した。

「どうかしたか」熊谷が眉をひそめて訊いてきた。

「いや、知り合いに似ている気がしただけです」

熊谷は小さく頷き、グラスに口をつけた。ちびちびとビールを飲む。

四十手前の熊谷は、口数が多いほうではなかった。退屈な張り込み仕事の相棒としては、あまりありがたいタイプではない。ただ、不平をこぼされるよりはましかとは思った。もっとも、不平をこぼすとしたら、それは自分のほうだろう。熊谷はさすがにメジャー週刊誌の記者らしく、退屈している素振りもみせず、つねに集中力を保っていた。個人的恨みがあるわけでもない記者のモチベーションというのはどんなものか、岸川には窺い知れなかった。

時間がたつにつれて、入店客のチェックは難しくなっていく。トイレに立ったり、帰る客がで始めたりで、ひとの動きが入り乱れる。それがブラインドとなり、よく見えないこともしばしばだった。体を傾けたり、トイレに立つふりをしたり、ひとりひとり確実にチェックをするよう心がけた。とはいえ、普通のサラリーマンが多く、体型や雰囲気から、ひと目で判断がつくことが多かった。

他にやることがなく、岸川は運ばれてきた料理を黙々と食べた。時折熊谷に呼びかけられ、振り返って確認する。八時前に店内はほぼいっぱいになり、喧噪で引き戸の音が耳につかなくなっていた。

「またきた」

ほぼ食べ終わりかけたとき、熊谷が言った。

振り返って見ると、四、五人の男女が入り口のところに立っていた。仕事帰りの緩んだ顔。ひと目で、このグループに真嶋はいないと判断できた。それでも、ひとりひとりの顔を見る。やはりいないと確認できただけだ。そのグループの背後を通り、四人の学生風が帰っていく。いらっしゃいませとありがとうございましたの声が交錯した。

岸川は顔を戻し、ボウルの底のほうに残っていたレタスをつまんだ。テーブルを片付けるまでお待ちください、と言う店員の声が聞こえた。岸川は梅ハイのグラスに手を伸ばす。ふと、熊谷の顔が目に入った。怪訝な表情をしていた。これまでにない鋭い視線が横に移動していく。

「おい」と熊谷が声をかけたが、岸川はわかっていた。奇妙なことに、熊谷の表情と目つきだけでわかってしまったのだ。あいつがきたと。

岸川は顔を横に向けた。男がふたり、店内を足早に進んでいく。一瞬戸惑ったが、後ろからいく男に目が吸い寄せられた。黒いスーツ。ネクタイは締めていない。少し長めの髪。浅く髪を染めている。サラリーマンであってもおかしくないのかもしれない。しかし、挙動のどこかなのか、服装のどこかなのか、この男は堅気ではないとひと目見て感じ取った。この五日間、何百人と普通のサラリーマンを見続けてきたからわかるのだ。熊谷にもそれがわかった。だから、表情と目つきに表れた。

男は一瞬横顔を晒したが、すぐに後ろ姿になって、遠ざかっていく。それでも、ほぼ間違いないと思う。あいつがきた。

「おい」と熊谷が答えを促すように言った。

岸川は頷いた。「真嶋だ。顔は一瞬しか見えなかったが、まず間違いない」

心臓の鼓動が速くなっていた。再び真嶋に会えた。これからあいつの住居をつきとめにいく。

「やっぱりそうか。――偶然だろうが、すごいタイミングで入ってきた。グループがでていったあと、入り口のところで待っている客の陰から、すっとでてきたんだ。トイレに立つ客と交差して、見逃すところだった。危なかった」

裏の世界の大物は、自然にそういうことができてしまうのだろうか。

前を歩いていた男はトイレに向かう通路を曲がった。真嶋と思われる男は真っ直ぐ奥のカウンターへ進む。カウンターの上のショーケースの陰に隠れ、姿が見えなくなった。

「念のため、もう一度顔を確認しておいたほうがいいでしょう。トイレにでもいくふりをして、いってみます」

「気をつけてくれよ。見つかったら、すべて台なしだ」

サングラスをかけていれば、まず大丈夫だろう。向こうにとってみたら、こっちはとるに足らない存在なのだから。

それでも慎重にタイミングを計った。十分ほどたって、新規のふたりがカウンターに案内され、テーブル席の四人グループが立ち上がって帰り支度を始めた。岸川は、外にいる尾行チームに携帯で指示をだしている熊谷に頷きかけ、立ち上がった。

サンダルをつっかけ、トイレに向かった。テーブルの間を縫うように歩き、壁際の通路にでる。奥のカウンターが見通せた。近づいていき、カウンターに座る客に目を向ける。

真嶋の姿が目に入った。やはり、間違いはなかった。居酒屋の客とは思えない、張りつめたような表情で真嶋は隣に座る男に話しかけていた。連れは、岸川が入店したあとすぐにやってきた男だった。グレーのスーツを着た眼鏡のサラリーマン。横顔を見て、やはり見たことがあるような気がしてきた。六本木でのパーティーにきていたのだろうか。

足を止めず、トイレに続く通路を曲がった。岸川はトイレに入り実際に用を足した。その間に、真嶋の連れが誰なのか思いだした。真嶋と会っていてもとくに不思議ではなく、わかってみれば、どうということもないが、真嶋と繫がりのある人間を知っておけば、あとあと何かの役にたちそうな気はした。熊谷には黙っていようとも思った。

岸川は用を足し終え、トイレの通路を進んだ。壁際の通路にでたとき、一瞬背後を振り返った。たぶん、間違いない。古い記憶をよくも手繰り寄せたと、我ながら感心した。

31

「何もこんなところで会う必要もないのに。気をつけてきたけど、警察につけられていないとは言い切れない」

和幸はカウンターに肘をつき、小声で言った。

「同じ中学なんだから、会ってたっていくらでも言い訳できる。大丈夫だ」

真嶋は気楽な調子で言った。

「ならいいけど」

和幸は正面を向いたまま、ほとんどこちらに顔を向けることがなかった。そうしていれば、偶然隣り合わせたひとり客同士に見えると思っているのかもしれない。臆病なのか、用心深いのか。どちらであっても、和幸が心配しているのは、自分の身ではなく、真嶋のことである気はした。

「なんにしても、さっさと用をすませて、別れたほうがいいだろう」

真嶋はビールのジョッキに口をつけ、和幸の横顔を窺った。

「俺の仕事を手伝ってもらいたいんだ。建治がやっていた仕事を引き継いでもらいたい」

和幸はちらっとこちらを窺い、すぐに顔を戻す。焼酎のグラスを手にしたが、口には運ばない。

「請けてくれるだろ」

「俺にできることなのかな」

「できないことを頼みはしない。金の管理をするだけで、荒っぽいことをする必要はない」

建治がやっていた仕事は、いってみれば金庫番だった。金の流れを把握し、管理する。必要なのは力でも頭でもなく、信用だった。真嶋が信頼できるかどうか、それだけ。

「建治は殺された」和幸がぽつりと言った。

「あれは仕事とは関係がない。そう話したはずだ」

仕事とは直接関係がない。ただ、もともと、建治を平田に接触させたのは真嶋だった。無論、殺されることになるとは、思ってもみなかったが。

「基本的に危険なことはない」

二日前、ドアに銃弾を撃ち込まれたが、あれはレアケースだ。タイミング的にいって、上納金アップを断られた松中が腹いせにやったとは思えない。脅しにもならない無駄な行為をするのは、たぶん講壬会だろう。その後何か言ってくることはなかった。あれで意志を示せたと思っているのだろうか。

「和幸、会社を辞めたんだよな。だったら、何も考える必要はないはずだ。やるだろ」

警察の事情聴取が収まったあと、いづらくなったのか、和幸は勤めていた会社を辞めていた。

和幸はようやくグラスを口に運んだ。喉仏が二回大きく動いた。

「考えさせてくれ」グラスをカウンターに戻すと言った。

「何を考えるんだ。俺が望んでいるんだ。お前はやると言えばいい」

強制しているつもりはなかった。しなくても最終的には断らないと思っていた。そして、この男は裏切らない。

「建治のあとを引き継げるのはお前しかいない。本当にいないんだ」

「二日だけ待ってくれ」

和幸はせっぱつまったように言った。

「女でもいるのか」

「そんなことじゃない。ただ、考えたいんだ。昔のこととか、色々」

「昔のこと？」

どこで間違って、犯罪者の片棒をかつぐはめになったのか、考えようというのだろうか。

俺と出会わなければ、そんなはめにはならなかっただろうと真嶋は思う。しかし、それは後悔してみてもしかたがないほど幼いころの話だった。

真嶋と和幸は通う小学校が違った。初めて会ったのは、小学校三年のとき、近所の公園でだった。とくにきっかけはなかったのだと思う。たまたま居合わせて、一緒に公園で遊んだ。まだ幼稚園に通っていた建治も一緒だった。夕方になって、もう帰る時間だからと和幸は別れを告げた。しかし真嶋はもっと遊びたかった。母親は夜の仕事をしていて、帰ってもひとりでつまらなかった。真嶋がそう話すと、和幸はうちにくればと言ってくれた。真嶋は和幸たちのあとについていった。

和幸のうちは敷地が広く、子供部屋は建物の端にあとから付け足したような感じだった。真嶋は玄関から入らず、子供部屋の窓から上がらせてもらった。親に見つかると、夕飯の時間には帰るように言われるのが経験上わかっていた。夕飯の時間、真嶋はひとりで部屋に隠れていた。食事から戻った和幸が、残りものをもってきてくれたので、ひもじい思いをしないですんだ。マンガを読んだり、話をしたり、夜の九時ごろまでそこで過ごした。

それからときどき、真嶋は子供部屋の窓から、和幸のうちを訪ねるようになった。

あれは、冬の初めだったと思う。夜、寝ていたら、家のなかが騒がしくなって目が覚めた。部屋のなかに男たちがいた。十人はいなかったと思うが、部屋のなかいっぱいにひとがいた。しかもほとんどが裸だった。母親も裸だった。男たちがよってたかって犯していた。

幼いとはいえ三年生の真嶋には、目の前の光景がどういうことなのかわかっていた。わかっていてもどうにもできない。男たちの何人かは背中に墨を入れていた。母親を助けるため、やくざに向かっていくような勇気が子供にあるわけがない。やくざたちは、子供が見ていると笑っていた。残忍な笑みを浮かべながら、代わる代わる母親を犯していた。真嶋は声もだせず、ただ立ちすくんでいた。

いつ外へでたのか、どこを通っていったのか、よく覚えていない。気づいたら和幸の家にきていた。子供部屋の窓を叩いたが、反応はなかった。真嶋は諦めて窓の下でうずくまっていた。裸足《はだし》の足が痛いくらいに冷えていた。三十分くらい寒さに震えていたら、窓が開く音がした。和幸が顔を覗かせた。真嶋が立ち上がると、和幸は小さな悲鳴を上げて凍りついた。

和幸は窓を叩く音で目を覚ましたが、泥棒がやってきたのではないかと怯え、震えていた。時間がたって、もういなくなったのを確認しようと、窓を開けたのだそうだ。

和幸はどうしたのか訊ねたが、真嶋は何も言わなかった。和幸はそれ以上訊かず、泊めて欲しいという頼みを聞き入れた。真嶋は和幸のベッドで一緒に寝た。人肌の温かさが何よりありがたかった。真嶋は和幸に助けられたと思った。和幸が窓を開けてくれなかったら、自分は死んでいただろうと信じていた。寒さのためか、自ら命を絶つのかわからないが、朝までに自分は死ぬのだと思っていた。

翌朝、和幸についてきてもらって団地に帰った。母親は死んでいるのではないかと思っていた。しかし部屋には母親の姿はなかった。その晩はひとりでうちで寝た。朝になったら、母親は帰っていた。普通に朝ご飯を作り、真嶋を学校に送りだした。

その後真嶋はぼんやりと過ごした。あまり記憶がないのだ。ただ、漠然とした疎外感をもっていたのは覚えている。自分はひとと違うというか、人間とは違う気がして、どこにいても、自分がそこに存在することに違和感を覚え、融け込むことができなかった。時折、心が体から離れ、高いところから自分を眺めているように感じることもあった。唯一、落ち着けたのは和幸の家の子供部屋だった。和幸と建治と過ごした時間のいくらかは記憶に残っている。中学三年になって暴走族に入るまで、そんな状態が続いた。

中学に入ってから、あまり和幸の家にはいかなくなった。中三の夏休み前、久しぶりに和幸の家にいった。和幸が席を外しているとき、小学校六年になっていた建治からお兄ちゃんがいじめられているのを見た、助けて欲しいと頼まれた。真嶋は建治の頼みを気軽に聞き入れた。真嶋は和幸に、いじめるやつを殺して欲しいか訊ねた。和幸は殺して欲しいと答えた。真嶋は、デュークスの悪口を言っていきがってるやつがいると、先輩に嘘を言い、仲間を集めて和幸をいじめているやつを襲った。殺しはしなかったが、長時間なぶりものにした。そいつは精神的に不安定になって学校にこなくなった。和幸は自殺も考えるくらい苦にしていたらしく、真嶋に感謝した。真嶋はこれで小学生のときの恩返しができたと思っていたが、和幸はそれ以上のものを感じていたらしい。

真嶋は建治の復讐のため、和幸に危ない橋を渡らせた。曳次組の構成員を買収し、平田の情報を手に入れるよう頼んだが、それを引き受けたのは、建治のためではなく真嶋のためのようだった。

「二日間だけ時間をやる。いい返事をくれ」真嶋は和幸に言って、立ち上がった。

和幸は正面を向いたまま、かすかに頷いた。

32

「やばい、帰るようだ」

奥のカウンターからでてきた真嶋たちを見て、岸川は思わず声を大きくした。

「嘘だろ。まだきてから三十分しかたっていない」熊谷は振り返って見ながら言った。

岸川たちは適当なところで店をでて、外で真嶋がでてくるのを待ちうけるつもりだった。そろそろでようかという話はしていたが、真嶋たちが帰るのはまだ先だと高を括っていた。

真嶋たちがレジの前に立った。

熊谷は外で待機している車両チームに連絡をとり、熊谷たちが間に合わなかった場合、ドライバーが徒歩であとをつけ、ライダーはそのまま待機するように指示をだしていた。

「支払いを頼む。俺は先にいく」

真嶋たちが支払いをすませて外にでると、熊谷は岸川に一万円札を渡した。

岸川も尾行に加わりたかったが、指示をだす熊谷を先にいかせなければしょうがなかった。慌てて靴を履き、岸川はレジに向かった。熊谷は携帯で外の様子を聞きながら、引き戸の前で待機する。

「大丈夫そうだ、俺はいく。外にでたら、一度連絡をくれ」

熊谷はそう言うと、静かに戸を引き、でていった。

「早くしてくれ」

たいした品数も頼んでいないのに、やけに遅く感じた。領収証をもらったほうがいいのだろうとわかっていたが、岸川は頼まなかった。

おつりとレシートをもらって外にでたのは、熊谷に遅れること一分くらいだった。通りを見渡しても、熊谷たちの姿は見えない。携帯電話をかけた。

「表通りにでて、駅のほうに向かっている。電車で移動する可能性もありそうだ」

熊谷がそう言うのを聞きながら、岸川は駆けだしていた。最初の角を曲がり、五十メートルほど進むと表通りにぶつかる。駅のほうに向かって歩道を駆けていくと、熊谷が尾行車両に乗り込もうとしているのが見えた。岸川は全速力で車を目指した。車の後ろに駐まっていたバイクが走りだした。尾行チームのバイクだろう。岸川はガードレールを飛び越え、車道にでた。いまにも走りだしそうな、黒いセダンのトランクをごんごんと叩いた。

後部のドアが開き、「早く乗れ」となかから声が聞こえた。岸川は滑り込むように乗り込む。すぐに車は発進した。

「真嶋は結局、ひとりでタクシーに乗ったよ」熊谷は前方に視線をやりながら言った。「バイクが先行してタクシーを追っている。警察も探偵も、うちの尾行チームにはかなわないよ。夜の尾行は、もう神業だ。つけられていないか神経質になっている人間にだって気づかれない」

熊谷は張り込みのときよりかなり饒舌だった。

ドライバーはヘッドセットをつけ、話しながら運転していた。ライダーと常時連絡をとりながら尾行するのだろう。しばらく進んで、山手通りを左折。新宿方面に向かった。ドライバーは「詰めます」と言ってスピードを上げた。車線変更を繰り返し、先行車を抜いていく。

「斜め前が、対象車です」

黄色いタクシーが走っていた。なかには真嶋が乗っている。タクシーを見つめていた岸川は、ふとおかしなことに気づいた。

「バイクはどこへいったんです」

タクシーの後ろについているはずのバイクの姿がなかった。

「この車の後ろに、いまつきましたよ」ドライバーがからかうような声で言った。

振り返ると、バイクのライトが後方に見えた。まるで忍者だと岸川は感心した。

車とバイクは何度かフォーメーションを入れ替えながら、確実に尾行を続けた。渋谷で国道二四六号に入り、用賀方面に進んだ。三軒茶屋の表示を見て、世田谷区内にいるのだと岸川は知った。かつて暮らした烏山も同じ世田谷区だが、このあたりはほとんどなじみがなかった。

世田谷通りに入り、一車線になった。車間をあけて岸川たちの車が対象車の後ろについていた。バイクはその後ろにいる。フォーメーションの入れ替えはできないから、ドライバーがマイクに向かって話すことは少なくなった。静かな車内にどことなく緊張感が漂う。

東急世田谷線の上町駅を過ぎると、タクシーは世田谷通りをそれ、住宅街に入った。岸川たちの車もあとに続いた。岸川はちらっと後方を窺った。当然ついてきていると思ったバイクの姿がなく、焦った。しかし、よく見るとしっかりあとをついてきていた。ライトを消しているだけだった。

「こっからは、きついですよ。このへんは一方通行も多いし」

きつい、という割には楽しそうにドライバーは言った。熊谷が、慎重にと声をかけた。

しかし、本当にきつかったようだ。タクシーが左折して、岸川たちもそのあとに続いて左折した。前方に見えてきたタクシーが、右のウィンカーをだしているのを確認して、ドライバーはあっさり音を上げた。

「もうだめだ。二回続けて曲がったら警戒される。あとはバイクに任せるしかない」

西さんよろしく、とマイクに向かって言いながら、車を直進させた。

岸川は振り返り、後方の暗闇に目を凝らした。ライトを消したままのバイクが、ゆっくり右折するのが見えた。

「大丈夫だろ。こんな入り組んだところに入ってくるんだから、目的地はもう近いはずだ」

熊谷が言った。きっと願望を含めての言葉だろう。

「真嶋のうちならいいですけどね。誰かを訪ねてきた可能性もあるわけですよね」

岸川が言うと、熊谷はまた「大丈夫」と頷いた。

「入ったところがわかれば、このまま張り込んで家がわかるまであとをつける。暑くもなく、寒くもなく、張り込むにはいい時期だ」

岸川は口元を緩めて頷いた。

車は次の角で右折した。ドライバーは、タクシーがいった道にでようとしているのだろう。

「タクシーがハザードをだして停まったそうです」

ドライバーはそう言うと、車を路肩に停めた。

熊谷が前に乗りだして訊いた。「バイクはどうしてるんだ」

「ライトを消していたんで、後方に停めて窺っているようです」

ライトを消したまま通り過ぎても、突然ライトをつけても怪しまれる。そうするしかないのだろう。

「真嶋がでてきたようです。もともとの進行方向に向かって歩いていくそうです。家の前に停めたんじゃないんですかね。――いや、タクシーのほうに戻ってくるそうです」

熊谷はさらに身を乗りだした。

「何か忘れ物でもしたか」

「いや、真嶋はタクシーに再び乗り込んだみたいです。やばっ――また、動きだしたって」

「チキショウ」熊谷はバックレストを拳で叩いた。

「どうします。またあとをつけますか。西が指示を求めてます」

「いや、いい。ここで終わりだ」

「どうして」

岸川は思わず叫んだ。ここまできて諦めるのは口惜しすぎる。

「尾行がばれてるなら、あとをつけても無駄だ。次の機会を待ったほうがいい」

次の機会なんてあるのだろうか。岸川もシートに拳を打ちつけた。

33

「お前、なんで何も言わないんだ」

真嶋が突然言うと、本間と日枝がこちらを向いた。

ふたりは額をつきあわせて今月のノルマの達成具合を確認していた。顔を上げた本間は、首を捻って問いかけるような目で見た。日枝は無表情で、ただこちらに視線を向けている。自分に投げかけられた言葉だとわかっているようだ。

「上納金の値上げを突っぱねたことは聞いてるんだろ。なんで何も言わない」

一昨日、上納金のマネーロンダリングを行なった。日枝は真嶋に指示されるまま、送金の手続きをした。逆らうことはなかった。

「何を言えばいいんでしょう。私には思い浮かびませんが」

「何か言えなんて言ってねえよ。松中さんとどういう話をしたか、遠回しに訊いてんだ」

真嶋は苛立ちを募らせ、声を荒らげた。

「とくに話というほどのことは何も。ただ、そういう事実を私は伝えられただけです」

「何も指示がなかったということか。じゃあ、指示があったらどうしたんだ。六割を送金しろと言われたら、お前はそれに従ってやるんだろ」

日枝は答えない。冷ややかな視線を向けるだけ。何を当たり前のことを訊くのかと、その目は語っている。真嶋自身、当たり前、と思っていた。

「真嶋さん、日枝さんに言ってもしかたがないことじゃないすかね」本間が目尻を下げて言う。なんでみんなわかりきったことしか言わないのだ。真嶋は手元の書類を握り潰し、本間に投げつけた。額に受けた本間は、大袈裟に顔をしかめて見せた。

日枝が松中の指示で動いているのは最初からわかっている。それについて、真嶋はどうとも思っていなかった。ただ、黙々と仕事をする日枝を見ていたら、無性に苛ついただけだった。

真嶋はデスクの上のカップをもって立ち上がり、コーヒーメーカーに向かった。

昨晩は新宿のホテルに泊まった。朝は尾行がついていないか確認するため、新宿から赤坂まで、車で一時間以上もかけた。タクシーも一度乗り換えている。

昨夜、マンションの近くでタクシーを降りたとき、後方にバイクに跨る人影を見つけた。それが尾行だったのか確信はなかったが、真嶋は念のため、マンションへは戻らなかった。

もしあれが尾行だったとしても、自分のマンションから少し離れたところで降りているから、どこに住んでいるかは特定できないはずだ。あのあたりはいくつもマンションが立ち並んでいる。それでも、あんな近くまでついてこられたら、心穏やかではいられなかった。

誰の差し金だ、と考えてみたところでしかたがない。尾行だったのかどうか、はっきりしないところが、何より苛つかせる。いずれにしても、近いうちに、あのマンションは引き払わなくてはならないと考えていた。

オフィスの空気は悪くなったが、これしきで仕事が手につかなくなるふたりではなかった。そんな柔では務まらない仕事でもあった。

真嶋は和幸のことを思い浮かべた。警察の取り調べに耐え抜いたあいつなら、ここでもやっていけるだろう。感情を表にださないところは日枝に似ている、とあらためて思った。明日、明後日には返事を寄越す。断ることはないだろうと相変わらず疑っていなかった。

早く仕事を始めてもらわなければ、本当に手が回らない。真嶋は席に戻り、振り込め詐欺の各ユニットのリーダーたちに、ミーティングをしらせるメールを送った。

正午を過ぎ、そろそろ昼飯にでもいこうかと考えていたとき、携帯が着信をしらせた。着信画面を見ると、講壬会の鷲美からだった。

「どちらさま？」わかっていながらそう訊いた。

気勢をそがれたのか、ひと呼吸おいてから、「鷲見だ」とぶっきらぼうな声が聞こえた。

「お久しぶりですね。死んでるんじゃないかと心配しましたよ」

「ふざけんな。くだらない話につきあってる暇はない。用件だけ言う」

向こうも自分と同じくらい苛立っているのだと声から察して真嶋の気分は多少上向いた。切らずに聞いてやろうと思った。

「急に金が必要になった。七千万円用意しろ。それで貸しはちゃらにしてやるからありがたく思え。今日、明日中に用意できるな」

「用意はできますよ」

もちろん払う気などない。それにしても、前回の提示からいっきに半額近くにまで下がった。講壬会もそうとう金に困っているようだ。

「払うんだな」鷲美はゆっくりと窺うように言った。

「わかったよ。払えばいいんだろ」真嶋は突然気を変え、用意していたのとは反対の答えを言った。

「今日の四時にオフィスに取りにきてくれ。それまでに用意しておく」

「詫びの金を取りにこいと言うのかよ」

「やくざのしきたりなんて俺には関係ない。とにかく金は用意しておく。金が欲しくないなら、好きなようにすればいい」

何を迷っているのか鷲美は沈黙を作る。言葉を促してやろうと、真嶋は口を開いた。

「あと、鷲美さん、あんたひとりで取りにきてくれ。お供を連れてきたら、金は渡さない」

「お前、図に乗んなよ。あれこれ条件つけられる立場じゃねえのがわかんねえのかよ」

「ひとりで取りにくるのが、条件というほどのものなんですかね。ここへひとりでくるのがそれほど怖いんですか。暴走族あがりの堅気を恐れるやくざなんていないと思っていましたよ」

唸るような声を発してまた沈黙を作る。しかし今度は鷲美のほうから口を開いた。

「わかった。俺が取りにいく。もし金を用意していなかったら、そこで話は終わりだ。お前も終わり。よく頭に刻みつけておけ」

「大丈夫。金は用意しておく」

鷲美は何も言わず、電話を切った。

「大丈夫ですか」

携帯を耳から離すと本間が訊いてきた。

「ああ。こっちのことは心配しなくていい。仕事を続けろ」

本間は頷くと、パソコンに目を戻した。もの言わぬ目を向けていた日枝も、デスクに視線を落とす。

真嶋はポーターの沢井に電話をかけた。

「俺だ。金庫を回って七千万かき集めてきてくれ」

日枝が顔を上げた。珍しく驚いたような表情でこちらを見ていた。


鷲美は四時ちょうどにやってきた。ドアを開けた沢井を見て、険しい顔を作った。

真嶋は笑顔で迎え入れてやった。

「よくきたな。金は用意してあるよ。さあ、どうぞ」

真嶋は部屋の奥のほうを手で指し示した。真嶋のデスクの上に、札束が積んである。

鷲美は奥に足を進めた。

沢井が廊下を覗き込んでからドアを閉めた。ロックをかける。

「どうする。一枚一枚かぞえていくか」

「いやいい。束は百万ずつだな」

輪ゴムでまとめた、くたびれた札束。真嶋はそうだと答えた。

「ああ、まだ金には、さわんないでもらえるかな」

鷲美は伸ばしかけた手を素直に止めた。振り返って、背後に立つ真嶋に目を向ける。沢井が真嶋の横にやってきた。

本間と日枝は外にでていて、オフィスにいるのは三人だけだった。

「お金をください、と頭を下げろよ。汗水垂らして稼いだ金を渡すんだ。それぐらいの礼儀は必要だ。

お金をください。このお金が欲しいんです、と言ってみろ」

「図に乗るなと言ったのが、わかってないようだな。俺が無事に金をもって帰らなきゃ、お前、ほんとに終わりだぜ」鷲美は低く抑えた声で言った。「ここのドア、なんだか小さな穴が開いていたな。お前も、自分の体に穴が開かないように、気をつけたほうがいいぞ」

真嶋は無言で、にやける鷲美を見つめた。

鷲美はふっと笑みを消した。沈黙を了解の印ととったのだろう。勝手に頷き、背を向ける。札束に手を伸ばした。

「誰がさわっていいって言ったんだよ！」

真嶋は足の裏で鷲美の腰を蹴り飛ばした。

デスクに腰をぶつけた鷲美は、札束に覆い被さるように倒れ込んだ。

「てめえ」

鷲美はすぐさまデスクに手をつき、体を起こした。振り向いた顔は怒りに歪んでいた。

「ふざけやがって、このガキ」

「お前がふざけてんだよ」

沢井は言うやいなや、鷲美の顔に拳を叩きつけた。

デスクに倒れ込んだ鷲美は、ずるっと床に滑り落ちた。尻もちをつき、横様に倒れ込んだ。

「ひとのオフィスにやってきて、ほんと失礼なやつだ」沢井はすっきりした顔で言った。

「おい、伸びてんじゃねえよ」

真嶋は爪先で鷲美の肩を小突いた。

軽い脳震盪だろう。目はしっかり開いているが、反応は薄い。これでは面白みがない。

真嶋は鷲美の顔を靴で踏みつけた。

「さあ、しっかり目を覚ませ。金を取りにきたんじゃねえのか」

じりじりと力を込めて押し潰す。鷲美の手が、真嶋の足首を掴んだ。くぐもった声を響かせた。

真嶋は足を上げ、鷲美の手を振り払った。そのままいっきに踵《かかと》から踏み込む。顔の中心にめり込んだ。鷲美の悲鳴が上がった。

「苛々させんなよ。さっさと挨拶すませて、帰んな」

腹につま先を蹴り込んだ。顔を押さえていた鷲美は、体をくの字に折り曲げ、のたうち回る。

真嶋は容赦なく蹴りつける。時折、顔を踏みつけた。

「もう、やめてくれ」

靴の下から声が聞こえた。

「こっちだって、やめてぇんだよ。お前が挨拶しないから、なかなか終わりにできないんだ」

「お金をください」

ひび割れた声がした。

「聞こえたか」真嶋は沢井を振り向く。

「全然聞こえないっすね」

「ほら、もっと大きい声だせよ」

鷲美の顔を踏みにじる。

「お金をください」

やけになったような声が響いた。

「他に言うことないのかよ」

体を蹴りつける。

「お金が欲しいんです」

「続けて言え」

「五十回くらい言ってもらっても、いいんじゃないんすか」

「いや、百回だ」

真嶋が言うと、沢井がにやりとした。

「いいかげんにしてくれ。一回言えば充分だろ」

鷲美の諭すような声。

「このおっさん、まったくわかってないようですね。一本ずつ指でも折っていきますか」

「そうしてくれるか」

真嶋は鷲美に馬乗りになった。沢井が傍らにしゃがみ込む。膝で鷲美の頭をがっちり押さえ込んだ。

「わかった、やめてくれ。言うから。お金をください。お金が欲しいんです。お金をください。お金が欲しいんです」

「お金が欲しいんでちゅ、じゃなかったでしたっけ」

「だよな」

「間違うんじゃねえよ」

沢井が腕を摑み、ぎゅっと握った鷲美の拳を開きにかかる。

「やめてくれ」

沢井はどうにか手を開かせ、人差し指を摑んだ。

でちゅという言葉が聞こえた気がしたが、すぐに絶叫にかき消された。

34

烏山で加村望と早めの夕飯を食べた。

中華の店をでて険悪な雰囲気になったのは、岸川が時間がないのでここで別れようと言ったからだった。加村は、食事だけだとわかっていたら、会う気などなかったと、人目も気にせず声を荒らげた。

岸川は路地に引っぱり込み、なだめるつもりで加村の尻に手を回してみたが、断固たる態度で拒否された。加村は乱暴に手を払い、すたすたと歩きだした。

今日は食事をおごってもらったが、それればかりでなく、金も借りるつもりでいたのに、これでは無理だ。遠ざかる加村から目を離し、駅へ向かった。

千歳烏山から京王線に乗り、下高井戸で東急世田谷線に乗り換えた。子供のころに何度か乗ったことがある世田谷線は、昔懐かしいちんちん電車の風情だった記憶があるが、久しぶりに乗ってみると、外国のトラムみたいな、カラフルでモダンな車両になっていた。十分ほどで上町に着き、下車した。

駅前を右手に進むとすぐに閑静な住宅街に入った。岸川は昨晩の記憶を頼りに進んでいく。日が沈むのがめっきり早くなり、まだ七時前なのに、あたりはすっかり闇に包まれていた。

昨日の記憶とはいえ、夜に車で一度通ったきりの道筋を辿るのは難しかった。一方通行が多く、遠回りしなければならなかったからなおさらだった。どうにか、真嶋がいったんタクシーから降りたと思われる道に辿り着いた。岸川たちが尾行を諦めたあと、真嶋の乗ったタクシーは、角を曲がってから最初に現れるマンションの前で停まったと聞いていた。角から五十メートルほど進んだところに、茶色いタイル張りのマンションが立っていた。ここが真嶋が降りた地点なのだろう。

しかし真嶋はこのマンションへは入らず、いったん道の先へ進んでから引き返してきたという。岸川はそのまま進行方向に足を進めた。

茶色のマンションの二軒先もマンションだった。その先は突き当たりでT字路になっており、右にいっても、左にいっても、近いところにマンションがあった。真嶋がマンションに住んでいるとは限らないのだが、なんとなく、一軒家ではなくマンション住まいである気がした。少なくとも、これまで歩いてきたところに、真嶋という表札が掲げられた家は見あたらなかった。

真嶋が住んでいるのがマンションであれ、戸建てであれ、それを確認するには、このあたりで張り込むしかなかった。運よく真嶋が徒歩で通りかかれば、どこへ入っていくか確認することもできるだろう。あくまで、運がよければの話だ。

岸川は、しばらく住宅街をぐるぐる回ってから、駅のほうへと戻っていった。

今日の昼、週刊ラストの熊谷と電話で話した。この住宅街で張り込みをし、真嶋の住んでいるところを突き止めるので、臨時の記者として雇ってくれないかと頼み込んだ。結果は鼻で笑われて終わりだった。岸川自身も最初から望みは薄いとわかっていた。

昨日までは居酒屋で張り込みをし、とりあえず、無給でも食べるのには困らなかった。しかし、今日からはそうはいかない。早いところ働き口を見つけなければならないとわかっているのだが、岸川はこのまま真嶋の住まいを探りだしたかった。あと少しのところまできているのだと思うと、どうにもがまんができなかった。それで、張り込みをして金までもらえればと虫のいいことを考え、熊谷に連絡をとってみたのだ。

臨時雇いは断られたが、熊谷は張り込み用に自分の車を貸してやろうと申し出てくれた。もちろん、真嶋の住まいがわかったら熊谷にも教えることを条件にだ。実際に見つけた場合、教えるか教えないかは、こちらの気持ちしだいでどうにでもなる。岸川はふたつ返事で承諾した。

熊谷とは上町の駅前で落ち合うことになっていた。待ち合わせ時間の八時に二十分遅れて熊谷は現れた。車はプリウスだった。

鍵を渡した熊谷は、大事に乗ってくれなどとみみっちいことは言わなかった。時間がかかってもいいから、慎重になと激励をもらった。このひとなら大丈夫だと思い、金を貸して欲しいと頼んだ。熊谷は渋々といった感じで、財布から一万円札を抜き取り差しだした。たぶん次はないだろう。

ある意味、時間との勝負だった。金が尽きるか、真嶋の住まいを見つけるか。時間などかけている余裕はない。見つけることが優先で、慎重に、などという心構えは頭の片隅に追いやられる。

運がよければ見つけだせると、先ほどは否定的に考えたが、がむしゃらに突き進めば、運さえ呼び込めるような気がしていた。

どうしてそこまで真嶋を追い詰めたいと思えるのか、自分でもよくわからなくなっていたが、岸川は必死だった。

35

ほんとにどうでもいいことだった。学校で過ごす時間など、自分の生活のなかではとるに足らないものになっているのだから。

それでも、これはひとつの勝利と呼べるもので、月子の心を一段と輝かせ、強くした。

昨日の帰りがけ、教室をでるとき、茜と舞に呼び止められた。明日、撮影なんだって、がんばってねと笑顔で言われた。もちろん、少し強ばったような、作りものの笑みだったけれど、けっして、からかうようなものではなかった。

月子はどう反応したらいいかわからなかった。とりあえず、無難にありがとうと言って立ち去ろうとしたら、応援してるよと返ってきた。むず痒《がゆ》いし、ある意味怖いと感じながら、月子は逃げるように教室をでた。

声をかける前、ふたりがどんな会話をしていたか、月子には想像ができた。あの子もがんばってるから許してあげよっか。たぶん、そんなことを話したはずだ。本心では、ただクラスの時流に乗り遅れるのが怖いだけで、まだ月子のことをいじめ足りないと思っているはずだ。薄ら寒いのは、友達同士なのに、本心を隠していい子ぶっていること。しかも、互いに相手の心はわかっているのに。月子としては、醜さを残しておいてくれてうれしかったけれど。

そんなことがあったからではないが、今日の撮影はうまくいった。恵比寿のビルのなかにある貸しスタジオはパリのアパルトマン風で月子の好み。気分は最初から盛り上がった。

初めての撮影とは思えないねというカメラマンの言葉は、ただのお世辞と思いながらも、実をいえば自分でも、レッスンのときより硬さがなくて、なかなか堂々としていると思っていた。途中、どんな風に写っているのか確認させてもらったら、そこには見知らぬ自分がいた。しなやかで奔放で強そうな少女。正直、自分でも嫌いではなかった。最後に、また機会があったらぜひにと、クライアントからも、カメラマンからも言われた。

スタジオをでたのは予定よりだいぶ遅れて七時近くになっていたが、時間的にはちょうどよかった。浜中愛が初仕事の打ち上げをやろうと誘ってくれていた。いつもの六本木のカラオケルームで七時に待ち合わせ。面子《メンツ》は適当に集めておくと言っていた。スポンサーとして北林もやってくるそうだ。

地下鉄で六本木にでた。六本木通りを西麻布方向に進んだ。六本木ヒルズの前まできたとき、「月子ちゃん」と声をかけられた。月子は足を止めて声がしたほうを見た。

六本木ヒルズのほうからひとが群れをなして押し寄せてくる。瞬時に声の主がわからなかった。ベージュのスーツの男が手を上げた。クラッチバッグを小脇に抱えて近づいてくる。

「わあ、吉井さん」月子は声を弾ませて言った。

吉井は月子の前にきて、透明感のある笑みを見せた。

「ちょっと感じが違ったから、人違いだったらどうしようと思ったけど、よかった、本人で」

メイクは落としていたが、ヘアスタイルは撮影のときのままだったから、違って見えても不思議ではなかった。

「もしかして吉井さんも、カラオケにいくところですか。浜中さんに誘われたんですね」

「いや、違うよ。いまそこでひとと会ってきたんだ。仕事でね。——そうか、月子ちゃんはカラオケにいくところなのか」

吉井がそう言ったあと、沈黙ができた。

月子は吉井をカラオケに誘おうかどうか考えていた。まだ仕事は終わっていないのだろうか。

月子が「あの」と言うのと、吉井が「ねえ」と口にしたのが同時だった。

「何？」と吉井が苦笑しながら訊ねた。

「いえ、いいんです。なんですか、吉井さん」

吉井は頷くと、顔を少し近づけてきた。

「カラオケ、すっぽかしちゃおうよ。僕さ、これから面白いところにいくんだけど、一緒にいこう。絶対に月子ちゃんも好きだと思うな」

「えー、なんですか」

「いこう」

吉井はそう言って月子の腕を摑んだ。強引ではあるけれど、不快な感じはしない。腕を摑む吉井の手は、あくまでも繊細だった。

腕を引かれると、足がすっと前にでた。

実をいえば、浜中に誘われたとき、またカラオケか、と思ったのだ。つまらないわけではないけれど、三回続けてとなるとわくわく感はない。それより、吉井が言う「面白いところ」のほうが、ずっとわくわくさせられる。不良少女を目指せと言った浜中なら、この気まぐれを許してくれるだろう。

「どこへいくんですか」

月子は早足で歩きながら訊ねた。吉井はまだ月子の手を引いていた。

「ついてからのお楽しみだ」

それはある意味、月子の望んでいた答えだった。わくわく感をいたずらに高まらせながら、吉井のあとを歩いた。


まるで工事現場のなかで、猛獣たちが合唱しているような騒がしさだった。騒音と紙一重か、騒音そのものといえる音の塊が、耳に突き刺さるように飛んでくる。時折内臓にまで音が響いた。

電子的に歪ませ、増幅させたトランペットの叫び。コンクリートを砕くドリルを模したようなキーボードの轟音。その背後でドラムの音だけが、場違いに精緻なリズムを刻んでいた。

月子はステージに見入っていた。暗い店内にぽっかり浮かび上がるエネルギーの集合体。好きとか嫌いとかの判断も許さないくらい、暴力的な音が頭を鷲摑みにする。

「こんな音楽があるんですね」

狭いボックスシートで肩を寄せ合うように座る、吉井に言った。

「まあ、ジャズなんだけど、実験音楽とかノイズミュージックとかに近いのかな。けっして新しいものではなくて、三十年くらい前には実験をやりつくして、いまではあまりやるひともいないんだろうね。マニアックな音楽だよ」吉井はステージのほうに目を向けたまま言った。「どう？　大丈夫、退屈じゃない？」

月子は首を横に振った。

「音楽としては好きとはいえないですけど、パフォーマンスとしてすごく圧倒されます」

家でこのCDを聴きたいとは思わない。けれど、この場所で聴くと催眠術にでもかかったように惹きつけられる。何かとてつもない体験をしているような気になるのだ。

月子が連れてこられたのは、御茶ノ水にあるジャズバーだった。ライブがないときはレストランとして営業しているらしく、バーといわれてイメージするものよりかなり広い。それでも店内は客でいっぱいだった。四、五十代の男性が多い。煙草の煙が立ちこめる薄暗いフロアーは、ステージにエネルギーを吸い取られたように妙に気怠《けだる》く、不思議な空気だった。

「僕も月子ちゃんと同じだよ。この手の音楽を積極的に聴くほうじゃない。でも、生でこういう音を浴びていると、細胞が活性化されていくような気分になるときがある。それが続くと、どこか別の次元に魂が飛んでいってしまったような感覚までいくこともあるんだ。そんなライブ体験がしたくて、ときどき聴きにくるんだ」

トランペットが象の雄叫《おたけ》びのような音を響かせていた。吉井は月子の耳元で声を発した。

「私もそういう体験してみたいです」

フロアーの不思議な空気はそういうことなのかもしれない。みんな魂が飛んでいってしまった状態だから、ライブにありがちな熱が感じられないのではないかと月子は想像した。実験音楽とは、あくまで音楽的なもので、宗教や精神世界とは本来関係がないはずだが、このライブの楽しみ方は、それに近いものであるような気がした。

吉井が口に人差し指を立てた。水割りの入ったグラスをもち、月子のグラスに軽く当てる。それが終わると、今度は人差し指をステージのほうに向けた。黙って、お酒を飲みながら、ステージに集中しろ。そうすれば、自分が体験したような感覚が得られる、と吉井は伝えているようだった。

月子はそのアドバイスに従った。グラスを手にし、喉を鳴らして半分ほど空けた。ステージに目を向け、意識を集中させた。

どのくらい時間がたったのか。たぶん、二、三分だと思うが、それがはっきりわからないくらい集中していたとき、吉井が声をかけてきた。

「月子ちゃん」

月子ははっとして振り向いた。頬と頬が触れそうなほど、吉井の顔が近くにあってどぎまぎした。

「魂を飛ばしたいんだったら、もっと簡単な方法があるんだ。その方法なら魂が飛ぶだけじゃなく、この音を目で見ることもできる。興味ないかい？　このすさまじい音を見ることができるんだよ」

「もちろん興味はありますけど、どういう方法なんですか」月子は少し不安になりながら訊ねた。

音が見える。それはまともな状態ではないし、しかもこの音であるなら、綺麗なもののはずがない。しかし、それだけに興味をそそられた。

「心配することはないよ。安全なものなんだ」

吉井はそう言いながらジャケットのポケットから何か取りだした。手をテーブルの上に置いて開くと、小さく丸められたアルミホイルが乗っていた。

月子の視線は、アルミホイルと吉井の顔の間を慌ただしくいったりきたりした。

それがなんであるか想像はついた。吉井がアルミホイルを開くと、想像どおりのものが現れた。

白い錠剤のようなものが三粒入っていた。

「これを飲めば、このライブが何倍も有意義なものになる。習慣性とかはないから、心配はいらないよ。無理には勧めないけど、月子ちゃんには一度経験してもらいたいと思うんだ」

月子は白い粒に視線を据えていた。

煙草を取り上げた吉井が、悪いものを勧めるとは思えなかった。なんでも体験してみたほうがいいという吉井の言葉ももっともだと思う。しかし、それがいまなのかどうかが、月子にはわからなかった。

たった一度と考えれば、それほどの罪悪感はなかった。酒や煙草に手をだすのと違いはないはずだ。矛盾しているなと自分で思った。罪悪感がないなら、何を躊躇しているのだろう。あとならよくて、いまならだめな理由など考えても浮かばなかった。

気にしているのは、父親のことだろうか。月子はそう考え、最初から目の前にぶら下がっていた答えにようやく気づいたような、苛立ちを覚えた。

吉井の手が動くのを視界の隅で捉えた。視線を上げると、吉井は水割り用の水を自分のグラスに注いでいた。それが終わると、月子のグラスにも水を足した。

「本当に危ないものじゃないんだ」

吉井はそう言うと、錠剤を一粒つまみ、口のなかに入れた。水割りで、それを飲み下した。

月子はフロアーのほうに目を向けた。月子たちがいるのは、ステージから見ていちばん後方のボックス席で、こちらに目を向けている客は誰もいない。

また、アルミホイルに視線を落とした。自分は父親のことなど気にしているのだろうか。月子はそればかり考え、飲むか飲まないかは何も考えていなかった。

「今日はやめておこうか」

吉井の手が伸びてきた。月子は反射的に吉井の手を押さえた。ためらう余裕を自分に与えず、白い粒をひとつつまみ、口に放り込んだ。

薄い水割りで喉の奥に流し込む。舌の上に残った苦みを消そうと、もうひとくち口に含んだ。

吉井は大きく頷き、微笑んだ。「さあ、楽しもう」

月子はそれに応えるように笑みを浮かべた。

あのときと一緒だ。茜と舞にがんばってねと言われたときと同じような気持ち。小さな勝利に、心を強くした。

36

飯田橋の駅を通り過ぎ、しばらく進むとタクシーは左折した。

「このすぐ突き当たりが、ホテルメトロポリタンエドモントです」

タクシーの運転手が、つっかえながらホテル名を言った。

背後を窺っていた真嶋は、前方に目を向けた。道の先にホテルらしき建物が見えていた。

「このへんでいい。降ろしてくれ」

運転手はハザードランプを点灯させ、すぐに路肩に停めた。

支払いをすませ、真嶋は車を降りた。オフィスビルに挟まれた道は、午後九時を過ぎ、車の往来も人通りもほとんど絶えていた。タクシーが左折したあと、この道に入ってきた車はまだない。

約束の時間を過ぎていた。真嶋は早足でホテルのほうへ向かった。

ホテルの前の道もやはり人や車の往来は少ない。ホテルの向かい側の歩道にしばらく佇んでいると、右手から車がやってくるのが見えた。

近くまでくると、スピードを落とした。ヘッドライトがゆっくりと近づいてくる。シルバーのＢＭＷが真嶋の前で停まった。運転席のサイドウィンドウが半分開いていた。高垣がこちらに顔を向け、「待たせた」と小気味のいい声を響かせた。

「いまきたところだ」真嶋は少し腰を屈めて言った。「スパイ映画の見過ぎか。なんでこんなところで待ち合わせなんだ」

「最近は俺も人気みたいでね、ひとから見られてると感じることがある。用心に越したことはないだろ。――さあ、乗ってくれ」

真嶋は車道に下り、助手席に回った。真嶋が乗り込むと、すぐに高垣は車を発進させた。

「ひとりでほっつき歩いていて大丈夫なのか。てっきり沢井あたりをお供に連れてくるのかと思った」

「大丈夫だろ。俺の首に賞金でもかかってるのか。まあ念のため、今日はオフィスには顔をださなかったけどな」

高垣はちらっと、こちらに視線を寄越した。どういう意味か、冷たい視線だった。

「どうだ、自分から大きい波風立てて、満足か。どう乗りこなそうか、わくわくしてるのか」

「わくわくなんてするか。だいたい波風なんて立てた覚えはない。波紋ぐらいは立ったかもしれないが、自然に収まるもんだろ」

車は信号待ちで停まった。高垣はふーっとあからさまに溜息をつき、真嶋に顔を向けた。

「なあ、講壬会に詫びを入れにいったほうがいい。向こうは怒り狂ってる。自然に収まるなんてあり得ない。俺が橋渡しをするから」

「誰かに頼まれてきたのか」

講壬会も高垣が所属する縄出組も同じ甲統会系だった。

「いや、俺が勝手に動いてるだけだ。いまのお前の立場はわかってる。後ろ盾が機能していないはずだ。例の件で警察も動いているし、穏便にすませたほうが――」

「だったら断る。頼まれたわけじゃないなら、お前の顔を潰す心配もないからな」

完全に自分の意思だけできているわけではないだろう。上のほうから何か耳打ちされているはずだ。でなければ、松中との微妙な関係を知っているはずはない。

「そもそも詫びを入れにいく必要性なんてあるのか。俺はすでに落とし前をつけている。七千万払ったんだからな」

「それはもともと払う金だったんだろ」

「もともと払う気なんてなかったよ。鷲美をぼこぼこにしたから、その詫びを兼ねて金をもたせてやった。向こうの面子を立ててやったつもりだ。せいぜい骨の十本も折れたぐらいだろ。それで七千万は、いい稼ぎだと思うがな」

「そんな話は、向こうには通用しない」高垣は呆れ顔で言った。

通用しようがしまいが、真嶋が金を渡したのはそういう意味だった。苛々を解消するために、七千万円を使った。別にそれを惜しいとは思わないが、ばからしいとは思っていた。

「それに、まだ七千万円残ってるんだろ」

「なんだって？」

高垣は車を発進させた。右折して目白通りに入ると、またすぐ赤信号で停まった。

「払うはずの金をまだ半分ぐらいしか渡してないんだろ」

「なるほどね」

そう言って笑みを浮かべる真嶋を、高垣は怪訝な目で見つめた。

いったん金を渡せば、やくざはとことん食らいついて金をしゃぶり取ろうとするもの。おまけに、暴力沙汰の因縁があるとなれば、そこを突いてこないはずはない。講壬会の主張はやくざとして当たり前のことだ。

当然そう言ってくるな、と納得はするものの、腹の底からふつふつと怒りが沸き上がるのを感じた。

「なあ真嶋、このまま収まることは絶対ないぞ」

「俺を脅すのか」

真嶋は眉をひそめ、睨めつける。口元に笑みを浮かべた。

「事実を言っているだけだ」高垣は生真面目な顔で答える。

「まさか戦争をする気はないんだろ」

「落としどころは探るさ」

武蔵野連合はやくざに屈しない。伝説のように語られる言葉だが、事実でもあり嘘でもある。やくざとぶつかったとき、最初からしっぽ巻いて逃げることはない。かといって、報復合戦を繰り返し、つっぱり続けるわけでもない。たいてい、誰かを間に立てて和解している。真嶋も、後輩のために松中に仲裁を頼んだり、和解金を用意してやったことが何度かあった。

今回は松中を頼ることはできないし、いまのところ和解する気はなかった。相手の出方を見て、落としどころを探るつもりでいた。戦争をする気がないというのは、向こうにその気がないだろうと踏んでいるだけで、もししかけてくるなら受けて立つ心づもりはあった。

「もし戦争になったら、お前はどっちにつくんだ」

信号が青に変わり、高垣は車を発進させた。左折して外堀通りに入る。べつにどこかに向かっているわけでもないだろう。高垣は、ただ話がしたいと言って真嶋を呼びだした。

「どっちにつくんだ」真嶋は再び訊いた。

「勘違いしてないか。これはよその組の問題だ」高垣は正面を向いたまま言った。

運転教則本のドライビングポジションそのままに、背筋を伸ばしてハンドルを握る姿は、どこか嘘くさかった。

「ただ、同じ系列だ。俺が講壬会を直接攻撃することはあり得ない」

じゃあ、武蔵野連合の仲間たちを攻撃することはあるのか、とは訊ねなかった。

真嶋は、河原で族の先輩をめったうちにする少年の姿を頭に浮かべていた。


新宿御苑のあたりで車を降りた。

携帯を取りだして見ると、着信ありの表示がでていた。真嶋は和幸からだろうと当たりをつけた。今日あたり返事を寄越すと思ったが、まだ連絡はなかった。

着信履歴を開いてみると、Ｆのマネージャー、石黒がかけてきたようだ。

今日がFの再開の日。午前中から石黒と何度となく連絡をとり合っていた。

石黒の番号に発信させると、ほどなく繋がった。

「何かあったか」

「いえ、順調にオープンしたことを報告しようと思っただけです。先ほど川尻さんが入りました」

今日のゲストは三人だけ。川尻のほかは弁護士の三木に外資系コンサルファームに勤める日下部《くさかべ》。日下部は民自党幹事長のばか息子で、いずれは政界に進出することが既定路線となっている。

「そうか、よかった。挨拶にいけないことを詫びといてくれ」

講壬会とのこともあるし、用心してFにはしばらく立ち寄らないことにしていた。

「了解です。とくに問題はないと思います。川尻さん、最初からかなりはしゃいでいましたから」

電話の向こうで、鼻で笑うような音が聞こえた。

「ただ、部屋に案内するとき、ちょっとしたリクエストをいただきました。もうちょっとすれていない子がいたらうれしいと」

「すれてない子？」真嶋は思わず口にし、苦笑した。「随時新人を投入していくので、ご期待くださいと伝えておいてくれ」

真嶋から見て、Fの子がすれているとは思えないのだが、客の好みは尊重する。すでに川尻好みの子は調達できていると聞いていた。調教が終わりしだいFデビューとなるはずだ。

石黒との通話を切り、真嶋は柿崎亮《かきざきりょう》に電話をかけた。柿崎は武蔵野連合の後輩で調査会社を経営している。会社を立ち上げる際、真嶋はいくらか資金を提供してやっていた。

「真嶋だ。至急リストアップしてもらいたいことがある。金はいくら使ってもかまわない。とりあえず明日、一千万を渡す」

柿崎はなんでもやりますよと張り切った声で言った。
講壬会に残りの金を渡すことを思えば、安いものだった。

37

体が宙に浮いていた。音のハンマーが体を直撃し、世界の果てまで飛んでいく。痛くないし、怖くもなかった。圧倒的なスピード感がスリリングで爽快だった。でも暑かった。風を感じるのに汗は乾かない。口のなかで舌がぬめぬめ音を立てて泳いでいた。ハンマーが宙を叩いてひび割れを作った。その割れ目から、ピンクのハートがいくつもこぼれ落ちた。

幸せ。

月子は手を伸ばしてハートを受け止めようとした。白い手が月子の腕を摑んだ。ピンク色の爪はハートの形をしていた。

「月子ちゃん」

耳元で囁くのは誰。

誰だかわかるのに名前がでてこない。

お父さんじゃない。お父さんじゃない。

首筋を何かが這っている。体ががくがく震えるほど気持ちがいい。

吉井さんだ。吉井さんが、首筋を這っている。

「月子ちゃん」

吉井に呼ばれて、振り向いた。吉井の顔がすぐ近くにあった。息が赤い。

音のハンマーが体を打った。飛ばない。体がばらばらに砕けたような感じがした。

吉井の唇が月子の唇に押し当てられた。砕けた体は、ぐにゃぐにゃと力が入らない。鼻から熱い吐息が漏れた。

幸せ。

吉井の舌を受け容れた。ぬめぬめと音を立てて踊る。絡む。溢れた。

閉じた瞼の裏が、オレンジ色から青に変わる。腿《もも》を何かが滑っていく。膝のほうから上へ——。また吉井さんだ。力が抜けた体がびくびくと震えた。

そこはだめ——。突然、理性が、はっきりとした羞恥心をともなって現れた。

触れた。声が漏れた。もっと——。

吉井さんがふっと消えた。

唇が離れた。

月子は口に溜まった唾を飲み込んだ。ぐったりソファーにもたれかかる。開いた股を意志の力で閉じた。

「月子ちゃん」

吉井の声に顔を上げた。

吉井は立ち上がっていた。音のハンマーがいくつも吉井に襲いかかるが、吉井はびくともしない。眩《まばゆ》い。

「いこう」と言いながら差し伸べた手を、月子はしっかりと握った。吉井の力を借りて立ち上がった。

今度はどこへ連れていってくれるのだろう。また知らない世界を見せてくれるはずだ。その考えはわくわくを超えて、息を荒くするほどの高揚感をもたらした。

それでも、少しだけ怖かった。


「月子ちゃんって、きっと処女だよね」

浜中愛が面白がるように言った。

「さあ、どうだろうな。最近の子は見た目じゃわかんないからね」

北林はそう言うと煙草に火をつけた。

北林にとって気になるのは月子の見た目だけであって、処女かどうかはどうでもよかった。ただ、吉井の感触では、月子は男性経験はなさそうだし、興味もそれほどないだろうとのことだった。プロであるあの男がそう感じたのなら、たぶん間違いないだろう。

吉井恵は、セックスの調教師だった。どんな純真な女でも淫乱にすることができるし、不感症の女を感度抜群にすることもできた。ＳＭやスワッピングなど、特殊な性的嗜好をもつクライアントからパートナーの調教を依頼されることが多いらしい。

いまのところ、そこまで調教してもらう必要性はなかった。セックスに溺れさせ、Ｆで客の相手をするようにもっていってくれればよかった。そのために月子をスカウトしたわけではなかったが、もったいないというほどの逸材でもない。抜けるような白い肌。スレンダーで胸は小さめ。儚《はかな》げで真面目そうでモデル並みの美形。真嶋からのリクエストにぴったりはまったのが月子だった。

「いまごろ、やられちゃってるのかな」

「えっ、なんでそんなこと言うんだ」

北林は驚いて、浜中のほうに目をやった。

ベッドに横たわる浜中は、からかうような笑みを浮かべていた。

「あの男のひとって、そういう役割じゃないの」綿毛布を肩まで引き上げ、窺うような目を向ける。

北林は首を傾げただけで、ソファーにもたれた。

浜中はＦの存在も北林の目的も何も知らない。北林が浜中に頼んだのは、月子を誘うことと、浜中の仲間たちのなかに吉井を紛れ込ませることだけだった。

音姫楽団の子たちから何か話が漏れている可能性はある。浜中はＦの存在におぼろげながら気づいているのかもしれない。だとしても、気にすることはなかった。浜中がそれを外部に漏らすとは思えない。北林は、とくに言い訳をすることもなく、煙草を吸い続けた。

「ねえ、あたしの移籍の件、もう少し早くならない？　なんか、このままじゃ精神的にもたない感じ」

北林は浜中に目を向ける。煙を吐きだし、煙草を灰皿にもみ消した。

「その話はさんざんしたろ。一年早めてやったんだから感謝しろよ。契約は来年いっぱい。あと一年なんだから、がまんできるだろ」

「来年いっぱい、スケジュールがすでにぎっしり埋まってる。変わらない給料で、どうやってモチベーションを保てばいいかわかんない」

「ひとから注目を浴びてちやほやされる。充分だろ」

浜中は鼻の頭に皺を寄せ、しかめっ面を作った。それでも魅力的な顔だ。

北林は腰を上げ、ベッドの傍らに立った。

「給料制はお前が選択して契約書にサインしたことだろ。あと一年なんだ、黙って働け」

「別に給料制を選択したわけじゃなくて、事務所のサポートを喜んで受け容れただけなんですけどね。

しかも、世の中のことが何もわからない十八歳のときに」

「先に苦労するかあとで苦労するか。十八歳の小娘でなくても、たいてい苦労は先延ばしにするもんだよ」

浜中だけじゃなく、うちの事務所ではみんな同じ選択をしているのだから、間違いない。

「あーあ、愛人でもなんでもやっておけばよかったのよね」浜中はやけになったように言った。

モデルにとって雑誌の専属契約は名誉なことだが、一誌からの契約料で生活を賄うのは経済的にきつかった。モデルは何かと金がかかる。それで金持ちの愛人になるケースが多い。実際、モデルに愛人を斡旋《あっせん》するブローカーがこの業界には存在する。

うちの事務所では、専属契約となったモデルに、金銭的援助を行なっている。住居、エステ、歯科治療、トレーニングジムなど、主にモデルとして必要な支出は事務所もちだった。そのかわり、専属が終わったあとの五年間は給料制で契約することになっていた。

給料といっても一般的なサラリーマンから見たら、あり得ないほどの高給とりだ。ただ、歩合なら億単位で稼げるだろう浜中にとっては、へたをすれば本来の十分の一程度のものでしかない。

とはいえ、浜中がこれほど売れるようになるとは、雑誌と専属契約をした時点ではわかるはずもなかった。事務所としても賭けだった。——いや、事務所自体はリスクはないか。モデルへの援助金は事務所からでているわけではない。モデルたちも、どこからでた金か、知りはしなかった。

「若いときの苦労は買ってでもしろ、と親から言われなかったのか」

北林はそう言いながら、浜中がくるまる毛布を剝いだ。いまさら恥ずかしいわけでもないだろうに、浜中は腕で裸の胸を隠した。

「四つんばいになれよ」

浜中は期待と恨みが入り交じったような視線を向けると、のろのろと動きだした。

月子は若いときに苦労をすることになるのだから、その後の仕事は安泰だ。Fで働くのはせいぜい一年くらいのものだから、おいしい話なのかもしれない。その他のFの子たちも、やる気があるなら、モデル業界、芸能界で、ある程度は仕事が保証されている。この業界にいれば、Fのことを外部に漏らすようなことはしないはずだから、事務所としては仕事を回し、飼っていくしかない。

頭のある子なら、一生安泰かもしれない。Fでついた客が将来大物になれば、いろいろと便宜を図ってくれるはずなのだから。あのなかにそんな頭のある者が果たしているのかどうかはわからない。それほど大物になる客がいるかもわからないが。

浜中の後ろで腰を振りながら、北林はそんなことを考えていた。

38

真嶋はホテルの部屋で寝覚めの悪い夢を見た。子供のころの夢だった気がするが、よくは覚えていなかった。

ホテルに寝泊まりするようになって五日目、暦は十月に変わっていた。

顔を洗って部屋をでた。ロビーのカフェで朝食を摂った。トーストをかじりながら、ふと昭江のことを考えた。

鷲美をかわいがってやった日に、しばらく帰らないかもしれないと連絡を入れて以来、昭江とは話していない。一緒に暮らすようになってから、これほど家をあけるのは初めてのことだった。だからといって、別にどうということもないが、金があるのか気にはなった。生活費は適当に現金で渡していた。とくにいつとは決めずに、なくなりそうになったら昭江のほうから言ってくる。前に渡したのはけっこう前だったような気がした。

困れば電話してくるとは思ったが、食事が終わってから、昭江の携帯に電話してみた。時間は九時を過ぎたところで、まだパチンコ屋も開いていない。家にいるだろうと思ったがなかなかでない。しつこく鳴らし続けたが繋がらなかった。

いったい誰からの電話を期待しているのか、昭江はいつも身近に携帯を置いていて、家にいるならたいていはでる。気になるというより、腹立たしい気持ちになって、真嶋は時間をおいて再び電話をしてみた。やはり繋がらなかった。

新宿のホテルをでて赤坂のオフィスに向かった。オフィスには昨日から通常どおり出社していた。講壬会からはいまのところなんの接触もない。そのうち、何かしかけてくるとは思うが、連中の目的が金なら怖くはなかった。いきなり鉄砲玉が飛んでくるはずはないのだ。

本間は休日で、オフィスにいるのは日枝だけだった。午前中いっぱい、日枝とふたりで、振り込め詐欺団の報酬を計算した。昼には渋谷に向かい、増田和幸と会った。

和幸からはようやく昨日電話があった。思ったとおり、真嶋の仕事を手伝うと伝えてきた。

フルーツパーラーのカフェに現れた和幸は、むっつりした表情だった。ふっ切れた感じはなく、いまだに迷っているように見えた。それでも、仕事のあらましを説明すると、真剣に聞いてはいた。

「何か質問はあるか」

説明を終えて真嶋は訊ねた。

「とくにはない。——ただ、本当に俺でいいのか。一度警察に目をつけられた俺と、こうして会うだけでもまずい気がするんだが……」和幸は神経質そうに、目を瞬《しばたた》かせて言った。

「まあ、そうなんだよな」

言われて初めて気づいたわけではないが、これまでそのへんを真剣に考えようとしなかったのが自分でも不思議だった。ただ、なんであれ、いま、いちばん信用ができるのは和幸で間違いがないのだ。その信用も、子供のころの記憶が後押ししているだけかもしれない、と気づいてはいたが。

「いまは、実家に戻ってるんだよな」

「ああ、あの子供部屋で、また暮らしてるよ」

和幸は場違いに明るい笑みを浮かべた。

「早急に家からはでてもらうことになる。何回か引っ越しを繰り返し、じょじょに社会からフェードアウトするんだ。俺もそうだが、住民票はもたず、銀行口座ももたず、健康保険にも入らない。もちろん税金も払わない。そうすれば社会に存在しないのも同じだ。気をつけて暮らせば、何をしようと、警察の手は届かない」

現在、真嶋が自分の名前で登録しているものは、運転免許証ぐらいのものだった。それも次回の更新はやめておこうかと考えている。

「じゃあ、実家には戻れなくなるのか」

「そういうことだ。犯罪に手を貸すわけだから、そのくらいの覚悟はできてるだろ」

いや、と和幸は小さな声を発したが、そのあとは続かなかった。

「当面は、金庫回りなど、オフィスにきて俺が直接指示をださなくてもできる仕事をやってもらうことになる。それ以外の業務は状況を見て判断しよう」

人手不足の解消にはもうしばらくかかりそうだが、長い目で見ればこれでいけそうだと真嶋は満足し、大きく頷いた。

「——おい、和幸」反応のない和幸に呼びかけた。

和幸の視線が宙を泳いだ。しかしそれは、呼びかけに対する反応ではなかった。真嶋の携帯電話が鳴っていた。

真嶋はジャケットのポケットから携帯を取りだした。着信画面を見ると、鷲美からだった。

「すぐ戻る」真嶋はそう言って席を立った。

二階のカフェをでて、一階の売り場に続く階段を下りながら通話ボタンを押した。

「なんか用か」真嶋は間延びした声で言った。

「もちろん用があってかけてんだよ」

鷲美の声にはいつもどおりの険があった。しかし、どこか浮ついた明るさも聞き取れた。

「また金が欲しいのか」

「ああ、そうだよ。——お金をくだちゃい。欲しいんでちゅ。そう言えば、いくらでも金をくれるんだよな」

ひひっと甲高い笑い声が聞こえた。気のふれた人間に接したような畏れを感じた。

酒でも飲んでいるのか。——いや、たぶんシャブだ。真嶋はそう判断した。

「七千万円用意しろ。明後日まで時間をやる。また俺が取りにいってやってもいいぞ」

浮ついたものが影をひそめ、耳に差し込むような尖《とが》った声が響いた。

「なんなんだ、七千万っていうのは」

真嶋は一階のフロアーを通り、外にでた。

「六千万はもともとの補償金の残額だ。あとの一千万は俺への慰謝料に決まってるだろ」

「一千万で満足なのかよ。小せえな」

嫌味ではなく、はったりもかませない小ささが本当にかわいそうにも思えた。

「お前の周囲から誰か消えた人間はいないか。別に俺たちが誘拐したわけじゃないが、金を払わないと戻ってこない気がするんだよな。そのへん、よーく考えて欲しいぜ」

軽薄な笑い声が耳につく。

「なんの話だ。消えた人間なんていね――」

そう言っている間に思い至った。――電話が繋がらなかった。

「お前、昭江をさらったのか」

どうにか声は抑えた。それでもいくつかの視線を引きつけた。真嶋は道玄坂の雑踏を歩きだした。

「誰だ、昭江っていうのは。俺たちは知らねえな」

「とぼけんじゃねえ。お前ら――」

真嶋は顔の毛穴が開きだすのを感じた。熱いのか、冷たいのかわからなかった。

「なんでもいいから、七千万払えばいいんだ。いなくなった人間はたぶん帰ってくると――」

「いいか、金は払わない。好きにしろ。俺とあの女との関係はそんなものだ」

真嶋は完全に抑制のきいた声をだした。

「だがな、無事に帰ってこなかった場合、俺はお前を殺す。手打ちはあり得ない。俺を殺さなければ、お前は死ぬ。いいな」

「おい」と離した携帯から聞こえたが、かまわず通話を打ち切った。

真嶋は雑踏を進んだ。肩をぶち当て道を作りながら横断歩道へ急いだ。


タクシーを捕まえ、桜の自宅へ向かった。

車中、真嶋は固く口を結んでいた。開いてしまうと、そこから何か感情が噴きこぼれそうな気がして、鼻で呼吸をした。

昭江のために金を払う気はまるでなかった。そこにはなんの決断もいらない。昭江は最初から自分にとってそういう女だった。なのに、ふつふつと沸き上がる、この怒りや焦燥感はいったいなんなのだろう。真嶋は訝った。口を開いて、そこからでてくるものを確認してみようかとも思ったが、結局は最後まで閉じていた。途中、和幸から携帯に電話がかかってきても、でなかった。

人でなし。

あの女への愛着はそれだけだ。いくらでも入れ替えはきく。タクシーを降りるとき、焦りを振り払うようにそう考えた。

エントランスに駆け込み、オートロックを解除した。エレベーターで六階に上がり、手にしていた鍵で部屋のロックを開けた。

玄関に入った。部屋の様子を窺う。

真っ直ぐ延びる廊下に異変はない。壁にかかった鏡も、綺麗にバランスをとっていた。

足下に視線を落とした。三和土《たたき》に並んだ靴にも、乱れはなかった。

真嶋は靴紐を解き、廊下に上がった。ぴったり閉じたリビングのドアに向かって足早に進んだ。

ドアを開けた。ゆっくり一歩踏みだしただけで、足は止まった。

ソファーで何かが動くのが見えた。毛布が動いている。

なかに入った。毛布にくるまれた昭江がソファーに横たわっている。昭江が首をもたげた。

罠。真嶋はとっさにそう考え、背後を振り返った。ドアを閉めようと、手を伸ばす。

静かな廊下。並んだドアが開くことはない。正面に顔を戻した。

昭江がソファーの上に起き上がっていた。ひどい顔をしていた。寝起きの顔だ。

「お前、何やってるんだ」

「お帰りなさい」

痙攣したように目を瞬かせている。

真嶋はソファーに向かった。

「お前、ずっといたんだな。誰もきてないんだな」

「いました。誰もきていません」訊かれたことをただそのまま答える。いつもと同じ。

「なんで携帯にでなかったんだ。二回かけたんだぞ」

いや、三回だ。タクシーのなかでも一度電話をかけた。

「すいません。生理がきたんです。ここのところずっとこなくて、更年期かとも思ったんですけど――。なんか、体調悪くて」

「ふざけんな。生理で死ぬか。電話ぐらいでろ」

真嶋は大声で叫び、昭江の足を蹴りつけた。

心のなかには怒りが充満していた。無論、先ほどまでの怒りとは違う。半分くらいは、この人でなしに向いていた。足をさする緩慢な動きにも腹が立った。

鷲美にかつがれたのか。そう思うと、間抜けな自分にもいくらか怒りが向く。やり場のない怒りが、この部屋での身の置き場も見失わせた。真嶋は意味もなくリビングのなかをうろうろした。

鷲美はラリっている感じはあった。くだらないいたずらに及んでも不思議ではない。

しかし少し冷静になって考えてみると、鷲美の言動は、いたずらだと片付けるには解せないことが多い。鷲見は自分たちが誘拐したとは決して言わなかった。万が一警察が介入してきたときに備えて、少しでも逃げ道を作っておこうと思ったからだろう。いたずらであるなら、そんな回りくどい言い回しをするはずはない。ラリっているなら、なおさらだ。真嶋が昭江をさらったのかと訊ねたとき、いたずらなら、そうだその女だと調子を合わせるはずだ。

鷲美は本当に誰かを誘拐したのか。しかし、自分の周りで姿を消した者などいない。いや、周りといっても、普段会わない知り合いの誰かかもしれない。まだ気づいていないだけ。

——違う。鷲美は当然気づいているだろうという感じで話していた。いなくなればすぐにわかる人間。そんな知り合いはふたりしかいなかった。

「ちきしょう」

真嶋は思わず声にだしていた。

ポケットに手を突っ込み、携帯を取りだした。メモリーから番号を呼びだし、発信した。耳に当てた携帯から、電源が入ってない云々と女の声が聞こえた。

真嶋は電話を切った。そのまま握り潰してしまいそうなほどの力で携帯を握りしめた。本間だ。鷲美たちが誘拐したのは、真嶋の片腕のひとりだ。

あいつらは、今日、本間がもともと休みだったことを知らないのだ。連絡もなく仕事にこない本間を当然心配していると思って電話をかけてきた。

真嶋は着信履歴を表示させ、鷲美の番号に発信した。が、すぐに切った。

考えろ。何も考えなしに、話をするな。落ち着け。

必ず生きたまま奪還するんだ。二度と部下を死なせるな。そう思いながらも、真嶋は最初からひとつの選択肢を排除していた。

絶対にあいつらに金は払わない。

39

十月一日、組織犯罪対策部特別捜査隊に、不良集団を取り締まる専従班が設置された。湖鉢の事件で世間の注目をいっきに集めた武蔵野連合がらみとあって、特別捜査隊の設置は全国紙でも報じられた。

発足式を兼ねた会議が朝の十時から行われた。高橋と植草ももちろん席についた。世間の注目の高さを示すように、式には部長がおでましになり、直々に捜査員に訓辞を垂れた。武蔵野連合を壊滅に追い込むことを最終目標に迅速に捜査にあたるようにというのが、大まかな内容だった。

組織として明確な形をもたないため、いったいどういう状態を壊滅と呼ぶのか、高橋には想像しにくかった。資金源となる犯罪活動をすべて潰した上で、主要メンバー全員を長期で懲役に送り込まない限り、すぐに息を吹き返すような気がする。

どういう状態であっても、壊滅までは長期戦を覚悟しなければならない。上層部ももちろんそれは理解している。それでも部長が「迅速に」と付け足したのは、とにかく早い段階で何かしらの結果をだせという注文にほかならない。注目を浴びて発足したものの、その後は音沙汰なしでは、かっこうがつかない。そんな世間の目を気にした上層部のパフォーマンスに、高橋は一定の理解をもっていた。

分厚い資料を前にし、会議は進んだ。武蔵野連合のそもそもの成り立ち、主要メンバーとその相関関係、外部との交遊関係、関与を疑われる現在捜査中の事件などが次々と紹介された。

高橋も、「西早稲田拉致殺害事件」の概要説明に立った。

現在も高橋と植草は片足を平田の事件の捜査本部に置いていた。変わらず真嶋が関わっていると思われる企業とそこに潜んでいる武蔵野連合関係者を追っている。

真嶋と関わりのあったふたりの社長の親会社、モデル事務所のヘリテージの周辺も調べてみた。ヘリテージは設立十年ほどの、まだ若い会社だった。別のモデル事務所でマネージャーをしていた現在の社長、森野満夫《もりのみちお》が独立して立ち上げたものだ。調べていくと、この森野がまた怪しかった。森野の弟は広域指定暴力団、啓誠会《けいせい》の三次団体、初美組《はつみ》の構成員だった。初美組には武蔵野連合OBの構成員もいた。森野自身、週刊誌などで暴力団との交遊を噂されたことがある。それだけで森野と真嶋が繋がっているとは言い切れないが、子会社の社長の件と合わせると、繋がりは濃厚と見られた。

真嶋が関わっていると思しき会社。AVプロダクションのザンジバル、AV制作会社エバーブルー映像、AV配信会社OSM、ネットゲーム配信会社ギャレコ、モデル事務所ヘリテージ。真嶋がいったい何をしようとしているのかわからないと、植草が以前に言った。芸能プロやモデル事務所などは趣味の延長とも考えられるが、AVやゲームの配信会社は規模が大きく、何か目的がありそうだがそれが見えなかった。専従の特捜隊が設置された。それを機会に、人手を使って、これらの企業の実態を洗いだせればと高橋は期待していた。

専従班は班長を含めて十三名。暴力団の取り締まりに関わる組対三課、四課の捜査員が中心となっているが、薬物対策の五課などからも人員が配されていた。班は三つのグループに分かれて捜査を行う。武蔵野連合の活動資金を供給していると思われる、城戸崎と真嶋のそれぞれを捜査する二グループと、その他のメンバーの犯罪を捜査するグループ。高橋と植草はもちろん、真嶋を捜査するグループだった。三つのグループは互いに垣根を設けず、情報を交換しながら捜査にあたることになる。

高橋のグループは四人。植草の他に四課の捜査員中村と、犯罪収益の流れを専門に追っている総務課の捜査員平滝《ひらたき》が配されている。高橋は平滝に真嶋が関わっていると思しき会社の実態調査を託した。

普段から、その手の捜査に慣れている平滝なら、なんらかの成果を上げてくれるだろうと期待していた。

長い会議と捜査方針の摺り合わせが終わり、高橋と植草は本庁の外にでた。いったん捜査本部がある戸塚署に寄り、烏山に向かった。久しぶりに、増田建治の兄、和幸から話を聞こうと思っていた。

40

「私にできることは何かありますか」

日枝の張りつめた声が聞こえた。

「松中さんに連絡をとってくれ。本間が講壬会に誘拐されたことを伝えるんだ。どう対処すべきか指示をもらってくれ」

マンションのエントランスをでた真嶋は、携帯電話に向かってそう言った。

「了解しました、早急に連絡をとります。こちらには戻られますか」

「ああ、たぶん戻る」

真嶋は歯切れ悪く言った。自分がどういう行動をとるべきか、まだはっきり固まっていなかった。

いったん電話を切り、上町の駅のほうに向かいながら、もう一本かけた。

「俺だ、真嶋だ。先日依頼した件はどうなってる」

相手は調査会社を営む柿崎だった。

「現在リストアップできているのは三件です」

それではまだ足りない。

「一両日中に、あと三件、いや四件は欲しい」

「四件ですか……」柿崎は声を高くして言った。「わかりました、なんとかします」

「金はいるか」

「大丈夫です」間をおいて言った。「先日いただいた手付けでまだ間に合います」

金はいくらでも欲しいだろうが、柿崎は真嶋に気に入られる術を知っていた。欲は見せない。

「現在わかっているものをメールで送っておいてくれ」

真嶋は了解という声を聞いて、通話を切った。携帯の電源もオフにした。

世田谷通りでタクシーを拾い、ひとまず赤坂方面に向かうよう運転手に言った。真嶋はシートに深く腰かけ、息をついた。

焦るな、とずっと自分に言い聞かせていた。連中の目的は金だ。本間をいきなり殺すようなまねはしないはずだ。しかし、その金を端から払う気のない真嶋は、相手の一手、二手先を読んで、迅速に行動しなければならない。時間に余裕はなかった。

とにかくまずは考えること。三軒茶屋で国道と合流して道は混み始めた。ゆっくり進む車中で、想定されるリアクションごとに、こちらがとるべき行動を幾パターンも考えていった。

それら考えたことが無駄になればいいと願っていた。松中が仲裁に入り、すんなり本間が戻ってくればと期待していた。本来、そうなるのが当たり前のことだった。本間は夷能会の大事なシノギに関わる、いわば身内だ。見捨てることなどあり得ないはずなのだ。

真嶋は赤坂に近づくと、携帯の電源を入れ、日枝に電話をかけた。

「ああ真嶋さん、携帯が繋がらなかったものですから」でるとすぐに日枝は言った。

真嶋はどうだったのか訊ねた。

「それがすいません。松中さんに伝えたんですが、真嶋さんに任せるという回答で」

「何がすいませんなんだよ。お前が何かへましたのか。仲間の危機に、はいそうですかとそれをそのまま聞き入れたのか」

真嶋は言葉どおり、「すいません」が気に入らなかった。それ以上でもそれ以下でもなかった。

「抗議はしました。本間さんがいなければ仕事が回らない。解放するよう働きかけるべきだと主張したんです」

日枝には珍しく、感情が表れた強い言葉だった。

「真嶋さんも本間さんも、身内ではないから手がだせないという答えでした。真嶋さんにそう伝えろと言って、電話を切られました」

「それが本音でないことは、お前もわかってるんだろ」

日枝を試すように、そう訊ねた。

「わかってます」間をおいて答えた。

「電話したとき、松中さんはどこにいた」

「場所はわかりません。車で移動中だったと思います」

「わかった。とにかく俺が直接話してみる」

日枝はよろしくお願いしますと言った。

真嶋は電話を切ろうとしたが、気を変えて訊ねた。

「おい日枝、本間を取り戻すために俺が知っておくべきことはあるか」

日枝はまた間をあけた。

「ありません」と言ったあとすぐに「いや」と声が聞こえた。

「関係はないのですが、松中さんのところが金を必要としているのは本当のようです。たぶん、甲統会系の組はどこも同じではないかと思います。上から号令がかかっているみたいで」

本部への上納金。しかも定例のものではなく、本部の臨時の支出のために要求されている。鷲美が補償金として最初に要求していた額からいっきに下げたのは、そのことが関係していたのかもしれない。

しかし、松中が闇金の上納金の一割アップを要求したのはそれだけのことではないはずだ。あの男は自分を切ろうとしている。何か別の理由があるのは間違いない。

本間の誘拐になんの手を打たないのも、身内ではないからなどという理由ではない。自分に対する当てつけ、あるいは交渉材料にしようとしている可能性もあると真嶋は見ていた。

ただ、松中と鷲美が連携して動いているとは考えなかった。松中はそんな策を練るやくざではなかったし、助言をする人間は周りにいない。何より、本間が戻ってこなければ、闇金の仕事に支障がでて、松中自身も不利益を被る可能性があった。松中が幹部として権勢を誇れるのは、唯一、闇金組織を配下にもつからだ。大事な闇金の仕事にトラブルをもち込むようなことをするわけはなかった。だからこそ、こちらの出方しだいでは講壬会に働きかけてくれる可能性はある、とも考えていた。

日枝との通話を切り松中に電話をかけた。しかし、電源が入っていないようだ。繋がらない。

真嶋は再び日枝に電話し、他の携帯番号を知らないか訊ねた。

「知りません」即答だった。

「言えないんだろ」

日枝は正直に、黙り込むことで答えた。

「まあいい。松中さんとまた連絡をとってくれ。講壬会への口利きに、何か条件があるなら言ってくれと伝えろ。なんでも条件は呑むと言ってかまわない」

実際に呑むかどうかは内容しだいだ。真嶋は電話を切り、電源もオフにした。

鷲美はきっとこの電話に何度かかけてきているだろう。真嶋は明日まで鷲美とは話をしないつもりだった。金が目的であるなら、なんの話もできないうちに本間を殺すようなまねはしないはずだ。しばらくは本間の安全を確保できる。その間にこちらの態勢を整えなければならない。松中が動かないことを前提に行動をとるつもりでいた。

誘拐までしたのに、まともに話もできずに一晩を過ごす。鷲美たちはそうとう焦れてくるはずだ。それを想像してのんびりほくそ笑んでやりたいが、こっちにもそんな余裕はなかった。

真嶋は運転手に新宿に向かうように告げた。

41

高橋は重い足取りで階段を上がった。深夜だから静かに、などという気遣いは端から浮かばず、一歩一歩、重い靴音を響かせた。

今日の捜査はすべて空振りだった。そんなことは珍しくもなく、いちいち落ち込んだりはしないが、今日は妙に徒労感がつきまとう。年齢によるものもあるのだろうなと高橋は思った。

増田和幸に会いに烏山にいったが、不在だった。母親の話によれば、和幸はまだ仕事が見つかっておらず、日中は家にいることが多いらしい。今日は珍しく昼間からでかけているとのことだった。

和幸に会いにいったのは、特別な目的があったわけではない。平田の潜伏先を訊きだしたあの男が、真嶋と繋がっているのは間違いないと思っていた。とはいえ、真嶋の犯罪活動に関わっているはずはないし、警察にマークされていて、わざわざ連絡をとるほどの仲とも思えなかったが、たまには揺さぶりをかけてやろうと考えての訪問だった。だから刑事が訪ねてきたと母親から聞けば、それなりの効果はあるだろう。また近々会いにいってみようとは思っていた。

外廊下を進み、綾乃の部屋のドアを開けた。奥の部屋から、お疲れ様と声がかかった。

まだ午前零時を過ぎたばかりで、もともと寝ている時間ではないが、部屋にいくと電話を入れれば、綾乃はたいてい起きて待っていた。

「少し飲むでしょ」

部屋に入ると、綾乃はダイニングの椅子から立ち上がって言った。

「ああ」と答えながら高橋は戸惑った。

テーブルの上にできあいの簡素なつまみが用意されていた。枝豆やソーセージやポテトサラダ。高橋から電話があって、慌ててコンビニにでも買いに走ったのだろうと想像がつく。それはいいとして、でんと中央に置かれたシャンパンのボトルが奇異だった。こんな時間になんでシャンパンなのだろう。

「今日は何かの記念日だったか？」

高橋は脱いだ上着を綾乃に預けた。それをハンガーにかけて、綾乃は戻ってきた。

「記念日じゃなくてもいいじゃない。安物だし。シュワシュワしたものが飲みたかったの」

安物を飲むくらいならビールのほうがいい、一、二杯はつき合ってやろうと考えながら腰を下ろした。

「飲めば記念日になるかもしれないし」

綾乃はタオルで押さえ、静かに栓を抜いた。

はしゃぐわけでもなく、いつもと変わりはない。それでも、どこか変だと思った。

「もしかして、子供でもできたか」

グラスに注ぐ綾乃に言った。

「なんでそんなこと訊くの」

「なんか、ちょっと変だからさ」

「そんなわけないでしょ。子供ができたら、お酒なんて飲まない」

「まあ、そうだな」

ほぼ間違いないだろうと思ったから、言えた言葉だった。それでも気まずい空気にならないのは、やはり綾乃が何か秘密を懐に抱えているからではないのか。妊娠よりも大きな秘密を。

グラスを滑らし、高橋の前に置いた。高橋はそれを手に取った。

「乾杯しましょう」と言われ、グラスを合わせた。

毒でも入っているかもしれない。高橋はグラスを口に運びながらそう考えた。

もちろん本気ではない。ただ、無理心中の風景とはこういうものだろうと想像ができたのだ。いつもとは違う行動。張りつめた空気。秘密の匂い。酒を勧める女。何かを嗅ぎ取ろうとする刑事だけは、その風景になじまない。

甘ったるいシャンパンだった。どんな酒肴《しゅこう》にも合いそうにない。一杯だけでやめておこうと思った。

高橋は枝豆をつまんだ。

「やっぱり安物はおいしくないな」

綾乃は怒ったように言うと、席を立ち缶ビールを二本もってきた。プルタブを開け、そのまま缶に口をつける。

半分くらい空けたのではないかと思われるくらい傾け続け、ようやく口を離した。

「今日は泊まっていく？」

「ああ、そのつもりだけど」

ここのところ、泊まらずに帰ったことなどなかったはずだ。

高橋はプルタブを開けた。綾乃に負けないくらい、長いことビールを流し込んでいた。綾乃がこちらを窺っているのがわかった。目をやると、ほとんど冗談ではないかと思えるくらい、愛おしそうな表情を作る。高橋は缶をテーブルに戻した。

「なんだ？」綾乃に訊ねた。

いったん開いた口を、綾乃は缶で塞いだ。ごくごくと飲んでから、ようやく答えた。

「泊まるの今日で最後にして欲しいの」

「だめだって言うならしょうがないけど、なんでだ」

「うちにくるのも、なしで」

「おい、それじゃあ、会えなくなるだろ。——えっ、そういうことなのか」

高橋は突然理解し、間抜けな声を上げた。

「俺と別れたいと言うのか」

吸い込んだ息が、怒りとなって胸を詰まらせた。荒い息を吐きだしても、怒りは消えない。

「ごめんなさい。もっと早く言おうと思ってたんですけど、なかなか言いだせなくて。——ほんとに、ごめんなさい」

綾乃は深く頭を下げた。上げた顔は、妙にさっぱりして見えた。

「早く言ってたら、なんかいいことあったのかよ」

「ごめんなさい。とくに変わらないです」

綾乃は首を振った。

高橋はふんと鼻を鳴らし、笑みを漏らした。怒りは消えないが、自分の間抜けぶりがおかしかった。妊娠や無理心中まで想像したのに、いちばんあり得そうな別れ話に思い至らなかったのは間抜けとしか言いようがない。いったい自分にどれだけ自信があるのだ。

「つき合ってるひとがいるんです。ひと月前から」

「つき合ってるって、どういうことだよ」

高橋は心底驚いた。

綾乃は間をおいて「つき合っているということです」と真顔で答えた。

そう答えるしかない質問をした自分を、答えた綾乃に対するのと同じくらい腹だたしく感じた。いい年をして、どうしてこんなに頭が働かないのだ。別れ話をされ、どういう身の振り方をするつもりなのか、自分でもわからなかった。

「どういう男なんだ」

「友達から紹介されたひとで、私立の高校で教師をしています。年は三十五歳で独身です」

高橋は「そりゃあそうだろう」と言って、口の片端を上げた。

「今度は、珍しくまともそうな男じゃないか」

「はい、いいひとです」

別にどうという表情でもなかった。平凡な女にふさわしいぼんやりした表情だった。

「一ヶ月前からつき合ってるなら、俺とやった次の日に会ったりしてたんだろ」

「そういう日もあったと思います」

高橋は綾乃の頬をはたいた。

　さほど痛くはなかったはずだが、綾乃は手で頬を押さえ、目に涙を溜めた。

「他に好きな男がいて、なんでできるんだ」

「高橋さんのことも、好きだから」

「じゃあ、なんで別れようなんて言うんだ」

　俺は本当にばかなのか。高橋は自分がどうしたいか、ますますわからなくなっていた。

「彼とは結婚を前提のおつき合いになります」

「そうか、そういうことか」

　高橋はそれがひどく納得できる答えであるような気がした。

　綾乃はすまなそうな顔をした。謝るようにうつむく。高橋はその頭をはたいた。今度は少し強めだった。乱れた髪が、綾乃の目にかかった。

「なんで今日が最後なんだ。もう終わってんだろ」

　高橋は急に酔いから覚めたように、ものごとが見え始めた。終わってんだよ、俺には何もできないんだよ、と心のなかで叫んでいた。

「今晩、俺が泊まってどうするつもりだったんだ。最後に一回するつもりだったのか。それが俺へのはなむけか」

　綾乃は首を横に振った。

　高橋は手を振り上げた。が、そこで止まった。肩から腕にそそぎ込まれた怒りが、肘のあたりで滞ってしまった。気まずげに宙に浮いた手を、ぎこちなく綾乃の頭に乗せた。

「まずいシャンパンだった」高橋はそう言って腰を上げた。

　わざわざそれを選んだわけではないだろうが、高橋のために最後に用意する酒としてふさわしいものであった気がした。これまで、綾乃には、うまいものを食べに連れていったこともなければ、何かを与えた記憶もなかった。ただ、ときどき部屋を訪ねセックスをするだけ。それでよく二年もつき合ってこれたと、いまさらながら不思議に思えた。

男の趣味が悪い綾乃がどんな男を選んだか気になるところだが、知ったからといって自分に何ができるわけでもない。若い男。結婚しようという意欲のある男に、どうやったって対抗できるものでもなかった。

玄関までついてきた綾乃が、「ありがとうございました」と頭を下げた。

別れてくれてありがとう、なのだろうか。それぐらいしか、礼を言われる覚えはなかった。

「さようなら」

高橋は静かにそう言って部屋をでた。

42

「すみません、いまのところまだ三件です。しかも、ふたりはチンピラみたいな下っ端で」

電話の向こうで柿崎がすまなそうに言った。

「三件追加でリストアップできたのか」真嶋は勢い込んで言った。

発破をかけたとはいえ、まさか今日中に結果をだせるとは思っていなかった。

「あと一件は明日中になんとか。百万単位の金を積めば、なんでも喋るやつはけっこういるもんですから」

「とにかく、知っているやつがいたら、金にいとめはつけるな。足りなきゃ追加で金は送る」

「最後は、チンピラ以上を狙っていきますので」柿崎は張り切った声で言った。

七件という数字にとくに意味はなかった。いまの六件のままでも、効果にそれほど違いはないはずだ。これで、実行に移せる。真嶋は柿崎との通話を切って、すぐにポーターの沢井に電話をかけた。

沢井はさほど待たせることなく電話にでた。背後には嬌声と重低音のリズムが聞こえていた。どこかのクラブにでもいるようだ。

「沢井、至急、若いやつらを集めて欲しいんだ」

「了解です。何人ほど」

沢井は外にでたようだ。背後の音が消えた。

「十人は欲しい。明日から、二、三日、体があいているやつがいい。実際に動くのは一日だけになるとは思う」

「そうなると、本当に若いやつらじゃないと難しいかもしれませんね」

「うちの連中じゃなくてもかまわない。報酬はひとり二十万だす。それほど荒っぽい仕事ではないから、腕っ節はほどほどでいい。できるだけ頭のいいやつを選んでくれ」

頭がいいというのは、抑制がきく、ということだ。

「そいつはいちばん難しいですね」沢井は笑い声を響かせた。「なんとか今晩中に手配します」

もう十二時半を過ぎているが、沢井ならそれほどの苦労もなく集められるだろう。気配り男の沢井は、後輩の面倒見もよかった。

「細かい話はまたあとだ。携帯の電源を切っているから、こちらから連絡する。どのくらい時間をみたらいい？」

「一時間半あればなんとか」

「わかった。二時に連絡する。それじゃあ、よろしく頼む」

まかせてください、という声を聞きながら、電話を切った。電源をオフにしようとしたとき、着信音が鳴り始めた。

着信表示を見ると鷲美からだった。このタイミングのよさは、ずっとかけ続けていたのだろう。

こちらの準備は整い始めている。そろそろ声を聞かせてやってもいいだろう。

「俺だ」電話にでた。

返答はない。こちらと同じような静けさのなか、「でましたよ」という遠い声が聞こえた。

連中もホテルにでも籠もっているのかもしれない。真嶋は泊まっているホテルに戻り、そこからずっと指示をだしたり情報を収集したりしていた。

騒がしいやりとりが聞こえてきた。すぐに「鷲美だ」と、取り繕ったような低い声が耳を汚した。

「なんの用だ、この夜中に」

息を呑むような沈黙。真嶋はほくそ笑んだ。

「――お前、部下が死んでもかまわないのか」

「いったい誰が死ぬんだ。こっちは、誰もいなくなっていないぞ。あんた、誰かにかつがれたんじゃないのか。自分たちで誘拐はしてないんだろ」

「お前、頭、おかしいのか」

そういう鷲美はだいぶクスリが抜けたようだ。声から浮ついたものが消えている。

「用件があるならはっきり言え。誰が誘拐された。誘拐したのはあんたたちだろ」

「誘拐したのは誰だか知らない。お前の部下が誘拐されたと聞いただけ――」

真嶋は電話を切った。

電源は切らずに、携帯をデスクに置いた。窓際に寄り、眼下の風景を眺める。ひとも車も少ない真夜中のオフィス街。退屈だ、と感じる前に携帯が鳴りだした。真嶋はゆっくりとデスクに向かった。

携帯を取り上げ、通話ボタンを押した。

「ふざけんな、お前。どっちが立場が上か考えろ。いいか、こっちの――」

真嶋はまた電話を切った。

携帯をデスクに置き、備え付けの冷蔵庫に向かった。買い置きのペプシを取りだし、プルタブを開ける。ベッドに上がり、足を投げだし、壁にもたれた。

電話にでてよかったと思う。別に楽しいわけではないが、気が紛れる。きっといまごろ鷲美は、怒り狂っているだろう。もうこっちからかけないとか言いながら、内心、電話をかけようかどうしようか迷っているはずだ。真嶋はペプシに口をつけた。

鷲美はどちらが立場が上か考えろと言ったが、たぶん立場は五分五分だろう。

真嶋はなんとしてでも本間を助けだしたい。鷲美たちは金を手に入れてやろうと思ってる。金も手に入らず、人殺しの罪を背負うような事態は、絶対に避けたいはずだ。いまどき、組の資金稼ぎのために、そんなリスクを引き受けるやくざなどいやしない。

しかし、暴力で生きる世界には、とてつもないばかが存在する。殺して埋めてしまったほうが早いですよ、などと言いだすやつがいるものだ。そんなひとりのばかの言葉に引きずられて意味もない殺しが行われた事例を真嶋はいくつも知っていた。だから、連中が殺すはずがないと、のんびりかまえてはいられないのだ。

いまはまだ大丈夫だ。さらってすぐに殺すことはない。日がたって焦れてきたとき、ばかが本領を発揮する。だから、早いうちに助けださなければならないし、五分五分の立場を、少しでも上へ引き上げたかった。そのために、電話を切って相手を怒らせ、焦らせる。遊んでいるわけではなかった。

今度は鷲美も少しは腹が据わったようだ。十分たっても、二十分たっても携帯は鳴らなかった。真嶋にも焦りがないわけではないが、ベッドから動かず、ちびちびとペプシを飲んだ。

今晩かかってこなくてもかまいはしない。明日になれば、また必ずかけてくる。上から現在どういう状況かと訊かれ、連絡が取れてませんとは鷲美には言えないのだから。犯人が誰だかわからない普通の誘拐と違って、相手の状況や考え方が想像できる分、無闇に不安にならないですむ。連中はそんなことを考えてもいないだろう。ただ思いついた計画を実行に移すばかどもだ。だからこそ怖い、ともいえた。

真嶋は口にもっていったペプシの缶を止めた。ふいに、おかしなことに気づいた。

講壬会の連中が、本間を誘拐しようと考えたのは、建治が殺されたことを知っているからだ。部下を殺され、怒り狂った真嶋が、犯人を追い詰め殺した。それを知っているからこそ、本間を誘拐すれば金を絞りとれると確信がもてた。でなければ、こんなリスクのあることに手を染めたりはしない。真嶋は当初からそうだろうと思っていた。

しかし、真嶋が平田を殺したことは、やくざの世界でも知られた話ではなかった。そもそも建治の存在など誰も知らない。平田が所属していた曳次組でさえ何が起きたのかわかっていないはずだ。もしそんな話が、やくざ業界に広まっているなら、もっと早く、警察の影が周辺にちらつき始めていただろう。いや、それどころか、ネットの掲示板に書き立てられていた。

まさか、松中が講壬会に耳打ちしたのだろうか。松中なら日枝からだいたいの話は聞いているだろう。しかし、前にも考えたとおり、松中が闇金の仕事に支障がでるような策を練るとは思えなかった。しかも、鷲美から見て、松中は上部団体の幹部だ。真嶋から金を絞りとろうと思ったとき、その計画の助言をそんな立場が上の人間に求めたりするものだろうか。絶対にないとはいわないが、どうにも想像しにくかった。松中じゃないとしたら、いったい誰なんだ。

携帯電話が着信音を響かせた。

真嶋はベッドサイドの時計に目を向けた。一時を少し過ぎた時間。前の電話からほぼ三十分だった。思わずにやけた。時計とにらめっこで、電話をがまんしていた鷲美の姿が目に浮かんだ。真嶋は缶を傾け、ごくごくと飲み干した。ベッドから下り、デスクに向かった。

携帯を取り上げ、着信ボタンに親指を乗せたが、そのまま止まった。目に入った着信表示に心当たりのない番号がディスプレイされていた。鷲美ではない。誰だ。

着信ボタンを押す。耳にもっていく。

何も喋らない。かすかな息づかいが聞き取れる。

「誰だ」

真嶋は言った。

「助けてください」

思いも寄らぬ声に、真嶋は背筋を震わせた。若い女の声だった。

「真嶋さんですよね」早口に女は言った。

「そうだ。いったい、お前は誰だ」

なんでこの携帯番号を知っているんだ。

「助けてください。本間さんが、死んじゃう。殺される。だから……、早く……、お願いします」

泣き崩れるような声。

「誰なんだ。本間がいったいどうしたんだ」

43

「ごめんね、すっかり遅くなっちゃったね」

吉井が爽やかな笑顔で言った。

月子は口を固く閉じ、頭を横に振った。

ふたりが乗るタクシーは石神井駅の入り口を通り越した。月子の自宅はもうすぐ。早く、と吉井の爽やかな横顔を見ながら、月子は思った。

車窓の向こうに、見慣れた石神井警察署の建物が見えた。もうだめだ。本当に家はすぐそこ。

「すみません、次の角を、左に入ってください」

月子は息をつきながら、どうにかそう口にした。言ったあと、大きく息が漏れた。慌てて口を閉じた。

運転手が「はいはい」と返事をした。その前にふんっと鼻で笑ったような気がした。たぶん、後ろで何をしているか気づいているのだろう。乗るときに見た感じでは、品のないおやじだった。いやだと思った。こんなおやじに知られていると思うと、恥ずかしさよりも嫌悪感を強く覚える。

タクシーの後部座席で、月子は大きく足を開いていた。スカートのなかには吉井の手が入っていた。内腿のあたりを愛撫する。腿の付け根の近くまで指が這ってくるが、その上まではけっしてこない。もうすぐ家に着いてしまう。早くそこに触れて欲しかった。もどかしさで足を開いたり閉じたりした。

本当は指ではなく、吉井さんのものが欲しかった。ほんの一時間前までひとつに繋がっていたのに、もう欲しくてしかたがない。

吉井としたのは今日が二回目だった。最初は痛いばかりで気持ちよくないと聞いたことがあったけれど、月子は初めから快感に身をよじった。経験を重ねれば、どんどん感度が高まるというが、これ以上気持ちよくなったら自分はどうなってしまうのか少し怖かった。

あのクスリのせいなのだろうか。今日もする前に、吉井から一錠もらって飲んだ。それが快感の決め手なのかどうかは、飲まないでしたことがないからわかりようはないが、吉井の愛情を目で見ることができるのは間違いなくクスリのおかげだ。吉井が言ったように習慣性もなく、使用するのにためらいはなかった。

運転手がルームミラーを動かしていた。あっと月子は声を上げそうになった。鏡に運転手の目が映っていた。運転しながらこちらをちらちら見ている。

やはり嫌悪感を覚える。なのに、なかから溢れでてくるのはなんでだろう。息が荒くなってくる。自分の手でしたくなるのを、必死に我慢した。

運転手が突然車を停めた。外にでた運転手が、後部のドアを開けた。吉井を車から引きずり降ろし、めちゃくちゃに殴る。運転手が乗り込んできた。色の悪い肌がたるんでいた。本当に品のないおやじ。月子を後ろ向きにさせて、下着を引き下ろす。やめて、という月子の言葉もかまわずいきなり入ってきた。

月子は這い上がってきた快感に声を上げそうになって、慌てて手で口を押さえた。目を開いた。呼吸が乱れ、肩を大きく上下させていた。なんでこんな妄想をしたのかわからなかった。実際に犯されたいと思っているはずはないのに、なぜか興奮した。いや、いまでも想像すると体が熱くなる。

「あっ、すいません。ここで停めてください」

月子は言った。うちのすぐ手前まできていた。

車はちょうど月子の家の前で停まった。運転手に自宅を知られてしまう。いやだ、と思ったが、興奮に火がつきそうな気配を覚えて、うろたえた。

「それじゃあ、お別れだね」

吉井がスカートのなかから手を抜いた。乱れたスカートを直してくれた。

吉井は変わらぬ笑顔を向けていた。男のひとは、一度したら、もう興奮しないものなのだろうか。それとも、抑制できるものなのか。いずれにしても、吉井の爽やかな表情が、月子の興奮に一定の歯止めをかけていたような気がする。それがなければ、どうなっていたかわからない。

「また会おう。連絡するよ」

月子は頷いて答えた。

頭の興奮はだいぶ冷めてきた。ただ、子宮のあたりの疼《うず》きは残っていた。何かのきっかけで簡単にスイッチが入りそうな危うさが、なぜかうれしかった。

月子はタクシーから降りようとドアのほうに顔を向けた。開いているドアから、自分の家が見えた。玄関の明かりが灯っているのはいつものことだった。けれど、その横のリビングの窓にも明かりが――。この時間、祖母は寝ていて、普段であれば家のなかは真っ暗なはずなのに。

「どうしたの」

月子は吉井を振り返った。

「まずいかもしれない。お父さんが帰ってきているようなんです」

こんな時間に帰ったら、間違いなく大事になる。モデルをやっていることもばれて、やめなければならなくなるだろう。それだけでなく、いま父親と対面したら、何をしてきたか見透かされそうだった。怖くもあるが、たまらない嫌悪感を覚えることでもあった。

「すいません、今日は吉井さんのところに泊めてもらえませんか」

それしかないと思った。いつもどおりなら、父親は月子が起きる時間より早く仕事にでかける。帰っていないことに気づかない可能性が高かった。祖母には友達の家に泊まってきたと言えばいい。小言ぐらいは言われるかもしれないが、それでおしまいだ。

「僕は明日も仕事なんだよな」

吉井は迷惑そうに顔を歪ませた。が、すぐに爽やかな笑顔に戻る。

「なーんてね。ただ、僕の部屋はまずいな。今日は弟が泊まりにきてるから。――しょうがないな、またどこかに入ろう」

吉井が意味ありげに、横目で見た。

それで月子のスイッチはオンになった。額の真ん中あたりがぽーっと熱くなり、大きく息をついた。

「運転手さん、このまま吉祥寺までいってください」

ドアが閉まった。車が動きだした。

もう一度できる。吉井さんが入ってくる。そう考えただけで息が苦しくなった。ルームミラーに映る目を意識しながら、月子は瞼を閉じた。


冷蔵庫から、ひとつ残っていた缶ビールを取りだした。

いったい、いつ買ったものなのか気になって賞味期限を見た。大丈夫だ。まだ二ヶ月あった。

高橋はリビングに入って、プルタブを開けた。腰を下ろしたふたりがけのソファーは、初めて座るものだった。クッションみたいに柔らかく、安っぽいものだが、なかのスポンジが飛びでた以前のがらくたよりはましなのだろう。缶に口をつけ、ごくごくと喉に流し込んだ。

綾乃と別れた。その事実をあらためて頭のなかで整理していた。

綾乃に別れを告げられたとき、怒りを感じたのは、大きなものを失うことになると思ったからだ。その痛みを恐れて、別れたくないと思ったが、あれから一時間ほどたっても、痛みが襲う気配はない。結局、家庭を顧みないのと同じで、自分は女との時間も顧みてはいなかったのだ。考えてみれば当たり前のことで、女に家族以上の執着を示せる根拠などどこにもなかった。死んだ妻と出会ったのは二十代のころで、あの当時の女に対する執着とは、どう考えても比べものにはならない。仕事に対する姿勢も大きく変わっている。

綾乃に対する特別な思いがなかったわけではないが、結局のところ、家以外に帰る場所が欲しかったのだし、ただでセックスできることがうれしかったのだ。それがなくなるのは寂しいものの、辛いというほどではないし、あとまで引きずるようなものでもない。いままでどおり仕事に励めばいい。

結論をだそうと思っていたわけでもなかったが、うまい具合に答えが見つかった。仕事が忙しいから、家庭を顧みないのか、家庭と向き合えない免罪符として、仕事に精をだすのか。いつもどおり、そこまで踏み込んで考えることはしなかった。

なんであれ、遂行する任務が正義であると確信がもてるならば、たとえ家庭から逃げ込むのであっても、仕事にかける熱量に変わりはなかった。いまの任務も、そのへんに疑いはない。真嶋は――武蔵野連合は悪であり、それを追う自分は正義の味方だった。

空の缶に口をつけ、二度目の舌打ちをしたとき、綾乃の部屋に着替えを置いてきてしまったことに気づいた。別れを言った女と連絡をとる気はしなかった。向こうから連絡があれば、取りにいくことにしようと決めた。なければそれまで。新しいものを買えばいい。それより、明日、着るワイシャツがあるかどうかが気になった。高橋は重い腰を上げた。

家の外で車のアイドリング音が聞こえていた。向かいの大西さんかもしれない。昔はよく、夜中に顔を合わせたものだった。そろそろ定年を迎える年だと思うが、まだ忙しくしているのだろうか。自分はまだ十年以上も働ける。退職したあとのことなど考える年ではなかった。ただ、無理にも考えれば、娘も結婚していておかしくない年だし、いったい自分には何が残っているのだろうとは思う。

高橋は歯を磨いてから二階に上がった。

自分の部屋のドアを開けようとして、気を変えた。一歩下がり、回れ右をすれば、月子の部屋のドアの前だった。しばらく娘の顔を見ていなかった。朝も、起きてくる前に出勤することになる。高橋はノブを摑み、ゆっくりと捻った。

頭が入るだけの隙間を作り、部屋のなかを覗き込んだ。

ベッドのある奥まで明かりが届かなかった。真っ暗で、娘の寝顔を確認できない。なかに入ってみることも考えたが、目を覚ましでもしたら大変だ。やめておこう。これ以上月子に嫌われたくはない。普段、娘との関係など気にしたこともないのに、なぜかそう思えた。

嫁にいくのは、まだ何年も先の話だ。それまでに顔を見る機会はいくらでもある。

高橋はそっとドアを閉めた。

44

「お客さん、海岸三丁目といったら、このへんですよ」タクシーの運転手が言った。

真嶋は返事をせず、食い入るように窓の外を見つめた。

このへんは芝浦埠頭の近くだろう。物流倉庫が立ち並んでいた。女は青いビルの敷地にいるらしいが、明かりが乏しく、建物はどれも黒っぽく見えた。

「停めてくれ」

タクシーはほどなく路肩に寄り、停まった。

「ここで待っててくれ。ひとを探してくる」

振り返った運転手は驚いた顔をしたが、一万円を渡すと、愛想笑いを浮かべてドアを開いた。

外にでた真嶋は、ひとけのない倉庫街を駆けた。ゆりかもめに沿って延びる道から角を曲がり、一本海岸通りに近い道に入って、青いビルを探した。

電話をかけてきたのは、本間と暮らしていた女だった。本間は自宅マンションで拉致されたようだが、そのとき女も一緒に連れだされたのだという。

女は奥山麻美《おくやまあさみ》と名乗った。真嶋は本間に女がいたことも知らないから、本当に本間の女なのか確認しようがない。

麻美は本間の状況を伝えるために、監禁場所から連れだされたようだった。本間はバットでめったうちにされて、このままでは殺されると女は言った。しかしそれ以上の詳しい話を聞くことはできなかった。電話は男の声に変わり、麻美を海岸三丁目の青いビルの敷地に置き去りにするから好きにしろと言った。真嶋は麻美に代わってもらい、迎えにいくからそこでおとなしくしているように伝えた。

罠である可能性もないではない。しかし、ひとりでこいとも言わなかったし、青いビルの敷地という目印もアバウトで、待ち伏せを目論んでいる感じではなかった。こちらから鷲美の携帯に何度かかけてみたが、今度は向こうが電源を切っていて話をすることできなかった。

青っぽいビルが見えた。真嶋はスピードを上げ、近づいていく。真近で見ると、青というより緑に近かった。タイルが敷かれたビルの敷地に入っていった。

「奥山さん、真嶋だ」

声をかけて進んだ。目を凝らしてあたりを窺う。歩道と敷地とを隔てるコの字形の植え込みのひとつに、ゆらりとひとのシルエットが現れた。真嶋は足早にそちらに向かった。

黒いスウェットの上下を着た女だった。丸まった背中、うなだれた首、生気が感じられなかった。

「真嶋だ」手前で足を止めて言った。

麻美は裸足だった。大きな目でこちらを見ていた。暗がりでも、白く、整った顔立ちであることがわかる。一瞬、顔がくしゃっと歪み、笑ったように見えた。しかし肩を大きくゆらすと、口から嗚咽を漏らし始めた。

「もう大丈夫だ。安心しろ」

真嶋は女に近づき、肩から上着をかけてやった。

「歩けるか」

麻美は頷くと歩きだした。全身が強ばっているようなぎこちなさだった。真嶋は腕を摑んで支えた。

「本間は必ず助けだす。だから、話を聞かせてくれ」

麻美は頷いた。しかし、嗚咽を漏らすばかりで、声にならない。

「深呼吸をしろ。落ち着いたら話せ。ただし、時間はない」

どれほどの時間があるかわからないが、当初思っていたよりは、ずっと余裕がなかった。

麻美は大きく息をついて「大丈夫です」と言った。うつむいていた顔を上げた。街灯の下で見ると、口元に殴られた痣があった。首筋や鎖骨のあたりには、キスマークのような跡が残っている。真嶋の不躾な視線を避けるようにうつむいた。

「本間が殺されるかもしれないっていうのは、どういう状況なんだ」

「バットで腕をひどく叩かれて、折れた感じでした。それでもまだ叩いて……。これから全身の骨を折ってやると言ってました」麻美はうつむいたまま呟くように言った。

「本間は拉致されてから、ずっと暴行されていたのか」

麻美は首を横に振った。「最初にうちにきたときに殴ったりはしましたけど、とくにそんなには。一時間ぐらい前なのか、男たちがきて、急にバットで殴り始めたんです」

「そうか」

自分がひきがねを引いてしまったのだなと悟った。

電話でまともに話もさせない真嶋を、しっかり自分たちのほうに向かせようと、本間を痛めつけ、その状況を麻美に語らせた。

もう焦らし作戦は使えない。少しでも有利に立とうと思ってやったことだったが、かえって精神的に不利な立場に追い込まれてしまった。鷲美たちが本間を殺す気がないのはわかっている。しかし、痛めつけているうちに過って死にいたらしめる可能性は充分にあり得た。へたな動きはできなかった。

それにしても、鷲美たちの動きは素早かった。こちらが同じ土俵に上がらないと見ると、すぐに決断し、実行に移したとしか思えないタイミングだ。一緒に誘拐した女に語らせるというアイデアもなかなかだ。そんな頭の回る連中だとは思わなかった。また背後にいる者の影を感じた。

麻美によると、拉致されたときも、ここへ連れてこられるときも、目隠しされていたので、監禁場所がどのあたりにあるのかまるで見当がつかないそうだ。監禁されていたのはビルのなかの倉庫に使われているような部屋で、頻繁に電車が通過する音が聞こえた。ここまで、車で二、三十分ぐらいだった。しつこく訊ねても、思いだせるのはそのくらいで、場所を特定するのはまず無理だろう。

「俺の所有するマンションで、ひとまず休んでくれ」タクシーに乗り込んで、真嶋は言った。「誰もいない部屋とひとがいる部屋、どっちがいい。――ひとというのはいちおう女だ」

麻美は少し考える間をおいて、ひとがいるほうと答えた。真嶋は運転手に、世田谷線の上町に向かうように言った。

誰にも知られていない自宅だったが、いいだろう。あのマンションは近々引き払うつもりだ。

昭江の携帯に電話をしたが、またでなかった。マンションに着いてから叩き起こし、風呂と寝床の用意をさせた。気はきかないが、食事を作れれば用は足りる。

「本間は必ず助けだす」と約束して、マンションをでた。待たせていたタクシーに乗り込み、真嶋は沢井に電話をかけた。約束の時間に十分遅れただけだった。

沢井は十人用意できてますと、開口一番に言った。

「これから会えるか、仕事の内容を伝えたい」

「ええ、大丈夫ですよ」

もともとは昼ごろにでも会って――、と考えていたが、それでは間に合わなくなった。金は明後日――すでに日付が変わっているから、明日までに用意しろと鷲美は言っていた。期限を過ぎたら、どうなるかわからない。それよりも前に本間を解放させなければならなかった。

沢井は六本木で遊んでいたらしい。赤坂のオフィスで落ち合うことを約束して電話を切った。


夜が明けた。

六時前には、窓の外はすっかり明るくなっていたが、陽が差し込んできたのは七時を過ぎてからだった。

夜と朝を分ける境界もなく、真嶋は動き続けていた。沢井は十人の若いやつらを無理矢理六時に招集し、急遽予約したホテルの部屋ですでに待機している。そこで仕事の内容、進め方をみっちりレクチャーしているはずだ。

先ほど、日枝の携帯に電話をかけた。すぐに電話にでた日枝も、寝ていた様子はなかった。午前中のできるだけ早い時間に松中に連絡をとり、真嶋が金の話をしたがっている、と伝えるように頼んだ。金の話といえば、当然、松中にとってのもうけ話だと理解してくれるはずだ。

窓を半分開けた。まだ温まっていない朝の空気を取り入れながら、煙草をふかした。ちょうど、一本吸い終えたところで、携帯が着信音を響かせた。

充電器に繋がった携帯を取り上げた。鷲美からだった。たぶん、嫌がらせで早朝にかけてきたのだろうが、こちらとしては、早ければ早いほどありがたかった。

「真嶋だ」通話ボタンを押して言った。

「昨日は眠れたか」低い落ち着いた声で鷲美は言った。

「おかげさまで。そっちも携帯の電源を落として、ぐっすりだったようだな」

「夜中に詫びの電話を入れられても、むかつくだけだからな。——さて、本題に入る。金は明日の正午までに用意しろ」

「それは無理だ。この間七千万渡したばかりだ。かき集めるのに時間がかかる」

「それじゃあ、交渉決裂だ」

「残念だ。せっかく払う気になったのにな」

真嶋は窓のほうに目を向けた。朝から救急車が、けたたましいサイレンを鳴らして近づいてくる。騒々しい割にはゆっくりとした音の動き。じょじょに離れていく。

「ちょっと待て」沈黙を続ける鷲美に言った。「交渉決裂の前に金の受け渡し方法を教えてくれ」

「受け渡し方法なんてものはない。現金が用意できたら、取りにいく。そのあとにお前の部下は戻るだろう」

「金を渡す前に、本間の声を聞かせてくれるか」

「いいだろう」

間を置いて答えた。

「明日の正午までに用意するな」

「無理だ。もう少し遅らせてくれ」

通話は切れた。

真嶋は携帯をデスクに置いた。目をつむり、こめかみを強く押す。

これで交渉決裂ということはあり得ない。たぶん向こうも、想定内の展開で焦ってもいないだろう。こちらとしては、まだこの先どうなるかはっきりしないから、できるだけ期限は延ばしたかった。無理なら正午の期限を受け容れるしかない。

朝の交渉は余裕があっていい。夜の交渉になるとたんに焦りや疑念が渦巻く。それが判断に悪影響を及ぼしかねなかった。

朝食を買いにでかけようと、携帯を充電器から外して、上着のポケットに入れた。廊下にでたとき、携帯が鳴り始めた。

ポケットから取りだし、着信表示を見ると、意外にも松中からだった。

まだ七時半にもなっていない。こんなに早く日枝は松中と連絡をとったのか。

「真嶋です」と電話にでると、被せるように声が聞こえた。

「おお、真嶋。何か話があるそうだな」

松中の機嫌のいい声を久しぶりに聞いた気がする。いい交渉ができそうだった。

三十分でこられるなら会ってやると指定したのは、人形町にある純喫茶だった。甲統会の本部にいく前に、松中は必ず寄るのだそうだ。

結局五分遅れて到着したが、追い返すことはしなかった。機嫌のよさは続いているようだ。

「話はわかっていると思います。助けて欲しいんです。俺の部下でもあり、松中さんの部下でもある男を。有能なやつです。失ったら大きな損失だ」

真嶋はテーブルに手をつき、身を乗りだして言った。

松中はモーニングセットのゆで卵を必要以上に咀嚼《そしやく》しながら、首を横に振った。コーヒーに口をつけてから言った。

「それは逆の話だ。俺のほうがお願いする。有能な部下を助けてやってくれよ、真嶋さん。金を払えば戻ってくるんだろ。だったら、部下のためにだしてやれよ。金はたくさんもってんじゃないか」

「もともと払う必要のない金ですよ。なんで連中に渡さなきゃならないんです」

「そのへんの、金銭トラブルに関しては俺はわからんよ。互いの言い分があるんだろ。俺はひとの金銭トラブルには関わらないことにしてんだ。だから、それはそっちで話し合ってくれよ」

真顔でよく言う。金銭トラブルと聞けば、頼まれもしないのに首を突っ込むのがやくざというものだろうに。

「いずれにしても、部下の命がかかってんだ。ちょっとの金を惜しむのは薄情ってもんじゃないか」

「松中さんにそんな風に思われていたのは残念です。もちろん金は払いますよ。俺は薄情じゃありませんから」

「払うのか？」松中は驚きも露わに言った。「だって、お前、さっき――。だいたい、金を払うんなら、なんで俺の助けが必要なんだ」

「減額交渉をしていただきたいんです。部下の命には代えられないから、金は渡します。ただ、もともと払う必要のないものだから、できるだけ低く抑えたい」

トーストに別料金だという蜂蜜をかけながら、松中は肩を揺らして笑った。

「がめついやつだな。身代金の減額交渉なんて聞いたことないぜ」

「金の問題じゃなく、気持ちの問題ですよ。向こうに丸もうけはさせたくない」

松中はまた笑ったが、見下すような目をしていた。お前のそういうところが気に入らない、と言っているようだった。

「もちろん間に入っていただいたら、礼はさせてもらいます」

「俺個人に対する謝礼なんだな」

「もちろんです」

「どのくらい考えてるんだ」

松中はそう言ってトーストにかじりついた。指についた蜂蜜をうまそうに舐めた。

「松中さんに、一億をお渡しします。その中から、講壬会へ身代金を渡してください。つまり、身代金が四千万に減額になったら、松中さんは六千万を手にすることができる」

「それはちゃんと表の金にして渡してくれるのか」

「松中さんがそう望むのでしたら、もちろんやりますよ」

当然といえば当然だが、松中は洗浄済みの金を好む。

「何が望みなんだ。何か企んでるだろ」

松中はすべて見えているぞと言わんばかりに、目を見開いた。

「黙って講壬会に払えば七千万ですむのに、どうしてわざわざ三千万もよけいに払うんだ。何か企んでるとしか思えない」

「ただの意地です。連中に言われたまま、七千万を払ったら、武蔵野連合の恥になる。それが回避できるなら、三千万なんて惜しくもない。それに、松中さんに詫びを入れたいんですよ。ここのところ、色々ありましたから」

松中は鼻で笑った。「それこそ、お前らしくない。何か魂胆がある、と疑いたくなるね」

「じゃあ、はっきり言います。詫びなんて入れたくない。ただ、一連の講壬会とのトラブルで、後ろ盾がないのは厄介だと骨身に染みたんです。だから、詫びも入れるし、金も渡す。頭も下げますよ」

真嶋はテーブルに手をつき、深く頭を下げた。

「マネロンの手数料は、そっちで、もてよ」

松中の言葉に、真嶋は頭を上げた。「わかりました」

マネーロンダリングは、表にでてくるまでにいくつもの業者が間に入るから、手数料が二十パーセントぐらいになる。つまり、最終的に一億円を渡したいなら、入り口のところで、一億二千万ほどを用意しなければならなかった。

「マネロンはお前のところではさせない」

「それが賢明ですね」

真嶋自身の手でマネロンをしたら、何か小細工をしたりするのではないかと警戒しているのだ。

「じゃあ、酒井にでもやってもらいますか」

毒龍の酒井も、闇金の金をマネーロンダリングしていた。

「ああ、酒井だったらいい」松中は小さく頷いた。

「それじゃあ、いいんですね。減額の交渉を引き受けてくれるんですね」

「ああ、やってもいいが、あれはどうなんだ。上納金は、六割払うのか」

「それを呑まないと、詫びを受け容れてもらえないんですよね。しかたがないです。呑みますよ」

すべてをいったん呑む。あとでひっくり返すことは可能だ。

「ただひとつ、こっちにも条件があります。条件というか、当たり前のことですが」真嶋は松中の目を見つめながら言った。「これから、マネロンで松中さんのところに一億を届けるとなると、早くて三日後になる。講壬会は、金を明日までに払えと言ってきてるんです。もちろん、松中さんの交渉しだいでしょうが、明日までとなったら、松中さんのほうで立て替えてもらえますか」

「立て替え？」松中は顔をしかめた。

一時的とはいえ、自分の金で払うのは抵抗があるのだろう。しかし、これは松中にとって、メリットのある話だ。松中が洗浄前の裏の金で講壬会に払えば、マネーロンダリングした一億がまるまる口座に残る。講壬会に払った額分の手数料が節約できるのだ。

真嶋はあえてそのことを口にしなかった。ただ、じっと松中を窺っていた。
四、五秒沈黙して、松中は口を開いた。
「まあ、いいだろう。立て替えてやろう。マネロンの金は、今日中に酒井にもっていくんだな？」

「間違いなく、今日中に――。酒井に伝えておいてください」

食べかけのパンにかじりついた松中は、頷いた。

真嶋は「よろしくお願いします」とまた深く頭を下げた。

朝の交渉はやはりいい。ほぼ百パーセント、思いどおりになった。松中が洗浄された綺麗な金を欲しがることはわかっていた。真嶋にその洗浄をさせないようにするだろうことも織り込みずみだ。酒井に洗浄をまかせるよう、うまくもっていけたのがいちばん大きかった。きっと、本音でぶつかったのがよかったのだろう。真嶋の言葉のほとんどが本音だった。松中に詫びる気はないし、後ろ盾がないのは厄介だと思っているし、これは意地でやっているだけだ。

ただの意地。意味などなかった。子供っぽい行為だと自覚はしているが、どうにもならない。結局、自分は武蔵野連合なのだ。それを、松中に、鷲美に見せつけたかった。

頭を上げると、松中は残りのゆで卵を口のなかに押し込んでいた。食べ方までエネルギッシュだ。

「さあ、話がすんだら、外してくれ。ひとりで考え事をしたいからな」

松中に言われ、腰を上げた。

「交渉がまとまったら、連絡する。そっちは、金のほうをよろしくな」

真嶋は大きく頷き、席を離れた。

店をでてから、沢井の携帯に電話した。ほどなくでた沢井に言った。

「もうしばらく待機。必ず出番がくるからな」

45

午後二時半。かき集めた金を、沢井と一緒に歌舞伎町にある酒井のオフィスに運んだ。

真嶋のオフィスと同じような古い雑居ビルだが、なかは近代的に改装されていた。酒井の他に、パソコンに向かうスタッフが四人。さすがに、オフィスにはめったに運び込まれることがないと思われる、まとまった現金を、ちらちらと気にしていた。

「これで手持ちの現金は、ほとんどなくなったよ」

スリーピース姿の酒井は、真嶋の言葉に軽く頷いただけで、札束を眺めていた。ぎらぎらしているわけではないが、この男にしては珍しく、熱っぽさ——色気のようなものを漂わせていた。

近くにある毒龍の事務所から、ふたりのスタッフがきて、紙幣カウンターで金を数えていった。手際よく、十五分ほどですべて数え終わった。

ひとりが中国語で酒井に耳打ちした。酒井は頷くと、ポケットからキャメルを取りだし、口にくわえた。真嶋と沢井にもすすめた。三人で煙草をふかした。

「一億四千万円、確かにあずかった」

酒井は「円」を「イェン」と発音して言った。中国語の訛りがあるというより、ただかっこうをつけてそう言っているだけだと真嶋は思っていた。

「だが、松中さんに送金するのは一億円だろ。手数料を引いても、ちょっと多い」

「ああ、悪い」真嶋は、さも、いま思いだしたというような表情を作り、詫びた。

「そのなかに、俺の金も含まれているんだ。ちょうど綺麗な金が必要でね、ついでに頼もうと思ったんだ。手数料を引いて、一千万円弱ぐらいか」

真嶋も「イェン」と発音した。

「一千万円以上になると思うが」

「お前の手数料は、入ってるか」

酒井は煙を吐きだし、何かを思いだすように、宙に視線を漂わせた。

「俺は、商売でやっているわけじゃない。だから手数料はいらない」

「手数料なしでやってくれるのか」

酒井は返事をせずに、唇をすぼめてキャメルをくわえた。

なし崩しに請け負わせようと思ったが、さすがに、そんな手に乗るような男ではなかった。

「やっぱりまずいか」真嶋は訊ねた。

酒井はじっと真嶋を見つめていた。沢井が怒りだしかねない、険のある視線だ。真嶋は答えを待つように、酒井に視線を合わせた。

「受け皿の口座は安全なのか」酒井が聞き取りにくい声で言った。

「素人に訊ねるようなことを言うなよ。当たり前だ。綺麗で安全な口座さ」

真嶋はポケットから、口座名、口座番号が記されたメモを取りだし、酒井に差しだした。

酒井はそれを受け取った。一瞥すると、びりびりに引き裂いた。

沢井が「おいっ」と声を上げて踏みだしたのを、真嶋は腕を上げて制した。

酒井は首を軽く傾げて、沢井に視線を向ける。

「もう覚えた。メモなんて残しておくと、ろくなことにならない」短くなった煙草を床に落とし、踏みにじった。

真嶋も煙草を床に落とし、頷くように頭を下げた。

黒いスーツを着てきてよかった。脇の汗染みが、目立たなくてすんだ。

46

高橋と植草が戸塚署の捜査本部に報告を終え、本庁に戻ってきたのは、午後七時過ぎ。特捜隊はまだ活発に動いていた。

会議室を転用した専従班の部屋に入っていくと、同じグループの平滝が目配せしてきた。高橋と植草は、資料をいっぱいに広げた平滝のデスクに向かった。

「お疲れ。どうだ、何か発見はあったか」

高橋は近くの椅子を引き寄せて腰を下ろした。

高橋よりいくらか年若い平滝は、後退した生え際を軽く指先でもみながら、頷いた。

「とくに発見というほどではないですが、真嶋に関係する会社の役割について目星がつきましたよ」

「役割？」高橋はそう言って、傍らに立つ植草と顔を見合わせた。

「ＯＳＭやギャレコに、やはり何か特別の役割があるということか」

「ええ。最初、その二社には何か目的があるのかもしれないと高橋さんに言われたときから、なんとなく見当はついていたんですが、財務関係の資料を見ていて、まず間違いないだろうと確信がもてたんです」

「最初から見当ついていたんですか」植草が声を裏返して言った。

「二社には共通点がある。その特性を考えたら、自ずと答えが見えてくるってもんだよ」

平滝はわかりますか、と問うように薄い眉を上げて、高橋と植草に視線を配った。

「両社ともデータを配信して利益を得る会社だ」

すぐに高橋が答えると、平滝は頷き、口を開いた。「ものの売買がないから、いくらでも架空の取引ができる」

「できますかね。確かに、実際にサービスをしたかどうかはごまかせるけど、金のやりとりは残る。詳しく調べられたら、ばれますよね」植草は眉間に皺を寄せて言った。

「だから、金のやりとりは実際にするんだよ」

平滝はわざとらしく、怒ったような表情を見せた。

「その金はいったいどこから――」

「マネーロンダリングか」高橋は植草の言葉を遮って言った。

平滝は口元を綻ばせて大きく頷く。植草は驚いた表情をして、高橋のほうに顔を向けた。

「ネットでデータを配信するサービスは、なかなか取引の実態が把握しづらい。マネロンの温床になっているんじゃないかという疑いは前々からあるんですが、これだとピンポイントで内偵して、摘発にまで至った事例はまだほとんどないんですよ」

「実際に金を払って、税金も支払われているなら、国税が動くこともないだろうしな」

言われてみれば、なんで気づかなかったのか不思議になるくらい、納得のいく答えだった。ネットの掲示板に、真嶋は海外に送金するマネーロンダリングをやっているような記述があったから、ネット取引を介してのマネロンの可能性を無意識に排除してしまったのかもしれない。

「ギャレコの子会社に、ユニゾーズっていう、やはりゲームを配信してる会社があるんです。湧永がギャレコに移ったあとに買収されて子会社になってるんですが、買収後に大きく売り上げを伸ばしてるんですよ。ギャレコの傘下に入って業績を伸ばしたと見ることもできますが、もともと地方で立ち上げた規模の小さな会社で、その割には売り上げが大きい。きっとマネロンの金が流れ込んだからなのだろうと推察したわけです」

平滝はそれを表す資料を提示しようとしたのか、広げられた資料を漁ったが、見つからなかったらしく手を引っ込めた。

「だけど、いったん会社に金が入ってしまったら、それを真嶋の手元に還流させるのは難しいですよね」植草が言った。

「ＯＳＭもギャレコも、上場企業だから勝手に金を使うことはできない。裏金作りと一緒で、投資をしたりして金を移動させていき、体裁を整えてから、真嶋の手に戻しているんだろう。難しいだろうが、手間をかければ、かけた分だけ跡を辿るのも難しくなる。それを俺たちでやらなければならないんですがね」

平滝は口の端を上げ、皮肉っぽい笑みを浮かべた。

「マネロンだと当たりがついただけでは、喜ぶほどのことでもないんだよな」

わかりきったことだが、高橋は自嘲するように口にした。

「強制捜査に着手できれば、内部資料などから細部が見えてくるでしょうけど、そこまで持ち込める物証が、内偵で見つかるかどうか。やるしかないんですがね」

「そのとおりだ。やるしかない」

高橋はそう言ったが、さほど力を込めることはなかった。

組織を壊滅させるための捜査は、殺人の捜査などとは違って多角的に攻めるしかない。ひとつがだめなら次に向かえばいいし、あるいは、ちょっとずつダメージを与えて最後に倒すことができるならそれでもよかった。とにかくできる限りのことをやってみる。いまの時点で、ゴールなど窺うのはむだなことだった。

「モデル事務所のほうはどうだ。何か犯罪にからんでいる可能性はありそうか」

「そっちのほうは、まだ手をつけていないのでなんとも言えません」

専従班が立ち上がって二日目。そこまで手が回りませんとでも言いたげに、平滝は顔をしかめた。

「ただ一般的にいって、モデル事務所などを利用してマネロンを行なうというのは、考えにくい。――それでも、怪しげな動きはないか、今後精査していくつもりですがね」

「そうしてくれ。マネロンに関わっているかどうかはわからないが、何か裏の仕事と関わっている気がするんだ」

真嶋と関係する人物が、子会社の社長や役員に就いている。ただの小遣い稼ぎのために、表の稼業を営んでいるとは思えなかった。

高橋の言葉に平滝は頷いた。話は終わり、とでもいうように、資料を手に取り視線を落としたが、すぐに高橋のほうに顔を向けた。

「高橋さん、どうして毒龍のほうにはまるで手をつけないんですかね。いちおう専従班は、毒龍も視野に入れた不良集団の取り締まりを目的にしているのに、実際は武蔵野連合に完全に絞っている。野放しにしていていい連中とは思えないんですけどね」平滝はいくらか声をひそめて言った。

「ムサシの動きが目立つからでしょ。それこそ野放しにしていたら、世間が黙ってないでしょうから、上層部もムサシ一本に絞っていこうと決断したんじゃないですか」植草が力を込めて言った。

植草自身、黙っていられない世間のひとりに違いない。

「きっとそんなところだろう。ふたつの組織を同時には狙えない。プライオリティーを考えたら、どうしても世間の注目が集まるほうにいくだろ」

「確かにそうですけど、武蔵野連合を壊滅に追い込んだあと、果たして毒龍に捜査が向きますかね。昨日の会議でも、まるで話がでませんでしたから。上はあえて毒龍潰しを避けているような気もするんですよ」

「気がするだけだろ。やることは、いくらでもある。そんなことは考えるな」

高橋は語気を強めた。

平滝は眉を上げてこちらを見る。

「そうですね」平滝はふーっと息をついて言った。「私は以前、少年課にいたんですよ。暴走族の情報収集をしていて、当時現役だった毒龍を見てきました。その後も犯罪者集団として組織化されていく連中の動きをずっと横目で見ていたもので、どうにも気になるんです。少し前まで、武蔵野連合より毒龍のほうがマスコミに登場する機会は多かったんですが、いまではすっかりムサシの陰に隠れてしまった。どちらがより社会にとって害があるとは決められませんが、間違いなく毒龍のほうが組織化され、多様な犯罪に日々手を染めている。見逃すようなことがあってはならないと思えて――」

高橋は頷き、ちらっと植草のほうを窺った。

植草が初めて高橋に武蔵野連合について書かれた掲示板を紹介したとき、ただの元暴走族がもてはやされているのが許せないというようなことを言った。結局のところ、そういう感情的なもの、あるいは空気とでも呼べるものを優先したことは否めなかった。しかし平滝は、それ以上の、あえて毒龍に手をつけない上層部の意思を疑っているようだった。

「大丈夫だ。いつか機会は巡ってくるさ」

高橋はそう言って腰を上げた。

警察は一丸となって犯罪に立ち向かっている。暴力団を社会の必要悪などと考える者は誰もいない。上層部だって同じで、本気で暴力団を潰そうと考えていると高橋は疑っていなかった。それでも、時折、ブレーキのようなものを感じることはある。何かしら政治的な力が働いているのか、必要な捜査が見送られたり、ストップがかかったりする。政権交代後、そんなブレーキをあまり感じなくなっていたから、やはり政治的なものに左右されていた可能性はあった。暴力団排除条例が施行され、アクセルを踏み続けていたが、もしかしたら、ここらで潮目が変わる可能性もある。近々、首相が解散総選挙に踏み切るのではないかと、連日マスコミは騒ぎ立てている。

個別に腹の立つ事例もあるが、長い目で見れば、そんなブレーキなど気に留めるほどのものではなかった。暴力団を締めつける流れに変わりはない。日々の仕事に励み、待っていればいつかは潮目が変わる。ゴールになど目を向けないことが肝心だった。

47

「もうそろそろ撤収させてもいいかと思うんですが、どうしましょうか」

電話をかけてきた柿崎が、そう訊ねた。真嶋はもうそんな時間かと、腕時計に目をやった。午後九時二十分。予定の時間を過ぎていた。

「撤収してもらってかまわない。また明日の六時からよろしく頼む」

了解ですという声が、携帯の向こうから聞こえてきた。

「悪いが、今日のレポートは、今晩中に入れてくれ」

「メールに送っておきます。これからなので、朝方近くになると思いますが、大丈夫ですか」

「ああ、夜が明けるまでに送ってくれればいい」

自分の周りの人間は、みんな眠らないのだなと、妙に安心感が湧いた。

「いちおう、明日いっぱいまでの監視という予定でしたが、変更はないですか」

「――いや、もしかしたら、一日ぐらい延ばしてもらう可能性もある」

間違いないはずだった予定が狂い始めている。真嶋は冷めたコーヒーを口に含んだ。

「それぞれ予定がありますので、延長はちょっときついかもしれないですね」

「全員じゃなくてもかまわない。なんとか四、五人は監視がつけられるようにしてくれ」

「わかりました。明日一日ありますので、他の知り合いにもあたってみます」

考える間をおかず、そう答えた。

柿崎は、頼んでおいた七件目までのリストアップを終えていた。真嶋は、リストアップした人物の自宅を監視してくれるように新たな依頼をした。柿崎の調査会社は小所帯でスタッフが少ないため、知り合いの同業者に急遽頼んで監視の依頼に応えていた。

追加の調査料を提案したら、柿崎も今度は断らなかった。二百万程度の金だが、案外真嶋にとっては大きな出費となった。現金が尽きかけていた。マネロンで溶かした金を回収すれば金に困ることはないが、すぐに用意できる金は生活費レベルぐらいしか残っていない。仕事を軌道に乗せ、莫大な収入を得るようになってから、これほど手元から現金が消えたのは初めてのことだった。

電話を終えると、一階に下り、カウンターでエスプレッソのダブルを注文した。プレスが終わるのを待たずに、二階に戻った。

真嶋はオフィスから歩いて五分ほどのところにあるコーヒーショップにいた。酒井のところから戻って、オフィスで待機していたら眠気がさしてきたので、散歩がてら、コーヒーを飲みにやってきた。

松中から連絡はなかった。鷲美からもない。松中に交渉をまかせれば、簡単に決着がつくものだと思っていたのに誤算だった。

講壬会は松中が提示した条件が不満なのだろうか。いや、身代金を減額されるのだから不満はもちろんあるだろうが、それをはね返して増額交渉をするだけの胆力を、もち合わせているのだろうか。

鷲美から連絡がないことから、松中と交渉に入っていることは確実にわかる。早ければ酒井のオフィスに金を運んだすぐあと、交渉に入ったはずだ。あれからもう七時間がたとうとしている。

金を払う意思を見せているのだから、本間に危害を加える恐れはないはずだ。しかし、これまで受けた暴行の程度がわからない。いいかげん、手当てを受けさせてやらないと、命に関わることもあり得るのではないか。夜が深まるにつれ、すべてが悪い方向に向かうような気がして真嶋は焦れた。

店員が運んできたエスプレッソに口をつけた。熱すぎると、階段を下りかけた店員にいちゃもんをつけたが、店員は離れたところから、二回頭を下げただけで立ち去った。真嶋もそれ以上言う気はなく、澄ました顔でコーヒーカップを口に運んだ。周囲の客の視線など気になりはしない。

十時前に日枝の携帯に電話をかけた。ひとりで仕事をこなさなければならない日枝は、深夜までオフィスを離れることはなかった。

「ああ、真嶋さん、いまちょうど松中さんと話をしていたところでした」でるまでにしばらくかかった日枝は、弾んだような声で言った。「ようやく、松中さんの携帯に繋がりまして」

「どうだったんだ。交渉はどうなっている」

「それが、うまく交渉がまとまらなかったようです。いまは、どこか外で酒を飲んでいるようです」

「講壬会の人間と飲んでいるのか」

「いや、そういうことではなく、話し合いを終えてプライベートで飲んでいるようです」

「じゃあ、明日まで話し合いは休止ということなのか。それまで進展はないと」

「そのへんははっきりしません。とにかく、交渉がまとまらなかったということしかわからないんです。たぶん額の問題なのだとは思いますが、そのへんの理由もはっきりとは――」

松中はいったいどういう交渉をしているのだ。最後は無理矢理額を提示して席を立てばすむ話だろうに。あの男はそれができる立場のはずだ。

苛立ちはもちろんある。が、明日まで進展はなさそうだとわかったら、焦りはなくなった。待つしかないのだ。

三十分ほど考え事をしてから真嶋はオフィスに戻った。日枝の仕事を手伝い、気を紛らした。日枝は自分も残りましょうかと申し出たが、仕事の目処《めど》がついた午前一時には退社させた。

柿崎からのレポートは、意外に早かった。ひとりでやることもなく、うとうととしかけた二時過ぎ、ワード文書が添付されたメールがパソコンに届いた。真嶋は、ホテルで待機していた沢井をオフィスに呼び寄せた。レポートをもとに、沢井が集めた若い連中がどう動けば効果的か、話し合った。日が昇り、窓の外がすっかり明るくなってから沢井はホテルに戻っていった。

鷲美から電話がかかってくるのではないかと思っていたが、なんの音沙汰もなかった。連絡がないということは、松中との交渉が決裂していない証拠だと思っていた。交渉が継続されるならば、時間はかかってもいずれは話がまとまるだろうと高を括っていた。

八時過ぎ、携帯に電話がかかってきた。松中からだった。話があるから九時に飯田橋の駅前にこいと言った。講壬会との交渉はどうなっているのかと訊ねても、会ったときに話すと言うだけで、答えはしなかった。

どうやら、見込み違いだったと真嶋は悟った。また嫌がらせのように雑踏での待ち合わせ。前にハチ公前で待ち合わせたときと同じく、松中は怒りが沸き返るような話を聞かせるつもりだろう。

九時に五分遅れて、飯田橋に到着した。ＪＲの神楽坂口をでると、早稲田通りの路肩に黒塗りのベンツが停まっていた。真嶋は慌てることなく、ゆっくりと車に近づいていった。

ベンツのサイドウィンドウが開き、松中の顔が見えた。真嶋は立ち止まり、ドアに手をかけた。

「開けてもらえませんか。立ち話をする気はないんで」

「遅れてきて、何を言うんだ。こっちは時間がないんだ。話を伝えるだけだから、そこで聞け」

松中は陽に焼けた顔に皺を寄せて言った。

真嶋は黙って松中を見下ろした。

「講壬会との減額交渉は残念ながら決裂した。向こうも頑固でな、びた一文、減額には応じられないと、最初から最後までとりつく島もない。どうにもならんね」

松中は大きく首を振った。

「なめられてるんですね、講壬会に。恥ずかしくないですか、夷能会の幹部として」

「なんとでも言え。とにかく、俺は交渉から降りる。あとは、お前が自分でやってくれ」

松中の言葉を真嶋はなんの感情も湧き上がらせることなく受け止めた。回り道をしたが、最初の状態に戻っただけだ。

「戦争でも始めますかね、やくざと」

松中はちらっと真嶋を見上げたが、何も言わなかった。顔を正面に向けると、サイドウィンドウが上がり始める。

「ちょっと待て」そう言って手をかけると、ウィンドウは止まった。

「一億をできるだけ早く戻してくれ。口座に入った金を不用意に動かすことはできないだろうから、マネロンしていない裏の金でかまわない。サービスだ」

松中はおかしな顔をした。眉間に皺を寄せ、目を何度も瞬いた。

「なんの話だ。なんで一億を戻さなきゃならないんだ」

「交渉は決裂したんだろ。だったらもう必要のない金だ」

真嶋はそう言いながら、足下がぐらつくような不安定感をふいに覚えた。

「必要があるとかないとかの話じゃないだろ。あれは、交渉した俺への報酬だ。それを戻せと言われてもな――」

「ふざけたこと言うんじゃねえ。交渉に失敗して報酬なんてあるわけないだろ」

舌がもつれた。体が急に熱くなった。

「冗談だろ。最終的に決裂しようが、こっちは粘り強く交渉したんだ。あれはそれに対しての報酬じゃないのか。夷能会の幹部に交渉を頼めば、それぐらい高くつくとわかっているはずだが」

「なるほど」真嶋は大きく息をつき、そう言った。

松中を甘く見ていたのだと思い知った。さすがに夷能会の幹部なのだ。数千万円の金に踊らされて、こちらの思うとおりに動いてはくれない。すべては自分の判断ミスからきたことだが、自分を責める気はなかった。松中を許す気もない。

「松中さんは、俺が狂ってると思っていたのか。交渉に成功したときよりも失敗したときのほうが額が大きくなるような報酬を約束する人間だと思ったわけだろ」

「まあ、確かにそのへんはおかしなことだと最初から思っていたんだが、武蔵野連合は、理解に苦しむことをよくやらかすから――」

松中は口元に笑みを浮かべたが、目は油断なく、こちらを窺っていた。

「人間のクズに理解されなくてよかったよ」

当てこするつもりはなく、心底思ったことを口にしただけだった。

人間のクズと人でなし。似ているようで、まったく相容れない別ものだ。

「早く、窓、閉めろよ。目玉くりぬかれる前に」

言われたとおりにしたくなかっただけだろう。松中はサイドウィンドウを開けたまま、真嶋を見上げた。

「案外、冷静だな。何を考えてる？」

「もちろん本間のことですよ」

松中はふんと鼻で笑った。「だったら早く講壬会に金を渡してしまえ」

「そっちこそ早く、俺を本気で潰しにかかったらどうです。まだまだ手ぬるい」

本間には悪いが、不安や焦りは感じていなかった。ひとの痛みを憂慮するような繊細な心など、もともと持ち合わせていない。体の隅々まで広がる怒りを真嶋は楽しんでいた。

松中の肩が動いた。窓を閉めるのかと思ったが違った。松中は携帯電話を耳に当てた。

「ああ、俺だ。真嶋に代わる」

差しだされた携帯を受け取り、耳に当てた。「真嶋だ」と口にすると、「鷲美だ」と返ってきた。

「交渉をひとにまかせるのはよくねえな。――さあ、振りだしに戻った。金はいつ用意できる」

鷲美の声は、真嶋に負けないいくらい楽しそうだった。

「用意はできてる。松中のところに取りにいけ」

真嶋は耳から外し、電話を切った。窓から松中の手が伸びてきた。渡そうと動いた手をすぐに止めた。腕を高く上げた。

腕を振り、携帯を投げる。ベンツの屋根を越え、車が行き交う車道に飛んでいく。

「何するんだ！」

松中は本気で驚いた顔を見せた。携帯が飛んでいったほうに顔を向ける。真嶋は手を銃の形にした。こちらに晒す、無防備な松中の後頭部に二発打ち込んでやった。

踵を返し、駅のほうに向かった。ドアが開く音が背後に聞こえた。クラクションが鳴り響いた。

真嶋は携帯を取りだし、沢井の番号に発信した。

「待たせたな。すぐに所定の配置についてくれ」

「了解です」と沢井の浮き立つような声が返ってきた。

「チャンスが訪れしだい、順次決行だ」

48

河西桜《かわにしさくら》は冷蔵庫のなかを覗いて溜息をついた。あるのは冷凍餃子と昨日の夜の残りのフライドチキンだけだ。ひどく空腹だけれど、食べる気にはならなかった。

だいちゃんはほんとに気がきかない。昨日の帰りにスナック菓子でも買ってきてくれればいいのに。桜は冷蔵庫の前にしゃがみ込み、また溜息をついた。

買い物にでかけるのはめんどくさいが、朝も食パンを一枚食べただけだし、昼食まで抜くわけにはいかない。自分ひとりの体じゃないのだから、しっかりと栄養をつけないと。桜は大きくせりだしたおなかをさすり、よいしょっと声を発して立ち上がった。

めんどくさいといっても、近所のコンビニにいくだけだった。端から着替える気はなく、スウェットの上下のまま、財布だけをもってアパートの部屋をでた。

階段の手すりに摑まって、慎重に下りた。十代のころに中絶をしているから、妊娠初期は流産しないか心配で、部屋のなかですら歩くのが怖かった。安定期に入っているからもう大丈夫だとは思うが、やはりいまでも怖々で、それがもともとの出不精に拍車をかけていた。

アパートの敷地をでた。駅とは反対方向に進む。後ろのほうで、車のドアが閉まる音が響いた。振り返ってみると、アパートの向かいに停まっていた車の傍らに、男がふたり立っていた。なんとなく振り返っただけで、気にすることもなく、桜は歩き続けた。

百メートルも進まないうちに、背後から声をかけられた。

「河西さん。河西さんですよね」

男の声に足を止め、振り返った。男がふたり、近づいてくる。車から降りてきた男たちだろうか。金色の短髪と綺麗にウェーブがかかった長髪。二十歳そこそこくらいのガキだった。やんちゃな感じがするから、だいちゃんの後輩かもしれない。

「誰?」素っ気なく訊ねた。

桜の前で男たちは足を止めた。ひとりはコンビニのレジ袋を提げていた。ふたりとも笑みを浮かべているが、どこかわざとらしく、不快な感じがする。見慣れているといえば、見慣れている表情で、べつにどうとも思わなかった。

「後ろから見たら、ひょこひょこ変な歩き方してたよ」金髪の男が言った。

「はあーっ、何言ってんの」

何かギャグでも言おうとして失敗したのだろうか。それともばかにしているのか。唐突な言葉に桜は戸惑った。

「ブスが腹膨らませて、道のまんなか歩いてんじゃねえよ」金髪が笑みを消し、顔を歪めて言った。

「あーっ」と声を吐きだしたとき、桜の心を占めていたのは怒りの感情だった。しかし、それはすぐに恐怖に変わった。

金髪が足を踏み込み、回し蹴りを繰りだした。腿に受けた桜は、地面にへたり込んだ。

「何すんだよ」

大きな声だったが、恐怖がにじみでていた。あたりを見回しても、ひとの姿は目に映らない。

「偉そうな口きくんじゃねえよ!」

頭をきつくはたかれ、唾を吐きかけられた。

桜はもう何も言わない。腕で腹を隠した。赤ちゃんだけは守らなければと、背中を丸めた。

「生まれてくる子供はかわいそうだな。親がふたりともクズなんだから」

さっきからわさわさとレジ袋の音が聞こえていた。桜は不安になって顔を上げた。

長髪の男が、結んであったレジ袋の口を開いていた。金髪の男が、桜の傍らに立ち、いきなり髪の毛を摑み上げた。

「何すんの」思わず叫び、男の手を摑んだ。

「クズにお似合いのものをくれてやるぜ」

長髪の男がそう言って、レジ袋を桜の頭の上でひっくり返した。

頭に何かが降ってきた。冷たいもの、硬いもの、ねっとりしたもの。頭から顔に垂れてくる。悲鳴を上げたかったが、口を開けたらなかに入ってきそうで、必死にこらえた。ひどい臭いがした。納豆、玉葱、ヨーグルト。ひとつひとつ挙げても意味はない。それらが合わさり発酵した、生ゴミの臭いだ。

レジ袋を顔に押しつけられた。悪臭が毛穴から入ってきそうで、桜は吐き気を覚えた。


小関可奈《こせきかな》はパートから帰ってきて、洗濯物を取り込んだ。朝、時間がなくてそのままにしていた食器を洗った。ひと息つく暇もなく、保育所に子供を迎えにいくため、再びマンションをでた。

四時半のお迎えの時間にぎりぎり間に合った。一分でも遅れると、延長保育料を請求されるので、いつもひやひやだった。

最近、息子の優斗《ゆうと》は何かと反抗的だ。今日も、早く帰ろうと言っても、聞きはしなかった。お友達とだらだらと遊んでなかなか帰らない。もう置いていくと脅して、先に外にでても全然気にしない。

苛々させられるばかりだった。だから帰り道、可奈は口をきかなかった。自転車の後ろで優斗は、今日の出来事をひとりでべらべら喋っていた。

戻ってきたときには五時になっていた。マンションの敷地の駐輪場に自転車を駐め、エントランスに向かおうとしたとき、男がふたりやってきた。

「おい、こんなとこに自転車駐めるなよ」

背の低い男。まだ顔に幼さが残る若者だった。

「すみません。何か問題ありましたか」

若いくせに言い方が偉そうで気に入らなかったが、可奈は丁寧に応じた。なかなか入居できる物件が見つからず、ようやく決まったのがこのマンションだった。越してきてまだ半年。なるべくトラブルは起こしたくなかった。

「やくざの家族に駐輪場を使って欲しくないんだよ」眠そうな目をした太めの男が言った。

可奈はひゅっと息を吸った。あたりにマンションの住民がいないか、思わず窺った。

「優斗、こっちへいらっしゃい」

まだ自転車のあたりでうろうろしている優斗に、手を差しだした。

何が目的なのか知らないが、相手にしてはいけない男たちだ。早く部屋に戻らないと。

「早くきなさい」

どうして言うことを聞いてくれないのだ。可奈は身もだえしそうなほど苛立ちが募った。

「おい、自転車どうにかしろよ。やくざの自転車と一緒じゃ、腐っちまうだろ」

太めの男がどすのきいた声をだした。とくに怖くはなかった。どうせ口で脅すだけだろう。ふたりとも、女子供に手を上げるほど、キレた感じではなかった。

優斗がこちらにやってきた。しかし、可奈の手を振り払って、男たちのほうに向かった。背の低い男の前に立つと、いきなり蹴りを入れた。

「何すんだ、このガキ」

男が優斗の頭をはたいた。体がのけぞるほど強い力だった。

「やめて！」

可奈は動いた。目を見開き放心状態の優斗に向かった。

背の低い男に肩をどつかれた。優斗に手が届かない。可奈は男の胸を突いた。頬を平手ではたかれた。

耳鳴りがした。優斗の泣き声が聞こえる。後ろから髪を引っぱられて、のけぞった。

「お仕置きだ。髪の毛を刈り上げてやる」

背筋に寒気が走った。頭皮の痛みも気にせず、身をよじって、男の手から逃れようとした。

「おとなしくしてろ」

背の低い男はそう言うと、優斗の頭を再びはたいた。

「子供と髪の毛、どっちが大事なんだ」

「やめてください、叩かないでください」

動きを止めた可奈は、震える声で懇願した。

「おとなしくしていれば、すぐ終わるぜ」

背後から太めの男の声。顔の前にハサミが現れた。

不器用そうな指が動く。可奈は目玉がこぼれ落ちそうなくらい、目を見開いてそれを見た。

前髪が塊となって、目の前を落下していった。

49

午後六時までに、五件完了した。そろそろ講壬会も気づいて、何か手を打つかもしれないと考え、真嶋は、まだチャンスを窺っている残りの二チームを撤収させた。

まさか気づかないことはあるまいと思ってはいたが、八時になっても、講壬会からなんの接触もないので少し焦り始めていた。

九時半。タクシーでオフィスから新宿のホテルに向かっているとき、ようやく鷲美から電話がかかってきた。着信ボタンを押し、耳に当てると、「お前か」と鷲美はいきなり言った。

「俺だが、どうしたんだ」

車窓から覗く、地味な四谷の風景を目に映しながら、真嶋は静かに言った。

「とぼけるな。うちの構成員の家族を襲ったのは、お前だろ」

感情を剥き出しにし、鷲美は吠えた。

「なに、血相変えてるんだ。やくざの家族なら、それぐらいの覚悟はできてるんじゃないのか」

「堅気だ。父親がやくざでも、家族は堅気なんだ。それに手をだすやつは許せねえ」

「都合のいいことを言ってんじゃないよ。本間は堅気じゃないのか。本間の女はどうだ」

「それは……、話が違う」

そうは言ったが、どう違うのかは聞こえてこなかった。

「とにかく、家族を襲わせたのは俺じゃないよ」

「ふざけんな！」

真嶋は携帯を耳から離した。それでも耳障りな音声が漏れてきた。

「噂によると、本間が解放されたら、家族を襲うのはやめるらしい」鷲美の声が収まってから、真嶋は言った。「解放されなければ、明日以降も続く。あくまで、俺の聞いた噂だけどな」

「お前、許さねえからな。これ以上やったら、本間だけじゃなく、お前の命も危ういぞ」

「やらせるなよ。本間を解放すればいいんだ」

「それは、別の話だ。金を用意すれば解放する」

「気が変わったら、連絡してくれ。明日になったら、もっとエスカレートするはずだ。血が流れるだろうな」

真嶋は声のトーンを落として言うと、電話を切った。


深夜の新宿西口、高層ビル街はひとけがなかった。真嶋はビルの敷地に続く階段に腰を下ろし、時折通り過ぎる車にぼんやり視線を向けていた。

目をつむればいつでも寝られそうだったが、ホテルで浴びた冷たいシャワーが効いたらしく、寝不足の不快感はあまりなかった。

三本目の煙草に火をつけたとき、路肩に車が停まった。軽自動車のような寸詰まりのワゴンタイプは、やくざの乗り物には見えない。そのまま煙草を吸い続けていたら、運転席からひとが降りてきた。

スーツを着た高垣が、こちらに歩いてくる。

「また、今日もひとりか」高垣はそう言うと、階段に腰を下ろした。「鷲美をぼこぼこにしたときよりやばい感じだぞ。講壬会は本気で怒ってる。組織としてもだが、それぞれの構成員が、個人的にもお前を八つ裂きにしたいと思ってるはずだ。ひとりで出歩かないほうがいい」

「あのちっこい車に、講壬会の連中が隠れていたりするのか」

高垣はふんと鼻を鳴らし、車に目を向けた。

「また、メッセンジャーか」

「別に誰かに頼まれているわけじゃない」

「それにしちゃ、情報が早いな」

この男が好意で個人的に助言してくれているとはとうてい信じられない。いったいどういう立場にいるのか見当もつかなかった。とはいえ、まるきり信用していないわけでもなかった。

「もうやめておけ」高垣はこちらに目を向け、芯の通った声で言った。

「家族に手をだすのはルール違反だ。講壬会だけでなく、やくざ全体を敵に回しかねないぞ」

「それほどたいそうなものか」

高垣は無言で見つめるだけで、口を開かない。

「やくざのルールを押しつけるのはやめてくれ。俺は外部の人間だ」

「それが通用するなら、俺は何も言いはしないよ」

「俺がやらせているわけじゃない、と言ったら――?」

「柿崎がずいぶん実入りのいい依頼を、お前から受けたらしいな」

真嶋は目を剝いて高垣を見た。「なんでそれを――」

「俺だって武蔵野連合だ。それぐらいの噂は耳に入る」

金はないが人望はある。耳打ちするやつもいるだろう。

「本間が戻ってきさえすれば、やくざの家族が泣きをみることはもうない。簡単な話なんだがな」

「要求を呑んだら、前例を作ることになる。家族を盾に、また脅しをかけられるかもしれない。そう簡単なことではない」

「ばからしい。それで家族が犠牲になってもいいのか」

真嶋は煙草を指で弾き飛ばし、立ち上がった。

「真嶋、警察は俺たちを潰そうと、本腰を入れている。そんなときに、無闇やたらと敵を作るもんじゃないぞ」

「俺は昔から、仲間以外は全部敵だと思ってる。なんの不都合も感じないね」

「俺も昔はそうだったよ」

高垣は場違いにも、懐かしそうに笑った。

いまはどう違うのか、よくわからない。家族というものをもっている男だから、大きく変わっているだろうとは想像できた。きっと夢を見ることだってあるのだろう。

「送っていこうか」と声をかけられたが、真嶋は答えることもなく、高垣から離れていった。

50

「たまにはいいですね、昼間っから肉体労働っていうのも」

沢井が頭に巻いたタオルをしっかり結んだ。

「お前はどっからどう見ても本職に見えるよ」真嶋は沢井に言った。

Tシャツに軍パン。袖から覗く異様に筋肉質な腕。ハンマーを担ぎ上げた姿がすんなり自然にきまっていた。

「真嶋さんだって、意外に似合ってますよ」

若い加藤が、おべっかのつもりか、愛想笑いを浮かべる。

真嶋はジーンズにTシャツ、首にタオルを巻いていた。やはり肩にハンマーを担ぎ、表通りから奥まったところにある家に近づいていく。

「さあて、始めるか。撤収まで二十分だ。無駄に使う時間はないからな」

「了解」と言った沢井は、時間を無駄にせず、ハンマーを振り上げると、玄関脇の窓に振り下ろした。砕けたガラスとともに、ひしゃげたサッシが部屋のなかに落ちた。

沢井はハンマーをなかに放り込み、窓から家に侵入した。真嶋、加藤も続いて入った。

どこかの部屋で、犬がキャンキャンと吠えていたが、かまわずハンマーを振り回した。壁に穴を開け、食器棚を食器もろとも破壊する。家を倒壊させる時間はない。そのまま住めなくなる程度に破壊できればよかった。思い入れのありそうな家具も潰す。階段を取っ払ってしまいたいところだが、壁と一体となったしっかりしたもので、二十分では難しそうだった。

講壬会の幹部の家を潰しにやってきた。

鷲美から連絡がなかった。本間を解放する気にさせるため、あと一押しが必要だった。

柿崎に探らせたところ、まだ襲っていない二件も含めて、住まいがわかっている組員の家族は、どこかに避難したようだ。自宅はもぬけの殻だったという。もちろん、誰の家が突き止められているか、向こうにわかるはずはなく、組員の家族の多くが避難生活を始めているはずだ。

家族を襲うことはできないから、家を襲うことにした。幹部の家といっても、木造モルタルの古い家だ。いまどき、やくざに金を貸す者などいるはずもなく、これを壊されたら、復旧するのは難しいだろう。ある意味、家族を襲われる以上に、ショックは大きい。次はうちかもしれないと、家持ちの組員にパニックが広がることを期待した。

「この家、女の子がいるんですね。かわいいパンティーがいっぱいありますよ。どうしますか」

二階の解体をまかせた加藤が大声でそう訊いてきた。

「どうもこうもあるか。マスかいてる時間なんてねえぞ。そのへんにでも、放っておけ」

沢井が大声で返した。

「俺、けっこう早いんですけどね」

がっかりしたような声のあと、すぐに床に叩きつけるハンマーの音が響いた。

精液でもぶちまけておけば、ショックを与えることができるが、そこまでしなくても充分だろう。和室とダイニングの壁は完全になくなっているし、仏壇もぺしゃんこだ。玄関からダイニングまでの廊下は、三段跳びでなければ辿り着けないくらい穴だらけにした。

「真嶋さん、こいつはどうしますか」

沢井が、頭が潰れ、目が飛びでたトイプードルを手にぶら下げていた。

「玄関に吊しておけ」と思いついたまま指示をだした。

最後に外壁を何ヶ所か打ち抜き、仕事を終えた。

家から離れたところに駐めた車まで歩いた。幹部の家や、真嶋たちを窺う近所の目はなかった。立ち去るまで、警察がやってくることももちろんない。幹部が自然に気づいてくれるのを待つ気はなく、幹部の家の様子がおかしいと、加藤に公衆電話から一一〇番通報させた。

手持ちの駒で、家持ちの組員は他にいない。これ以上打つ手はなく、あとは講壬会の出方を待つだけだった。

真嶋はホテルに戻り、冷たいシャワーを浴びて、解体作業の汚れを落とした。バスルームからでて、ペプシを開けた。何本か電話をかけたら、あとは煙草を吸うぐらいしかやることがなかった。

ようやく鷲美から電話がかかってきたのは、夕方五時だった。成功か失敗か、答えを知ることに一瞬ためらいを覚えたのは、たぶん寝不足のせいだろう。真嶋は携帯を手にし、通話ボタンを押した。

「真嶋だ」

言ったあと沈黙ができた。真嶋はその静寂に死を連想した。

「お前、やってくれたな」

鷲美の抑えた声が聞こえた。

「なんのことだ。俺は誰も傷つけた覚えはないぞ」

「二度とやるなよ。絶対にこのままじゃすまさないからな」

「だから、なんのことかわからない」

「もういい。やるな。お前の部下は解放してやる」

51

部屋のなかをめちゃくちゃにしてやる。

食器をすべて粉々にしてやろう。寝室に小便をまき散らし、ダイニングの壁に、糞を塗りたくってやるのだ。犬でも飼っているなら、天井から首を吊してやるのもいいかもしれない。

以前はそんな想像をして心躍らせた。そのために真嶋の住まいを探しだそうと必死になっていたのに、いざそれを実現させるときが近づいてみると、本当にやりたいのかどうか確信がもてなくなっていた。

週刊ラストの熊谷に教えて終わりにしようか。いくらかの金はもらえるかもしれない。岸川は加村望の股の間で腰を振りながら、そんなことを考えていた。

「ねえ、何やってんのよ。腰が全然動いてない。もっと激しく。ほら、もっとー」

鼻の穴を膨らまし、息をつきながら、加村は大声で言った。

岸川は要望に応えようと腰の動きを速くする。加村のよがり声が高まっていく。しかし、やがて腰の動きを止めた。

「何、なんで。どうして止めるの」加村は惚けた声で言った。

「抜けた」岸川はやけになったように大声をだした。

「萎えちまったんだよ」

「なんで。どうにかしなさいよ」

加村はむくりと起き上がり、手を伸ばして萎《しお》れた岸川のものをしごこうとした。

「しばらくは無理だよ」

岸川は体の向きをかえて、ベッドに腰かけた。

「ねえ、岸川君、あなたお金もらってるんでしょ。だったら、なんとかしなさいよ」

「AV男優じゃないんだから、金をもらったからって、たつもんじゃない」

そもそも、金のためにセックスをしているわけでもなかった。金をもらわなくても以前から加村と寝ていた。ここのところ金が底をついた岸川は、加村から金を借りることが多かった。いちおう、貸してくれとは言うが、加村は返してもらうつもりはないようだった。そして、金を渡した日は傲慢になる。もともとセックスのときはマゾっ気が強かったはずなのに、金を渡すとサドっぽく強気になるのだ。どうもそれに慣れなくて、気分が萎える。体も萎えた。

「じゃあ、お金あげなーい」

加村は金切り声に近い声で言うと、岸川の腕をつねった。

「――んなもん、いらねえよ」岸川は加村の肩を突き飛ばした。

立ち上がり、サイドテーブルの上の財布を取り上げた。三万円を抜き取り、ベッドに投げだした。

「ねえ、どうすんのよ」

「帰るよ」下着をはきながら言った。

「ちょっと待って。私、まだ一回もいってないのよ」

ベッドを降りた加村は、岸川の腰にすがりついてきた。

「ごめんなさい、許して。気を悪くしたなら謝る。ねえ、私、どうかしてたの。帰らないで」

そう言いながら、加村の手は岸川の股間に伸びる。円を描くようにまさぐる。いったい誰に謝ってるんだと岸川は鼻で笑った。

ほんとにごめんなさいと、泣きそうな声で何度も謝った。その壊れっぷりが、岸川の心を熱くする。股間に力が戻ってくる。

なんなんだろうなと岸川は思う。この女は俺にとっていったいなんなんだ。真嶋との接点だろうか。取り戻せない過去の入り口だろうか。未来の希望でないことだけは確かだった。

ベッドに戻った。岸川は札を拾った。

「これいいか」と訊いたら、「もらって、もらって」と加村は言った。岸川はサイドテーブルにそれを置いた。

首に巻きついた腕に導かれ、加村の体に身を沈めた。干しぶどうのような乳首をかじってやると、オペラ歌手のような声を上げた。

「なあ、真嶋とつき合ってたことあるんだろ」

ベッドに座り、ブラウスのボタンをかける加村に訊ねた。

満足したあとの加村は急に無口になる。今日みたいに地元のラブホテルでした日は、帰りがけに知り合いに見つかりはしないか、そわそわしだして、とくに上の空だった。普段、岸川は、そんな加村に話しかけたりしないが、ふと訊いてみたくなった。

「真嶋って誰？」加村は岸川のほうに目を向けずに言った。

「中学のときに、同じ学年にいただろ。俺の使いっぱみたいなことやってたやつ」

加村は「ああ」と小刻みに首を振った。口元に薄い笑みがあった。

「真嶋君ね。もうずいぶん、会ってない。――そうね、ちょっと、つき合ってたかも」

「あいつのことどう思ってる？ 会いたいと思うことはあるか。実は、あいつの住んでるとこ、知ってるんだ」

加村がこちらに顔を向けた。大きく見開いた目に嫌悪のようなものが見えた気がした。

「どこに住んでるの」

「案外、近くだ。世田谷線の上町のあたりに住んでるよ」

立派なマンションに住んでいる。岸川はようやく特定することができた。

一昨日の昼下がり、タクシーで帰ってきた真嶋を見かけた。マンションの前に乗りつけ、慌てたように入っていった。しばらくするとでてきて駅のほうに向かった。岸川はあとをつけてみたが、真嶋は上町駅のあたりでタクシーを拾い、走り去った。張り込みを続けた岸川は、深夜に戻ってきた真嶋を再び見た。今度は女を連れていた。また真嶋はすぐにでてきて、待たせていたタクシーに乗った。気づかれずに尾行する自信のなかった岸川は、あとを追わなかった。

翌日、真嶋の連れの女を見かけた。なかなかの美人で、そのへんにでかけるようなラフなかっこうをしていた。マンションをでた女はコンビニの袋を提げてすぐに戻ってきた。岸川はこのチャンスを待っていた。

女が入っていったあと、岸川は閉まりかけたオートロックのエントランスを潜った。女のあとからエレベーターに乗り込み、ボタンを押そうとしたらすでに目的階が押してあったという、わざとらしい演技をした。

同じ階で降りた岸川は、女が進むのとは反対の方向に進んだ。外廊下がマンションの中庭をコの字形に囲んでいた。岸川は適当な部屋の前に立ち、インターホンを押すふりをしながら、背後に目をやった。女の入る部屋——真嶋の部屋を確認することができた。

「いいところに住んでるのね」

なんだかうれしそうな声を聞いて、岸川は苛立ちを覚えた。

「なあ、あいつに何かして欲しいことはないか」

真嶋の住んでるところをようやく見つけた。しかし、部屋をめちゃくちゃにするという当初の目的はあまり気乗りしなくなっていたし、そもそも、部屋に忍び込むスキルが自分にはないのだと気づいた。それでも、このまま何もしないのはもったいない気がして加村に訊ねたのだ。やる気になるような答えが得られるとは、期待していなかったが。

「真嶋君は結婚してるの」

「たぶん、してないと思うが、女と暮らしてるよ」

加村はうつむいて、何か呟いた。かすかな笑い声が聞こえた気がした。

「ねえ、お願いしていい。その女を犯して。真嶋君の女なら、きっと喜ぶはずよ。二、三人連れてって、その女を犯してやって。ぜーったい喜ぶ」

「何言ってんだ」

「ねえ、お金あげたんだから。それぐらいやってよ。やっちゃっていいんだから。ぜーったい腰振って喜ぶから」

加村は甲高い声を上げて笑いだした。

「おい」

岸川は加村の前に移動した。いつまでも続くけたたましい笑い声に動揺した。

「大丈夫か」

背中を丸め、咳き込むように肩を揺らし始めた。

岸川はベッドに腰を下ろした。途方に暮れたように、加村の揺れる肩を見た。

加村は嗚咽していた。男に貫かれる快感を必死に抑えるような忍び泣く声が、岸川の心を濡らした。

52

京王井の頭線、高井戸駅前での待ち合わせだった。

交通量の多い環状八号線の路肩に、白いワンボックスカーが無理矢理駐車した。運転席に高垣の横顔が見えて、真嶋はガードレールを飛び越えた。

スライドドアを開いた。シートにもたれかかる本間の姿を目にした。

「真嶋さん、すいません」

「起き上がらなくていい。楽にしてろ」

顔を歪めながら背を起こす本間に言った。

車に乗り込み、ドアを閉めた。高垣がこちらに顔を向けるのがわかったが、真嶋は無視した。

「けがのほうはどうだ」

「大丈夫です。そんなたいしたことないです」

顔を見る限りは、それほどひどい状態ではなかった。やつれはしているが、さほど傷はなく、何より目に生気が宿っていた。ただ、右手で庇うように左腕を押さえていた。シャツの袖から覗く手が、紫色に変色し、腫れ上がっているのを見て、怒りが沸き上がった。

車が発進した。滑らかにスピードを上げていく。

「俺はいいっすよ。大丈夫ですから」真嶋の視線に抗議するように、本間は言った。「だけど、あいつら、絶対に許せないっす。俺の目の前で麻美にひどいことを……」

泣き声にも聞こえたが、本間は涙をこぼさなかった。

「心配するな。俺がきっちり、落とし前をつけてやるから」

それは本間のためではなかった。自分の所有物に手をかけた、講壬会が許せないのだ。

「もう、落とし前はついてるんじゃないか。──真嶋は講壬会を震え上がらせて、本間さんを助けだしたんですよ」

「よけいなことは言わなくていい」真嶋は運転席のほうに顔を向けた。

「俺は学習しないんだよ。何を言っても真嶋が聞かないってことを忘れてしまうんだ」

場の空気を和ませようとでも思ったのだろうか。高垣の明るい声に、真嶋は苛ついた。

「とにかく、俺にまかせておけ。お前はゆっくり休んでろ」

車は練馬区にある病院に向かっていた。保険なしで診てくれる、口の堅い、やくざの息のかかった病院だった。

高垣が紹介すると言ってきたが、実際は講壬会がお膳立てしているのだとしても驚きはしない。普通の病院に収容されて警察沙汰など面倒なことになるのは、講壬会としても避けたいはずだった。真嶋としても、警察沙汰を避けたいのには変わりなかった。

断続的に渋滞につかまりながら、環八を北上した。富士見台で脇道にそれ、そこから五分ほどで病院に着いた。住宅街のなかにある個人病院で、古いコンクリート造りの病棟だった。夜見るせいだろうが、不気味に感じられた。

印象が悪いのは建物ばかりではなかった。迎えた院長に、レントゲン技師が帰ったから、治療は明日からだと言われた。真嶋は呼び戻せと粘ったが、最終的には間に入った高垣の顔を立てて引き下がった。本間は安心したように、ベッドに横になるとすぐに眠りに就いた。

「いちおう、お前の勝利、ということになるのかな」

病院のエントランスをでると高垣は言った。

「勝利じゃない。まだ勝利の途中だ」

そう言ったが、いったい自分にとって何が勝利なのかよくわからないと思った。

「まだ戦いを続ける気か」

「そういうつもりで言ったんじゃない。だがまあ、俺がどう考えようと、そっちが放っておいてくれないだろ。やくざさんが」

「お前の態度しだいだと思うが」

高垣は車の横までできて足を止めた。真嶋も足を止め、煙草を口にくわえた。

「乗らないのか」

「タクシーを拾って帰る」

「気をつけろよ。本当にお前しだいだと思う。まあ、どう言っても、お前が好きなようにするのはわかってるが」高垣はへたくそな愛想笑いを浮かべて言った。

「ありがとう。本間のためにワンボックスカーを借りてきてくれたことには、礼を言っておく」

ドアを開けた高垣に言った。

「お前の部下なら、武蔵野連合の仲間みたいなものだからな」

「お前は武蔵野連合の仲間なのか？」

高垣は血の気が引いたように青ざめた顔をした。能面のような無表情で真嶋と目を合わす。高垣のそんな顔を見るのは久しぶりだった。殺意に近い怒りを感じているのだろうと長いつき合いの真嶋にはわかった。いちおう目で間合いを計りはしたが、とくに脅威に感じることはないし、不快だとも思わない。むしろほっとする気持ちが大きかった。

この男は変わったわけではない。まだ仲間だと思うことができた。

高垣はふいに背を向け、車に乗り込んだ。サイドウィンドウが下がり、顔を覗かせたときには、穏やかな顔に戻っていた。

「そうだ、ひとつ言い忘れていたことがある。城戸崎さんが、お前が訪ねてくるのを待っているようだ。何かトラブルに巻き込まれているらしいが、なんでリーダーの自分を頼ってこないのかと、若い連中に愚痴っているそうだ」

「忙し過ぎて、あのひとがリーダーだってことも忘れてたよ」

高垣は何も言わず、顔をしかめた。

「そのまま伝えても、かまわないぜ」

「別に、城戸崎さんに報告する必要なんてない。メッセンジャー扱いはよしてくれ」

今度は真嶋が口を開かず、肩をすくめて見せた。


翌日、六本木のオフィスに城戸崎を訪ねた。とくにアポイントもとらずに訪ねたが、城戸崎は寝起きのような顔をして、オフィスに招き入れた。

昼間の城戸崎はいつも眠たげだ。目が死んでいるといっていい。パワフルな夜との落差が激しいから、ドラッグのせいだろうと思われているようだが、昔からそういうひとだった。

真嶋が初めて経営した会社は、AV女優を抱えるプロダクションだった。イベントサークルで鍛えた、女を調達する腕を見込まれ、城戸崎に誘われたのだ。その後、真嶋は別のプロダクションを立ち上げた。城戸崎はクラブを開き、やくざの後ろ盾でドラッグビジネスを始めた。現在のOBの親睦会としての武蔵野連合の形はそのころにできたものだった。

城戸崎は武蔵野連合のOBを自分のビジネスに引き入れることはしなかった。ただ、自分の店で遊ばせ、酒を振る舞ったり、女をあてがったりした。ドラッグさえもただで振る舞った。OBたちは友人知人をクラブに連れてきて、ドラッグの味を覚えさせる。やがて城戸崎の顧客になる。OBたちをセールスマンとして使っていた。合法、非合法にかかわらず仲間が仕事を立ち上げるとき、資金を融資したりもしていた。その事業で潤った者もまた、仲間に何かしら還元した。武蔵野連合のOB会と呼べるようなものが自然にできあがった。

真嶋も同じだった。プロダクションや、その後建治と始めた振り込め詐欺で稼いだ金を、メンバーに融資していた。金を稼ぎ始めた当初はそれなりに贅沢をした。キャバクラで豪遊をしたり、ブランド品を買い漁ったりもした。しかし、ここが自分の居場所と定め、裏の世界に骨を埋めようと決めてからは、金を必要としなくなった。一般的なひと付き合いなどしないから、ブランド品で身を固めて見栄を張る必要もないし、大きな家もいらない。そもそも、真嶋は欲望というものがなかった、いい女を抱きたいとも思わないし、うまいものを食べたいとも思わない。当初贅沢をしていたのは、金の使い方を知らなかっただけだ。武蔵野連合のOB会に金を投資するのは、欲望とは異なっていた。ただ、酒を飲んで昔の思い出を語り合うだけでなく、ときには昔のように集まって誰かを襲撃する、大人になれない、ろくでなしの集まりが真嶋にとっては心地よかった。その仲間の結束を固めるために金を使うのは、賽銭箱に金を投げ入れるのとさほど違いはない。本気で見返りを期待しているわけではないから、欲望と呼べるような熱はなかった。

犯罪者として、欲望が欠落しているのは、致命的だった。犯罪とは、本来欲望を満たすための手段として行なわれるものだ。金が欲しいわけではなく、そのスリルがたまならく好きで犯罪に手を染める者もなかにはいる。真嶋もそういう感覚がないわけではないが、それだけでは、多大なリスクが伴う犯罪に、長年、手を染め続ける動機づけになりはしなかった。

その後、城戸崎から松中を紹介され、闇金の仕事も始めた。拡大した振り込め詐欺と合わせて、莫大な収入を得るようになった。使い道はOBへの投資だけ。武蔵野連合は現役の活動を停止しているから、メンバーが増えることはなく、融資するにも限りがあった。モチベーションもどこまでもつかわからない。いやになったらやめてしまえばいいのだが、もう表の世界で、普通の人間と交わりながら、真っ当な仕事をする自分を想像できなくなっていた。裏の世界で生きていくしかない真嶋にとって、モチベーションは切実な問題だった。どうしたらいいのか、必死に考えた。

そんなとき閃いたのがやくざから東京を奪うことだった。力の弱まったやくざに政権交代を迫る。欲望のない真嶋だったが、この考えには心が浮き立った。東京が欲しいというより、やくざから東京を奪うという考えが、真嶋の心を刺激した。もともとやくざは嫌いだった。

簡単に実現できないところもよかった。長期にわたり、裏の世界で働くモチベーションとなるだろう。欲望などもたないから、十年でも二十年でも、そのチャンスを待つことができる。

東京を奪うといっても、東京からやくざを一掃するわけではない。そんなことはいくらなんでも不可能だ。やくざに干渉されずに、好きなだけ犯罪に取り組むことができればよかった。そうなったとき、やくざが足下でひれ伏しているだろう。きっと眺めのいい景色が広がっている。目的が達成されても、引き続き、それが真嶋のモチベーションになるはずだった。

最初のプロダクションをやめて以来、城戸崎とは仕事上での繋がりはなかった。しかし真嶋は、城戸崎の仕事を遠くから観察していた。内部の人間を買収して、情報を引きだしたこともある。城戸崎から奪い取ろうとは思わないが、いずれドラッグの仕事も手に収めるつもりだ。城戸崎が扱うドラッグはデザイナードラッグ、合成麻薬の類で、やくざが扱う覚醒剤と棲み分けができていた。それでも、やくざの後ろ盾はついている。後ろ盾なしに、どうやってドラッグビジネスを軌道に乗せるか、その方法を模索中だった。実際に手に入れるのは先の話だ。闇金を手に入れ、ドラッグを手に入れ、東京を手に入れる。そういう順番だと思っていた。

城戸崎は焼酎のボトルをもってきてグラスに注いだ。「なんだかたいへんそうじゃないか」と片方のグラスをこちらに押しやり、言った。

「どうにか大きな問題は収まりがつきました。細々としたことが、まだ色々残ってますがね」

真嶋は講壬会とのいざこざや、松中との確執を大まかに話して聞かせた。

「真嶋、そういうのをなんて呼ぶか知ってるか。がんじがらめっていうんだ」

城戸崎は大きな声で笑った。

「それほどのこともないですよ。まだ動きようはありますから」

真嶋はグラスに口をつけ、軽く返した。

「それは、あがき、っていうんだ。どう動いても、戦争をするか、潰されるか、どちらかしかない。傷つかずに切り抜けることはできないんだ」

死んだ目をしているが、状況はしっかり理解している。もともと頭の回転は悪くないひとだ。

「戦争はひとりじゃ始められないしな。警察が躍起になってるいま、派手に動くのはまずいだろ」

マスコミに注目されるなか、派手な誕生日パーティーを開いた人間が、何をまともなことを言ってるんだと、真嶋は口元を歪めた。

「お前が受け容れるかどうかわからないが、尾越《おごせ》さんに間に入ってもらって、手打ちにできないかと考えてはいたんだ」

尾越は指定暴力団烈修《れつしゅう》会の直参、市錬《いちれん》会の幹部——城戸崎の後ろ盾だった。烈修会と甲統会は友好関係を結んでおり、間に入ってもらうのに適任と思えた。

実をいえば、城戸崎を訪ねたのはそれが目的だった。松中や講壬会とこのままぶつかるならそれもかまわない。しかし、回避する術をもっていても損にはならないだろうと考えた。

真嶋は背筋を伸ばし、膝に手を置いた。

「まだお願いするとはっきり決めたわけじゃないですが、その気になったとき、間に入ってもらえないか、打診しておいてもらうことはできませんか」

城戸崎は眠気を振り払おうとでもするように、顔全体に力を込め、目をぎゅっとつむった。

「なんだよ、期待させちまったか。——悪いな。尾越さんには、もう打診したんだ。そうしたら、いまはそれどころじゃないと断られちまった」

血走った目を細め、小刻みに頭を下げた。

真嶋はゆっくりと頷いた。がっかりすることもなく、腹を括った。「しょうがないです。無理にお願いするようなことじゃないですから」

真っ直ぐぶつかっていこう。負けるつもりはないが、勝利に向かっていっているとも思えなかった。

「なんだろうな。時期が悪かったのかね。はっきりは言わなかったが、解散も近いだろ。総選挙だから、金も集めなきゃならないし、色々忙しそうだよ」

城戸崎は焼酎に口をつけながら、ほとんど目をつむった。

「政権交代で痛い目に遭ったから、今度はしっかり民自党に勝ってもらおうと、金をばらまいているようだな。松中がお前から巻き上げた金も、案外、民自党に流れるのかもしれないぜ」

「いや、きっと、そこまで流れないでしょう」

真嶋は思わず笑みを浮かべ、席を立った。


真嶋は六本木から新宿までタクシーで移動した。途中、オフィスの日枝に連絡をとった。先日、酒井にマネロンを依頼した金が、銀行に振り込まれていることを確認した。松中のところにも一億の金が振り込まれていることだろう。

新宿の地下街にある喫茶店に入った。増田和幸は先にきて待っていた。

和幸はいつものスーツ姿だった。いかにもサラリーマンといった風貌の男なのに、どことなくスーツが似合わなくなっているような気がした。

「引っ越し先は見つかったか」

真嶋はコーヒーを注文してから訊ねた。

「笹塚の安アパートに今日、決めてきた」和幸はまるで怒ったようにそう報告した。「早く仕事がしたい。せっかく決心をしたのに、呼びだされるのをぼーっと待っているだけではばからしくなる」

「いい心がけだ。これからはどんどん仕事をして、慣れてってもらう」

真嶋はスーツのポケットから携帯をだしてテーブルに置いた。

「プリペイドの携帯だ。仕事の連絡はすべてこれで行なってもらう。関係者の電話番号がすでに登録されている」

携帯を和幸のほうに押しやった。和幸はそれを一瞥しただけで、手に取ったりしなかった。無駄なことをしないやつだなと思った。

「さっそく今日、一件、仕事をしてもらう。簡単な仕事で恐縮だがな」真嶋はポケットから封筒を取りだした。「銀行の通帳とキャッシュカードと銀行登録印が入っている。それを、小岩グループのリーダーに渡してもらいたい。今日中にだ」

「わかった」

和幸は封筒を手に取り、中身を確認した。

「小岩グループのリーダーはハカマダで携帯に登録されている」

和幸は携帯を手に取り、ボタン操作してから頷いた。

「これは本名ではないんだな」

「そうだ。ちなみに俺は、長部《おさべ》で登録されている」

和幸はまたボタン操作をした。

「ハカマダには、この口座を優先して使うように伝えてくれ」

かならず伝えると和幸は答えた。

小岩グループは、真嶋の詐欺団のなかでも最も成績のいいユニットだった。たぶん、明日にでもこの口座に詐取した金が振り込まれるだろう。

「待ち合わせはどうしたらいいんだ。とくに避けたほうがいい場所とかあるのか」

「時間と場所はハカマダに指定させればいい。心得ている」

和幸は不満げな表情を見せたが、頷いた。

「これは思っている以上に重要な仕事だ。よろしく頼む」

「ああ、慎重に、確実にやるよ」

和幸は声に力を込めて言ったが、これがどれほど重要なことなのか、理解することはないだろうと真嶋は思った。

「今日は、あの日だな」

コーヒーカップに口をつけたあと、和幸が唐突に言った。

「なんだ？」

まったく意識していなかったので面食らったが、なんのことを言っているのかは、すぐに理解した。

「お母さんの命日だよね」

「よく、そんなことを覚えてるな」

もう十五年以上も前だ。あらためて思いだすことなどなかった。

「あの日のことは時々思いだす。いや、命日じゃなくて、貴士に会いにいった日だけど」

あの当時、浪人生だった和幸は、真嶋の母親が自殺したことをどこかから聞きつけ、真嶋を訪ねてきた。それが、母親が死んでから何日後のことだったか、真嶋はよく覚えていない。

「貴士がものすごく怒っていたんで、怖かったよ。あいつら、ぶっ殺してやるって、本気でひとを殺しそうな勢いだった。近くに寄るのにも、かなり勇気がいったよ」

「本当に俺が怒っていたのか。誰を殺すって言ってたんだ」

覚えがなかった。母親が死んだころの記憶は薄ぼんやりとしていて、ところどころ欠けているものがあることはわかっている。

「誰のことだかは言わなかった。ただ、お母さんの復讐だというのはなんとなくわかった」

「俺が、母親の復讐だって？」

真嶋は皮肉な笑みを浮かべ、かぶりを振った。自分が母親のために復讐をしてやろうなどと考えるとは信じられなかった。

あいつ、と言ったなら父親のことだと考えただろうが、あいつら、というのはいったい誰なのだろう。母親を犯した連中だろうか。

いつからだかはっきりしないが、気づいたときには母親はアルコール依存症になっていた。真嶋が中学のときには仕事にもいかず、部屋で酒ばかり飲んでいた。真嶋は母親がアル中になったのは、あの夜、男たちに回されたことが関係しているのだろうと思っていた。母親の自殺がアルコール依存症の影響によるものであるのは明らかだった。それらを結びつければ、母親の死はあの男たちのせいだと考えることはできる。

しかし、あの当時、そんなことを考えたとしても、復讐しようなどと思い立つはずはなかった。真嶋は母親に関心がなかった。ひとども呼べない、生ける屍のような女になんの感情ももっていなかった。素面のときは惚けたように、黙って座り続ける。酒が入ると、とたんにわめき散らす。ほとんどは、別れた夫——真嶋の父親への恨み言だった。私を捨てた、いつまで待っても帰ってこない。そんなことを延々と繰り返した。もちろん、真嶋はそれをじっと聞き続けていたわけではなかった。中学生になって、逃げ込む場所を見つけるのが格段にうまくなっていた真嶋は、いくところはいくらでもあった。高校生になると、ほとんど、うちには帰らなかった。

自殺したころの記憶は曖昧でも、長年抱いてきたその感情は間違いないことで、死んだときも、驚きはしたが、悲しみもしなかった。母親のために復讐しようなどと考えるはずはないのだ。むしろ、怒りを感じていたのは母親に対してだったような記憶もある。なぜだかはっきりしないものの、確かなことだ。その後、二十歳になってすぐ、母親の小川姓を捨て真嶋姓に戸籍を変えたのは、その怒りが理由だった。

「覚えてないのか」和幸が言った。

「母親のために復讐なんてするはずがない」

「貴士がそう言うなら、そうなんだろう。はっきり聞いたわけじゃないから」

「――別になんだっていい。どうでもいいことだ」

力んで否定することでもないのだと、真嶋は気づいた。

「ああ、そこはどうでもいいんだ。俺が言いたかったのは、すごい久しぶりに会って、貴士はずいぶん変わったと思ったってことだ。子供のころ――、中学のときだって、貴士を怖いと思ったことはなかった。あのとき、近寄りがたいと感じるほど怖いと思ったのがショックだった」

「何が言いたいんだ。子供のころとは違うから、やっぱりこの仕事をやめたいというのか」

「違う。あのとき、ショックだったけど、どう変わったのか、もっとよく知りたいと思ったんだ」

真嶋はふんと鼻で笑った。あのとき会ったのは中学を卒業してから初めてだった。その次に会ったのは、それから四年後だ。知りたいと思った割には、ずいぶん間が空いた。真嶋の下でイベントサークルの運営をしていた建治に伴われて和幸は会いにやってきた。久しぶりに会った友人にいい女を抱かせてやろうと、サークルの女をあてがったが、和幸は怒って帰ってしまった。

「だから、貴士とこうして一緒に働けるのを、嬉しいと俺は思っている。それを言いたかっただけだ」

和幸は特別な表情も浮かべず、真嶋に視線を合わせて言った。

「なんだ、俺を観察するためにこの仕事を引き受けたのか」

和幸はこちらに目を向けたまま、口を開かなかった。

「どう変わったのかわかったら教えてくれよ。俺も知りたい」

子供から大人になっただけだろうと真嶋は思っていた。あとは名前が変わっただけ。母親が恨んでいた男の姓に変えただけだ。

「すまない。気に障ったなら、謝るよ」

「何がだ」

「――いや、いま怒ったような顔をしたから」

「何、言ってんだ。怒るようなことをお前は言っていないだろ」

真嶋はそう言って笑みを浮かべた。

和幸は頷きながら、観察するような目を向けていた。

53

月子は学校が終わってからずっと携帯を手にもっていた。最初は三十分くらい間隔をあけて電話をかけたりメールを打ったりしたのに、どんどんがまんがきかなくなって、十分、五分と間隔が短くなっていった。メールの確認にいたっては、一、二分おきにやってしまう。

しかし、いくらかけたところで吉井の携帯には繋がらなかった。メールの返信もない。きっと仕事が忙しくて、携帯に触れることもできないのだろうと想像はつくけれど、月子はどうにも落ち着かないのだ。早く、吉井さんに会いたい。

今日は吉井と会う約束をしていた。六時半ごろには会えるだろうと言っていたが、はっきりとした場所や時間は決めていない。ただそれだけのことだった。連絡がついたからといって早く会えるものではないのに、がまんできなかった。

がまんできないのは、朝からで、学校にいく前にオナニーをしてしまった。

ここのところ、ほとんど毎日している。最初は罪悪感みたいなものを覚えて抑えていたが、みんなしていることだと思えるようになって、歯止めがきかなくなった。一日二回することもある。それでも本当は、自分の手でしたくはなかった。吉井さんが欲しい。

適当に渋谷あたりをぶらぶらしていたが、月子は南青山のヘリテージの事務所にいった。

今日はレッスンなど入っていなかった。誰か知っているひとでもいれば、気を紛らすことができると思い、ラウンジに入った。五時過ぎで、誰かいてもおかしくない時間だったが、あいにく部屋には先客がいなかった。月子はほとんど無意識にメールを開き、着信メッセージを確認していた。

五時半になるとひどく不安になった。約束の時間まであと一時間。この時点で連絡がとれないとなると、六時半には間に合わないのではないか。会うのが遅くなってしまう。

六時半には会えると、そこを目標に指折り数え、こらえてきたのに、それが延びるとなると心が折れてしまいそうだった。いや、延びるだけならいいが、会えないとなったらどうしたらいいのだろう。指ではがまんできない。そう思いながら、スカートの上から股間を指でなぞっていた。

「月子ちゃん」

男の声が聞こえて、心臓がおかしくなりそうなくらいに驚いた。

声がしたほうに目を向けると、北林がドアのところに立っていた。

いまのを見られただろうか。斜めの方向からだから、たぶん大丈夫だろう。見えたとしても、座っているとき、股に手を挟む女の子は多いから、疑うことはないはずだ。自分をそう納得させて、気を落ち着けた。

「中園《なかぞの》エリちゃん見なかった」

近くまできた北林を、月子は見上げた。

「見てないです」

「そうか、きてないか。帰ったのかな、携帯にかけてみるか」

北林はひとりごとのように言った。

「今日は、レッスン入ってたっけ」

「今日はなんにもないです。近くまできたんで、ちょっと暇潰しさせてもらってます。すみません」

「いいんだよ、用がなくたって。このラウンジに入り浸っているほど売れっ子になるってジンクスが、うちの事務所にはあるんだ。——嘘だけど」

北林は業界人らしい、安っぽい笑い声を響かせた。

笑い声がやんだなと思ったら、北林が不躾な視線を送って寄越した。月子はその目を避けてうつむいた。正面に北林の股間があることに気づいて、視線を宙に漂わせた。

「ねえ、月子ちゃん、綺麗になったよね。肌の艶も磨きがかかっている気がする」

月子は思い当たることがなかったので、首を横に振った。

「ああごめん。いまの、一般的にはセクハラになるのか。でも、こういう業界だから、そういうのを女の子に伝えるのも、大切でね――」

セクハラという言葉が月子を刺激した。部屋のなかに北林とふたりっきり。

いま北林に襲われたら――、という妄想が湧き上がった。顔の正面にある股間が気になった。それが自分のなかに入ってくる。

もし、いま本当に襲われても、拒めない気がして怖かった。静かな興奮で、息が乱れることはなかった。ただ下着は濡れてしまっている。

携帯の着信音を聞いた。月子は慌てて、携帯の画面を見た。吉井さんからだ。

「その様子からすると、彼氏からかな」

一瞬にして妄想は消えていた。まったく興味のない男。早く消えて欲しい。

心の声が聞こえたのだろうか。「はいはい、退散しますよ」と言って、北林はドアに向かう。

通話ボタンを押した。

「吉井さん、早く会いたい」

おかしくなりそうだ。


「ごめんね。今日はずっと車を運転してたから、なかなか携帯にでられなかったんだ。でも、時間はほとんど予定どおりだったからよかった」

吉井はハンドルを左に切りながら言った。

「よかったです。もしかしたら会えないんじゃないかと心配だったんです」

ハンドルにかかる吉井の指に見とれていた。白くて長い指。透明マニキュアが艶めかしさを際だたせた。

吉井に会えてほっとしていた。しばらくは一緒にいられると思うと、がつがつした焦りは消える。

「せっかく車できたから、このままドライブしようか」

「ええっ？」月子は思わず声にだした。

焦りはないとはいえ、やはり早く部屋でふたりきりになりたい。

「もしかして、早くホテルにいきたいの」

月子はいったん首を横に振ったが、こくんと認めた。

「やらしいな」

吉井はハンドルを握りながら、片手を伸ばしてきた。

「だめ」月子は言った。

下着がたいへんなことになっている。いまさらだけれど、知られるのは恥ずかしい。

吉井の手は容赦なくスカートのなかに入ってきた。恥ずかしさはすぐに消えた。もっと、と欲求を感じたとき、手が離れた。ハンドルに戻る。

「実はね、今日、ちょっとまずいんだ。ホテルにいっても何もできないかもしれない」

「――どういうことですか」月子は不安で声が甲高くなった。

「今日は、たたないと思うんだ。仕事が忙しかったり、不安なことがあったりすると、ときどきそういうことがあるんだ」

月子は倒れるようにシートにもたれた。目をつむって、大きく息をついた。

六時半まで待てば――、そう考えて、今日一日をしのいできたのに、いまさらできないと言われても、どうしたらいいのかわからなかった。途方に暮れ、気が遠くなりそうだった。

「どうにか、ならないんですか」

「チャレンジしてもいいけど、普通にやったらまず無理だと思う」

月子は大きく首を振った。息が荒くなり始めた。変な感じだった。

がっかりしているはずなのに、興奮していた。できないとわかったら、したくてしかたがなくなった。さっき、北林にしてもらえばよかったと、本気で思った。妄想が甦り、手で慰めたくなる。

「ねえ、月子ちゃん、ひとつ提案があるんだ」

吉井の声がすぐ近くで聞こえた。目を開けて顔を向けると、吉井は普通の姿勢でハンドルを握っていた。大きい声をだしただけなのだろう。

「なんですか」

月子は下腹を押さえた。子宮のあたりが疼いていた。次に吉井に会えるのはいつだろうと考えたら、泣きたいくらいに疼いた。

「複数プレイってわかる？　普通は男と女一対一でしょ。そこに、他のひとがひとり、ふたり、加わるんだ。それを試してみたい。そんなやり方なら、普段より興奮して、できるんじゃないかと思う」

「私の他に、女のひとが一緒にするんですか」

「違うよ、僕の他に、男のひとがひとり加わるんだ」

吉井はちらっとこちらに顔を向けた。いつもと変わらない、優しい目をしていた。

「男のひとですか」

知らない男の前で裸になる。体をさわられる。想像すると嫌悪感を覚える。けれど、その嫌悪感が、先日のタクシーの運転手に犯される妄想を甦らせた。嫌悪感を覚えるのに興奮が高まる。現実と妄想の境界はいったいどこにあるのだろう。妄想で興奮するものなら、現実でも興奮するのだろうか。

「もし途中でいやだと思ったら、やめることもできる。そういうプレイができるところがあるんだ。できればこのまま一緒にいってもらいたい。今日を逃したら、今度いつ会えるかわからないんだ。このあと、出張が続くものだから」

「次、会えないんですか」

「いつになるかわからない」

吉井の声が冷たく聞こえた。月子はひゅっと息を吸った。

吉井さんが欲しい、吉井さんが欲しいと、心が叫んだ。切なさと、子宮の疼きで泣きたくなった。

「僕がずっとついてるから大丈夫だよ。いやなことはさせないし、そこは安全なところなんだ。なかでのことは、絶対に外には漏れないから」

車はスピードを落とし、路肩に停まった。

「ねえ、一緒にいってくれる」

吉井が肩に手をかけ、顔を覗き込んできた。

月子には吉井しか見えなかった。他の男のことはどうでもいいと思った。

首をこくんと縦に振った。ぽろぽろと涙がこぼれ落ちた。


旧山手通りから淡島通りに入り、真っ直ぐ進んだ。淡島の交差点の手前で代沢の住宅街に入った。しばらくいくとコンクリート造りの堅牢な建物が見えた。吉井は車庫に車を入れた。

「さあ、降りよう」

声をかけると、月子は車を降りた。シートにさわると、ぬるっと汚れているのがわかった。

吉井も車から降りた。月子が腕にしがみついてきた。吐息が聞こえるほどに呼吸が荒い。

途中で薬を飲ませたから、月子はおとなしかった。セックスのことしか考えていないだろう。たぶん、薬を飲ませなくても月子なら大丈夫だとは思う。羞恥も嫌悪も快感に繋がるとちゃんと知っている。薬なしでも楽しめるだろうとは思ったが、今回は最初だから、失敗は許されなかった。一回やってしまえば、心の障壁はぐんと下がる。次からは大丈夫だろう。

車庫の入り口から、建物の内部に入る。誰にも会うことなく、二階のフロアーに上がった。狭い廊下を曲がると、寝室のドアが並んでいる。

「いちばん奥のドアから、先に入っていて」吉井は言った。

月子は「一緒に入ろう」と甘えた声で言ったが、吉井は肩を押し、先にいかせた。

なかに入るとき、こちらを振り向き、小さく手を振った。いまどき珍しいくらい、純粋でかわいい子だ。あんな子が金で買えるなんて、あり得ないよなと思う。もちろん、ここにやってくる男たちが、金以外のものも持っていることを吉井は知っていた。

携帯を取りだし、電話を一本かけた。

「ああ、北林さん、吉井です。いまFに入りました。――ええ、大丈夫です。ようやくデビューですね。――はい、間違いなく人気がでると思います。がんばります」

54

深夜一時、いつもどおりのへんな振動をさせて、おんぼろのエレベーターは上昇していく。ドアが開き、真嶋は五階で降りた。

オフィスの鍵を取りだし、解錠した。ノブを回してドアを開く。隙間から明かりが漏れた。

日枝がいるのかと一瞬思ったが、九時に電話したとき、そろそろ帰ると言っていた。慌ててノブから手を離す。非常階段へ——、と脳が命令を発したとき、ドアが内側から開いた。見たこともない男。いきなり殴りかかってきた。顔面に拳を受け、壁に背中を打ちつけた。さらにふたりがでてきた。最初の男を蹴り飛ばした。しかし、ふたり同時にのしかかられ、廊下に倒れた。

「講壬会か」と叫んだが、答えはなかった。棒状のもので側頭部を殴られ、意識が飛びかけた。体を引きずられた。部屋のなかに連れていかれる。ドアが閉まった。

腹に蹴りを入れられた。真嶋はその足を抱きかかえるように摑んだ。また、のしかかられた。がたいのいい男たち。体の自由をあっさり奪われる。

「もういい。おとなしくしろ」

聞き覚えのある声だった。顔を上げた。

松中が見下ろしていた。

「いったい、これは、なんなんだ」

「おとなしくするなら、放してやる」

「自分のオフィスで、暴れるか」

松中が離れていく。体の上の重しが消えた。真嶋は立ち上がった。

「話し合いにきたんだ」

松中はいつも真嶋が使っている席に座った。

「話し合いなら、こんなところで待ってないで呼びだせばいいんだ」

真嶋は本間の席に座った。ラフなかっこうをした三人の男たちが、取り囲むように背後に立った。

「一度電話はかけたんだがな」

「そんな電話はもらっていない」

「だったら、番号を間違えたんだろ」

「ふざけてんのか」

椅子を蹴られた。

「もっと丁寧に話せよ」

居酒屋の大将でもやっていそうなスウェットの男がドスをきかせた。

「松中さん、深夜なんで、手短にお願いしますよ」

松中は大きな目から視線を送ると、口を開いた。

「お前とはつき合いきれなくなったんだ。こっちの要望は聞かないし、他の組とはトラブルを起こす。縁を切ろうと思う。闇金の仕事から手を引け」

「わかりました。松中さんからもらった仕事です。手を引けと言われれば手を引きますよ」

もう無理だろうとは思っていた。悩むこともなく、結論を導きだした。もともと、いつかは手放すつもりだった。いったん手放した上で潰し、後ろ盾のない自分の組織として再編しようと考えていた。それは東京を手に入れようと思う前、松中からこの仕事の話をもらったときから決めていたことだった。そんな楽しみでもなければ、やくざの下で働こうなどとは思わない。

松中は険しい表情のまま大きく頷いた。

「もうひとつある。振り込め詐欺団を、まるごとこちらに寄越せ。それで手打ちだ」

「話にならない。なんで渡さなければならないんだ」

「それで、講壬会と話をつけてやる。あちらさんは、お前と武蔵野連合に怒りを燃やしている。その火を消してやろうというんだ」

「だったら、話は早い。そんな必要はないですよ。だから、詐欺団は渡さない」

背後の男たちに目をやった。睨みをきかせるだけで何も言いはしない。こんなことで、はいと言うはずもないのに、松中は何を考えているのか。

「だったらお前の詐欺団を潰す。この部屋には、詐欺団の資料があるんだろ。パソコンのなかにはデータもあるはずだ。それを警察に流せば、詐欺団は壊滅状態だ」

「なるほど」

この男たちは、自分をこの部屋から締めだすために連れてきたのだと理解した。

「今晩中に答えをださなければなりませんか。二、三日考える時間をもらえないですかね。これまでの働きに免じて」

「これまでもずいぶん甘やかしてきたと思うが、いいだろう。三日だけ待ってやる。ただし、この部屋にはもう入らせないぞ」

「わかってます」

真嶋はポケットから鍵を取りだし、背後の男に放った。

「三日の間に、詐欺団を移動させようとしたりするなよ。そんな動きがわかったら、すぐに警察にたれ込む」

「いまから、データを解析するんですか」

「西船橋のコーワマンション、川崎のパークハイツ、あとは小岩にも拠点があったな。もう、半分くらい、終わってるんだよ」松中はそう言って、にやりと笑った。

「最初から、俺の詐欺団を奪うのが狙いだったんですか、松中さん」

松中は眉をひそめて、口を結んだ。

何も答えなかったが、たぶん違うなと真嶋は思った。

55

久しぶりに真嶋は桜のマンションに戻った。

本間の女はすでにここをでていた。病院で本間に付きっきりで看病している。本間の左腕は複雑骨折で、今日、手術が行なわれた。完治まで半年ほどかかるそうだが、他はそれほどのことはなく、一週間ほどで退院はできるそうだ。

廊下の明かりをつけ、リビングを抜け、寝室のドアを開ける。昭江のいびきが聞こえた。真嶋は部屋の明かりをつけた。

考えなければならないこともあったし、やらなければならないこともあった。肉体が休養を必要としていることは考えてみるまでもないが、真嶋はすべてを後回しにし、寝ていた昭江を襲った。

頬を張り、無理矢理目を開けさせる。短パンとショーツをいっきに下ろして、後ろからねじ込んだ。「いやっ」と言う声も寝ぼけていた。腫れぼったい目はいつも以上に生気をなくしていた。人形か死体か紙一重のところが、いまの気分に合っていた。興奮はあとからついてきた。昭江は生理が終わっていなかったようだ。いつの間にか、シーツが赤黒く染まっていた。死を連想しながら、必死に腰を振った。くぐもったアクメの声が断末魔の響きにも聞こえた。真嶋は昭江とともに果てた。

そのままベッドで眠った。ずいぶん長いこと寝ていたような気がするが、目が覚めたときは、まだ八時前だった。冷たいシャワーを浴び、朝食を食べてから電話をかけた。

松中に闇金を返し、振り込め詐欺団を渡すことになると城戸崎に報告した。これで現在のトラブルはいちおう収まるだろうと伝えると、そいつはよかったなと調子外れともいえるほどの大声をだした。

「だが、それでほんとに終わるかね」

城戸崎はすべてを見透かしているように言った。あるいは、何かを知っているのかもしれない。

続けて、沢井と和幸にも、詐欺団を松中に渡すことをそれぞれ伝えた。ただ報告しただけではなく、早急に新たな詐欺団を一から立ち上げるために力を貸してくれと呼びかけた。

沢井は何か言いたそうな感じではあったが、明日、ミーティングをすると言ったら、簡潔に了解ですとだけ答えた。仕事を始めたばかりの和幸はそれではすまない。露骨に不安を口にした。

もともとこれまでの詐欺団は、ひとから譲り受けたものではなく、真嶋が一から立ち上げたものだったし、これまでも、警察の手が伸びてきそうになって、メンバーを総入れ替えしたことがあった。だから、松中に奪われたことを除けば、今回のことはそれほど大きなアクシデントではなかった。二ヶ月もあれば、新たな組織が機能し始めるだろうし、半年あれば、これまでと同じだけの収益を上げられるようになるはずだ。真嶋はそう言って和幸をなだめた。ひとまず、明日のミーティングにはいくと約束した。

電話を終え、コーヒーに口をつけた。すっかり冷めているので、淹《い》れ直すように昭江に言った。

「昭江、二、三日中に引っ越しをするから、当面必要な荷物をまとめておけ」

コーヒーをもってきた昭江に、真嶋は思いついたように言った。

のびのびになっていたが、引っ越すのにちょうどいいタイミングだ。引っ越し先は所有する部屋のひとつを考えていた。家具などはここへ置いていき、新しいものを揃えるつもりだった。

午後になり、真嶋は外出した。マネロンに使っている会社の社長や、そこに送り込んだ部下に会い、現在の状況を説明した。

当面、金を流すことはできないが、あくまで一時的なトラブルであることを強調した。その上で、これまでに流した金のいくらかを回収すると告げた。マネロンで流し込んだ金は他の企業へ出資したりして簡単に回収できないものが多いが、一部、株式などは現金化できる。もっともその金も、架空の取引の体裁を整えなければ、真嶋が手にすることはできなかった。他に、もっと簡単に手にすることができる金のストックがいくつかある。それらをまとめて一億ほどの金を用意させることにした。それが軌道に乗るまでの詐欺団の活動資金であり、真嶋の生活費でもあった。

金を洗浄するこのシステムが残っていれば問題はなかった。詐欺団と違って入れ替えはきかない。構築するのに時間がかかる。それに真嶋の未来を開く、Fも残っている。松中に対する感情的な問題は、おいおい解消させていくとして、真嶋は今回のことをそれほど痛手には感じていなかった。ただ、まだ未来が残っているかどうかは確信がなかった。

Fは真嶋のお気に入りのアイテムだった。やくざと袂《たもと》を分かったからには、さらに重要なものとなる。やくざに対抗し得る権力と手を結ばなければ、目障りなほど大きくなった時点で潰されるだろう。Fは言ってみれば少女専門の売春宿だった。普通の風俗店では出会うことのできない、中学生や高校生との性行為を楽しむことができる。

小学生までも性の対象と見る者となると少なくなるかもしれないが、中高生を好むロリコンなら、うようよいる。職業や地位といったものと関係がないのは、以前、少女売春クラブの名簿を手に入れたことがあるので、よくわかっていた。真嶋はそれをやくざに安値で売り飛ばした。それをどう使ったのか、やくざは大もうけしたらしい。

政治家にもロリコンはいる。それはもう当たり前のことだ。ただでさえ手に入りにくい少女の性だが、政治家となるとなおさらだった。援交少女とネットで気軽に繋がることなどできはしない。そこに、政治家など著名人専門の秘密クラブがあると同僚議員から耳打ちされれば、どうにも抵抗しがたい魅力を感じるはずだった。そんなクラブを経営するのは素性の怪しい人間に決まっているのに、足を踏み入れたくなってしまう。一度、試してみたら、もう抜けだせない。それはドラッグと一緒だ。

女を使って政治家に接近するのは、昔からやくざの常套手段で、目新しいことではなかった。ただ、Fが提供するのは未成年の少女たち。発覚したら、普通の買春とは比べものにならないスキャンダルになる。それだけに、顧客と深い関係が結べるはずだ。

マネロンの装置も、Fも残っている。真嶋としては、現在の状況にそれほどの危機感は覚えていなかった。しかし、だからといって、詐欺団を——自分の所有物を奪おうとする者を許せはしなかった。

56

加村望と久しぶりに烏山の外にでた。京王線に乗り、下高井戸で東急世田谷線に乗り換えた。上町で下車して真嶋のマンションの前まできた。

加村が真嶋の住んでいるところを見たいと言いだした。加村は武蔵野連合の掲示板を見たようだ。真嶋君、すごいひとになったんだねと、ホテルのベッドの上で言った。とくに目を輝かせていたわけではないが、けっして皮肉で言っているわけではないのが岸川には面白くなかった。それだけに、断るのは負けを認めるようでいやだった。

加村はマンションを見上げた。ここへきてやることといったら、それくらいしかない。真嶋が現れるまでここで待つとか言いださなければいいな、と考えていたとき、加村が呟いた。

「犯してくれるんだよね」

マンションを見上げる加村は、とくにどうということもない、自然な表情をしていた。

「何、言ってんだよ」

セックスの余韻が残るホテルの部屋で言ったわけではない。どこも壊れているようには見えない加村の口からでたのを不気味に感じた。

「だってこの間、約束してくれたじゃない」

「約束なんてしてないだろ」

岸川は苛立ちにまかせて、大きな声をだした。

加村が動いた。エントランスに進み、オートロックのパネルの前に立った。

「部屋は何号室?」

「何するつもりなんだよ」

横に立った岸川は、加村の顔を覗き込んだ。

「あたしが部屋にいってみる」

「いってどうするんだ」

「そんなこと――、わからない」パネルを見つめて加村は言った。

「真嶋に会いたいのか」

「えっ」と岸川のほうを振り向いた。驚いた顔――怯えたような顔で、かぶりを振る。強ばりが解けたら、いっきに崩れそうな表情だった。

「わからない」加村はまた言った。

そんなものなのだ。自分でも何をしたいかはっきりしないことは多い。行動の果てに何が待っているか、何を期待しているのか、自分でもわかりはしない。岸川は自分の心のなかを思った。

手を伸ばした。部屋番号を押し、最後に呼びだしボタンを押した。古いマンションで、訪問者を確認するカメラはついていなかった。

「俺がいくよ」

「やってくれるの」

岸川が頷くと、加村の口元に笑みが現れた。

くそ女が、と思う。しかし、その笑みに後押しされている自分もいる。

「はい」とパネルのスピーカーから声が聞こえた。予想したものより低かったが、女の声だ。

「ゆうパックです。真嶋貴士さんにお届け物です」

岸川は真嶋の部屋に忍び込むスキルが自分にはないと考えていた。先日、加村に女を犯してと言われたとき、忍び込むことはできないが、適当なことを言って押し入ることならできると気づいた。むろん、実行する気などなかったのだが。

「はあ、真嶋にですか」女は疑るような調子で言った。

真嶋に宅配の荷物などが届くことはないのだろうか。

「大川ひろしさんからで、生もののようです」

一瞬の間を置いて「はい」と声が聞こえた。エントランスの自動ドアが開いた。

真嶋は部屋にいない。いるなら、確認をとるだろう。

「いってくる」

いって、何をするつもりなのか自分でもわからない。岸川はドアを潜ると、ふと足を止めた。振り返って言った。

「加村、お前、中学のとき、俺のことが好きだったんだろ」

驚いた顔をした加村は、すぐに笑みを浮かべた。口を開いたが、ドアが閉まり何も聞こえなかった。唇の動きから言葉を想像することもなく、岸川はエレベーターのほうに足を進めた。

エレベーターで六階に上がり、コの字形の外廊下を進んだ。六〇三号室の前で足を止めた。

不快なほど強く速く打つ、心臓の鼓動に耐えていた。インターホンを鳴らしたら、もう後もどりはできない。いったい誰、何しにきたと問われたら、言い訳はできない。女を突き飛ばしてなかに入る。そして、――どうするのだ。

額の中心に指で押されたような圧力を感じた。顔が火照っていた。真嶋、真嶋と心のなかで叫ぶ。こんなところまで自分を引き寄せたあの男に、どうしようもなく腹が立った。岸川は腕を上げ、インターホンのボタンを押した。チャイムがことさら大きく耳に響いた。

心臓の鼓動は変わらず速い。しかし、空気がふっと軽くなった気がした。息をするのが楽になった。

腹が据わった。遊んでやろうと岸川は思った。

ロックを解除する音が響いた。薄くドアが開き、「はい」となかから聞こえた。

「ゆうパックです」岸川は明るく言った。

ドアロックはしていなかったようで、そのままドアが大きく開く。真嶋の部屋のドアが、こんな簡単に開いていいものだろうか。岸川は惚けたように、なんの心の準備もしないまま、ただドアを見ていた。

部屋のなかから女が姿を現した。その顔を見て岸川は一瞬頭のなかが、真っ白になった。先日見かけた女とはまったく違う。

「あの、ここは、真嶋さんのお宅ですか」

「そうですけど、あなた、ほんとに宅配のひと？」

訝しげに見つめる女の視線がそれた。女はドアのノブを摑んだ。岸川も反射的にノブを握った。閉じようとする女の力をあっさり振り切った。大きく開いたドア。岸川は足を踏み入れ、女の肩を強く突いた。女は悲鳴を上げながら、玄関に倒れ込んだ。

岸川は素早くなかに入った。ドアを閉めてロックをかける。女の上に馬乗りになった。

「声をだすな」

喚き続ける女の顔をはたいた。女は手をばたつかせて抵抗する。岸川は女の髪を摑み、力を込めて何度もはたいた。

「おとなしくしてれば、何もしない。だから静かにしろ」

そう言ったときには、もう女は抵抗をやめていた。岸川は髪の毛から手を離した。

「立て。声を上げるなよ」岸川は女から離れた。

女はゆっくりと立ち上がる。細身のパンツにストレッチのカットソー。肉付きのよさがはっきりわかる。いかにも中年女といった感じだ。

「そっちの部屋にいけ」

廊下の先に見えているのはたぶんリビングだろう。女はのろのろと向かう。岸川はあとについた。

「お前はいったい、真嶋のなんなんだ」

「なんなんだと言われても」女は生気が抜け落ちたような声で言った。

「この間、真嶋が別の女をここへ連れ込むのを見たぞ」

「ああ、それはあのひとの部下の彼女だそうです。何かトラブルがあって、ここに二晩ほど泊まっていきました。もういません」

リビングに入った。広い部屋だ。

「じゃあ、お前が、真嶋の女なのか」

女は立ち止まって、首を傾げた。「さあ、そういうことになるんですかね」

「なんだその言い方は。はっきりしろ」岸川は凄んで見せた。

「あのひとと一緒に暮らしています」

口調はいくらかはっきりしたものの、真嶋の女であるかはぼやかしたままだ。それでも、ここで一緒に暮らしているのなら、やはり真嶋にとって特別な女であるのは間違いない。この年増の女が。

最初に見たとき、真嶋の母親ではないかと一瞬思った。真嶋や自分よりも年がいっているのは確実だが、いくらなんでも、母親という年ではない。それでも、そう勘違いしたのは、昔、見かけた真嶋の母親にどことなく似ていたからかもしれない。顔が似ているというより、夜の女の崩れた感じが、遠い記憶と重なった。

掲示板の噂はなんだったんだ。有名女優とつき合っていることが、ほぼ事実としていくつも書き込まれていた。しかし、実際に暮らしているのは、年増の、どこにも魅力の感じられない女だ。これだったら、加村のほうがよっぽどましだろう。

「お前、真嶋とやってるんだろ」

女は目をそらし、うつむく。が、すぐに岸川に視線を戻す。口を開きはしない。

女の反応の鈍さは、恥ずかしがっているからでも、怯えているからでもない気がした。もともとそういう女なのだ。全般的に感情が鈍っている。知らない男が部屋に押し入っても、それほど怯えた様子がないのは、そういうことだろう。岸川は女に近づき、平手で頬をはたいた。

「答えろ」

女は頬を押さえて頷いた。「やってます」と小声で答えた。岸川は満足して頷いた。

部屋のなかをあらためて見回してみる。広さは二十畳ほどもある。ダイニングセットとリビングセットが部屋の対角線上に配置され、その中間に大型のテレビが置かれていた。その他は小さめの食器棚があるだけで、装飾品の類はいっさいない。その素っ気なさが、いかにも真嶋の部屋っぽく思えた。

あの男の部屋にいるのだと急に実感した。ここで何をしたってかまわないのだ。部屋をめちゃくちゃにしようが、この女を犯そうが、真嶋が警察に通報するとは思えない。にわかに心臓の鼓動が速まった。部屋に押し入ろうとしたときの緊張感とはまるで違う。性的な興奮に近いものを感じた。

「あの、何が目的なんですか。これから、どうする気なんでしょう」

女は落ち着いた声で訊いた。やはり怯えは感じられない。

「そんなのな、教えられるわけねえだろ」

いま考えているところだとは言えない。

「あのひとを殺すつもりなんですか」

「はあ、何、言ってんだよ」

岸川は女の落ち着いた声を不気味に感じた。

「殺してください。私も手伝いますから、真嶋を殺してください」

女の声に、初めて人間らしい生気が感じられた。

57

「詐欺団を手放した件、もう、だいぶ広まってますね。うちらのなかで」

ミーティングもほぼ終わったとき、沢井が言った。

「早いな。昨日の今日だろ」真嶋は苦笑いを浮かべて言った。

きっと城戸崎のほうから話が流れたのだろう。

「夷能会に対して、怒りを燃やしているやつもけっこういます」

「俺のトラブルに、そこまで感情移入してくれるとは、ありがたいね」

真嶋は立ち上がり、腰に手を当て背を反らした。ミーティングは金庫Aとして使っている部屋で行なわれた。家具など何もなく、長時間、床に直に座っていたので、腰や背中が強ばっていた。

ミーティングには和幸も参加していた。いきなり詐欺団のメンバーを集めろと和幸に言っても無理な話で、話し合いは真嶋と沢井が中心となった。それでも、一から仕事を覚えるにはいい機会だった。

「何、言ってんですか。みんな真嶋さんには世話になってますから、ひとごととは思えませんよ。それに、これは真嶋さん個人ではなく、武蔵野連合に対する攻撃だと考える者もいますから」

沢井は真嶋を見上げて言った。

「まあ、そう考えるやつもいるだろう。――で、何が言いたいんだ」

真嶋は沢井と視線を合わせた。じっと見つめていたら、沢井が目をそらした。

「とくに言いたいわけじゃないです。ただ、真嶋さんは夷能会に対してどういう考えをもっているのかと、ちょっと気になりまして」

「はっきり言っていいぜ。やくざにやられっぱなしで、仕返ししないのかと、言いたいんだろ」

「いや、別に俺は何も……。真嶋さんには真嶋さんの考えがあるでしょうから」

今日のミーティングで、今後は沢井に自分の片腕として働いてもらいたいと伝えていた。頭の回転はそれほどでもないが、面倒見のいい沢井なら、若い連中をうまくまとめることができるだろう。和幸には主にマネロンの金の流れを管理させ、沢井には詐欺団を統括して監督させようと思っていた。本間は体調が戻ったら、また真嶋の下で働きたいと言ってはいるが、あまり期待はしていない。日がたつにつれ、精神的なダメージが表にでてきていた。

「そうは言っても、お前にも考えがあるんだろ」

「俺の考えなんて、糞みたいなもんです」

沢井はそう言って笑みを見せた。真嶋も口の端を上げて、それに応えた。

「ただ、普段、真嶋さんと接することのない若いやつらのなかには、どう考えてるんだと気にしてるのもいるみたいで」

「そもそも、やくざに仕事を奪われるのが情けないとか言ってんだろ」

「まあ、そんなようなことも――」

「いったい、誰が言ってんだよ」

真嶋は突然声を荒らげた。

「いや、誰ってことは……」

「じゃあ、お前か。誰も言ってないなら、お前しかいないだろ」

沢井のほうに首を突きだした。

「違いますよ。大竹遼太《おおたけりようた》とか、あのへんがね――。真嶋さんとはあまり接点がないですし、武蔵野連合の面子をいちばん気にする代ですから」

「ああ、あいつか」

大竹は傷害事件で三年間服役し、七月に出所したばかりだった。確かに接点はあまりない。現在二十九歳で、武蔵野連合が暴れていたころに頭を張っていた世代だ。自分たちが武蔵野連合を有名にしたという自負があるようだ。

「今晩クラブ・フィッシュに大竹を連れてこい」

「あのへんは、まだガキですから。俺がよく言って聞かせますので」沢井が焦った顔をして言った。

「話をするだけだ。俺がどう考えているか、教えてやるよ。——いいな、絶対に連れてこいよ」

沢井は諦めたように、わかりましたと言って顔を伏せた。

和幸に目を向けると、腕を組んで宙を見つめていた。自分には関係ないことと、真嶋たちの会話をシャットアウトしているのかもしれない。和幸は今日もサラリーマンぽいスーツを着てきた。どうやっても、武蔵野連合とは交わりそうにない姿だった。

「考えてみれば、俺はまだ松中に何も渡していないんだよ」真嶋は声音を和らげて言った。「まだ、渡すと返事もしないうちから、ああだこうだ言われてもな」

松中への回答は明日までにすればよかった。しかし、すでに、松中を驚かせるしかけは整っている。今日の夜にでも返事をしようと真嶋は考えていた。

58

「はあ、お前、そんなことも知らないで一緒に暮らしてたのか」

岸川は驚いて大声を上げた。

女のほうも同じだ。きょとんとした顔をしている。

「それは、ほんとの話なんですか」

「嘘つくかよ。あんたを騙して得になることなんて、俺にはなんにもないんだから。——おい、この部屋にパソコンはあるのか」岸川は訊ねた。

女は頷き、リビングを離れた。すぐにノートパソコンをもって現れた。

この女は真嶋が裏社会の大物、武蔵野連合のナンバー2であることを知らなかった。AVプロダクションの経営者だと思っていたらしい。それでも、普通の人間ではないと感じてはいたようだ。

自由になりたいと女は言った。それが真嶋を殺して欲しい理由だった。ならば、ここから逃げだせばいいだろうと岸川は言ったが、それでは自由になれないと首を振った。よくはわからないが、女は真嶋の底知れぬ恐ろしさを感じ取っているのだろう。

とにかく、殺したいなら自分でやればいいだろと女に言ってやった。一緒に暮らしているのだから、いくらでもチャンスはあるはずだ。しかし女は、自分にはひとを殺せないと虫のいいことを言った。端から真嶋を殺す気がない岸川にはどうでもよく、それ以上は言わなかった。

真嶋を殺しても何も面白いことはない。岸川は真嶋を、歯ぎしりをするほど口惜しがらせたり、困らせたりしたいのだ。それだったら、ここでこの女を殺してしまったほうが、よっぽど嫌がらせになる。警察と関われない真嶋は、死体の処理に困って右往左往するはずだ。無論、それも実行に移す気はなかった。

女はパソコンを立ち上げた。武蔵野連合がらみの掲示板を表示し、女に見せた。真嶋の非道っぷり、大物っぷりがこれでよくわかるはずだ。

「これってほんとのことが書かれてるんですか」

「掲示板は誰でも書き込めるから、嘘も混じってるが、だいたい本当だ」

「あのひと、なん十億と、お金をもってるんですか」女は目を剝いて言った。

「なんだよ、金かよ」

岸川は呆れて笑った。

「まあ、そうとうもってることは間違いない。真嶋といれば、金の心配なんていらないってことだぜ」

岸川はソファーにもたれ、隣に座る女に顔を向けた。

女は、大きく首を横に振った。

「この部屋にいるだけで、何ひとつ面白いこともない生活はもういいです。あのひとに会う前も、いいことなんてなかったけど、たまには笑うこともあった。あのひとも楽しいことなんてあるのかしら。セックスですら、憎しみをぶつけるためにしているとしか思えないようなひとだから。きっと、女のひとをまともに愛したことなんてないと思います」

まあ、そうだろうなと思う。でなければ、金も力もあるのに、この女と暮らしたりはしないだろう。

「殺してください。なんとか、あのひとから金を引きだして、それをあげますから」

岸川はふんと鼻で笑った。「俺はお前を犯してくれと、あるひとから頼まれてきたんだ」

女は眉を上げ、後ろに体を引いた。体が強ばる。しかしすぐに、ふっと、力が抜けるのがわかった。

「じゃあ、好きなだけ犯してください。そのあと、あのひとを殺してください」

岸川は溜息をついた。どいつもこいつも狂ってる。

「もうやる気なんて失せてるよ。まあ、殺すほうは考えておく」

女は食いつくように体を傾け、顔を明るくした。

「またくる。そのとき話をしよう」

岸川はさっと腰を上げた。

「ああ、待ってください。このマンション、引き払うことになってるんです。明日か、明後日には、引っ越しで」

「そうなのか」

頷く女を見て、なんともいえない安堵感がじわじわと心に広がった。

運がよかった。今日、ここにこなければ、また真嶋を見失うところだった。

女から新しい住所を聞いた。目黒区東山にあるマンションだった。

真嶋の新居にもおじゃまできるのかと思うと笑みが漏れた。今日は加村を待たせているからまたにするが、真嶋の私物を漁れば、面白いものが色々とでてきそうだ。

女の携帯の番号を聞いた。ついでに足立《あだち》昭江という名前であることも知った。

「近いうちに連絡するよ」

岸川はそう言って、ソファーを離れようとした。しかし、気を変えて腰を下ろした。

もうここへはこないのだと気づき、面白いことを思いついた。

岸川はパソコンに向かい、掲示板に書き込みをした。

59

「どうせやくざには向かってこないと、見くびられたんですよ」

大竹はそっぽを向き、当てつけるように大声で言った。

向かいのソファーにいた真嶋は腰を上げ、大竹の前に立った。

「考え方が単純過ぎる。あちらさんはこっちが向かってくることを期待してるんだ。断っても詐欺団は潰される。だったら、向こうの挑発に乗る必要はない。チャンスを窺うんだ」

「窺ってるうちに忘れちゃうんじゃないすか。そういうまどろっこしいのは、嫌いですね」

「俺も嫌いだ。ただ、年をとって、少しは自分を抑えられるようになった。だが、完全にじゃねえよ」

真嶋は一歩踏み込むこともなく、そのままの位置から右足を振り上げた。体を左に倒しながら、大竹の顔に蹴りを入れた。くぐもった声を漏らし、大竹は背もたれに倒れ込んだ。

たいした威力のない蹴りだ。大竹はすぐに立ち上がろうとする。真嶋は脛を蹴ってやった。大竹は尻もちをつくように、ソファーに腰を落とす。横から沢井が飛び込んできた。大竹に覆い被さった。

「お前、誰に刃向かってんだよ。なめた口きくんじゃねえ」

沢井が大竹の顔を鷲摑みにし、ぎりぎりと締め上げる。大竹の顔がぶるぶると震えだした。

「もういい」

真嶋が言うと、沢井は離れた。

大竹は体を起こし、鼻血を白いスウェットの袖で拭った。口を大きく開けたり閉じたりして、締め上げられた顎の調子を確認している。怒りや不満が、表情から消えていた。

「大竹、新たな詐欺団を立ち上げるから、お前も手伝え。どうせムショ帰りで、ろくな仕事にありつけてないんだろ。俺の近くにいれば、なめられたままなのかどうか、よくわかるぞ」

大竹は真嶋のほうに目を向けた。口をぽかんと開けて、無精髭に覆われた顎をさすっている。

「おい、真嶋さんが誘ってくれてるんだぞ」

沢井が凄むと、大竹は無言で頭を下げた。

「それじゃあ、散歩にでもいくか。こんな空気の悪い店にいると、どうしても怒りっぽくなるんだよ。

——ついてこい」

大竹がのろのろと立ち上がるのを見て、真嶋は歩きだした。

「おい、金巻《かなまき》。お前も一緒にこい」隣のテーブルにいた金巻に声をかけた。

「はいはい」と軽い返事をし、バネ仕掛けの人形のように、勢いよく立ち上がる。すぐに真嶋たちに追いついた。

「久しぶりの散歩だな」沢井が金巻の肩に腕を回して言った。

金巻はジェームズ・ブラウンばりの雄叫びを上げて、喜びを表した。


「松中さん、俺の詐欺団、そっくりお渡しします」

「おおそうか、よく決心したな」

携帯電話から聞こえた声は、あまり熱のこもらないものだった。当然そういう答えが返ってくると確信していたのだろう。

真嶋が口をつぐんでいると、沈黙ができた。

「……なんだ、それだけか」松中は窺うように言った。

「それだけです」真嶋はそう答え、思わず鼻から息を吹いた。

違った。松中は真嶋が素直にはいと言うはずはないと予想し、何か条件でも付け足すのを待ちかまえていたのだ。なかなか鋭いなと、真嶋は感心した。

「それじゃあ、よろしくお願いします」

「んっ、……ああ、講壬会の件だな。わかってる。互いに痛み分け、ということで手打ちにする。ちゃんと話をつけてやるよ」

「ありがとうございます。これから鷲美を襲いますが、それもまとめて手打ちにしてくださいよ。男と男の約束です」

「おい、何言ってんだ。そんなこと……、やめろ。お前、頭が――」

「痛みが足りないんですよ」

真嶋はそう言って携帯を切った。電源も落とす。

「よしいこうか」

静かな廊下に真嶋の声が響いた。

沢井と金巻が無言で頷いた。大竹も遅れて頷く。

真嶋は廊下を進みながら、軍手をはめた。ガラスドアの前で足を止め、ドアを引き開けた。なかに入ると、インカムをつけた黒服が寄ってくる。真嶋は待ち合わせだと告げて店内を見回した。

大箱のキャバクラは七割がた席が埋まっていた。奥のほうで男が立ち上がった。探偵の柿崎だ。

「ああ、いたいた」沢井がのんびりした声で言った。

柿崎が指さすほうに目を向ける。きらびやかな女に囲まれ、にやけるやくざを見つけた。真嶋は足を踏みだした。

通路を進んだ。通りかかったテーブルから、真嶋はビール瓶を取り上げた。沢井はシャンパンのボトルを取った。

「大竹、お前は離れたところから見てろ」真嶋は振り向いて言った。

大竹は不満げな表情を見せたが、四の五の言わずに頷いた。足を止め、その場に留まる。

鷲美が座るボックス席の前で足を止めた。最初に気づいたのは、アイラインが魔女っぽい女だった。手相でも見ているのか、鷲美はもうひとりの女の手を取り、話し込んでいる。首を振って見せると、魔女メイクは鷲美から少し離れた。

鷲美の連れはひとり。沢井と金巻が同時に襲いかかる。驚いた鷲美がそちらに顔を向ける。すぐに気づいて、真嶋を見上げた。

真嶋はビール瓶を振り下ろした。反射的に腕で受けた鷲美は、腕を押さえてうずくまる。

女たちが視界から消えた。店内の喧噪は何も変わらない。

真嶋は鷲美の頭に、瓶を叩きつけた。

60

平滝は庁舎で金の流れを追っている。真嶋関連の会社の取引や投資先を精査し、怪しい動きはないか探っていた。

平滝は、いくら調べても無駄である可能性を指摘していた。マネロンで注ぎ込まれた金が、すべてまともな取引や投資に使われている可能性もあると。自分の手元に還流させるためのマネロンであるなら、ＯＳＭやギャレコのような上場企業ではなく、もっと小さな――法人税を払っていない赤字企業を使ったほうが、金の移動は楽だし、ロスも少ない。もしかしたら真嶋は、マネロンをしながら、生きた金の使い方をしているのかもしれない。正規の取引や投資で、長期的に見たリターンを期待しているのではないか。あくまでも、可能性のひとつではあるが、平滝はそう分析した。

以前に植草が、真嶋はいったい何をしようとしているのかと疑問を口にしたことがある。平滝の分析を聞くと、その思いを強くする。組織犯罪というものは即物的で、目の前に金を積み上げることに血道を上げる。権力などというのは、金のあとについてくるもので、それを直接の目的にすることはない。とにかく金を手に入れるための近道を探るのが連中の絶対的な思考パターンだった。しかし、平滝の分析が当たっているとしたら、真嶋は長期的な視野に立ち、金を動かしている。五年後、十年後に金が膨らんだとして、それをどう使うつもりなのだろう。いま目の前に金を積み上げるのを我慢し、それを後回しにできるというのは、それそうとうの目的をもっているということだった。

考えても思い浮かぶものはなかったが、そうであるならば、こちらにとっては都合がいい。真嶋は犯罪で稼いだ金を手にすることはできない。その前に塀の内側に落ちるだろう。ゴールなど窺わない
高橋だったが、さすがに五年、十年後には、捜査を終えているはずだと確信することはできた。

金の流れは平滝に任せ、高橋と植草はひとのあぶりだしに精をだした。玉木や湧永などの他にも、真嶋の仲間が関連企業に潜んでいないか探っていた。

ひとり怪しい男を見つけた。ギャレコの子会社ユニゾーズに、東京支社があった。支社というわりにはスタッフは四名しかおらず、業務も市場調査とコンサルティングという、あやふやなものだった。

そこの支社長、折笠悠人《おりかさゆうと》は支社を立ち上げるのと同時にユニゾーズに入社し、その地位についた。

その前は、オフィス・スワハラという芸能プロダクションの役員をやっていた。出身は高知で、高校生のときに傷害で逮捕されたことがある。地元の暴走族に所属していたようだ。

高知の暴走族だから、武蔵野連合の友好団体ではもちろんない。いまのところ真嶋との接点は見つかっていないが、暴走族、芸能プロダクションという、真嶋と共通するプロフィールがどうにも目を引いた。地方の小さな会社の支社長風情で、月三十万円の賃貸マンションにひとりで暮らしているのも怪しい。平滝には、この支社についても調べてくれるよう頼んでいた。

例によって高橋と植草は、本庁に戻る前に戸塚署の捜査本部に寄った。

平田拉致殺害事件の本部は、開店休業状態だった。基本的には武蔵野連合の報復的犯行という線で動いているが、武蔵野連合専従班との協議の結果、しかるべきタイミングで、微罪でもなんでも、片

っ端からムサシのメンバーを逮捕する方針が決定していた。平田事件には多くが関わっているはずだから、絞り上げれば、関与を裏付ける供述が誰かから得られると考えていた。捜査本部はそのタイミング待ちで、他の線の捜査など細々と動いているだけだった。

今日、高橋たちも、平田の事件と直接結びつかない聞き込みをしに、小田原までいってきた。真嶋の母親、小川奈津子の実家にいき、姉から話を聞いた。

実家は呉服屋を営んでいたそうで、なかなか裕福だったようだ。駅から近い山の中腹に、かなり古いが、大きな屋敷を構えていた。当然、やくざとの結婚など認めるわけがなく、真嶋克夫と結婚する際、奈津子は親から勘当を言い渡された。それ以来、一度も実家に帰ることはなかったそうだ。姉は家族のなかでは唯一、奈津子と連絡をとっていたが、それでも、克夫が殺人を犯し、刑が確定したあと、どこで暮らしているかもわからなくなり、連絡は途絶えた。真嶋貴士と会ったのも、赤ん坊のころに二回だけだと言うから、真嶋に関して語るべきものは何ももっていなかった。

ただ、学校で真嶋が本名の小川ではなく父方の真嶋姓を名乗っていたのはなぜだと思うかと訊ねたとき、姉は即答した。

「奈津子はあの男のことを愛していましたからね。きっとその名前を残したかったんだと思います。あの子はそういう、一途なところがありましたから」

克夫は鉄砲玉として事件を起こす前、迷惑がかかるからと、奈津子に無理矢理離婚届に判を押させたそうだ。子供の籍も小川に移すように約束させた。事件のあと会ったとき、姉はそう聞いている。奈津子は克夫が刑務所からでてくるまで待っているとも言ったそうだ。

姉の想像が正しいのかどうか、判断する材料を高橋は何ももっていなかった。ただ、もし、それが事実であったとしたら、殺人犯の名を背負わされた真嶋少年はどう感じていただろう。それがその後の人間形成に何か影響しただろうか。高橋は他のマル暴刑事と同様、容疑者の生い立ちや生活背景に目を向けることはあまりなかった。起こした犯罪をありのまま見つめ、容疑者をただの悪人としか見なさない。このときも、ふと思っただけで、さほど深く考えることはしなかった。

本庁に戻ったのは八時半。まだ専従班の大半は残っていた。平滝もデスクでパソコンに向かっていた。植草が平滝に頼まれたコンビニ弁当を渡した。

「ありがとよ。これでもうひとがんばりできるぜ」

高橋は植草と顔を見合わせた。つい先ほど、今日は早めに上がろうかと話をしていたところだった。同僚ががんばっているのに、それを残して帰るのは心苦しかった。

「弁当の礼に、ちょっと気になる情報をふたりのためにとっておきましたよ」

平滝はそう言いながら、割り箸を割った。

「なんだ、とっておいたっていうのは」高橋は平滝の隣に腰を下ろして訊いた。

「ちょっと前、ガンさんから真嶋に関する情報をもらったんですよ」

ガンさんこと岩本は、武蔵野連合のメンバー全般を捜査するグループに属している。

「何かめぼしい書き込みがないか、例によってネットの掲示板をパトロールしていたら、真嶋に関するものを見つけたとのことで。なんとね、真嶋の現住所なんですよ。がせネタの可能性が高いですけど、無視はできないですから」

平滝はメモをデスクの端、高橋のほうに置いた。背後に立つ植草が覗き込んできた。

マンションらしく、ガーデンハイツという名前と部屋番号まで書かれている。

「もうすでに削除されていて、ネットでは見ることはできません。真嶋本人が削除を依頼した、ということではないと思いますけどね」平滝は口に詰め込んだものを咀嚼しながら言った。

「いちおうガーデンハイツが実在することは確認してありますが、その先はふたりと一緒にと思いまして。本物だったら、インパクトありますからね」

これまで、一度も真嶋を捕捉したことはなかった。現住所がわかれば行動確認ができる。真嶋の犯罪に、ぐっと迫ることができるだろう。

「どうやって、本物かどうか、確認するんですか」

植草が力んだ声で訊いた。かなり期待しているのが高橋にはわかった。自分自身はどうだろう。半信半疑といったところか。

「正直言っちゃうと、いまここでできることはたいしてないよ。これが分譲物件なら登記を調べてみれば、所有者はわかる。ただ、真嶋が自分の名で登記したところに住んでいるとは思えないからね。あとは不動産業者をあたるか、実地に部屋をあたるかしかない」

平滝は肉団子を頰張り、箸を置いた。

「登記を見てみましょう」

専従班は、ネットで確認できる登記情報提供サービスのアカウントをもっていた。平滝はホームページにアクセスしログインした。不動産登記を指定し、住所を入力する。検索ボタンをクリックした。

画面が中途半端なところで止まった。意外に処理に時間がかかっている。平滝はちらっと時計に目をやり、「まだサービス時間だ」とひとりごとを漏らす。そのとたん検索結果が現れた。

「おおでた。分譲物件だったか。ああ、でもやっぱり、真嶋じゃなかった」

検索結果に現れた、現在の所有者は村上学。高橋も真嶋じゃなかったかと落胆した。しかし、次の瞬間、この名前を知っていると、記憶の底から反応があった。高橋は思わず、平滝の肩を摑んだ。背後の植草を振り返った。

「この所有者ってあれですよね」

植草も当然知っている。

「ああ。ヘリテージの子会社、ミルキースノーの社長だ」

武蔵野連合の友好団体である暴走族に、かつて所属していた男だ。

高橋はメモ帳を取りだし、めくっていった。ほどなく、村上学についての書き込みを見つけた。自宅は杉並区善福寺で、この物件とは違う。

「まず間違いない。この住所は本物だ」

世田谷区桜にある、ガーデンハイツの六〇三号室に真嶋は住んでいる。

「いってみよう」

高橋は何かに引っぱられるような力を感じながら、立ち上がった。

「高橋さん、班長に報告してからじゃないとまずくないですか」平滝が言った。

班長はすでに退庁している。

「大丈夫だ。真嶋に接触する気はないし、聞き込みもしない。マンションを外から眺めるだけだ」

焦る必要はない。捜査は真嶋に気取られないように、じっくり時間をかけてやるべきだった。しかしそうとわかっていても、高橋は気が急いた。マンションが消えてなくなるわけもないのに、いますぐ、その存在を自分の目で確認しなければ、気が済まなかったのだ。

61

事務所でのレッスンのあと月子はラウンジに寄った。とくに誰かに会いたいと思ったわけではない、ただ、ひとりにはなりたくなかった。

ひとはそれほど多くなかった。雑誌を読んだり、話をしたり、思い思いに過ごしていた。顔は知っていても話しかけるほどではなく、月子はテーブルに教科書を広げ、来週から始まる中間テストの勉強を始めた。

人並みの集中力をもって勉強できていたので、満足した。ここのところ、自宅で勉強しても、まるで手につかなかった。気がつくと吉井のことばかり考えている。――いや、吉井ばかりではない。月子の頭に浮かび、しつこく離れないのは、性的なことがら全般だった。吉井とのセックスを思いだすこともあるし、電車のなかで痴漢をされている妄想をすることもある。手が股間に伸びる。最初は下着の上からだけれど、それで収まることはまずなかった。女の子にだって性欲はある。それは友達にアンケートをとらなくても、自分の体に耳を傾ければ、そういうものなのだとわかる。けれど、勉強が手につかなくなるほどそればかり考えてしまうのは、異常ではないかと不安に感じた。

私は淫乱。その言葉が時折頭に浮かぶ。授業中でも食事中でもトイレのなかでも、時を選ばず、ふいに忍び寄る。月子は淫乱という言葉が嫌いだった。それは言葉がもつ意味以上に、女性をおとしめるためにしか使われないからだ。なのに、私は淫乱と頭に浮かぶたび、自分は淫乱なのではないかと恐れるたび、勝手に濡れてきてしまう。それは刻印のように、拭っても拭っても溢れてくる。悲しくなっても溢れてくるから、開き直って、自分の意思で淫乱淫乱と繰り返す。嫌悪感よりもへんな興奮が上回り、それに溺れてしまうのだった。

中国史の人名を覚えるのに手をやいていたとき、私は淫乱と、囁くように言葉が浮かんだ。月子はうろたえたりしなかった。最近はずいぶんコントロールができるようになった。最初に浮かんだとき、必要以上に嫌悪感をもたず、受け容れてしまえばやり過ごすことができる。だから、逆に性的興奮に溺れたい気分のときは、言葉に抗った。徹底的に抵抗すれば、みじめなくらいに興奮を高めることができる。そんな淫乱遊びは、ひとりのときでないと、とても辛いことになる。

「月子さん、こんにちは」

鼻にかかったアニメ声が聞こえた。

見上げると、だぼだぼのトレパン姿が妙に似合う中学生が立っていた。

「ここ、座っちゃっていいですか」

「……あっ、どうぞ」

床に横座りしていた月子は、少し移動してスペースを作った。本当は試験勉強を続けたかったが、断りの言葉がとっさに浮かばなかった。

トレパンの中学生があぐらをかいて隣に座った。音姫楽団の研修生。前に一度、ここで話をしたことがある。名前はなんだったっけと考えたら、ゆいなと浮かんでほっとした。

「月子さん、ほんと制服似合う。いっつも羨ましいって思っちゃう」

「そう？　自分では思ったことないけどな」

学校の制服は誰でも似合うものだ。だから休みの日にでかけるときに、わざわざ着る子もいる。そういう子は、まず私服のセンスが磨かれない。

「うち、全然似合わないから。制服着てやろうって言われても、絶対拒否る」

「そうかな。似合わないことないと思うけどな」

なんの話をしているのか、わからなくなったが、月子はそう言っておいた。

「この間、見かけたんですよ、Ｆで。月子さん制服着てて、やっぱりいいなあ、って思っちゃった。なんか、もったいないなって気もする。あんなおやじたちに、絶対もったいないですよね」

小声になってもアニメ声は変わらない。

「なんの話。どこで私を見かけたの」

まったくわからない。知らないところで見られていたということに、不安を感じた。

「Fですよ。あれって三日前でしたっけ。うちもあそこにいたんです」

「Fって何。私、聞いたこともない」

三日前といったら、吉井に会った日だ。さらに不安が増した。

「大丈夫ですよ、とぼけなくても。うちも、やってるんですから。おやじとやるのは、気持ち悪いけど、まあお金もらえますからね。月子さん、おやじとするの、いやじゃないですか」

「ねえ、何、言ってるの。Fって……、あの秘密のクラブのことなの。ゆいなちゃんが、なんでそんなところに……」

頭が混乱した。悪い夢でも見ているような気分になった。

「ほんとに知らなかったんですか。あそこは、Fって名前ですよ。月子さん、もしかして初めてだったんですか」

「どうして、ゆいなちゃんが、あそこにいるの」月子は質問には答えず、訊ねた。

頭の混乱は収まらない。見られたことがどうこうより、同じモデル事務所の中学生があそこにいたことが不思議でならなかった。何か陰謀にでも巻き込まれたような、現実離れした不安感がまとわりついた。

「どうしてって、マネージャーさんにいくように言われたから。月子さんは違うんですか」

月子は話の流れを見失った気がした。この子は違う話をしているのか。吉井といったあのクラブのことではないのか。

「私はプライベートでいったから」そう無難に答えてみた。

「プライベートとかあるんですか。お金はもらわないってことですか」

「もちろん、そう。ゆいなちゃんはお金をもらってるんだよね」

まだ現実感はなかったが、話はだいぶ見えてきた。

「みんな、もらってますよ、エリナちゃんとかチサトとか。他にもいっぱいいるけど」

「そんなに、うちの子が？」

「何言ってるんですか。うちの子しかいないですよ。あそこはうちの事務所が運営してるんだから。高校生以下限定で、お金をもってる偉いおやじたちの相手をさせるところ。わーっ、芸能界って怖い」

ゆいなはあっけらかんと笑う。月子にとっては、その笑いのほうが怖かった。

私はこの子たちと一緒なのか。金で買われたのだろうか。吉井はそのためにあそこに連れていったのか。あり得ない。月子は頭が熱をもちそうな勢いで否定した。


「吉井さん、どういうことなんですか。私を騙したんですか」

「違うよ。そんなこと、僕がするわけないだろ」

携帯から聞こえる吉井の声はいつもと変わらなかった。裏切られていないと思いたい。けれど、そこまでひとを信じることはできないし、月子はばかではなかった。

「とくに嘘は何ひとつついてない。あの日体調が悪かったのは本当だし、あのやり方じゃなきゃ興奮できなかったのも本当だよ」

「でもあそこはうちの事務所が運営するところだって聞きました。偶然そんなところに連れていったはずないです」

「もちろん偶然じゃないよ。僕が浜中愛ちゃんと知り合いなのは、ヘリテージと仕事の取引があるからだよ。その関係で、あのクラブのことも知ってるんだ。以前、ヘリテージの上のひとと話をしているとき、なんでだか性癖の話題になって、体調が悪いと三人でやらないとできなくなるって打ち明けたんだ。そうしたら、あのクラブにはそういう趣味のひともいるから、使っていいよって言ってもらってね、それでなんだ」

しかし、Fで男の相手をするのはヘリテージの女の子だけ。もし自分がヘリテージに所属していなければ、吉井とあそこへはいけなかった。それは都合がよすぎるといえないだろうか。月子は頭が混乱した。よくわからなかった。

「もちろん、事務所へは連絡を入れて、許可はもらってるんだ。月子ちゃんに話さなかったのは、事務所がそういうことをやってるといきなり聞いたらショックを受けるかと思ったから。いつかは、話さなきゃとは考えていたんだけど」

そのとき聞こうが、あとから聞こうが、ショックは受ける。しかしそれは、事務所がやっているからということではない。あそこが、そういう目的のための場所だということが、月子の心を地の底に突き落とす。

「あの日の男のひとは、お金を払ったんですか」

「そのはずだ。月子ちゃんへの報酬は、普段の撮影の報酬と一緒に振り込まれることになると思う」

「私は体を売ったんですね」

吉井はそれがわかっていて、連れていったのだ。

「そういうことになる。それに対して、僕は謝ったほうがいいのかな。いずれにしても、月子ちゃんは知らない男のひとと寝たんだ。そこにお金の遣《や》り取りがあったのか、なかったのか、あまり違いはないと思うけど」吉井は冷たく響く声で言った。

月子は自宅の部屋で、その声を聞いていた。一階の部屋では祖母が寝ている。祖母がこの話を聞いたらどう思うだろう。お金をもらっていても、いなくても、ショックを受けることに変わりはない気がする。それを気にするのは父親のほうだろう。そう考えたら、月子は少し気が落ち着いた。

「お金のことはともかく、月子ちゃんに辛い思いをさせてしまったことは謝る。ほんとにごめんね。だめなんだよな、僕は。好きな女の子が、他の男に触れられていると、ほんとに興奮してしまうんだ。正直にいえば、体調の悪いときの特効薬でもあるけれど、普段だってそれがいちばん興奮する。あの日の月子ちゃん、ほんとに綺麗でいやらしかった。いま思いだしても、泣きたくなるくらいに、愛おしく思えるんだ。月子ちゃん、感じてたよね。あの男に貫かれて、大きな声をだしてた」

吉井に見られているのが恥ずかしくて、死にたくて、信じられないくらいに感じたのだ。

私は淫乱、と頭に浮かんだ。月子はそれに抗った。全力で否定した。

「会いたいな。会って、ちゃんと顔を見て話がしたいよ」

「私も、会いたい」

淫乱と声がした。刻印がお尻のほうまでしたたった。

「月子ちゃん、いまからでられる？　車で迎えにいくよ」

「えっ、でもしばらく会えないって――」

「いくよ。仕事も何も、全部放りだして会いにいく。だからでてきて。お願いだ」

せっぱ詰まったような吉井の声を初めて聞いた。月子は思わず頷いた。

「うん、わかった。でられるから、大丈夫」

もう淫乱という声は聞こえなかった。吉井さんに会えるのだから、そんなお遊びは必要ない。信じるとか、信じないとか、裏切ったとか、裏切らないとかはどうでもいいのだと気づいた。吉井さんが自分に何をしようが、関係ないのだ。自分が会いたいと思う限り、すべてを受け容れようと月子は決めた。

62

真嶋が消えた。

高橋たちはマンションの存在を摑んだ二日後から、部屋のドアを監視した。コの字形になった建物の屋上からはドアがよく見えた。しかし監視から一週間、まったくひとの出入りはなかった。インターホンを押してみても返事はない。隣人に確認すると、真嶋の住所が発覚する前日くらいまでは、確かにひとが暮らしている気配を感じたという。真嶋は四十代くらいの女と暮らしていたようだ。

すぐに削除されているが、真嶋も掲示板に住所が書き込まれたことを察知したのかもしれない。姿を消したタイミングからいって、そう考えるのが自然だ。

ひと足違いかと、口惜しくは感じる。しかし高橋たちは、焦ってはいなかった。真嶋が住むマンションがどういうものかを知ることによって、さまざまなことが見えてきた。真嶋が行なっているマネロンの手口も、その一端とはいえ推測することができた。

高橋たちは、真嶋との繋がりが疑われる、関連企業に勤務する男たちの納税状況を調べた。まず注目したのは固定資産税だった。不動産を所有しているなら、それぞれ納税しているはずだった。

真嶋が住むマンションは関連企業の村上が所有する物件だった。これは村上から借りていたというより、真嶋の意を受けて村上が代わりに購入したのではないかと考えていた。つまり実質的な所有者は真嶋だ。そういう手法で他にも不動産を所有しているのではないかと、固定資産税を確認した。

結果は当たりだった。ＯＳＭの玉木、ヘリテージの関連子会社の深町、ユニゾーズの折笠、そして村上が自宅以外にマンションを所有していた。村上は、世田谷のマンション以外にもうひと部屋ということだ。これらのマンションが全て真嶋のものとは限らないし、他にも真嶋と繋がりのある人物が潜んでいる可能性もあるが、四戸のなかから真嶋の引っ越し先が見つかればと期待した。

高橋たちは、物件の前の所有者や購入の際に仲介した不動産業者をあたった。その証言から、男たちの多くは自己資金で購入代金を払っていることがわかった。人手が足りず、資金の流れまで精査する余裕はなかったが、おそらく調べても、何も問題は見つからなかっただろう。男たちは、キャッシュで不動産を購入できるだけの収入を得ていたのだ。

男たちの多くは関連会社の社長や役員だった。それなりに収入があっても不思議ではないが、五千万円クラスの年収は、勤め人であることを考えれば、多いことは間違いない。とくに、ユニゾーズの折笠は、支社長といえば聞こえはいいが、オフィスの規模からいって、実質的には支店長程度のものであるはずなのに、収入は三千万円もあった。

この収入は真嶋へ還流させる金を含めてのものだと推測できた。つまり、犯罪資金を会社に流し、給料として還流させる。マネロンとしては単純なものだった。発覚するリスクは低いが、所得税や住民税で四割以上が消えてしまうため、普通の犯罪者はやらないだろうと平滝は言っていた。

真嶋は犯罪収益を泡銭《あぶくぜに》と割り切っているのかもしれない。だから、税金で四割もっていかれても気にしない。住民票も何もなく、まともな社会生活を送るのが難しい真嶋にとっては、このやり方が都合がいいのも確かだ。男たちを財布代わりに使える。真嶋はこれらの男たち名義のキャッシュカードを使っている可能性もある、と高橋は考えていた。

高橋と植草は四戸のマンションを手分けして個別に調べた。

高橋が受け持ったのは、目黒区碑文谷と品川区戸越にあるマンションだった。どちらもオートロックでセキュリティーがしっかりした物件だった。部屋の周辺に聞き込みをしたところ、どちらもひとの出入りはなく、ひとが暮らしている様子はなさそうだった。碑文谷のマンションでは、所有者である玉木が、地下にある駐車場を借りていた。しかし、住民に訊いたところ、そこに車が駐まっているのを見たことはないとのことだった。真嶋が暮らしていたと思われるマンションでも駐車場の契約をしていた。管理会社には、赤のアウディを駐車すると申告していたが、住民によればそのスペースには黒のベンツが駐まっていたらしい。入居後買い換えたのかもしれない。誰の名義のものか、いまのところわかっていなかった。

戸越にあるマンションには駐車場がなかった。高橋は、村上が購入したときに仲介した、渋谷にある不動産業者を訪ねた。村上がマンションの近所に駐車場を借りていないかの確認だった。

たぶんわからないだろうなとは思ったが、やはり購入時に駐車場の紹介などはしていないとのことだった。本気で探そうと思ったら、近所の不動産屋を一軒一軒回らなければならない。そこまで駐車場にこだわる理由はなかった。

応対してくれた社員は、高橋と同年代の太めの男だった。つい先日、購入時の話を聞きにきたときも応対した。人好きのするタイプで、お茶を淹れてもてなしてくれた。世間話をしているようで、時折、村上がどんな犯罪に関わっているのか、探りを入れるようなことを訊いてくる。高橋は組織犯罪に関わる捜査と説明しただけで、村上が何か罪を犯しているとはひとことも言っていなかった。

「何か村上さんに関することを知っているのでしたら、話してくれませんか」高橋はコーヒーテーブルを挟んで座る男に言った。「村上さん自身が犯罪に関わっているかどうかはともかく、彼に関する情報が、犯罪を解決する糸口になる可能性があるんですよ」

商売人は客の情報を明かしたがらない者が多い。商売に直接関係することはとくにだ。何か知っていても、訊かれたこと以上の話はしないものだった。

「いや、あのマンションについては、何も知らないんですよ。ほんとに」

「マンションとは関係ないことを知ってるんですね。他の物件を買ったとか」

最近、購入したなら、まだ固定資産税は払っていない。高橋たちの調査から漏れた可能性がある。

「さすが刑事さん、鋭いですね」

高橋は顔を引き締め、男を見つめた。

「ですが、購入したわけではないんです。賃貸の契約なんです。そういう話でも、お聞きになりたいですか」

「ぜひお願いします。聞かなければ帰れません」

本気だった。

「賃貸といっても、マンションとか、住宅ではなく、店舗でしてね。企業の接待向けのラウンジバーを開くので、物件をリストアップして欲しいと、九月の初めだったかな、村上さんから依頼があったんです。なんでも、もともと決まっていた物件がだめになったそうで、急いでいましたね」

九月の初め。そう聞いて高橋はすぐに思い至った。湖鉢の騒動のあとだ。

あのスキャンダルの舞台となった六本木のラウンジは、マスコミ報道後、すぐに閉鎖になった。ヘリテージの子会社社長深町が表向きの経営者だった。今度は村上を表の顔に据え、場所を変えて再開しようとしたのではないか。ほとぼりが冷めるのを待つことなく、再開に向けて動いた。そこまでしなければならない理由はなんなのだろう。ただのラウンジバーでないことは間違いない。
「それで、物件を紹介したわけですね」
「ええ、いいのがありましてね。交通の便はあまりよくないんですが、もともとレストランに使っていた戸建ての物件で、広さも充分にあるのでラウンジバーにはもってこいだったんですよ。世田谷の代沢にある、コンクリート打ちっ放しの、スタイリッシュな建物ですよ」

高橋は高級住宅街を進んだ。広いお屋敷は古い建物が多い。新しいものは小さめか、低層のマンションだった。

コンクリートの建物が見えてきた。全体が四角く、確かにスタイリッシュな佇まいだった。外壁には黒ずみが見られ、バブルを通ってきた歴史が感じられた。高橋は横目で見ながら前を通り過ぎた。今日はそのくらいでよかった。じろじろ見て、警戒されるのは避けたい。

マスコミで騒がれて一度潰しているのだから、きっと警戒しているだろう。早期に再開しなければならないほど、真嶋にとっては大切なものだ。こちらも大事に捜査してやろうと、高橋は思った。

淡島通り沿いのバス停に戻った。鉄道の駅はどれも遠く、くるときもバスだった。時刻表によると渋谷行きの到着はあと三分ほど。さほど待たされることはない。今日はついているような気がする。

携帯電話が鳴ったときもいいしらせである気がした。そういう勘が現実になることはまずなかった。しかし、植草からかかってきたこの電話は、予感どおりにいいしらせだった。

「高橋さん、東山のマンションが当たりでした。最近男と女が越してきたそうです。まず間違いなく、真嶋ですよ」

たまには、何をやってもうまくいく日があったっていいだろう。植草の興奮した声を聞きながら、高橋は思った。植草の話がなかなか終わらず、発見したばかりのラウンジバーについて話せないのがもどかしかった。

高橋が専従班の部屋に入ったとき、すでに植草は戻っていた。平滝も四課の中村もいて、グループ全員が揃った。顔には笑みがあり、ちょっとした祝勝会ムードだった。

「いやー、高橋さん、お手柄でしたね。まさか、あのラウンジが復活していたとは思いませんでした」

年長の中村が、大袈裟ともいえる抑揚のついた大声で言った。

「まだはっきりはしませんけどね。ただ、タイミングから見て、間違いはないと思うんですが」

「そこを舞台に犯罪が行なわれているなら、こっちにとって好都合なんですけどね。金の流れを追うより、よっぽどしっぽを摑むのが楽ですからね」

平滝が冗談めかして言った。

「植草、真嶋の姿は見ていないんだな」高橋は植草の隣に腰を下ろして訊いた。

「ええ、男女があの部屋に越してきたらしいと確認できたので長居はしませんでした。ただ、駐車場に黒いベンツが駐まっているのは確認しました。ナンバーを照会して先ほど所有者もわかったんですが……」

植草は言葉を切り、平滝のほうに目を向ける。平滝が植草にメモを渡した。大田区の佐藤英和と読み上げた。

「武蔵野連合のデータベースに一致する人間はいませんでした。また関連会社に潜んでるやつかもしれませんね。なんか不動産をもっているかもしれない。調べなければなりませんね」

どんどんやることは増えていく。人手が足りないなと高橋は思った。

「班長はどうした」

「会議中です。組対の課長以上が揃って何やら話し合っているようです」平滝が答えた。

「こんな時間にか」

もう七時を過ぎている。

「長引いてるようです。かれこれ二時間近くたちますから」

班長が出席しているということは、武蔵野連合がらみであることは確かなはずだ。もしかしたら、あの件だろうか。講壬会が武蔵野連合を襲うのではないかという噂があった。講壬会の構成員がいたるところで武蔵野連合への怒りを口にしているらしく、そんな噂になったようだ。組対三課でそのへんの情報を収集していたところ、講壬会の幹部、鷲美が六本木のキャバクラで襲われた。頭部に大けがを負ったが、命に別状はなかった。本人は誰に襲われたかわからない、犯人の顔もよく見ていないと証言していた。犯人は四人組。目撃者の情報や、防犯カメラの映像解析から、犯人のひとりは武蔵野連合の沢井という男に似ていることはわかっている。あとはまだはっきりしていなかった。講壬会と武蔵野連合の間で戦争が起きれば厄介なことになる。街なかでの乱闘は必至で、一般人を巻き込む危険がある。専従班を発足させた挙げ句にそんな事態になれば、警察は何をやっているのかと、批判が集中するのは目に見えていた。そうならないための対策を練っているのかもしれない。

「ああ、班長」

中村の声がした。入り口のほうに顔を向けると、堂島班長がこちらに向かってきた。

今日はいい日だったはずなのになと、堂島の顔を見て高橋は思った。堂島は険しい表情をしていた。さらに、疲れのようなものまで見える。

「班長、いいしらせがあるんですよ」

中村もそんな表情に気づいているだろうが、無視して明るく言った。

「報告はあとでいい」堂島は高橋たちのグループの島まできて言った。

「聞いてくれ、いま進めている捜査を中断してもらいたい」

「ええ、どういうことですか。今日、真嶋のヤサが割れたんですよ」植草が立ち上がって言った。

堂島は首を横に振った。

「どういう状況だろうと変わらない。上で決まったことだ。即刻中止だ」

きたのか。どこかからの圧力だろうか。高橋は意外と冷静に堂島の言葉を受け止めていた。

63

岸川は腰の振りを速めた。女の声がそれに呼応して高くなった。

意外にいい声で鳴く。そのくらいの美点がなければ、とてもいくことはできないだろう。スタイルがいいわけではないし、なかは緩いし、四十過ぎの年増だ。唯一、真嶋の現在の女である事実が、岸川をその気にさせた。

このあと加村と会う予定があるのを思いだした。岸川はにわかに種馬にでもなった気分で、優越感と倦怠感を同時に覚えた。今度は三人でやったらいいと閃いたのはそんなときだった。真嶋の新旧の女と、真嶋のベッドの上でやるというアイデアは、ほとんど冗談のようだが、真剣に考えていた。それぞれの女にそそられるものはあまりないはずだが、そのシチュエーションを想像すると岸川の興奮は高まった。

昭江の声がさらに大きくなる。岸川の腰の動きが速くなっていた。醜く歪んだ顔は見ないようにした。必死に性を貪るような、切ない声に耳を澄ました。

岸川は果てる瞬間、真嶋の母親を思いだし、いやな気分に襲われた。


「ちょっと、やめて。あのひとにばれたら、まずいわよ」

昭江がドア口に立ち、まるで切迫感のない、のんびりした口調で言った。

「大丈夫だろ。真嶋はうちのなかのものに、何も関心がないって言ってたじゃないか」

岸川は鏡に目を向けながら言った。

「さすがに、自分の服に皺が寄ってたり、汚れていたりすれば気づきます」

「皺なんて寄るかよ。こんなにサイズがぴったりなんだからよ」

岸川は真嶋の部屋のクローゼットからスーツを引っぱりだして着てみた。ネイビーに細いストライプが入ったスーツは、自分でも意外なほど似合った。サイズが誂《あつら》えたみたいにちょうどいいからだろう。ウェストも締めつけられるほどではなくフィットしていたし、股下も裾が足の甲に触れる程度でぴったりだった。Tシャツの上に羽織ったジャケットも肩がぴったり収まっていたし、ウェストラインに沿ってフィットしていた。

「どうだ、似合ってるだろ」なぜか笑みが抑えられず、にやけた顔の自分を見ながら言った。

返事はなかった。顔を向けると、ようやく昭江は頷いた。

目黒区東山にある真嶋の新居にきたのは二回目だった。前回きたときは、まだ家具も揃っていなかった。まだこのベッドで一度も真嶋とやっていないと知り、岸川は昭江を押し倒したのだ。

昭江がまるで自分の住まいではないように遠慮がちなものだから、岸川はここへくると好き勝手に振る舞いたくなるし、実際にそうした。クローゼットを勝手に開けたのは今日が初めてではないし、真嶋の部屋のデスクを漁ったこともある。文房具類が几帳面に並べられているくらいで、とくに面白いものはなかった。もしかしたら真嶋は、他にマンションをもっているのかもしれない。ひとに見られてまずいものはそっちに置いてあるのではないかという気もした。

宝探しはできないかもしれないが、真嶋の部屋で勝手気ままに過ごすのは楽しかった。トイレで小便をするだけでも、犬の小便と同じく、何か印をつけてやったような気持ちになり、案外楽しめた。今日はまだ昼前でそんな気分にはならないが、今度はこの部屋で酒を飲んでみようかと思っていた。

「昼飯、食べにいかないか」

「まだ早くない？　あまりおなかは空いてないし」

「食べる前に、ドライブしよう。真嶋のベンツを借りてさ」

「だめよ」昭江は目を見開いて言った。

「どうして。ばれやしないぜ。そのへん、近所を流すだけだ」

岸川はデスクに向かい、引き出しを開けて、車の鍵を取りだした。振り返ると、昭江は咎めるような目つきで見ている。

「ドライブしながら、真嶋を殺す相談でもしようぜ、――なっ」

昭江はドアロから動いた。「化粧するから待ってて」

ふんっと岸川は鼻で笑った。

寝室へいき、昭江のノートパソコンを勝手にもちだし、ダイニングで立ち上げた。

掲示板にアクセスし、武蔵野連合・真嶋貴士のスレッドを覗いた。岸川はキーボードに指を乗せ、今日は何を書き込もうか考えた。

世田谷の真嶋のマンションに押し入ったとき、帰りがけに、掲示板にマンションの住所を書き込んだ。週刊ラストの熊谷に教えようかどうしようか迷ったが、それよりも書き込んだほうが面白いことになるだろうと思ったのだ。結局すぐに削除されたみたいだが、見たひとが話題にして、少しばかり盛り上がっていたようだ。熊谷には諦めたと言ってそのあと車を返した。ベテランの記者らしく「見つけたんじゃないのか」と鋭いことを言ったが、否定したら、それ以上は訊かなかった。

真嶋には何か影響はあったのだろうか。外でのことを真嶋は話さないそうで、昭江に訊いても何もわからなかった。つまりは岸川にとって、昭江はいい情報源ではなく、掲示板に書き込むようなネタを提供してもくれない。いずれ、車のナンバーやこのマンションの住所を書き込んでもいいかなと思う。掲示板を見たひとたちが、このマンションを取り囲んだりしたら面白い。しかし、それはまだ先の話だ。もうしばらく、自分だけの秘密としてしまっておきたかった。

そうだ、何かのときに使えるかもしれないとしまっておいて、そのまま忘れてしまっていたネタを思いだした。ＡＶ制作会社をやっている旧友、堀越裕弥から話を聞いて、思いついたことだ。

湖鉢の事件の舞台となったフリーライドに、オープンしてから遊びにいった女の子たちによると、若手の政治家たちが遊びにきていたそうだ。真嶋は政治家に接近するため、あそこで女を提供していたのだろう。奥にあったホテルのようなベッドルームで政治家は性の接待を受けていたに違いない。もうすでにフリーライドはないし、スキャンダルが収まってからひと月半がたつので、ネタとしてそれほどインパクトはない。それでも、どうしてベッドルームのことを知っているのか、いったい誰がと、真嶋が見たら疑心暗鬼になるはずだ。岸川はひとりほくそ笑んで、キーボードを叩いた。

「ひっ」と悲鳴のような声を背後に聞いた。岸川は驚いて振り返った。

昭江が目を剝いてこちらを見ていた。

「なんだよ。おどかすなよ」

岸川が言うと、昭江の肩から力が抜けるのがわかった。表情も緩んだ。

「びっくりした。あのひとが帰ってきているのかと思った。後ろ姿が似てたから」

「あほかい。さっきスーツ着てるのを見ただろ」

岸川はパソコン画面をぱたんと閉じた。

「そんなに似てたか」立ち上がって訊ねた。

「どうだろ。一瞬見て、そんな気がしただけ。実際はそれほど似てなかったのかもしれない」

「なんだ、そうか」

がっかりしているような声になっているのが、自分でも意外だった。

「その服、着替えないの」

「ああ、このままいくぜ。ベンツを運転するんだから、このほうがいいだろ」

「運転手に見えるわよ」

はあっと声を上げた岸川の前を通って、昭江は玄関に向かった。

岸川は腹を立てた。しかし、怒りが向いたのは、言った昭江にではなく、なぜか真嶋に対してだった。

64

くぐもった悲鳴が上がった。まるで昔のカンフー映画の雄叫びのようだった。七本目の指が手の甲のほうにぐにゃりと曲がった男は、気を失ったように、床に伸びた。

「何、死んだふりしてんだよ」

沢井が蹴りを入れると、また悲鳴が上がった。タオルを口に押し込めているから、甲高くはあっても、それほど響くことはない。

「おら、全然元気じゃねえかよ。ふざけんなよ、おたく野郎が」

大竹が馬乗りになり、男の頭を床に打ちつけた。

「それじゃあ、俺はいく。適当なところで切り上げて、どっかに捨ててこい。こんなやつにいつまでも関わっていてもしょうがない」真嶋は吐き捨てるように言った。

本当に無価値なやつだと思う。殴る価値すらなかったが、黙って帰すわけにもいかなかった。

「申しわけありませんでした」大竹が立ち上がって言った。

「なんで謝るんだ。お前がこいつを見つけたんだろ」

詐欺団のメンバーに応募してきた男。研修中、挙動不審なのに気づき、ボイスレコーダーで録音しているのを見つけたのが大竹だった。研修が終わってから、痛めつけた。最初はただ覚えるために録音していたと釈明していたが、指を二本折ったところであっさり吐いた。男は豊和《ほうわ》会系の振り込め詐欺グループのメンバーで、スパイをしに潜り込んだのだ。ノウハウを盗もうとしたと言ったが、違うだろう。こちらの組織のメンバーや所在地を摑んで、警察にたれ込むつもりだったはずだ。録音したのは警察を信用させるための証拠としてだ。振り込め詐欺は飽和状態だ。限られたパイを食い合っている。競合する他のグループをできるだけ減らしたいと思っているのはどこも同じだ。

「このおたく野郎を紹介したのは、俺の後輩ですから。後輩は絞めておきますが、俺の責任もありますので。すいません」

大竹は頭を下げた。

「まあ、知らなかったんだろうけどな」

真嶋は、絞めるなとは言わなかった。この男の上下関係を尊重してやった。

詐欺団の立ち上げに動き始めてから十日ほどたった。まだ四ユニットほどしかひとが集まっていないが、研修を進めて今月中に稼働させるつもりだった。大竹は詐欺団のなかで統括リーダーを務める。ユニットリーダーを指導し、とりまとめる役割だ。何かあったときに捕まるのは大竹までだった。大竹が口を割らなければ、上まで警察の手は伸びない。だから、今回の件では、大竹は自分で自分を助けたことにもなる。そうやって、生き残ってもらいたいと真嶋は思っていた。

殴るのもばからしくなったのか、男の眉毛を燃やし始めた沢井に声をかけ、真嶋はマンションの部屋をでた。

この部屋は詐欺団の拠点のひとつになる予定だったが、閉鎖するしかない。明日からの研修も別の部屋でやらなければならないが、それを伝えるのをすっかり忘れていた。マンションのエントランスをでたところで気づいた真嶋は携帯を取りだした。大竹に電話をかけようと通話履歴を開いたとき、着信音が鳴り響いた。

着信表示を見ると。日枝からだった。真嶋は眉をひそめ、口元を綻ばせた。

「日枝です。話をしてもよろしいですか」

耳に当てると、窺うような声が聞こえた。

「久しぶりだな。大丈夫だ、話はできる」

オフィスから締めだされたあと、日枝と話をするのはこれが初めてだった。

「ありがとうございます。この電話は、私が個人的にかけてるものです。松中さんから、頼まれたものではありません。信じてもらえますか」

自宅からでもかけているのだろうか。日枝の背後に音は聞こえなかった。そのくせ日枝は、小さな声で話す。

「俺が信じるかは、置いておいていいだろ。話は聞いてやるよ。答えられることは答える」

「ありがとうございます。実は、松中さんの義理の弟の銀行口座が凍結されたんです。法人名義のものです。そこから派生して、松中さんの、奥さんの会社の口座も凍結されました。真嶋さん、この件について何かご存じではありませんか」

「いや、知らない」

本当に知らなかった。心当たりは充分あったが。

「そうですか。容疑はいちおう、脱税ということになっていますが、どうなのでしょう」

「どうなのでしょう、と言われても答えられねえよ。それで、その口座がどうしたんだ」

「その口座は、マネロンで使っていた口座です。オフショアで洗浄された金の受け皿になっていたんです。他にも口座はありますが、松中さんが個人的にマネロンした金は、ほとんどその口座に振り込まれていました」

そこまで話すのだから、本当に松中とは関係なく電話しているのかもしれない。

「なるほど。その奥さんの口座に、資金移動をしていたんだな。取引を装って」

「そういうことになります。現在、関連各所で家宅捜索が行なわれています。奥さんの自宅、つまり松中さんの自宅もです。自宅には、闇金との関係を示すものは何もないと松中さんは言っていますが、私はどうだろう、と疑っています。真嶋さん、率直に伺いますが、この件は闇金や振り込め詐欺までいっきに捜査が向かうものでしょうか。教えていただきたいのですが」

「どうして俺に訊く。警察に訊いてみたらどうだ」

意外なことに、ふんと笑い声のようなものが聞こえた。

「どうして訊くかは、真嶋さん自身がよくわかっていると思いますが」

それを認める気はなかったが、真嶋は沈黙した。日枝も黙り込む。

「松中も俺を疑っているのか」

「たぶん、いまのところは何も気づいてないと思います」

日枝は何に気づいているのだろう。

「私は顧客データを含めた全データを消してしまおうかどうか悩んでいます。警察の手が及ぶとわかっているなら迷わずするのですが」

「それで逃げだすのか」

「そのつもりです。最後までいて捕まるほどの忠義はありません」

「だったら、そんな決断もすることなく、俺のところにきたらどうだ。守ってやる」

日枝は沈黙を作った。どうしようか迷っているのではなく、どう断ろうか考えているのだな、となぜか真嶋にはわかった。

思ったとおり、「すみません。ありがとうございます」と日枝は言った。

「そうか、お前から見たら、俺も難破船か」

日枝は沈む船から逃げだすねずみだ。難破船から難破船へ移るのはごめんだと考えているのだろう。

すみませんと日枝は再び言った。真嶋はあえて反論はしなかった。

「松中は、いまのうちにすべてを消滅させる気はないのか」

「ないようです」

「一般論でいえば、時間があるうちに、すべての証拠を消し去ったほうがいい。闇金本体も含めてな。

あくまで、一般論だ」

「ありがとうございます。答えていただいて」

「期待していた答えとは違うと思うが。で、どうするつもりなんだ」

日枝はまた沈黙を作った。それはただもったいをつけただけではないかと真嶋は思った。

「何もしません。もう少し様子を見ます」

「まあ、それもひとつの手だな」

「真嶋さんは正直なひとですね」

それは違う。俺は相手を完全には潰さない。立ち上がれるだけの力は残してやめる。そして、立ち上がってきたときにまた踏み潰してやるのが好きなだけだった。

65

マンションのエントランスから真嶋がでてきた。左右をじっくり確認してから歩きだす。歩調は速めだ。

高橋と植草は、斜め向かいにあるマンションの一室から見下ろしていた。

「マル対がマンションからでてきた。黒っぽいスーツを着用。国道二四六方面に進行中。警戒している様子なので、慎重に願います」

植草が尾行班に携帯で告げた。

真嶋の監視は今日が初日だった。だから、尾行班も無理をすることはない。真嶋がどの程度警戒しているのか、駅へ向かうのか、タクシーを拾うのかを、安全な距離をおいて確認するだけ。本格的な尾行は、そんなことを二、三日繰り返したあとだ。

桜のマンションの防犯カメラが捉えた映像で、真嶋の容貌は確認していたが、その姿を直接見るのは、これが初めてだった。高橋はそれだけで満足だった。

真嶋の捜査が中断を余儀なくされてから、二十日近くがたつ。ようやく本来の捜査に戻ったのは三日前からだった。高橋たちが捜査を中断したのは、夷能会の松中がからんだ脱税事件に駆りだされたからだ。

事件の発端は、振り込め詐欺に使われた口座を押さえたことだった。当該詐欺事件の三日前、この口座に一千万円ほどの金が振り込まれていた。振り込み元を調べてみると、英領バージンアイランドにあるエメリックという企業だった。さらに調べると、口座に一千万円が振り込まれたのと同日、別の口座にもエメリックから一億円ほどの金が振り込まれていることがわかった。松中の義弟、小熊洋《おぐまよう》介《すけ》が経営する企業の口座にだった。そこから松中の妻、恵子が経営する会社に金が移動しており、松中がからんだ犯罪収益のマネーロンダリングが疑われた。

小熊は、振り込め詐欺の口座はなんの関わりもないと言った。そしてエメリックからの送金は、日本の不動産関係のコンサルタント料で正当な取引で得たものだと主張した。これまでもエメリックからたびたび送金があったが、小熊は取引の実態を示すことはできなかった。それは、恵子との間の金のやりとりについても同じだった。

組対のマネーロンダリング対策室で金の流れを追ったところ、中国の企業がスイスの銀行口座に送金したのが振りだしだった。間違いなくそれ以前の金の動きがあるはずなのだが、突き止めることはできなかった。

金の出所がわからない限り、犯罪収益ともマネロンとも断定はできない。小熊や恵子の会社に振り込まれた金が、実態のない取引によるものであることから贈与とみなし、より税率の低い法人税として申告していたふたりを脱税の容疑で摘発した。

真嶋の後ろ盾ともいわれる松中に絡んだ事件で、高橋たちも捜査に駆りだされた。武蔵野連合の壊滅より松中逮捕のほうが重要だという判断もあっただろうが、とにかく夷能会の犯罪を早急に暴くために人手が欲しいという上層部の焦りを感じた。現内閣が衆議院を解散し、再び民自党が政権につく前にあらかた捜査を終えたい。そういうことなのかもしれない。

関連各所に家宅捜索に入り、書類などを押収した。押収物の整理などを手伝い、高橋たちは専従班に復帰した。押収物の精査は始まったばかりだが、さほど込み入ったものはなく、そこに犯罪の証拠が埋もれているようには見えないと、早くも悲観的な声が漏れ伝わってきていた。

真嶋が国道でタクシーを拾い、走り去ったと尾行班から連絡があった。それを聞いた高橋はすぐに監視部屋をあとにした。

マンションの近くにあるコインパーキングに車を駐めていた。いかにも作業用といった外観のミニバンにひとり乗り込んだ。東山のマンションから代沢までは目と鼻の先だった。本庁から代沢に向かう途中、真嶋をこの目で見たくて高橋は立ち寄っただけだった。

国道二四六にでて、三軒茶屋方面に進んだ。三宿《みしゅく》の交差点で右折し、淡島の交差点で淡島通りを横切り、住宅街に入った。長大な塀に囲まれた邸宅の前に車を停めた。コンクリートの四角い建物がそこからよく見えた。

人手が足りず、高橋はひとりでラウンジバー監視の役目を負っていた。営業は夕方からと見られ、それほど長時間の監視をするわけではないので、問題はなかった。

監視を始めて、今日で二日目。昨日は、ひとの出入りは多くなかった。ふたりの人間が時間をおいてタクシーでやってきた。あとはワンボックスカーが駐車場に入っていくのを見かけた。高橋の監視場所からラウンジまでは二百メートルほどの距離がある。必要に応じて双眼鏡を使って確認したが、暗かったり、建物の陰に入ったりで、タクシーでやってきた人物をはっきり確認することはできなかった。それでも、男であることはわかった。

ワンボックスカーについては車庫に入ったきり四時間ほどでてこなかった。運転していたのが男であること以外、他にひとが乗っていたのかどうかすらわからない。ただ、ナンバーを控えることはできた。その登録を調べて、高橋は思わず声を上げた。車はモデル事務所、ヘリテージの所有になっていた。その事実から、どんな人物が車に乗っていたのか、想像を膨らませることができた。

専従班に復帰して、岩本からまた掲示板の情報をもらった。湖鉢のスキャンダルの舞台となった六本木のラウンジでは、政治家に対する性の接待が行なわれていたという、暴露的な書き込みだった。ラウンジの奥にはベッドルームがあり、湖鉢を傷つけたのもその部屋だと説明があった。政治家の相手をするのはAV女優などのタレントだったという。

書き込まれたことを鵜呑みにはしていないが、それをふまえて考えると、ワンボックスカーに乗っていたのは、ヘリテージのモデルだったのではないかと想像できる。単にラウンジでホステスとして客についている可能性もあるが、真嶋が運営していて、それだけとは考えにくかった。

今日、またワンボックスカーがやってきたなら、帰るときに尾行してみようかと考えていた。うまくいけば、乗っている者を確認できる。

日が落ち、外からはなかの様子が窺えないはずの後部座席から監視を続けた。かたときも集中力を切らすことなく、ラウンジに、通り過ぎるひとや車に、意識を向けていた。しかし、十一時に近づいても、ひとの出入りはまるでなかった。昨晩は十一時半には従業員と思われる男が三人でてきた。

まさか、昨日の監視に気づき、営業をやめたのではないかと高橋は焦り始めた。今日は監視につくのが遅かったため、従業員たちが入っていく姿を見かけていなかった。

しかしそれは杞憂にすぎなかった。翌日の監視で営業を続けていることがはっきりとわかった。高橋は最悪の形でそれを知ることになった。

66

「ねえ、やめてよ。香水の匂いがしていたら、いくらなんでも気づくわよ」

昭江が眉間に皺を寄せて立ち上がった。

「自分がつけてる香水なんだから、匂わないだろ。もし気づいたら、適当に言っておけ。あなたの匂いを嗅ぎたかったのとでも言えば、あいつも喜ぶさ」

洗面所からリビングに戻った岸川は、おどけた調子で言った。

昭江はしらけた顔をして、かぶりを振った。

岸川は香水をつけた手首に鼻をつけた。柑橘《かんきつ》系の香りが爽やかで、嫌いじゃなかった。あいつとは趣味が合うと笑みを浮かべた。

ただし、確かにつけ過ぎたとは思う。これなら帰ってきた真嶋が気づく可能性がある。だからといって、心配したりはしなかった。誰か部屋にやってきていると、気づいたとしてもかまわない。むしろ岸川は、真嶋に気づいて欲しいと思い始めていた。自分がこの部屋にいることを。

岸川はソファーに腰を下ろした。ワインのボトルを摑み、自分のグラスに注ぎ足し、昭江の空のグラスにそそいだ。

ここのところ真嶋が部屋をでるのは午後に入ってからで、遅いらしい。今日も三時過ぎにでかけたというので、岸川は五時にやってきた。日も暮れ、ちょうどいい時間だったので、酒を飲むことにした。昭江から金をもらい、酒を調達してきた。念願だった、真嶋の部屋での酒盛りが実現した。

缶ビールを三本空け、赤ワインに切り替えた。ワインもそろそろ底を突きそうだ。いい具合に岸川は酔っていた。何か大胆なことをしてみたくなるが、そこらでションベンをするほど気はふれていない。もともとはションベンやクソを部屋にまき散らすのが目標だったはずなのに、まったくそんな気が起こらないのは、この部屋に通い慣れて、妙に愛着が湧いているからのような気がする。だから大胆なことといってできるのは、せいぜい香水を大量に吹きつけるくらいのことしかなかった。

昭江も酒は好きなようで、自らすすんで口をつけた。急に陽気になるわけはないが、それなりに酒を楽しんでいるようには見えた。しかし、時間がたつにつれてそわそわし始めた。そろそろ真嶋が帰ってくるのではと気にしているようだった。

「まだ、真嶋がでかけて三時間ぐらいなものだろ。とうぶん帰ってこないよ」

「なんで、あなたがそう断言できるの。一緒に暮らしているあたしにもわかんないのに」

昭江はむきになって言った。

「気にするなってことだよ。せっかく酒を飲んでんだから、もっとリラックスしたらどうだ。もし真嶋が帰ってきても大丈夫だ。俺が殺してやるから」

岸川はいつもながら、そんなつもりもなく言ったのだが、口にしたら、なんだかできそうな気がした。いま真嶋が帰ってきたら、やるしかないんだなと、覚悟のようなものが決まる。酔っているからだろうと考える、冷静な部分もまだ残っていた。

「何、言ってんの。酒に酔っていて、あのひとを殺せると本気で思ってんの」

昭江は叱咤するように大きな声をだした。

「真嶋の強さを、お前、知ってんのかよ」

「わかるわよ。一緒に暮らしてるんだから」

「そうか、わかるのか」

岸川は友人が正当に評価されたとでもいうような、小さな喜びを感じた。

「俺はな、中学のとき、あいつよりずっと強かった。あの男を顎で使ってたよ」

昭江が笑った。それはばかにするような笑みではなく、子供がへまをしたときに母親が見せるようなものだった。

「笑うよな。だけど、事実なんだ。どうやっても消せない過去ってやつだよ」

自慢したかったわけでも、自分を強くみせたかったわけでもなかった。

「二十年の間に何があったんだろうな。なんであいつは、あんなすげー大物になったんだ」

「何があったわけでもないでしょ。元からそういう人間だったのよ。周りが気づかなかっただけ。自分も気づいてなかったのかもしれない」昭江は静かに言った。

「一緒に暮らしているから、わかるのか」

昭江は眉を寄せ、考えるような顔をした。何も口にせず、グラスを手にした。

岸川は完全に納得したわけではなかったが、昭江の言葉を聞いて何か腑に落ちた。目の前がくっきり晴れていくような気がした。

真嶋は昔から変わっていない。

グラスにワインを注ぎ足した。ボトルはすっかり空になった。

「酒もなくなったな」岸川はグラスを手に取り、立ち上がった。

クラッカーを頬張った昭江は、口元に手をやりながら、岸川を見上げた。すぐに、グラスに口をつけ、ワインとともにクラッカーを飲み下すと、立ち上がった。

「真嶋が帰ってくるかもしれないと思ってるんだろ。それなのにいいのかよ」寝室に向かいながら、岸川は嫌味なことを言った。

昭江はぼんやりした目で、しばらく見つめた。「あのひとが帰ってきても、やめないでね」

岸川は笑った。昭江の答えが面白かったのではなく、その状況がおかしくて笑みがこぼれた。

その最中に真嶋が帰ってきたら、どう反応するか。どんな反応であっても間が抜けている気がする。この安っぽい年増のために怒り狂ってもおかしいし、何も言わずに部屋をあとにしても哀れで間抜けだ。ただ、実際に真嶋がどういう行動をとるか、どんな表情をするか、想像しても、まるで浮かばなかった。

ワインをごくごくと飲み、グラスをサイドテーブルに置いた。ベッドに腰を下ろすと、昭江が横に座る。チーズの匂いがした。

ここのところ加村望とは会っていなかった。加村との逢瀬は、半分が金目当てだったから、必要性が薄れていた。昭江も頼めば金をくれた。加村と違って恩着せがましいことは言わない。男に言われるまま何かを差しだすのが習性になっているような感じだ。もちろん、真嶋を殺してくれることを期待しているからなのだろう。

金のことはともかく、加村にはもう会わなくてもいい気がした。しょせん、加村は真嶋の昔の女。こだわるようなものではない。過去のものはいらないと岸川は思った。

かといって、現在の女がとくにいいわけでもなかった。それでも岸川は昭江の肩に腕を回し、押し倒した。

真嶋と自分の繋がりは、過去にあるのではない。この部屋とこの女とで繋がっている。それにどんな意味があるのかわからないが、岸川は繋がりを維持したいと望んでいた。

昭江のスカートをたくし上げ、ショーツを下ろした。自分のジーンズのボタンを外し、ファスナーを下ろすと、硬くなったものを取りだす。前戯もなしに、昭江のなかに入っていった。

67

昨晩は、結局、午前一時まで張り込みをしても、従業員の姿を見ることはできなかった。

今日は早めの正午から監視を始め、四時半ごろに、相次いで三人の従業員がラウンジバーに入っていくのを高橋は確認した。

昨日は定休日だったのだろうか。ひとまず安心はしたが、客の出入りを見るまでは不安が残る。それに出勤時、従業員のひとりが、振り返ってこの車をしきりに見ていたのも気がかりだった。今日は早めに切り上げたほうがいいかもしれない。

六時過ぎに、日はすっかり暮れた。後部座席で上体を屈めていた高橋は、背筋を伸ばして前の座席に肘をのせた。車内がふっと明るくなった。高橋は頭を低くして、背後を振り返った。車のヘッドライトが近づいてくる。

緑色のタクシーが、高橋の車の横を通り過ぎた。前方に顔を向けてタクシーを目で追う。ブレーキランプが赤々と灯り、タクシーはコンクリート造りの建物の前で停まった。

高橋は傍らに置かれた双眼鏡を取り、目に当てた。わずかに調節するだけで、ピントは合った。タクシーから降りてきたのは、男のようだ。背は高くないが、短い髪と肩幅の広さで判断した。奥まったエントランスの陰に隠れて、すぐに見えなくなった。

いまのは客だったのだろうとは思うが、まだヘリテージの車がきていないのが不思議だ。一昨日は、先にワンボックスカーがきていた。すぐに案内できるよう、女を待機させていたはずだ。

靴音が聞こえた。高橋はサイドウィンドウに顔を向けた。ブリーフケースを提げた、スーツ姿のサラリーマン風が車の横を通りかかる。恰幅《かっぷく》のいい五十代くらいの男だ。

すぐに男は立ち止まった。向かいにある家の門を開け、入っていく。ラウンジに目を戻そうとしたとき、またひとり通りかかった。

女だった。若いなと認識したときには、月子と心の叫んでいた。

横顔、背中。すぐに通り過ぎた。顔を見たのはほんの数秒のことだが、自分の娘を見間違えるわけはない。たとえ、しばらく顔を合わせていなくても。高橋は大きく息を吐きだした。

驚きだったが、そういうこともあるだろう。張り込みや尾行の最中に知り合いを見かけたり、声をかけられたことはこれまでにもあった。しかし、まさか娘が通りかかるとは――。

それにしても、月子がなんでこんなところを歩いているのだろう。家からは離れているし、学校とも方向違いだ。友人の家でも訪ねるところなのだろうか。

月子は私服姿だった。シャツの上に重ねた赤いトレーナーに見覚えがあった。なんでそんなくたくたの古いトレーナーにわざわざ金をだすんだと、買ってきた日に小言を言った。それに月子がどう反論したか定かではないが、いまどきトレーナーとは呼ばないと冷たく言われたのは覚えていた。

娘のもちものことで思いだせるエピソードがあるのに、高橋は少し驚いていた。長いスカートは初めて見るものだったし、髪形は変わった気がするが、その前の髪形を思いだせない。現在の月子に関して、何もわかっていなかった。刑事をやっていれば当たり前のことだとは思う。娘から目を離し、後方を振り返る。淡島通りから、入ってくる車がないことを確認して、ラウンジに目を向ける。

遠ざかる月子が視界に入っていた。コンクリートの建物に近づいていく。ふいに高橋の心がざわめいた。これまで、まったく疑ってもいなかったが、まさか——。

つい虫歯をついてみたくなるように、いたずらに自分を苦しめる想像をしているだけだ。本気で心配しているわけではない。それでも、月子がラウンジに近づくにつれ、胸の鼓動が速くなっていく。

エントランスに通じる敷地の入り口にさしかかった。月子はそのまま通り過ぎた。

「当たり前だ」高橋は思わずひとりごとを漏らした。

月子が真嶋と関わりがあるはずはない。当然のことだと思いながらもほっとした。そのときだった。肉眼で捉えていたはずの月子の姿がふっと消えた。まさかそんなはずはないと目を凝らしても、動くものは見あたらない。高橋は、慌てて双眼鏡を目に当てた。

街灯に照らされ白っぽく見えるコンクリートの外壁が目に映った。ひとの姿を捉えようとゆっくり双眼鏡とともに顔を振る。壁にぽっかり開いた穴を見つけて、高橋はぎょっとした。双眼鏡から目を離して、肉眼で見る。また双眼鏡を当てた。

車庫だ。いつの間にかシャッターが開いていたのだ。月子はそのなかに入っていったに違いない。車庫からは直接建物のなかに入れるはずだ。一昨日、ヘリテージのワンボックスカーが入っていったあと、車庫からでてきた者はいなかった。

高橋は何も決断することなく、体が動いた。スライドドアを開き外にでた。携帯電話を取りだした。

「月子は今日、何してるんです」自宅の電話にでた義母に訊ねた。

「学校に決まってるでしょ。まだ帰ってないけど、いつもそんなものよ」

義母は冷ややかに答えた。

「月子はヘリテージというモデル事務所と、何か関係あるんですか。知ってますか」

「ああ、そのこと」

「そのことって――」

顔から血の気が引くのを感じた。

「夏休みにスカウトされてね、月子がやってみたいっていうから、私も面接にいったりして――」

「所属したんですか」

「ええ、ヘリテージさんにぜひって言われて」

「なんで教えてくれなかったんです」

高橋はコンクリートの建物のほうを見る。足が動く。

「だって、そんな話をする時間なんてないじゃない。いつもそうよ。剛宏さんはあとから聞いてああだこうだ言いますけど――」

「すみません」駆けだしながら、携帯を切った。

あそこで何が行われているかは関係ない。真嶋の関係する場所に娘がいることだけで、これまで感じたことのない恐怖を覚えた。月子の命が刻々と奪われていくような焦りに駆り立てられ、高橋は全力で走った。

コンクリートの外壁が塀のように突きでて、ドアを隠している。高橋はラウンジの敷地に入り、引っ込んだところにある、木製のドアに突進した。

ドアの横にあるインターホンを押した。すぐに「はい」と声が聞こえた。

「警察だ。開けろ」高橋は頭上にある防犯カメラに向けて、警察手帳を突きだした。

「なんの用ですか」スピーカーからやけに落ち着いた声が聞こえた。

「いま入っていった女の子は未成年だ。連れて帰る」

「言っている意味がわかりません。令状をもってるんですか」

「きいた風なことを言うな。開けろ！」

拳でどんどんと殴りつける。「開けろ」と言いながら、足の裏で思い切り蹴りつけた。わずかながら、蝶番がきしむのを感じた。

そのまま蹴り続けていたら、ドアの向こうで声が聞こえた。高橋は足を地面に下ろした。

ロックの外れる音。ドアがゆっくり開く。内側にスーツを着た男がふたり見えた。

「やめてくれませんか。ほんとに警察ですか」

高橋を押しやるようにドアを開きながら、男がでてくる。

高橋はドアに手をかけ、でてきた男の顔面に頭突きを食らわせた。すぐさま、ドアを大きく開いた。頭を抱える男を、後ろに控えていた男のほうに突き飛ばす。ふたりの横をすり抜けて、なかに入った。

広い玄関ホールだった。奥に階段がある。確信があるわけではなかったが、二階を目指そうと階段に足を向けた。

「横田！」と後ろから大声がした。

すぐさま、階段から男が駆け下りてきた。高橋を見ても怯むことはない。こちらに向かってくる。

高橋は振り向きざま、拳を振るった。すぐ後ろにいた男は予期していたように、体を引く。かろうじて顎に拳がかすった。

高橋は体を低くして、階段のほうを振り返る。やってきた男は目標を失い、拳をかまえたまま動きが止まった。高橋は男の腹に拳をめり込ませた。呻き声が聞こえたが、男に上からのしかかられた。

高橋は両手で男を突き飛ばした。

後頭部に硬い衝撃。耳から何かが抜けていった。ぐらぐらと体が揺れたが、背筋を伸ばす。闇雲に腕を振った。

腹に蹴りを受けて、体を折った。内臓をかき回されるような痛みに膝をつく。横から顔面に衝撃がきてなぎ倒された。床に伸びた高橋の上に、ひとの重みがのしかかった。

「なんなんだ、こいつは。本当に警察だぞ」

「離せ。連れて帰るだけだ」

床に顔を押しつけられながらも、高橋はなんとか声を発した。脇腹を殴られた。続けざまの蹴りに気が遠くなる。

「まずいっすね」

「このまま帰すわけにはいかないな」

「おいテープをもってこい」

「上は大丈夫か。騒ぎに気づいてないか」

男たちの声が聞こえていた。高橋は床を摑むように指を立てた。前へ進もうと必死に力をこめた。

68

Fのマネージャー石黒から電話を受けたのは、新しいオフィスでミーティングをしていたときだった。

恵比寿にある古い雑居ビルに構えたオフィスは赤坂の部屋より狭かった。デスクが四台運び込まれ、パソコンはまだ箱からだしていなかった。

和幸、沢井、大竹が集まっていた。三人はFについて何も知らない。真嶋が何を慌てているのかはわかりはしなかった。ミーティングを途中で打ち切り、オフィスを飛びだした。

厄介なことになったと思いながらも、どこかでそれを楽しんでいる。以前に、お前はサーファーみたいなものだと高垣に言われたが、別に困難を乗り越えるのを楽しんでいるわけではなかった。ガキのころ、心が体から離れ、上から眺めているような感覚の時期があった。いじめられても、次に相手はどんないじわるをしかけるのだろうとどきどきし、いつか自分は爆発して相手を殺すのではないかとはらはらしながら眺めていた。その感覚に近かった。この厄介がどういう結果を生むのか、ひとごとのように楽しみに待っている。もうどうにもならないところまできているのかもしれないのに。

――とはいえ、何もせずにやり過ごすことはできない。代沢に向かうタクシーのなかで、ヘリテージの社長の森野や石黒と連絡をとりながら、対応策を考えた。

Fに着き、駐車場のほうからなかに入った。迎えた石黒から話を聞いた。

「本庁の組対の所属です。きっと、例の専従班でしょう。近くに作業車が駐めてあって、気になってはいたんですよ」

「同僚から連絡はないのか」

「大丈夫です。携帯は鳴っていません。車を見にいってみましたが、無線は装備されてませんでした」

Fが監視されていたのが、真嶋にとってはまず驚きだった。賃貸契約をした村上の線からばれたとしか思えない。他の物件はどうなのだろう。ばれていると考えたほうがいいのかもしれない。

刑事のいるリネン室に向かって歩き始めた。

「娘はヘリテージに、父親は都の職員としか伝えていなかったようだ」

「まあ、公務員には違いはないですけどね」石黒は呆れたように笑った。

「やってるのか」真嶋は上を指さして言った。

「ええ、つつがなく。哀れな父親ですね。職務を放棄して飛び込んできたのに、頭の上で、娘はおやじにはめられてるんですから」

父親というのは哀れなものだ。真嶋はそこに勝機を求めていた。この厄介を乗り越えるには、父親の情に訴えかけるしかない。リネン室の前で足を止めた。

「刑事はここで何をしているか知っているんだな」

「ええ。何も答えないですが、娘を連れて帰ると言ってやってきたときの慌てぶりから見て間違いないです。客の素性まではどうなんでしょう、わかってないと思いますが」

数週間前、フリーライドは政治家向けの性の接待所だったと掲示板に書かれているのをひとから聞いて知った。いったい誰が書き込んだのだと怒りはするものの、他のいいかげんな情報と混ざり合って、とくに注目する者もいないだろうと思っていた。どうなのだろう、警察はあの書き込みを重要視したのだろうか。

「最終的にはどうなりますかね」

石黒も楽しんでいるわけではないだろうが、この状況でもとくに焦りは見られない。ある種の図太さ、鈍さをもっているのは、武蔵野連合のメンバーと一緒だった。

「警官を殺す選択肢はないが、どうなるかな。まあ、でたとこ勝負だ」

真嶋は笑ってドアを開けた。

リネンなどの備品をストックしておく部屋。床に刑事が座っている。両脇で従業員が監視していた。

ふたりは石黒ほどの余裕はなく、きりきりした顔で、真嶋に頭を下げた。

刑事は後ろ手にされ壁にもたれていた。口を粘着テープで塞がれ、伸ばした足もぐるぐる巻きに拘束されている。真嶋が入っていくと、こちらを見た。眉をわずかに上げ、頭を後ろに引いて壁につけた。しばらく睨んでいたが、視線を下げた。真嶋は刑事に近づいていき、口のテープを剝がした。

「俺のことを知っているな」

刑事は睨みつけるだけで何も答えない。しかし、いまの目の色は間違いなく、特別な人間を見たときのものだった。

「質問には答えてくれないようだな。――じゃあ、取引をしましょうよ、高橋さん」

真嶋は刑事から離れた。刑事の視線が追ってくる。

「娘さんはもちろん連れて帰っていいですよ。別に拘束してるわけじゃないんだから。ただ、いまは仕事中だから少し待ってください。醜いおやじと、ぱこぱこセックスの最中だ」

「お前、いつか、必ず殺す」

刑事は前屈みになって、体を揺すった。

「そうですか。刑事の職を捨てる気ですか。まあ、いまも任務を放棄してここにいるわけだし、こっちにとってはちょうどいい。取引に乗ってもらえるんじゃないかな」

刑事の目からぎらぎらしたものが消えた。何かを考えている。たぶん、自分の置かれた立場を――。

「娘さんは、体を売っているだけじゃない。薬にも手をだしてる。ＭＤＭＡを使ってセックスの感度を上げているんだ。まずいよな、刑事の娘が。いや刑事は関係ないか。娘さんの将来を考えたら、このことが、表沙汰にならないほうがいいと思わないか」

「ふざけんな。絶対にお前に手錠をかけてやる」縛《いまし》めから逃れようとするように体を揺すり、大声で吠えた。

真嶋は口にチャックをする真似をした。横にいる従業員の辰巳《たつみ》が、テープを切り、刑事の口に貼った。

「殺すならともかく、高橋さんが俺に手錠をかけるのは無理ですよ。ここに勝手に乗り込んだのがばれたら、処分されるでしょ。それより、娘さんのことを考えてやったらどうです。ここの客はＶＩＰばかりだ。発覚したら、とんでもないスキャンダルになる。もちろん娘さんのことも話題になりますよ。警察が身内を庇おうとしてもだめだ。うちのほうから、マスコミにリークする」

刑事は怒りを湛えた目で睨みつけてくる。しかし、思考がおろそかになるほど沸騰しているようには見えなかった。

「あと数日ここを監視して、違法性は見あたらないとか、適当に報告してください。そのかわり、耳よりの情報を渡しますよ。夷能会の松中がシノギにしている、闇金の拠点を教えましょう。組対が、松中の裏金を押さえているのは知ってる。しかし、もう、ひと月近くたつのに、誰ひとり逮捕できていないのは、違法性のある金かどうか、肝心のところがわからないからでしょ。それを俺が教えてやる。悪い取引じゃないと思う」

松中をいっきに潰してしまうのは面白くないし、こちらも返り血を浴びるかもしれない。それでも、これくらいの土産は必要だろう。

刑事は真嶋から視線を外していた。話を聞いて心を動かされた様子はなかった。警察への土産よりも、自分の立場や娘の未来のほうが気になるのかもしれない。それは真嶋にとって、悪い兆候ではなかった。

「ということで、よろしくお願いしますよ、高橋さん」

真嶋は刑事に近づくと、ジャケットの内ポケットからメモ帳を取りだし、一ページ引き剝がした。

それを刑事の作業着の胸ポケットへねじ込む。口のテープを剝がした。

「俺は何も約束していない」

「それでかまわない。好きにしていい。ただ、ここが摘発されたなら、あんたの娘には糞みたいな未来しかないということだ」

刑事は喚くことなく、ただ睨みつけてきた。

「ひとつ言い忘れてたが、ここはプレイルームにも防犯カメラを設置してある。やっている最中のあられもない姿が、ビデオに収めてあるんだ。摘発されたら、同僚たちが、娘のやってる姿を見ることになるんだろうな。それだけじゃない、あんたの娘のやってる姿がネットに晒されることになる。運の悪いことに、娘はモデルをやってるから、すぐに身元もばれる。もう、外を歩くこともできないだろう。自殺とか、考えなければいいがな」

「お前なあ――」

殺意のこもった目で睨めつける。小刻みに体が震えていた。

「違うだろ。そうなるかどうかは、高橋さん、あなたが決めるんだ。娘がどうなってもいいなら、ここでの話を、帰って仲間にすればいい。いやなら、適当な話をして、ここの監視から撤退する。ちゃんと選択権があるんだ。俺を恨むのは筋違いだろ」真嶋はそう言うと、背を向けた。

「もうそろそろ時間だ。娘を連れて、帰っていただこうか。一晩、じっくり考えたらいいさ。自分にとって、警察にとって、娘にとって、何がいちばんいいのか」

ドアに向かって歩いた。

「もし、この件とは別に、お前を逮捕したらどうなるんだ」

刑事の声が聞こえた。真嶋は振り向いた。

「俺はフェアな人間だ。ここ以外のことならビデオは流出しない。約束する。——刑事さんの車を駐車場に移動しておけ」石黒にそう命じて部屋をでた。

結局、それから娘を引き渡すまで、四十分かかった。刑事をあらかじめ運転席に座らせ、石黒が娘を連れてきた。父親の姿に気づいた娘は悲鳴を上げた。刑事は興奮し、ドアを開けてでようとしたが、ふたりの従業員がドアを押さえた。

いやがる娘を、無理矢理、後部座席に座らせた。スライドドアを閉めると、刑事は振り返り、腕を伸ばして娘の頭を思い切りはたいた。娘は放心した顔で、それを受け止めた。動きは硬かったが、だるまのように傾いた体を戻し、二回、三回とはたかれた。

真嶋は早くいってくれと、車体を叩いた。ほどなく車は発進した。タイヤをきしませ、車庫を飛びだした。

「どうなりますかね。握り潰してくれますかね」

石黒が鼻と口を押さえて訊いた。

「さあな。親子の問題は俺にはわからない」

真嶋はどっちでもいいと思った。上から眺める自分には、どっちに転んでも面白そうな気がした。

「ばかやろう。ちきしょう」

高橋はずっと叫んでいた。それは誰に向けたものでもなかった。もはや、言葉だとも思っていなかった。

怒りしか湧いてこなかった。娘への怒り。真嶋への怒り。自分への怒り。

体を売った娘。セックスドラッグで快楽を貪った娘。いま後ろに座っているのは、他の何者でもなかった。怒りをぶつける対象でしかない。だったら、車を停めてまたひっぱたいてやればいいのに、それもできない。体を売ってきたばかりの娘と向き合える父親など、この世にいるのだろうか。

また逃げている。家族から逃げてきた結果がこれなのだと、自分に怒りを燃やす。しかし仕事という逃げ場がなくなるかもしれないと思うと、また月子に怒りが向く。真嶋に対してもだ。

どっちに転んでも自分は仕事を失う。班長に正直に報告すれば、職務を放棄し、監視対象に踏み込んだことや月子のことが問題になる。ラウンジバーのことをもみ消せば、刑事としての魂が死ぬ。仕事を続ける意味がなくなる。

ばかな娘のために刑事を辞めなければならないのか。真嶋の言いなりにならなければならないのか。あり得なかった。真嶋だろうと誰だろうと、犯罪者と取引などできない。どうせ仕事を失うなら、最後まで刑事でいたかった。娘の未来がどうなろうと、そんなものは知ったことではなかった。自分が起こしたことがどういう結果を招くか、思い知ればいいのだ。

「ばかやろうが」

高橋はハンドルを叩いた。アクセルを踏み込んだ。前方の信号が黄色に変わっていた。長々と信号待ちで停まりたくなかった。

赤に変わった。もうすぐ交差点。横断歩道に歩行者が足を踏み入れる。高橋は急ブレーキをかけた。横断歩道を過ぎて、交差点に鼻先を突っ込んで停まった。すぐ目の前を車が通過していき、高橋は肝を冷やした。

振り向くと、月子が前方シートに張りついていた。ギアをバックに入れ、歩行者に気をつけながら、わずかに後退した。

「ちゃんとシートベルトをしておけ」高橋は声を荒らげた。

間をおいて、カチッとベルトを留める音が聞こえた。

「そのへんに、水のペットボトルがあるはずだ。いっぱい飲んでおけ」

MDMAを服用しているなら喉が渇くはずだ。なんの意味もないが、水を摂取すれば、少しは覚めるのが早まるだろうとも思った。

プチッとキャップを開ける音が聞こえた。高橋は反射的に振り返る。月子が顎を上げ、ごくごくと水を飲んでいた。顔を戻し、ペットボトルから口を離した。

月子の顔が歪んでいた。口を横いっぱいに開き、子供のような泣き顔だった。肩を上下させ、声を押し殺して嗚咽していた。

「私、好きなひとがいるんです。そのひとに会いたかったから……」声を震わせて言った。

「会いたかったから、あそこで男の相手をしたというのか」高橋はやくざを尋問するのと変わらない口調で言った。

月子は喘ぐように息を吸い込みながら頷いた。

「ばかが。お前はその男に騙されたんだ」

細かい話を聞かなくても、わかる。そんな事例をいくらでもそらんじることができるほどに、高橋にとってはなじみのものだった。

ばかなのだ。ばかで当たり前だ。まだ、こいつはガキなのだから。こんな顔でしょっちゅう泣いていたのは、ほんの十年ほど前。ついこの間のことで、はっきりその顔を思いだすことができる。

「もう絶対にそいつと会うんじゃないぞ」

言う必要もなかった。向こうのほうが会おうとはしないはずだ。

顔を正面に戻した。泣きじゃくる声が後ろから聞こえた。赤子の泣き声におろおろする新米の父親のように、追い詰められていく感じがした。

俺に何も求めるんじゃない。高橋はハンドルに拳を叩きつけ、そのまま突っ伏した。何も考えるまいと思った。俺は父親じゃない、刑事だ。

クラクションが聞こえたが、高橋は動かなかった。

69

翌日から二日間、Fを休業にした。真嶋はひとりで代沢に様子を見にいった。刑事のミニバンが近くに駐まっていた。なかを覗いてみると、高橋が頭の下に手をやり、昼寝をしていた。

三日後、Fを再開した。普段、表にでることなどない真嶋だったが、Fの玄関に立ち、客を出迎えた。警察が踏み込んでこないと確信しているわけではなかった。どっちに転ぶか、運試しのような気分で立っていた。

Fに立ち始めて二日目、高橋が出勤してきた石黒を呼び止め、ヘリテージとつき合いのある業界関係者を数人リストアップするように要求した。翌日、リストアップしたメモを石黒にもたせて、監視車の高橋に渡した。

たぶん、これでもう大丈夫だろう。高橋はこちらの要求を呑むつもりだ。明日からはFに立たなくていいだろうと思っていた三日目、川尻がやってきた。

「あれ、真嶋君、珍しいね」

「たまには自らお迎えしようと思いまして」

つかつかと入ってきた川尻は脱いだコートを真嶋に渡す。指で髪の毛をとかした。なんとなく、忙しげな感じがあった。

「何かありましたか」

真嶋が訊くと、「んっ」と川尻は眉をひそめた。

「落ち着かない感じがしたものですから」

「あれ、もしかしてニュース見てないの。今日、総理がとうとう解散を明言したんだけど」

「そうだったんですか」

「たいへんだよ。明後日、解散だって。選挙はもちろん年内だけど、年末だよね。もう忙しくて、当分これないよ」

そんな日によくこられるものだと真嶋は呆れる。

いよいよ解散か、というほどの感慨はなかった。現政権は失政続きで、民自党が政権に返り咲くのは、いまの時点で見えている。現与党の民政党が、どれほどの影響力を残せるかが、真嶋にとっての関心事だった。そしてこの川尻が再選を果たすかどうか。

「真嶋君、寄付のほう、お願いしますね」

「ええ、会社のほうからいくらかさせていただきます」

今回は苦戦が予想される。できるだけのことはしてやろうとは思う。

「月子ちゃん、辞めちゃったんだって？」川尻が顔をしかめて言った。

「ええ、モデルの仕事を辞めるみたいですね。また先生の好みのタイプの子を入れておきますので、当選のあかつきにはぜひ」

川尻は、「あっ」と声を上げて真嶋の顔を見た。代議士でなくなったら、ここにこられなくなることに思い至ったのだろう。すぐに「うん、またよろしくね」と言って、取り繕うような笑みを浮かべた。選挙が終わればただのひと、になっていないことを心から祈った。

選挙のあと、自分にも何か影響はあるのだろうか。民自党にせっせと金を提供しているやくざたち。民自党が政権に返り咲いたからといって、いきなりパワーアップすることもないと思うが、どうなのだろう。松中はますます嵩にかかるだろうか。

ここのところ、松中からはなんの音沙汰もなかった。警察に押さえられた口座のことで、何か言ってくるだろうと思っていたが、たぶん、警察にマークされていてそれどころではないのだろう。考えてみれば、選挙のあとまで、松中がシャバにいるかどうかは怪しいものだった。高橋があのメモをちゃんと活用したなら、必ず松中は逮捕される。それで自分に平和が訪れる、と考えるほど、真嶋は甘くなかった。

70

高橋の監視任務は一週間で終わった。

朝の会議で、客を尾行した結果、テレビや出版の業界関係者ばかりで、あのラウンジバーは本当にヘリテージグループの接待所に使われているようだと報告した。

「犯罪行為があるとしても、せいぜい枕営業に金のやりとりがあったりするくらいのことで、当初期待した、真嶋の犯罪の一角をなすようなものではないと思われます」

「わかった。結論をだすのは早いのかもしれないが、またあとでもできる。ちょうど人手が足りてないから、高橋さんも自宅の監視のほうに回ってくれ」堂島班長がそう言った。

これであのラウンジは当分安泰だ。月子の秘密も外に漏れることはない。

「高橋さん、よろしくお願いしますよ。真嶋のやつ、異常に警戒心が強くて、どうにもなんないすから」植草が言った。

真嶋はタクシーで同じところをぐるぐる回ったり、乗降客の少ない駅で電車をやり過ごしたり、尾行者の確認を怠らないそうだ。結局、尾行を断念せざるを得ない状況が続き、いまだに行動確認ができていなかった。尾行には気づかれていないはずだと応援の捜査員は自信をもっているようだ。実際に真嶋は捜査員の姿を見ていないのかもしれないが、ラウンジが監視されていたことで、自宅の監視や尾行を当然疑っているはずだ。

高橋としては、それをふまえた上で、どうにか真嶋に迫る方法を考えるしかない。ラウンジを見逃したからといって、真嶋の捜査に手心を加える気はなかった。

「班長、まったく別件なんですが、松中の件でちょっと話したいことが――。実は、松中の資金源となっていると思われる、闇金の拠点について、情報提供を受けました。ネタ元は明かせません。信頼できる筋、としか言いようがありませんが、あっちの捜査班にそれを渡してもらえますか」

「なぜ明かせない」堂島は冷たく響く声で言った。

「本人の希望です。松中と関係のある筋、とだけは言っておきます。それ以上は約束ですから、口がさけても言いません」

昔気質のマル暴刑事を高橋は演じた。

「松中が潰れれば得をする人間、といったところか」

「それだけに、ネタの確度は高いとも言えます」

「わかった。林田さんあたりに渡しておく。うまく活用してくれるだろう」

「ありがとうございます」

高橋は、真嶋のメモをワープロで打ち直したものを渡した。

これで終わり。真嶋との取引は成立。刑事としての自分も終わった。

それでもこの仕事を辞める気はなかった。真嶋を潰すまでは、続けるつもりだ。それは刑事としての仕事ではない、と高橋は思っていた。

71

十一月の下旬、真嶋の振り込め詐欺団が再稼働を始めてから十日がたった。

滑りだしは順調だった。みんながやる気に満ちていた。大竹は鬼軍曹的な役割を果たし、こまめに各ユニットを回って発破をかけた。金庫にも順調に金が積み上がっていった。

真嶋は警察の尾行をまくのも面倒で、あまりマンションへは帰らず、ホテルに泊まってそこからオフィスに向かうことが多かった。早くもユニットを増やすために、新たなメンバー集めを始めていた。

午後五時、オフィスに全員が集まっていたので、「たまには飲みにいくか」と真嶋は三人を誘った。振り込め詐欺団の新規立ち上げに取り組み始めてから、息抜きをする時間などなく、四人で飲みにいくのは初めてのことだ。

オフィスからでようとしていたとき、真嶋の携帯電話が鳴った。着信表示された番号は、まるで覚えがないものだった。

「はい」とでると、「まじまー」と地の底から湧き上がるような、不気味な声が聞こえた。自分の名前を呼ばれたのでなかったら、振り込め詐欺と勘違いしたかもしれない。

「誰だ」

「俺だ、松中だ。――お前、よっぽど死にたいらしいな。ふざけたまねしやがって。今日、闇金の店舗が、いっせいにサツに踏み込まれた。赤坂のオフィスもだ」

「そいつは驚きだ。赤坂のオフィスとか、まだ移転させてなかったんですか」

マネロンの口座を警察に押さえられてから、もうひと月がたつ。闇金にまでは警察の手が及ばないと、よほど自信があったのか。警察のマークがきつくて、動けなかっただけかもしれない。

「とぼけんじゃねえ。お前が警察にたれ込んだんだろ。口座が警察にばれるように、俺の金と一緒にお前も酒井にマネロンを依頼したのは、わかってんだよ。なかなか闇金にまで捜査が及ばないんで、情報を流したんだ。ヘッドオフィスから店舗まで、所在地を知っているのはお前しかいない」

松中は興奮した声で言った。

「それはおかしくないですか。そんなことなら、マネロンの小細工などしないで、最初から闇金の情報をたれ込むはずでしょ。なんでそんなまどろっこしいことをするんです」

「お前の考えていることなど知るか」

考える気などないようで、松中は即答した。

「いまどこにいる」

「オフィスにいますよ」

「オフィスはどこにあるんだ」苛立ちを爆発させるように、大声をだした。

「そんなことを電話で教える気はない」

「だったら、会って話そう。どこで会える」

急に声をトーンダウンさせて訊いた。

「会ってどうするんです。謝ってすむような話じゃない。そんなところに、のこのことでかけていくと思いますか」

「こっちが謝りたいと言ったら？」

「笑うだけです。嘘くさい」

真嶋は声にだして笑った。

「絶対にお前のいどころを見つけてやる。どこに隠れようと、必ず捜しだして、落とし前をつけさせてやるから覚悟しておけ」

「隠れる気なんてないんですけどね」

ただし、捕まる気もない。これまで怒りを見せても、どこか芝居がかっているような気がしたが、いまの松中は本気で怒り狂っているのがわかる。焼きを入れられるぐらいではすまないだろう。

「――じゃあ、こうしましょう。多摩川の河川敷で待ち合わせしましょう。兵隊をぞろぞろ連れてきてかまいませんから。こっちもメンバーを揃えておく。話し合うこともないんだから、それでいっきに片をつけませんか」

沢井と大竹がこちらを窺っていた。目が合うと、大竹は口の端を曲げて笑った。

「そんなガキの喧嘩みたいなことができるか」

「だから、やくざはかっこ悪いと言われるんですよ。喧嘩がいやなら、やくざの看板なんて掲げてる意味がない」

「くだらない。そんな挑発に乗るのはそれこそガキだけだ。いいか、絶対にお前を見つけだして、二度と生意気な口を叩けないようにしてやるからな」

「松中さんがシャバにいるうちに、間に合えばいいですが。それとも出所する、十年後くらいにやりますか。首を洗って待ってますよ」

「てめー」

松中の悪態をひとしきり聞いてから真嶋は携帯を切った。続けざまに電話をかけてくるようなことはなかった。松中もそれほど暇ではないだろう。警察の手が近くまで伸びてきている。逃れる術はないか考えているだろうし、捕まったときに知られてまずいものは隠さなきゃならない。自分への復讐はそれら、やっておかなければならないことのひとつで、最優先事項ではないはずだ。絶対にお前を見つけだすと言った意気込みがどれほどのものか見極めようと、六本木に繰りだすつもりだったが、事情を聞いた沢井と大竹に止められた。結局、真嶋が泊まる部屋で、軽く飲んだだけだった。

しかし、松中の意気込みは、翌日、はっきりと示された。昼間、ヘリテージの社長、森野から電話があり、ミルキースノーの村上が行方不明になっていることを告げた。村上と真嶋の関係は、武蔵野連合のメンバーでも知っている者はほとんどなく、松中が何かしかけたとは当初考えていなかった。夜になって、村上本人から真嶋のところに連絡があった。どこの組織かはっきりしないが、村上はやくざ風の男たちに拉致され、真嶋のいどころを吐けと暴行を受けていたらしい。いま、けがの手当てを受けているがたいしたことはないようだ。もちろん、真嶋の引っ越し先は漏らさなかったと明言した。

村上を拉致した連中は、真嶋が桜のマンションに住んでいたことを知っていたらしい。どうやら、ネットにそういう書き込みがされていたようだ。そこから部屋の登記を調べて村上に辿り着いただけで、真嶋と密接な関係があることは知らなかったという。

松中の意気込みはよくわかった。しかし、真嶋の心を捉えたのは、別のことだった。先日、知ったフリーライドについての書き込みに加えて、自宅をリークする書き込みまであったというのは驚きだった。その両方を知っていたのは、死んだ増田建治だけだ。別々の人間がたまたま書き込んだのだろうか。だとしても、真嶋にかなり近い人間であるはずだ。ありそうもない気がした。

真嶋はたまに、掲示板の武蔵野連合に関するスレッドをチェックする。武蔵野連合をもち上げる書き込みが多いが、いいかげんな内容が目立つ。とくに芸能人とのつき合いに関しては、半分以上が嘘だった。しかし、芸能ネタに限らず、たまにどきっとするような書き込みもある。誰か関係者が書いたとしか思えないものだ。ただ、それが即座に脅威になるわけでもなかった。たいてい、そんな書き込みのあとには、それは違う、本当はこうだと、否定する書き込みがされる。さらにそれを否定する書き込みが続いて、真実がぼやけてしまう。部外者から見たら、何が本当なのかわからないだろう。まるで、誰かがうまくコントロールしているように感じることがあった。

今回のフリーライドの書き込みに対しては、それを否定するようなものはなかった。みんなスルーしたようで、ぽつんと書き込みのなかに浮いていた。六本木のフリーライド自体はもう存在しないから、その書き込みをさほど脅威には感じないが、Fの客がもし見たら不安に思うだろう。

オフィスでパソコンに向かっていた真嶋は、フリーライドの書き込みを否定する文章を考え、打ち込んだ。〈ばーか、あそこはムサシが拉致してきたやつを、いたぶるための場所だぜ〉と、いかにも掲示板に張りついているタイプが、言いそうなことを書き込んだ。

真嶋はさらに、仲間うちしか知らないことを書き込んでみようと思いついた。知られたらちょっとやばい真実を書き込んだらどうなるか——。講壬会が本間を誘拐したとき、誰か助言している人間が背後にいるように思えたことがあった。同じような影をこの掲示板の裏側に感じた。真実を書き込むことで、その影を表に引っぱりだせるとは思わないが、色濃くなるかもしれない。

平田殺害事件についての書き込みをした。ついでに、毒龍についても書き込んだ。毒龍の書き込みは武蔵野連合に比べて圧倒的に少ないし、書かれていることも嘘くさいものが多かった。統制のとれた組織だから、外部に情報が漏れることが少ないからかもしれない。

松中の意気込みなど忘れ、真嶋は掲示板に向かっていた。それは結果的に正しかったのかもしれない。絶対にお前を見つけだすと言った松中の言葉は、それほど覚悟のあるものではなかったようだ。松中は真嶋を捜しだすことを早々に諦めたとすぐに判明した。

翌日、松中から電話がかかってきた。河原で決着をつけようじゃねえかと真嶋の提案を呑んだ。

72

パーティーは終わらない。

八時を過ぎても、岸川はワインをちびちび飲んでいた。パソコンのスピーカーから流れる、ヒップホップに体を揺らし、意味もなく昭江に笑みを向けた。

昭江が微笑み返した。今日の昭江はいつもと違う。表情に余裕があった。この時間になってもそわそわすることなく、ゆったりグラスを傾けている。

きっと俺がいつもと違うからなのではないかと岸川は思った。

真嶋のスーツを着ているのはいつものことだが、久しぶりに美容院にいったばかりで、ぼさぼさだった髪が綺麗に整えられている。別に意識したわけではないが、ちょっと、真嶋の雰囲気がでているはずだ。外見ばかりでなく、人間としてひと回り大きくなった感覚もある。それは酒を飲むほどに確信が深まる幻想などではなく、しっかりとした根拠のあるものだった。昭江が感じ取れるくらいの変化があったとしても不思議ではなかった。

今日、久しぶりに武蔵野連合に関する掲示板を見てみた。フリーライドが政治家の夜の接待所だという岸川の書き込みに対して、否定する書き込みがあった。二日前に書かれたもので、書き込んでからずいぶん時間がたっているあれに、いまごろ反論するのが不思議だった。岸川は、関係者が真実を覆い隠そうとして書き込んだのではないかと疑った。そう考えているうちに、真嶋が書いたのではないかと思えてきた。根拠などなかったが、最後は確信に変わっていた。

真嶋が自分の存在を認めた。自分が書き込んだものに対して真嶋は脅威を感じ、焦ってそれを否定したのだろうから、そういうことになる。岸川は、一方的にこちらが意識をするだけではなく、向こうもこちらを意識する関係が築けたことに気をよくした。これまでは、この部屋と昭江とを介して、密かに繋がっているだけだったが、とうとう直接繋がることができたのだ。これは大きな前進だ。裏社会の大物が意識するくらい、自分は大きな存在になったということだ。さらに前に進むためには何をしたらいいだろうかと考えていた。真嶋はあれを書いたのが誰か知らない。それを、直接伝えてやろうかとも思うが、まだ早い気もする。そんなことを決めかねているうちに、そろそろ真嶋が帰ってきてもおかしくない、危険水域に入ってきた。しかし、ひと回り大きくなった岸川は、そわそわ慌てることなく、ワインを楽しんでいた。

昭江が何か思いだしたようにまた笑みを見せた。

ソファーの座面に足を乗せ、体育座りのようなかっこうで飲んでいた。余裕のある表情を含め、いつになく愛らしくも感じられた。

「どうした。何かいいことでもあったのか」

昭江はテーブルにグラスを置き、笑みの張りついた顔をこちらに向けた。

「昨日、あのひとが帰ってきて、言ったのよ。ここをでていけって。お金も三百万円くれた」

ワインが気管に入って、岸川はむせた。手で口を押さえ、噴きだしたワインを拭った。

「お前、ここをでていくのか」

「あのひとがでてけって言うんだから、そうする」

「たった三百万もらっただけでいいのかよ。殺すんじゃないのか」

「向こうが、もういいって言ってるんだから、殺す必要ないじゃない。三百万のどこが悪いの。あたしにそれだけ払うひとが、他にいる？」

昭江は本気で誇らしげな顔をしている。

「なんだよ、そんな簡単なもんかよ。よくわかんないけど、真嶋の存在があんたの心を縛ってたりして、どうやっても自由になれそうもないから殺す必要があるとか、そういうことだと俺は思ってた」

「そんな、大袈裟な心の繋がりなんてあるわけないじゃない。ただあたしは、逃げられないと思っただけ。だから、でていけって言われれば、喜んででていく」昭江は手を伸ばしてグラスを摑んだ。

「それに、ひとを殺せない殺し屋を、いつまでも当てにしていてもしょうがないでしょ」

「できるぜ」と岸川は言った。酔っているせいだと自覚しつつ、いまならできると本気で思った。

「好きにすればいいわ。だけど、どっかほかでやって。もう帰ってくれる。片付けをして、荷物をまとめるから」昭江はいっきにグラスを空けると立ち上がった。

「ほら、さっさとして」

「またここへきてもいいのかな」

「それはあのひとに訊いて。あたしはもういなくなるんだから」

「そうだよな」岸川は腰を上げた。

見送ってやろうというのか、昭江は廊下のほうへ向かっていく。

「服、着替えないとな。真嶋のスーツだから」

これで最後なのか。この部屋とも、この女ともお別れか。真嶋との繋がりはどうなる。直接繋がったと喜んだばかりだったが、ネットだけじゃ、この先へは進めない。何かを探しもとめるように、部屋のなかを見回した。

「なあ、最後にもう一回やらないか」

岸川は昭江のほうに足を向けた。

「なんで、あんたとしなきゃなんないのよ」

べたっと顔に何かが張りついた気がした。

岸川は女の前で立ち止まり、掌で頬を拭った。また部屋をぐるりと見回した。

73

貸し切りの店内に、野卑な男たちの声が飛び交った。ハードコアパンクの単調なギターリフが店内の空気をぐるぐるかき回す。乗り遅れるな、と急かされるような空気ができあがり、誰もが大口を開け、叫び、笑った。

質《たち》の悪い酔っぱらいの集団に見えるが、実際はそれほど飲んでいなかった。クスリをきめている者も数えるほどだろう。性や暴力に満ちた言葉を互いに浴びせかけ、興奮状態を作りだす。このあとの現実の暴力に、より適応できるよう、楽しめるよう、意識的にハイになっていた。

そろそろパーティーは終わりだ。真嶋はグラスを傾け、ペプシを飲み干した。店の隅のソファーでくつろいでいた真嶋は、ハイにはなっていなかった。とくに暴力を楽しむ気はなく、暴力による結果だけを楽しみにしていた。

「真嶋さん、真嶋さん」

店のオーナーの我妻《あがつま》がやってきて、隣に座った。我妻も武蔵野連合のメンバーだった。

「掲示板に書き込まれてるやばいやつ、見てないすよね」

「なんのことだ」

「これなんですよ。やばいくらいに正確っていうか、俺たちのなかの誰かが書き込んでますよね」

我妻が差しだした携帯を手に取り、真嶋は画面に視線を走らせた。

〈高垣さんの車で人殺し〉

その書き込みを見て、なんだと思った。一昨日、真嶋が書き込んだものだった。平田殺害のときのインサイダー情報。とはいえ、すでに警察も知っているはずで、書き込んだからといってどうなるものでもなかった。

我妻に言われてスクロールした。真嶋の書き込みから四つ下にある書き込みに目を留めた。それは真嶋の書き込みに対する返信の形をとっていた。

〈楽しいドライブだったな。名倉さん、本田さん、金巻さん、沢井さん、みんなで一緒に秩父の山奥〉

あの日は二台に分乗して平田を山奥まで連れていった。誰がどちらの車に乗っていたか定かではなかったが、確かに書かれた四人は平田殺害に加わっていた。

「なんすかね。俺の名前は挙がってなかったけど、不気味っすよね」

我妻も実行グループのひとりだった。

「仲間を売るやつがいるとは思えないすけど、知ってるやつは限られるはずですから」

第三者に漏らした可能性もある。しかし、四人もの名前を挙げるのは詳しすぎる。

真嶋はスレッド一覧を表示させ、別のスレッドに移った。高垣の書き込みをしたとき、そのスレッドに毒龍についての書き込みをしていた。

〈毒龍の連絡事務所は歌舞伎町のS田ビルの三階にあるよ〉

そう真嶋が書き込んだあとに続いて、それを否定する書き込みが見られた。

〈知ったかぶるなよ。あそこは、ただのデリヘルの待機所だ。本部は江東区にあるぜ〉

〈前のふたりは、共に雑魚。毒龍に事務所なんてあるかよ。井上さんがグランドハイアットの一室から指令を飛ばしてんだよ〉

真嶋が書き込んだ日にさっそく投稿されていた。元のスレッドに戻して確認すると、犯行メンバーを暴露した書き込みも、やはり一昨日のうちに投稿されたものだ。

同じ人間が書き込んでいる。確信があるわけではないが、そう感じた。毒龍を守り、武蔵野連合を突き放す。まるで現実の状況を映しているような気もした。

ただ、事実に対してさらに事実で返すような書き込みは、これまで見たことがなかった。誰かの意思でこれらの書き込みがされているのだとしても、その変質は何を意味するのだろう。

もしかしたら、高垣の車の件を警察が把握していると、真嶋同様、書き込んだ者も知っているのかもしれない。だからあえて否定するようなことは書かなかった。そしてどういうわけか、さらなる事実を書き加えた。

これからの戦いに影響するわけもないが、それらの書き込みが悪い予兆にも思え苛立ちを感じた。

「この書き込みだけで警察が動くことはないだろう。気にするな。書いたやつは俺が見つける」

真嶋は我妻に携帯を返すと、立ち上がった。

苛立ちは砂に水が染み込むように、痕跡だけを残して消えていく。自分を俯瞰する力を取り戻した真嶋は、どちらに転ぶにせよこれからの戦いの行方を楽しむことができた。ばか騒ぎが続く店内を横切り、ドアに向かった。ラッチノブを摑み、重いドアを押し開けた。

「時間だ、いくぞ！」

腹から吐きだした声が、分厚い喧噪を突き破った。ほんの一瞬、喧噪は消えた。しかし、すぐに声は倍になって返ってきた。

獰猛な肉食獣の叫び。拳を突き上げ、痙攣したように顔を震わせる。何人かがグラスの酒を頭から被った。

男たちがドアからでていく。真嶋はドアの脇に立ち、荒ぶる戦士たちに声をかけた。手を上げると、沢井が手を打ちつけた。真嶋はそれを握り、背中を叩いて送りだした。沢井の後ろから大竹がでていこうとする。真嶋は大竹の肩に腕を回し、引き戻した。

「お前は、いかなくていい」

「はあっ？」据わった目をした大竹は、顔を歪めた。

「お前は刑務所に入っていたから、ここ最近の俺たちの悪事に荷担していない。無傷だ。もし警察の手が伸びてきても、お前は生き残れるんだ。残った者をお前がまとめろ。万が一のときは、俺の仕事もまかせる」

「んなの知るか。いま戦わないでどうすんだ」

真嶋は大竹の頰を思い切りはたいた。大竹は声も上げずに、目を見開いた。

「いつか、お前が先頭に立って戦え。今日は残るんだ。命令だ」

大竹は興奮から醒めた顔をし、首を突きだして頷いた。

最後のひとりとともに真嶋は店からでた。ようやく昂《たかぶ》るものを感じた。

74

真嶋の部屋からでると、身に纏《まと》ったスーツを見下ろした。汚れも埃も見あたらなかったが、岸川は手で表面を何度も払った。

エレベーターで一階に下りるとサングラスをかけた。エントランスをでて、左右を窺う。すぐに半地下になった駐車場に入った。

真嶋のベンツに乗り込んだ岸川は、キーを差し込みイグニッションを捻った。ほとんど無意識にアクセルを踏み、エンジンを噴かしていた。静粛なエンジンは、アクセルを踏み込んでも、心を弾き飛ばすような強烈なエグゾーストノイズを響かせはしない。岸川はシフトをドライブに入れ、ゆっくりと走りだした。ゆるいスロープを上がり、フロントをわずかに駐車場からだして停車した。

ハンドルを左に切りながら、またゆっくりと発進する。ハンドルに乗りだすようにして、前方の道路の安全確認をしようとした。そのときだった。右から車がすーっと現れ、はっとする。岸川は慌ててブレーキを踏んだ。

急ブレーキの音が響き、岸川のゆく手を阻むように白い車が停車した。左右両方のドアが開き、ひとが飛びだしてきた。近づいてきた男たちは、こちらに向かって腕を伸ばしている。腕の先端に目を凝らした岸川は、動きが固まった。

銃だ。男たちの手には銃が握られている。一瞬にして死の恐怖に包まれた。

「降りろ」と叫ぶ声が、車内に届いた。

男たちの行動の意味など考えていなかった。ただ、降りたら殺されると確信した。ここでハンドルにしがみついていても同じだ。岸川はシフトレバーを摑んだ。バックにギアを入れようとしたとき、続けざまに火薬の弾ける音が響いた。サイドウィンドウが砕け散る。

岸川はハンドルに突っ伏した。


窓に張りついていた植草が声を上げた。

「真嶋がマンションからでてきました」

夕飯のコンビニ弁当をかき込んでいた高橋は、耳を疑った。

「真嶋がでてきた？」

植草のほうに顔を向けた。植草は窓に張りついたまま双眼鏡を目に当てている。

「そうなんですよ。どういうわけか……」

高橋は弁当を床に置き立ち上がった。

今日、真嶋は午後の一時ごろにマンションをでている。例によって尾行は失敗した。その後は一度も姿を見ていなかった。

植草の隣にいき、窓から眼下に視線をやる。スーツを着た男の後ろ姿が見えた。地下駐車場へ入っていく。

「間違いないのか」

背かっこうは真嶋に見えるものの、後ろ姿だけではなんとも言えない。

「真嶋だと思います。もともとマンションに向かってくるひとに注目していたので、気づくのが遅れたんです。正面から見たのは一瞬でした。サングラスもかけていましたけど、真嶋だと迷いなく、感覚的に判断ついたんで」

ひとを見分けるのはたいていが一瞬の判断だ。それで見誤ることもあるが、正しく認識することのほうが圧倒的に多いはずだ。

「それに、着ているストライプのスーツに、見覚えがあるんですよ」

高橋は携帯電話を取りだし、尾行班に、真嶋が車ででかける可能性があるので、そのつもりで待機しているよう伝えた。

「車がでてきました」双眼鏡で見ていた植草が言った。

高橋にも見えていた。ベンツのフロントグリルが、駐車場の入り口から覗いている。

「ナンバーが確認できました。真嶋に間違いないです」

高橋は繋いだままにしていた携帯を耳に当てた。真嶋が車両で外出することを告げようとしたとき、すーっと白いセダンが現れた。真嶋の車の前で停まる。急ブレーキの音が、ここまで届いた。

運転席と助手席のドアが開き、男ふたりが飛びだしてきた。助手席の男がベンツのフロントに立った。運転席の男は、セダンのフロントを回り、ゆっくりとベンツの助手席側に近づく。ふたりとも腕を伸ばしている。

「あいつら、銃をもってます」

植草が双眼鏡から目を外し、こちらを向いた。高橋は植草に頷き、窓を離れた。

「ちょっと、高橋さん、どこへいくんですか」

高橋が振り向くと、植草は窓のほうに目をやり、またこちらを向く。

「いくしかないだろう」

「班長に指示を仰がないと――」

「連絡とっておいてくれ。俺はとにかく、近くまでいく」

玄関に向かい、靴を履いて外廊下にでた。とたんに、銃声が二発響いた。

高橋は駆けだした。手すりに摑まりながら、一段飛ばしで、外階段を下りた。

たとえ危機が迫っているにしても、指示なしに監視対象者に姿を晒すことは許されない。丸腰で銃器をもった者に近づくのもだ。高橋は規則違反どころか、すでに警官の道を踏み外していた。だから、かまうまいと思った。

救えるものなら真嶋を救うつもりだ。しかし、規則を破ってまで向かうのは、それだけのためではない。これは自分にとってもチャンスであるような気がしたのだ。

階段を下り、通りに飛びだした。真嶋のマンションの前には、まだ白いセダンが停まっていた。ちょうど真嶋が車のなかに押し込められているところだった。高橋は通りを斜めに横切り、四軒先のマンションに向かって全力で駆けた。

車が動きだした。高橋は真嶋のマンションを過ぎても駆けた。車に追いつき、手を伸ばせば触れるところまできたが、そこから距離が開き始めた。高橋は限界だと悟り、足を止めた。すぐに引き返して、駐車場に入った。

入り口に駐められたベンツは、助手席側のサイドウィンドウが砕け散っていた。車内を覗くと、キーが差したままだった。高橋は運転席のほうに回り、車に乗り込んだ。

携帯電話が鳴り始めたのは、エンジンがかかったときだった。ひとまず無視することに決め、アクセルを踏んだ。

駐車場を飛びだし、スピードを上げていく。真嶋を乗せた車を追って、路地を疾走した。

75

月が川面に映っていた。

対岸のマンションも、まだ大半の部屋に明かりが灯っており、川面に波形を映しだしていた。ここから見える明かりはそれぐらいで、闇が圧倒的な勢力を誇っている。河川敷にやってきた当初は、すぐ近くにいる者の顔すらよくわからなかった。闇に慣れたいまでは、ほとんど不自由なく動けた。ただし、あたり一面はすすきの原で、腹まで埋まっているから、その分の制約はあった。

「真嶋さん、連中はほんとにきますかね」金巻が風に声を震わせ、言った。

「くるさ。でなけりゃ、向こうだって気がすむはずがない」

真嶋はそう言ったが、やくざが河川敷にやってきて、元暴走族と乱闘を繰り広げる光景は想像できなかった。かといって、約束した松中が、待ちぼうけを食わせて喜んでいるとも思えない。必ず、何かをしかけてくるはずだ。

「飲みますか」

金巻がウィスキーの小瓶を差しだした。真嶋は受け取り、舌を湿らす程度に口に含んだ。この時間の河原は真冬並みに冷たい風が吹くが、それほど気にはならなかった。金巻に小瓶を返すと、金巻は近くにいる者にそれを回した。

約束の時間から三十分過ぎたころ、賑やかなエンジン音が聞こえた。まとまった数のバイクが土手の向こうで集結しているのがわかる。やがてエンジン音は消え、土手の上に続々と人影が現れた。

「やくざじゃないですね」

金巻がもっていた金属バットを肩の高さまで上げた。

「どこかの族に、肩代わりを頼んだようだな」

真嶋は自分の金属バットを、金巻のバットに打ちつけた。その音に呼応するように、あたりからカンカンと金属を打ちつける音が上がり始める。相手にこちらの存在を教えてやっている。早く下りてこい、血祭りに上げてやると誘っている。

ぞろぞろと人影が下りてきた。手にはやはり棒状のものをもっている。近づいてくると、頭に赤い鉢巻きを巻いているのがわかった。河川敷に下り、真嶋たちのいるすすきの原の前で止まった。四十人ほどはいるだろうか。真嶋たちは三十人。いま姿を見せているのは、その半分ほどだった。

「中国野郎、くせえぞ。風上に立つなよ」

睨み合いがしばらく続いたのち、誰かが声を上げた。赤い鉢巻きは毒龍のトレードマークだった。

「お前ら、糞しか食わねえから、くせえんだよ。父ちゃん母ちゃんの糞食って、育ったんだろ」

金巻が消毒だと言って、ウィスキーの瓶を投げつけた。とたん、怒声を上げて毒龍たちが向かってきた。

真嶋たちは横一列に並んで動かなかった。充分引きつけるまで待った。バットを振り上げ、奇声を上げる男たちが三メートルほど手前に迫ったとき、真嶋は声を発した。

「やれ！」

腕を伸ばし、ストロボモードにした小型ライトのスイッチを押した。

毒龍たちは光にまみれた。チカチカと点滅する光のなかで、目をつむり、動きを止めた。

「いくぞ！」

光を浴びせかけたまま、毒龍に襲いかかった。片手でバットを振り上げ、手近な男の頭に振り下ろした。まずは一発だけで充分だった。すぐに次の獲物に狙いを定めて、バットを振り上げる。

毒龍たちの背後から、すすきのなかに隠れていたメンバーたちが襲いかかるのが見えた。

相手が何人いてもいいように、戦術を練っていたが、この程度の人数差なら、正面からいっても問題はなかったろう。最初から武蔵野連合が圧倒的優勢に戦いを進めた。五分もすると、毒龍は散り散りになって、逃げまどい始めた。やくざ相手なら徹底的に潰すが、暴走族のガキ相手にそこまでする気はなかった。もの足りないのか、毒龍を追い回すメンバーの姿を、真嶋はすすきの原で眺めていた。

ざわざわと音をたて、すすきの穂が揺れていた。最初に異変に気づいたのは、その音に紛れて、異質な音を聞きつけたからだ。あたりを窺った真嶋はおかしなものを見た。揺れていたすすきの穂が、ばさっと倒れて隙間ができた。真嶋は耳を澄ました。革のジャケットのポケットに手を突っ込んだ。すすきのなかから、いきなり人影が立ち現れた。ふたり。二メートルも離れていない至近距離。

真嶋はポケットから手を抜いた。黒ずくめの男たちに向けて、ストロボ光を浴びせた。

顔を背けるふたり。バットを振り上げようとしたとき、後頭部に硬い衝撃を受けた。続けざまに二発浴びた。真嶋はふらつきながらも、体を反転させる。バットを振ったものの、空を切った。

腹を蹴られて、すすきの海に沈み込んだ。頭を蹴られ、顔面を何度も踏みつけにされた。折れた歯が喉に詰まって、むせ返った。

何かで手と足の自由を奪われた。そんなものがなくても、意識が朦朧として、動けはしなかった。そりのようなものに乗せられ、すすきをなぎ倒しながら進んだ。男たちは四つんばいになって、そりを引っぱっていく。

近くでひとが走っている気配がした。呻いてみたものの、テープで口を塞がれていて思うにまかせない。気づいた様子もなく、足音は遠ざかっていった。

しばらくすると、水の音が近くに聞こえた。そりから下ろされ、男たちに抱えられる。真嶋は力を振り絞ってもがいてみたが、しっかり手足を摑まれ、逃れることはできない。

大きく反動をつけて宙に投げだされた。川に投げ捨てられた、と観念した。背中に柔らかい衝撃。水面を突き破り沈んでいくものと思ったが、体は安定して浮いている。首を巡らし、あたりを窺うと、黄色いゴムボートの上にいることがわかった。

ひとりが、真嶋の横に乗り込み、他のふたりはもうひとつのボートに乗った。

静かに岸を離れた。これは死への旅立ちなのだと、真嶋はぼんやり考えた。自分から離れたところから見ているので、まるで恐怖は感じない。結末がわかっているので、なんの期待感も湧かなかった。

76

コンクリートが剝きだしの、廃墟のような部屋には冷気が対流していた。ものはいっさいなく、窓もないのに、なぜか肉が腐ったような生臭さが鼻についた。

歌舞伎町に連れてこられたことはわかっていたが、いったいここがどういう場所であるのか、真嶋にはわからなかった。ずっと監視を続ける黒ずくめの男たちに訊いても、何も答えない。

小さいドア、ひとの腰くらいまでの高さしかないドアが開き、足が見えた。腰を折って入ってきたのは、毒龍の酒井だった。

ツイードのスリーピースを着ていた。口に煙草をくわえて、真嶋を見下ろした。いつものように、煙草を勧めることはしない。ただ、冷たい目でじっと見下ろす。

「お前らはやくざの命令に、尻尾を振ってほいほいと従うんだろ。殺すんだったら、早くやれ」

折れた前歯から空気が漏れ、ふやけた喋り方になった。

酒井は気取った仕草で口の端から煙草を抜き取り、床に捨てた。

「なんで俺たちの闇金を警察に売ったんだ」

「警察と取引する必要があった。それだけだ。ただし、お前のほうを売った覚えはない。本部の所在地ぐらいしか知らないしな」

「たいして違いはない。俺の闇金グループも解散させるしかなかった」

「逮捕されていないだけ、ましだろ」

赤坂の本部では、日枝以下、三人が逮捕されている。

「松中さんも、二、三日中には引っぱられそうだ。そうなれば、俺も近いんだろうな」

酒井は本気で怯えたような顔をした。いつも剃り残しなどない口の周りに、無精髭が浮いていたから、そう見えたのかもしれない。

「そんな状況でも、まだ松中に忠義を尽くすのか」

「これは松中さんからの命令ではない。松中さんもお前に会えるのを楽しみにしているようだが、どうも、もっと上のほうで決定されたことのようだ」

「上のほうってなんだ。夷能会の会長か」

酒井はキャメルを一本くわえて、首を捻った。まさか、甲統会の意思だというのか。

「俺たちが頼まれたのは、お前の首をとることだけじゃない。武蔵野連合の息の根を止めることも含まれている。お前があの河原を離れたあと、俺たちが通報しているから警察が向かったはずだ。逃げ遅れて逮捕されたやつがいるかもしれない。そして警察は死体を見つけるはずだ。もちろん、俺たちの側の人間ということになる」

「お前たちが用意したのか」

「死体にしたのは俺たちだが、用意したのは組織のほうだ。どこかの暴走族のガキらしい」

「ずいぶん手の込んだことをするな」

酒井はうつむき、頭をゆらゆらと揺らした。

「手が込んでるんだよ。とてもいまの松中さんにできることじゃない。だからな、もっと上のほうが噛んでいると思ったんだ」

真嶋は同意するように頷いた。

「なんでお前はそんなに嫌われたんだ。それが訊きたくて、ここへ連れてきた。今後の組織運営の参考にしたい。教えてくれるか」

酒井は真面目な顔で言った。実際、真剣に知りたいのだろう。

「殺される俺に、お前の組織へのアドバイスを訊くのか」

酒井は何か気がついたとでもいうように、眉を上げた。ポケットからキャメルを取りだし、一本勧めた。「腕を自由にしてやれ」

監視の男が、手首の結束バンドを切断した。真嶋は煙草を一本くわえた。酒井が腰を曲げ、ライターを近づけた。

「俺だってわからない。ただ、なんとなく、最初から俺たちは嫌われていて、お前たちは気に入られていたんじゃないかと思う」

我妻に掲示板を見せてもらったときに感じたことだ。掲示板に甲統会や夷能会の意思が反映されていると思っているわけではないが。

酒井は目を伏せ、指で唇をさすった。当然ながら、答えに満足した様子はない。

「なあ酒井、俺たちのことが書かれた掲示板を見ることがあるか」

酒井は驚いたように目を開き、頷いた。

「あれを見て、自分たちは守られていると感じたことはないか。俺たちに比べると毒龍の書き込みは少ないし、やけに不正確だ。誰かの意思が働いているのではないかと、思えることがある」

「俺たちはそれほど有名ではないからさ」

「俺たちを有名にしたのは、その掲示板だ」

酒井は眉を上げ、また驚いたような表情を見せた。

「つい先日、歌舞伎町の連絡事務所を閉鎖した。掲示板に事務所の存在を書かれたからだ。そういう書き込みがあると、ある組織の人間が教えてくれた」

毒龍はやくざと組んで強盗を働くなど、夷能会以外とも縁が多い。

「書き込みがされた日に教えてくれてね、やけに情報が早いと感じた。守られているという話ではないが、たまにそういうことがある」

「それは甲統会の人間なのか」

「甲統会系ではある。縄出組の構成員だ」

「まさかうちの高垣じゃないよな」

「違う」酒井は即答した。

縄出組の人間はみんな早耳なのだろうか。あるいはメッセンジャーなのかもしれない。

「もし俺たちが守られているというのが本当なら、めったなことでは、お前たちのようなことにはならないということか」

「誰が守っているのかはわからない。あてにしないほうがいいぞ」

酒井は重々しく頷くと、急に顔を綻ばせた。

「お前も、誰かに守られているのかもしれない。ここへくる前に、松中さんから連絡があってな、自宅のほうでお前を捕まえたと言うんだ。いったい誰を捕まえたのか知らないが、上機嫌だった」

「本物を拘束していると言わなかったのか」

「もともとここに連れてこようと思っていたから、確保したことを伝えてなかった。連絡があったときも、なぜだか言いそびれた」

酒井は煙草を床に捨てると、「立て」と言った。真嶋は言われるがままに立ち上がった。

「足も取ってやれ」

黒ずくめの男が、足の結束バンドを切断した。

「ついてこい」

酒井は小さなドアに向かい、体を屈めてでていった。真嶋はそのあとに従った。

靴の裏がべたべたと粘つく油染みた廊下を進んだ。すぐに鉄のドアにぶつかった。

「お前がふたりいてもしかたがないから、解放する。ただし、俺の部下がお前を狙っている。それをかいくぐって歌舞伎町をでられたら、もう手を出さない。お前は自由だ」

そんなゲームのようなことをやりそうな男ではなかったが、顔は真剣だった。いずれにしても、断る理由はなく、真嶋は頷いた。

「真嶋、ここをでられたなら、海外にでも逃げたほうがいい。そのうち人違いだと気づくだろうし、そうなったら、組織がどこまでもお前を追いかけるだろう。日本じゃ、とてもまともに暮らしていけない。誰も追っていない、いまのうちに、脱出するんだ」

「これまでも、まともな暮らしなどしたことがないけどな」

「裏社会の仕事ですら、できなくなるんだぞ」

確かにそれは、自分にとってまともな暮らしではない。しかし、他に身の置き場所など、あるだろうか。真嶋は道に迷ったような焦りを感じた。

酒井が鉄のドアを開けた。

「好きにしろ。どうせお前は、ひとの話を聞かない」

ドアの向こうは暗がりだった。隣の建物の壁が迫っていた。真嶋はドアをでた。

「じゃあな。次にお前に会うことがあったら、俺は殺されるわけだな」

キャメルをくわえた酒井は頷いた。真嶋は差しだされた煙草に手をださなかった。酒井はくしゃくしゃとパッケージを握り潰した。真嶋は踵を返した。建物の隙間からでても暗い街路だった。ひとけもなく、静かだ。歌舞伎町のどのあたりか見当がつかなかった。

少し広い道にでると、ラブホテルの看板が見えた。ようやく頭のなかに地図が描けた。中心街とは区役所通りを挟んだ反対側、ホテル街の外れにいるようだ。歌舞伎町をでるのにいちばん近いであろう、職安通りをいったん目指した。しかし、職安通りにでる角に、がたいのいい男がふたり立っていた。やはり出口は塞がれているようだ。真嶋は引き返し、ホテル街を靖国通りのほうに向かって進んだ。人通りの寂しい道は襲われたら怖いが、襲う者もいないようで、何事もなく進んだ。

前方に明るい道が開けていた。人通りもある。まだ靖国通りまではきていない。それほど広い通りでもなかった。しかし、交差するその通りの角には、屈強そうな男たちが三人たむろしている。どうして、こんなところで張っているのか。真嶋はすぐにその理由に思い至った。この先は花園神社がある街区だった。花園神社は確か新宿四丁目だか五丁目のはずで、歌舞伎町を侵食するように、その街区だけ別の町になっているのだ。真嶋はまた引き返し、角を曲がって歌舞伎町の中心部に向かって進む。すぐにホテル街を抜け、きらびやかな区役所通りにでた。

数メートルおきに、キャバクラの黒服が立っていた。歩行者はいつもながら多く、真っ直ぐ進むことはできない。忍び寄られ、いきなり刺されても怖い。真嶋は車道に下り、路駐する車の陰に隠れるようにして、靖国通りに向かって足早に進んだ。

先ほどの交差する道に差しかかった。職安通りのほうに目をやると、網を張るように、それっぽい男たちが路上で待ちかまえていた。何人かが、こちらを見ている。真嶋は小走りで渡り、そのまま車道を駆ける。

しばらくいって背後を振り返った。男たちが歩道のところまででてきて、こちらを窺っていた。携帯電話をかけている者もいる。顔を正面に戻し、自分に向けられる視線がないか目を凝らした。

艶やかな、野太い声が耳に入った。コンビニの横で和服を着たおかまバーのママが呼び込みをしていた。そちらに目を向けた真嶋は、歌舞伎町らしからぬものを見かけた。

おかまが立っているのはビルの外廊下のようなところだった。奥まで見通せ、裏のフェンスの向こうに、生い茂った樹木が見えたのだ。歌舞伎町とゴールデン街との境をなす遊歩道だった。あそこを渡ってしまえば、たぶん歌舞伎町の外だ。

歩道に上がった。振り返ると、髪を短く刈り上げた、人相の悪い男たちが歩行者をかきわけ、追ってきている。真嶋はおかまの横をすり抜け、ビルの外廊下に入った。そのまま奥まで駆けていき、フェンスに飛びついた。縁に手がかかり、体を引き上げる。足をかけて、フェンスに跨った。振り返ると、おかまがこちらを見ているだけで、男たちはまだきていない。

フェンスから飛び降りた。植え込みに着地する。歩行者から奇異な視線を浴びたが、かまわず遊歩道を駆けだした。歩いているのはスーツを着たサラリーマンがほとんどで、襲ってくる気配はない。何事もなく、ゴールデン街の入り口まで辿り着いた。

生き延びた、というほどの感慨もなく、真嶋は店が立て込む飲み屋街に入っていった。花園神社のほうに進んで、すぐに足を止めた。見覚えのある店がドアを開け放ち、酔客を誘っていた。以前、酒井と会う前に寄った店だ。酒井の手下がきっちり約束を守る保証はなく、少しでも歌舞伎町から離れたほうがいいとは理解していたが、足が向いた。気づいてみれば、口のなかがぱりぱりと音をたてそうなほど乾ききっていた。横文字の看板に目をやりながら、なかに入った。

相変わらず、客は外国人ばかりだった。髪の長いマスターが、目顔で挨拶する。以前きたことを覚えているような表情を見せたが、たぶん適当だろう。

満席だった。立って飲んでいるグループもいたが、カウンターの客が日本人ぽい気遣いを見せ、スツールを詰めた。真嶋は空いたスペースに張りついた。頼んだ生ビールを受け取り、いっきに半分ほどを空けた。口のなかの傷に、アルコールが染みた。

「前にもいらっしゃいましたっけ」関西訛りのマスターが訊いた。

「一度きたことがある。そのときはインド系のひとが多かったな」

今日は白人が多いようだ。だからといって、何か違いがあるわけでもない。言葉はわからないし、自分が異物であることにも変わりはなかった。

「海外とかよくいかれます？」

「いや、一度もいったことがない」

「そうですか。なんか、ここの空気になじんではりますから」

なじんでいるわけはないが、とくに居心地の悪さは感じない。前回きたときもそうだった。あらためて考えてみれば、自分にとって、ここで外国人に囲まれているのも普段の生活も、それほど違いのないことなのだ。

少年のころ、自分は人間ではないような気がして、絶えず疎外感を感じていた。どこにいても居心地の悪さがつきまとった。暴走族に入り、ひとをひとと思わない人でなしたちと出会った。きっと、この連中は自分の仲間なのだと直感した。ひとの形はしていても、まったく別のもの。だからこそ、ひとに対してあれだけの暴力がふるえるのだろうと思った。真嶋はやっと自分の居場所を見つけた気がした。年を重ね、疎外感や居心地の悪さは薄らいでいっても、自分が人間とは違うという感覚は残った。それがあるから、武蔵野連合のメンバーに仲間意識をもつことができるのだし、昭江と暮らす気にもなった。街を歩けば異質なものに囲まれている感覚が消えなかった。言葉が通じないことをのぞけば、このバーの空気は自分にとってなじみ深いもので、ことさら居心地の悪さなど感じるはずはなかった。

「マスターは海外生活をしたことがあるのかい」

「ええ。アメリカの大学に留学してたんですよ。勉強はあまりしませんでしたけど、休みのたびにあっちいったり、こっちいったり、いろんなものを見たし、ひとにも出会って、最高だったですね」

「言葉は苦労しなかった?」

「最初はたいへんでしたけど、まあそれでも同じ人間だから――」

「同じ人間か」真嶋は思わず笑みを漏らした。

そう、ここで外国人に囲まれていることは普段とそれほど違いがないのではなく、まったく同じことなのだ。人間に囲まれている。どこへいったとしても同じだろう。

「アメリカにはクズはいたかい。どうやってもわかり合えないような、人でなしは」

マスターは眉を上げ、怪訝な顔を見せたが、すぐに愛想笑いを浮かべた。

「まあ、広い国ですから、とんでもないクズもいっぱいおるやろうけど、僕は会わなかったですね」

訊くほどのこともなかった。そんなやつはどこにでもいる。

真嶋はふと開いたドアのほうに目を向けた。頭を綺麗に刈り上げた、地味な感じの男がなかを覗き込んでいた。鋭い目つきで視線を散らす。すぐに顔を引っ込め、歩き去った。

毒龍だろうか。歌舞伎町をでて、ここまで捜しにきたのか。いずれにしても、客がいっぱいでこちらには気づかなかっただろう。

しばらく時間をおこうと、二杯目を飲んだ。それほど時間に余裕はなかったが。

十五分で飲みきり、金を払って店をでた。花園神社のほうに歩きだして、すぐに足を止めた。そぞろ歩くスーツ姿のサラリーマンの向こうに、男たちが固まって立っていた。ひとりがこちらを向いた。指をさし、何か叫んだ。たぶん中国語。毒龍と提携する中国マフィアだろう。

真嶋は引き返す。バーに首を突っ込み、大声で訊ねた。

「マスター、ここは歌舞伎町なのか」

英語で客と話していたマスターが、真嶋に顔を向けた。

「そうですよ、ここが一丁目一番地なんです」

「花園神社は？」

「ああ、道路の向こうは、確か新宿五丁目です」

真嶋は礼も言わずに首を引っ込めた。遊歩道のほうに戻り、横道に入る。角を曲がるとき、振り返った。男たちがサラリーマンを突き飛ばしてこちらへ向かってきた。

すぐに折り返し、花園神社のほうへ向かって駆けた。ここをでて、細い道を一本渡るだけでいいのだ。絶対に逃げ切れる。

十メートルほど前を、サラリーマンの集団が歩いていた。横いっぱいに広がるその集団を突き破るように、男がひとり飛びだしてきた。サラリーマンたちが、左右、道の端に寄る。さらに四人が姿を現し、こちらに向かって突っ込んでくる。真嶋は逃げ場を求めて、顔を左右に振った。目についた階段を、何も考えずに駆け上がる。ドアを開け、店に入ると鍵をかけた。どこも同じで、狭いバーだ。

カウンターのなかのバーテンが、驚いた顔で見ている。

ノブががちゃがちゃと音をたてた。ドアが激しく叩かれた。

「開けるな。開けたら、中国マフィアに殺されるぞ」

真嶋はそう言って、窓に向かった。

嵌《は》め殺しの窓を、足の裏で蹴りつけた。三回蹴ると、木製の窓は枠ごと外れて落下した。下で悲鳴が上がった。

真嶋は窓枠に足を乗せ、外に身を乗りだした。庇《ひさし》と壁から突きでた看板に手を置き、体をもち上げた。看板がみしみしと音をたてて気持ち悪いが、かまわず続けた。

庇に片足を乗せ、屋根の縁——雨樋《あまどい》を摑む。体を屋根のほうに引き寄せながら、立ち上がった。下で酒井の手下がこちらを見上げ何か叫んでいた。

屋根に上がると、真嶋は動いた。駆けるというほどのスピードではないが、バランスをとりながら花園神社のほうへ向かう。建物は近接していて、跨ぐだけで隣に移れた。しかし、四つ目の建物が一メートルちょっと離れていた。真嶋は屋根の縁を蹴り、飛び移る。片足がスレートの屋根に乗ったとたん、ばりっと音がし、踵が沈んだ。バランスを崩して、横様に倒れ込む。頭を斜面の下に向け、屋根に体を打ちつけた。なんの手がかりもない屋根を必死に摑んだ。右手が雨樋にかかった。しかし、勢いは止まらず、円を描くように足が斜面を滑り落ちていく。下半身が屋根の外にでたとき、屋根の斜面側の縁を左手で摑んだ。

落下は免れた。下から罵声のような声が聞こえていた。宙ぶらりんの足を引き上げる。庇に足を乗せ、屋根に這い上がった。

立ち上がる。また屋根の上を進んだ。生き延びたい、というような必死さはなかった。ただ、自分には向かうところがある、という漠然とした確信が足を進ませた。瓦、塗炭、バリエーションのある屋根を進んで、とうとう端まできた。花園神社とを隔てる道を見下ろした。

ちょうど建物の下に白いワゴン車が駐まっていた。その車の周りを男たちが囲みだした。

真嶋はためらわなかった。屋根に手をつき、車の上に飛び降りた。すかさず立ち上がり、花園神社に向かって飛び上がる。怒声を上げる男たちの頭上を越えた。

77

「なあ、俺が真嶋に見えるか。だいたい、本物の真嶋だったら、こんな情けなく、命乞いなんてするわけないだろ」

岸川は、隣に座る銃をかまえた男に言った

「だったら、なんか身分を証明するものを見せてみろよ。普通もってるだろ」

「財布はGパンのポケットのなかだ。自分の服を置いてきちゃったんだよ」

俺は真嶋より、一段も二段も低いところにいる。そんなことを確認するために真嶋に近づいたのではないのに、いま、いやというほど納得している。真嶋なら、絶対にこんな情けない姿を晒さないだろう。岸川はあまりのばかばかしさに顔を歪めた。しかし、目に入った銃が、そんな思いも吹き飛ばす。

「じゃあ、その服は誰のだ」

「真嶋のだ」

「真嶋の服に真嶋の車。どう考えても、お前が真嶋だろ。ふざけんな」

「おい、少し黙っとけ」運転席の男が言った。「後ろの車、まだ追ってくるぜ。ちきしょう、なんなんだ」

「あれは警察だぜ」岸川は言った。黙っていろと言われても、口を閉じてはいられない。この状況から抜けだすには、喋るしかないのだ。何もしなければ死が待っているだけだ。

「部屋をでる前に、真嶋の住所をネットの掲示板に書き込んだんだ。それを見てやってきたんだよ」

「何、わけのわかんないこと言ってんだ。ほんとに黙れ」

隣の男が岸川の頭に銃口を押しつけた。そこまでいくとさすがに声がでなくなる。

タイミングからいって、掲示板を見てマンションにやってきた可能性はないが、警察であってくれと岸川は願った。

車は目黒通りを西に向かって進んでいた。追ってくる車をまこうと、いったん路地に入ったが、振り切ることはできずにまた目黒通りに戻っていた。

車は無理矢理歩道側の車線に割り込んだ。後ろで盛大にクラクションが鳴らされた。

「あのスーパーの駐車場に入ろう」

交差点の手前に大型スーパーがあった。「空」の文字がPの看板の下に読めた。岸川は背後を振り返った。尾行者にこの車が駐車場に入るところが見えるだろうか。見逃されたら、それで終わりだ。

車はスピードを落とした。いったん停止することもなく、歩道に突っ込んだ。地下の駐車場に下りていく。入り口で止まり、運転手は駐車券を受け取る。ゲートが開くと、スピードを上げて奥へと進んだ。

スーパーの入り口近くで車は停まった。夜も遅いが、そのあたりだけは駐車する車が多かった。運転手は車をバックさせ、ワンボックスカーに挟まれたスペースに停めた。

「ひとがきても騒ぐなよ」

痛みを感じるくらい、脇腹に強く銃を押しつけてきた。

「ここで俺を降ろさないか。俺を殺すのはまずいよ。入り口で防犯カメラに、しっかり顔が映ってしまったはずだ」

あっ、と隣で小さな声が上がった。運転席の男がふんと鼻を鳴らした。

「心配いらない。死体は絶対に見つからないように処理するから」

岸川はたらふく水を飲み込んだように胃を重くした。押しだされるように溜息が漏れた。

俺は真嶋に嫌がらせをしたかっただけだ。なのに、真嶋として殺されるなんて、ばかげている。きっと、バチがあたったのだろう、——天罰が。

岸川は黙りこくった。男たちもひとことも口をきかない。十分くらいそんな状態が続いたあと、運転席の男が言った。

「そろそろ、いくか」

「もう少し待ってもいいんじゃないか」

「警官隊に外を囲まれても怖いしな。ここに入ったのを見たなら、絶対に様子を窺いにくるはずだ。

きっとうまくまけたんだろう」

警官隊に囲まれるのは確かに怖いと岸川も思う。しかし、殺されるよりはましだ。警官隊はないだろうが、追ってきたあの車が外で待ちかまえてくれていることを祈った。

車は駐車スペースをでて、出口へ向かった。矢印に従い一方通行のレーンを右回りで進む。最後の直線にでた。突き当たりを左に曲がれば出口のようだ。

「おおっ、なんだ」

運転手の声。いったい何に対して声を上げたのか、最初はわからなかった。正面の突き当たりに車が見えた。入り口を入ってすぐのレーンだ。その車が方向転換していた。こちらにフロントを向ける。ブロックを乗り越え、岸川たちのレーンに入ってきた。

「やばい、逆走してきた」

ベンツだ。あれは真嶋のベンツだ。岸川は運転席と助手席の間から、顔を突きだすようにして見ていた。

「おい、何やってんだ。バックしろ」

隣の男が叫んだ。ブレーキがかかり、車は急減速する。

いや違う。どこか駐車スペースに入れれば避けられる、と思ったが、口にする暇はなかった。みるみるベンツが迫ってくる。

「ちきしょう」

顔を引っ込めようとしたとき運転手の声が聞こえた。車が右に振れて体が傾く。段ボール箱が叩き潰されるような音。衝撃。体が前に飛びだした。頭、胸を打ちつけた。

痛みは感じたが、気にならなかった。耳に入ってくる音は意味をなす前に通り過ぎていく。感覚が乏しかった。平穏といえば平穏で、このまま動かず、じっとしていられるならそれでよかった。音がしていた。声も聞こえていた。ふいに言葉が意味のあるものに戻った。

「真嶋はどうすんだ」

「置いていくしかないだろ」

ドアが開く音がした。

「ふざけやがって」

声が少し遠くに聞こえた。すぐさま銃声が二発響き渡る。自分に向けられたものだとは思わなかったが、体がすくんだ。

駆けていく足音が反響する。急速に遠ざかる音がふいに消えた。とって代わるように、ひどい耳鳴りがした。シフトレバーが当たり、胸が痛い。岸川は手をつき、体を起こした。

シートに腰かけ、額に手をやった。髪の生え際あたりに鋭い痛みがあったので、どんなことになっているかと思ったが、切れている感じはない。手に血もつかなかった。

前後ともドアが開きっぱなしだった。慌てて逃げていった痕跡に、にやけた。自分を真嶋だと思い込んだまいなくなった男たちが、間抜けに思えた。岸川は息をつき、前の座席にもたれかかった。

いちばんの間抜けは自分だ。どうしてこんなことになってしまったのかと考える気もない、ばか者だった。それでも、生きていてよかったと思う。

背後でかすかなもの音がした。頭を上げて振り返ろうとしたとき、影のようなものが目の前をよぎった。強い力で体が後ろに引かれた。叫んだつもりが、声にならない。首に何かが巻きついている。

シートの上に横倒しになった。

首に食い込んだものを取り除こうと手をやるが、指を差し込むことができない。開いたドアのほうに体が引っぱられていく。顔が爆発しそうなほど膨張していく感覚があった。息苦しさに、足をばたつかせた。

涙がでた。ぼろぼろとこぼれ落ちた。意識が遠のき始めた岸川は、昭江の歪んだ顔を頭に浮かべた。

78

マンションの前でタクシーを降りた。右足を引きずるようにして、エントランスに向かった。

車から飛び降りたときに足を挫《くじ》いたようだが、あとはどこもなんともない。あのあと、道路を転がり、そのまま花園神社の敷地に逃げ延びた。それでも男たちは真嶋に向かい、手を伸ばしてきたが、リーダーらしき男が何か言葉を発すると、無言で歩み去った。

オートロックのパネルの前に立った。部屋番号を押してみたが応答はない。昭江はもうでていったのかもしれない。真嶋は鍵を取りだした。

「真嶋」

声をかけられ、慌てて振り返った。警察か、という予想は外れ、知った顔を目にした。

「なんでここにいるんだ」真嶋は抑えた声で訊ねた。

高垣が立っていた。疲れたような顔をして、こちらを見ていた。

「俺はメッセンジャーだからな」

「やくざ界のメッセンジャー兼広報部長か」

高垣は何か考えるように眉をひそめた。

「ここは警察に監視されている。入れよ」

ロックを解除した。開いたドアから、なかに入る。高垣があとからついてきた。

「なあ、高垣」真嶋はそう言いながら振り返る。高垣の腹に拳をめり込ませた。

高垣は背を丸めて腹を抱える。真嶋は高垣の顔面に狙いを定めて拳をかまえた。高垣が一瞬早く腕を振る。最後の瞬間、真嶋は高垣の手に握られているものを見た。硬いものが真嶋の鼻を潰した。

手で顔を覆った。頭頂部に叩き込まれた鉄槌。床に膝をついた。ぐらぐらと世界が揺れた。痛みが際限なく溢れでてくる。

「立てるか」

高垣の気遣うような声が聞こえた。目を開けると視界が小刻みに揺れた。高垣が真嶋の正面で回転式の拳銃をかまえていた。

「糞野郎」

真嶋は立ち上がった。足元がふらつき、壁に手をついた。

「お前は糞野郎が好きなはずだ。いつも糞野郎に囲まれている」

高垣は普段と変わらぬ表情で言った。「部屋に案内しろ」と拳銃を振った。

真嶋は背を向け、歩きだした。

エレベーターを使わず、外階段で五階に向かう。痛みは残っているが、めまいは治まった。階段を上がりながら振り返った。

「俺たちを取り上げた掲示板に、お前、色々と書き込んでいただろ」

「なんだ、気づいたのか」高垣はあっさりと認めた。

平田殺害の実行犯の名前などが書き込みされていた。しかし、高垣の車についての書き込みに対しては、とくに打ち消すようなものはなかった。それは書き込んだ者が、すでに警察が認知していることだと知っているからだろう。それを知っていて、なおかつ実行犯の名を挙げられる人物となると高垣しか思い浮かばない。そしてここに現れた。

「実際に俺が書き込んでいるわけでもないがな。俺が情報を伝えたり、指示をだしたりすることもある。俺にはない知識や想像力で、スタッフ自らが書き込むこともあるが」

「お前は、いったい何をやってるんだ」真嶋は思わず足を止めた。

「さっきお前が言ったとおりだ。俺は広報マンさ。武蔵野連合や毒龍をPRしている。いいか、俺たちはちょこちょこ書き込んでいるわけじゃない。もともとあの掲示板の、膨大な武蔵野連合のスレッドの雛型を作ったのは俺たちなんだ。ムサシがいかに凶暴でいかがわしく、女にもてかっこいいかを世の中に伝えるために日夜奮闘している」

高垣が、歩けと銃を振った。真嶋はまた階段を上がり始めた。

「最初は自作自演で、反対意見や合いの手まで、俺たちが全部書き込んでいたが、いまやそんな必要もなく、どんどん外野が書き込んでいく。それでも俺たちは要所要所で書き込みをし、お前たちのイメージが損なわれないようにコントロールしていた。いまでも、一割くらいは俺たちの書き込みで占められている」

「毒龍のスレッドもお前たちがコントロールしているのか」

「もちろんそうだ。ムサシと毒龍はセットだ」

「メインにPRしているのはムサシだ。しかし実際に重要視しているのは毒龍なんだろ」

「さすが、頭の切れる真嶋さんだ」高垣は皮肉っぽく言った。「犯罪組織は目立たないほうがいいに決まってる。ムサシには不良犯罪者集団のかっこよさを世間にアピールしてもらう。毒龍にはその陰で、こつこつと金になる犯罪を実行してもらう。俺たちから見て、ふたつの組織の役割分担はそういうものだ」

高垣がドアを開け、真嶋は建物に入った。高垣も銃を向けながら入ってきた。

「お前はいったい誰のために動いているんだ。甲統会か」

「当然、俺は甲統会のために動かなければならない。しかし、それだけではなく、ゆるやかな連合とも呼べるものが存在する。彼らが、お前たちや毒龍に関心を寄せているんだ」

「やくざの連合か」

返事はなかった。そういうことだろうと理解した。

「ここだ」真嶋は足を止めた。ドアの前に立ち、鍵を取りだした。しかし、鍵穴に差し込み、回してみたが、ロックはされていなかった。

「誰かいるのか」

「いないはずだ」

たぶん昭江は鍵を置いていったのだろう。

高垣がドアを開けた。真嶋が先に入った。明かりは灯っていなかった。玄関のライトをつけ、廊下を進んだ。わずかに開いたリビングのドアを開け、なかに入る。ライトのスイッチを入れようとしたとき、真嶋は何かにつまずいた。バランスを崩して床に膝をついた。

「おい！」高垣が声を上げ、銃口を向ける。

「けつまずいただけだ」

自分が何につまずいたか確認しようと床に目を向けた。廊下のほうから差し込む明かりが、床に横たわるシルエットを浮かび上がらせていた。真嶋は立ち上がり、壁に飛びつくようにして、ライトのスイッチを入れた。

「なんだ。誰だ」

先に声を上げたのは高垣だった。怯えた顔をして床に銃を向ける。

「昭江」真嶋は思わず叫んだ。

昭江が床に横たわっていた。目を見開き、醜く顔を歪めて固まっている。返事を期待しても無駄なことは、明らかだった。

真嶋が足を踏みだしたとき、銃声が響いた。

憑かれたような顔をした高垣が、立て続けにひきがねを絞る。昭江に撃ち込まれた弾丸は何も引き起こさなかった。呻き声を上げることはないし、表情の変化もない。

三発目が発射されたとき、真嶋は動いた。助走をつけ、高垣の顎に拳を叩き込んだ。大きくよろけた高垣は尻もちをつく。真嶋は一歩踏み込み、顔面を蹴りつけた。

床に伸びた高垣は、こちらに向けて腕を伸ばす。奥まで見通せそうなほど、銃口は真っ直ぐ顔に向いていた。

火薬の弾ける音。火を噴いた。


高橋は車にもたれかかり、ぼんやり仲間たちの動きを見ていた。まだ所轄も機捜もやってきておらず、やれることはたいしてない。ひとりは、このレーンを通らずに出口に向かうよう、交通整理をしていた。遺体の確認をしていた植草がこちらにやってきた。

「大丈夫ですか」

「ああ、本当にたいしたことはない。軽いムチウチの症状があるくらいだ」

高橋はそう言って首筋をさすった。

「高橋さん、あの遺体、真嶋じゃないですよ」

不意打ちのような言葉に、高橋はうまく反応できなかった。沈黙が永遠に続くような気がした。

「顔が違います」

「だって、お前、マンションからでてきたときに、真嶋だと言っただろ」

「すみません、間違ったようです。きっと拉致したふたりも、真嶋だと勘違いしたんでしょう」

高橋は思わず、かぶりを振った。めまいがした。

「大丈夫ですか。なんか顔色が悪いですよ」

「軽いめまいがするだけだ。心配ない」

「気抜けしたんですよ。座ったほうがいい」

言われるまま、その場に腰を下ろした。いっきに老け込んだ気がした。

「仏さんは、いったい誰なんだ」

「わからないです。財布とか何も所持してないんです。連中がもち去ったのかもしれない」

武蔵野連合のメンバーだろうか。真嶋の車に乗っていたのだから、仲間には違いない。きっと社会に必要のないクズだろう。そう考えてみても、気が休まるものではなかった。

父親として、刑事として、落とし前をつけるつもりだった。この手で真嶋の息の根を止めれば、何も思い残すことなく刑事を辞められると思っていた。犯罪者と取引をした、せめてもの償いのつもりだったのに、ただの人殺しになってしまった。

絞め殺したあと、男の顔を見ていた。苦悶に歪んだ顔を見て、真嶋だと思った。その醜さを確認し、まだ自分は正義の側にいると思ったが、結局のところは鏡を見たようなものだったのだ。

正義をふりかざす者は正義に溺れる。昔、先輩から聞いた言葉を思いだした。やくざと深くつき合い、退職を余儀なくされた先輩の言葉で、聞いた当時はぴんとくるものはなかった。いまならそういう面もあるだろうと理解できる。ただ、自分は正義をふりかざすほどの余力を端からもっていなかった。正義にしがみついていただけなのだから、結果はよりみじめだった。

この心の重たさは、まだ正義から解放されていない証拠なのだろうが、自分に刻みつけられていたはずの正義の文字は、もうほとんど薄れかけていた。だから、殊勝に罪を償う気もなかった。拉致された真嶋を追いかけ、死体を発見しただけ、というふりを続けるつもりだ。近いうちに自分は退職する。刑事として自ら辞めるつもりだった。

緊急車両のサイレンが近づいていた。高橋にはこれから大仕事が待っている。大きく息をつき、気合いを入れて立ち上がった。

「高橋さん、ベルトが外れていますよ」植草が不思議そうな顔をして言った。

「ああ、さっき息苦しくて外したんだ」

高橋はそう言って、ベルトに手をかけた。普段どおり目を向けることもなく、バックルに通し、腹を締めつけた。ピンを穴に入れようとしたが、うまくできない。二回繰り返して目を向けた。

ベルトが裏返しでズボンのループに通されていた。

「こんなのはどうでもいい」

高橋は苛立ちをそのまま声に表した。ピンを穴に入れず、ズボンのループにベルトの端を通してごまかした。

「高橋さん」

植草は怪訝な顔で高橋を見た。その顔が見る間に変化した。厳しい顔、容疑者に対するときの刑事の顔になっていった。

垂れてきた血が目の上まできていた。肉をえぐり取られたような痛みを感じたが、真嶋はもちこたえた。のけぞった首をニュートラルに戻し、当てずっぽうに足を蹴りだした。

高垣の手から銃が飛んだ。足の甲がひどく痛んだが、かまわない。真嶋はそのまま、高垣の上に倒れ込んだ。高垣の顔をめちゃくちゃに打ち据えた。肘を使い、拳を使い、徹底的に潰す。すぐに血に染まったが、高垣の血なのか自分の血なのか、判然とはしなかった。

ぐったりした高垣から離れ、真嶋は床に落ちた銃を拾い上げた。高垣に目をやりながら、ソファーに向かった。サイドテーブルのティッシュボックスから大量にティッシュを引き抜き、額に当てた。高垣が撃った弾は真嶋の額をかすめた。激しい痛みを感じるが、命に関わるようなことはないだろう。

真嶋はセンターテーブルのグラスを取り上げ、中身を床に捨てた。グラスをテーブルに打ちつけると綺麗に割れた。破片をひとつ取り、高垣のところに戻った。大の字になって横たわる高垣の傍らにしゃがみ込む。ずぶずぶと掌にガラスの破片をめり込ませた。

「次は目玉を潰すぞ」

悲鳴を上げる高垣に言った。

真嶋は上着を脱いで、昭江の顔にかけた。死の気配がいくらか薄らいだ。

「お前たちが殺したのか」

悲鳴が収まり、真嶋は訊ねた。

「殺すはずがない。外でお前が現れるのを待ってたんだ。部屋に入っていない」

真嶋は高垣の手を踏みつけた。高垣は手足をばたつかせて絶叫する。騒ぎが収まるのにしばらく時間がかかった。

「ここで俺を拉致したんだろ。いったい誰を捕まえたんだ」

「わからん」高垣は大きく胸を上下させ、言った。「河川敷にお前が現れるかわからないから、ここにも張り込ませた。河川敷にお前も一緒にいったとさっき金巻から聞いて、いったいどういうことかと駆けつけたんだ」

「お前が指揮を執っているわけじゃないのか」

「俺はそこまで信用されていない。いまでも武蔵野連合のメンバーに見えるんだろう。お前からはやくざだと信用されないしな」

高垣には河川敷で夷能会と決着をつけることを伝えていなかった。どうせ耳には入るだろうと思っていた。

「やくざの世界で信用を得るため、俺を殺しにきたのか」

「違う。お前にもう一度チャンスをやろうと思ったんだ」

「どんなチャンスだ。もう謝って収まるもんじゃないだろ。外国にでも逃亡しろと言いたかったのか」

高垣は血まみれの青白い顔で頷く。

「そんな話はもっと前にできたはずだ。銃をもってくる必要もない。ただの命乞いにしか聞こえない」

高垣は諦めたような顔で首を振った。

「鷲美が因縁をつけてきたり、松中が無理な条件をふっかけたり、俺を追い込もうとしたのはどういうわけなんだ。お前がシナリオを書いてたんだろ」

「俺ひとりではない」高垣はひび割れた声で言った。「お前は上のほうにいるひとたちの怒りを買った。好き勝手にやりすぎたんだ。このままではコントロールがきかなくなると考えた。最初にお前に不信感を覚えたのはあれだ。増田に平田を接触させただろ。町田キングスと手を結ぼうと、平田に橋渡しを頼んだ」

「なんでそれを知ってるんだ」真嶋は目を見開き、声を上ずらせた。

高垣は血まみれになった歯を覗かせた。

建治が平田たちに殺されたのは、金銭トラブルだとしか高垣には話していない。なのにどうしてそこまで知っているのか。

町田キングスは、町田市を根城にする不良グループだった。規模は小さいが、武蔵野連合同様、OBが集まり、犯罪に手を染めている。武蔵野連合との違いは規模だけではない。少年たちが現役で活動しているところが大きく違った。

武蔵野連合はただのOB会でメンバーの新陳代謝がない。十年後、二十年後を考えると、やくざに向かっていく兵隊の確保に不安があった。だから、若い不良を供給できるグループと、いまのうちから繋がりを確保しておこうと考えたのだ。一緒になって犯罪活動をするつもりはなかった。まずはOB会に活動資金でも提供し、顔つなぎができれば当面はよかった。そのへんの話をするため平田に橋渡しを頼んだ。平田は町田キングスのOBで、建治のかつての遊び仲間だった。

口利き料に根回しの経費を含めて三百万円を渡したが、平田はほどなく、OB会は提携するつもりはなく、話し合いに応じる気もないと返答してきた。いったんテーブルについて断られたならまだしも、なんの話もできないのでは、橋渡しの役目を果たしていなかった。平田に百万はやるから二百万を返せと伝えると、わかったと返答があった。しかし、その後、なんの音沙汰もなかった。建治が取り立てにいくと言ったとき、真嶋は放っておけと言った。たった二百万円のことだし、そのうち武蔵野連合のメンバーに締め上げさせるつもりでいた。しかし、自分の昔の仲間がしでかしたことに責任を感じたのだろう、建治はひとりで取り立てにいった。平田は、武蔵野連合の影に必要以上に怯え、頭のネジがいかれたに違いない。たった二百万円のことで、建治を殺した。

「他にもある。城戸崎さんのところに、ひとを潜りこませて、仕事の流れを探らせただろ」

「そうか、ばれていたのか」

もう驚きはしなかった。ばれることはあるし、嗅ぎ回っていれば、耳に入ることもある。とにかく、最初から武蔵野連合は嫌われていたというだけのことだ。

「お前が何を考えているかはわからないが、密かに力を拡大させようとしていることは確実だ。それはどうにも見過ごせないことだ。だが、お前に追い込みをかけた直接のきっかけはあれだ。増田を殺害したチンピラの家族を襲ったろ。上はああいうのを嫌う。暴力の秩序が乱れると恐れた」

「繊細だな」真嶋は鼻で笑った。「排除したいんだったら、さっさと引導を渡せばいい。殺すなり叩きだすなりすればいいのに、なんでわざわざ時間をかけて追い詰めるようなまねをしたんだ」

「最初から排除ありきで動いていたわけじゃない。段階を踏み、その都度チャンスを与えていたんだ。お前が態度を改め、要求に従うなら、もうしばらくはこちらの手の内に囲っておくつもりだった。結局、また講壬会の家族を襲ったことで見限った。お前の排除が決定した」

「信じられない話だな。俺があの要求のひとつでも呑むと思ったのか。お前がシナリオに関わっていて、それはあり得ないだろ」

「やくざは、ファンタジーを好むもんなんだよ」

奇跡を信じたというのか。メッセンジャーとして現れ、奇跡の目撃者にでもなるつもりだったのだろうか。やはり、胡散臭い話だ。

「ただ、最初から排除するつもりだったとしても、あまり違いはなかっただろう。お前が言ったとおり、やくざは繊細なのさ。道理を求める。目に見えてわかりやすいものをな。とくにお前たちはシンボルだから、誰もが納得できる理由が必要だった」

「くだらねえな」真嶋は銃口を高垣に向け、くるくると円を描いた。

「そんなことはない。あの掲示板はリクルートのために始めたものだ。いまどきやくざになろうという若者は少ない。そのかわりに、不良たちに犯罪者集団になってもらって、やくざの仕事を手伝わせようと考えたのだ。そのために、お前たちにヒーローになってもらった。少年たちが憧れる、強くて金があって女にもてる最高の不良だ。今後もその位置づけに変わりはない。それを、簡単に潰してしまうわけにはいかないだろ。武蔵野連合はやり過ぎたと納得してもらわないと、少年たちは裏社会に幻滅するし、毒龍など現役のサポーターたちも不信感をもつ。だから、最終的に、お前が刃向かってくるよう追い詰めた」

「なんだ、サポーターって」

「ムサシや毒龍、他にも十団体くらい存在する。俺たちのために働いてくれる不良グループをそう呼んでいる」

「まさか、町田キングスも――」

「そういうことだ。平田から話を聞いた幹部が報告してきた。最初から筒抜けだ」

端からむだなことをしていたのか。それで建治を失った。

真嶋は高垣の脇腹を蹴りつけた。

「殺すなら、殺せ。いいかげん、拉致したのは人違いだと気づいてるはずだ。いまのうちにどこかに逃げろ」

「心配するふりはよせ。死ぬ気だってないだろ。お前には家族がいる」

「家族なんて関係ない。俺は昔から何も変わっていない。いつ、死んでもいいと思っている」

「変わっていない？　やくざになっただろ」

高垣の手を踏みつけた。殺せと言った男が、痛みにもだえ苦しむのを不思議に思いながら、足をどかした。

胎児のように背を丸める高垣を見て、少年のころの自分を思いだした。昔そんなかっこうをして寝ていた記憶があるわけではなかった。ただなんとなく、懐かしい風景を見たような感覚が湧いてきた。

「変われないんだよ。だから、俺はやくざになった」高垣は息をつぎながら言った。「お前は、やくざなんて不自由でつまらんと思ってるだろ。俺にはその縛りが必要だった。それがなかったら、お前たちとずっと一緒にいたら、俺はとんでもない人間になっていた。いや、ひととも呼べないものになっていただろう」

「くだらねえな。人間に憧れていたのか」

「そういう風に言えるのかもしれない。自分のなかに秩序を作りたかったんだ。俺は車にたとえていた。ブレーキもアクセルもハンドルもある車になりたかった。それぞれを操作すれば、ちゃんと停まり、ちゃんと走り、ちゃんと曲がる車だ」

「運転するのはやくざか」

鼻で笑うような息の音が聞こえた。

「そうだ。結局、俺はひどくぽんこつな車でしかなかった。だけど、やくざは割に運転がうまくてね、どうにかクラッシュせずに走ってこれた」

高垣は丸めていた背中を伸ばし、ばたっと仰向けになった。顔をこちらに向けた。

「お前は家族もちの俺が不可解なんだろ。気味悪いんだろ。だけど、心配するな。俺は家族を壊している。息子も娘もじわじわと壊していた。家内はもともと壊れていたしな。俺は愛情というものを知っている。それはお前が想像するようなものじゃない。ひどく独善的で汚いものだ。愛だと叫びながら、どくどくと胸から溢れてくる。誰にも受け止められないくらいな。——なあ真嶋、お前はそのひとを愛していたのか」

膨れあがった顔が、笑ったように見えた。真嶋は目をそらし、爪先で脇腹を小突いた。

「ああ、愛してたよ」たぶん、高垣が言う愛情と同じ質だろうと思い、そう答えた。

だが、いまは愛していない。死を迎えた昭江は、そのへんにいる普通の人間と同じだ。もう人でなしとは呼べなくなったのだから、愛することはできない。憎むわけではないが、自分とは種類の違う人間に対して、関心はもてなかった。この男なら、そういう感覚もわかるだろうと思った。

「そのひとを殺したのは、自分だとは思わないか」

まったくどうでもいい質問だった。真嶋はまた爪先で小突いた。

「やくざの暴力は、あらかじめその影響がどこまで及ぶかを想定している。決してコントロールできるわけじゃないが、それが想像できないような暴力は行使しない。もちろん、そのへんのチンピラの喧嘩の話ではなく、もっと大きな暴力だ。お前の暴力は、逆だ。どこまで波及するかわからない。連鎖するかもしれない。どこかとんでもないところで誰かが泣いているかもしれない。笑っているやつもいるかもしれない。その女性が殺されることになったのかもしれない。——やくざから見たらお前の暴力は恐ろしい。お前に牙を剝くのもそういう意味で恐ろしいんだ。お前の反撃を想定すると、影響がどこまで及ぶか想定できなくなってしまう。だから確実に殺すという選択肢しかなかったんだ」

「どうした。俺を殺そうとした言い訳をなんでいまさらする」

「そうじゃない。俺をここに呼び寄せたのは、お前だということだ。俺もお前の暴力に影響を受けた人間だということだ。お前の知らないところで、そういう人間はたくさんいる。みんなお前の世界の住人なんだよ。それをひとりずつ見ていってみたいと思わないか。自分の暴力の影響でどうなったか。俺は見てみたいよ、お前の世界を。最後に自分の死を見ることになるのだとしても」

高垣は口から血を噴きだした。口のなかに溜まっていたものを吐きだしただけだろう。

「まったく興味のない話だ。お前の死にも、あまり興味はない。——立て。つまらない話は終わりだ」

高垣は片手をついて、ゆっくりと起き上がった。めまいでもするのか、立ち上がると、腰を折ってゆらゆらと体を揺らす。右手から溢れでるように血がしたたった。

真嶋は銃のシリンダーを開き、回転させるとすぐに閉じた。

「弾は何発残っている？」

「二発だ」高垣はすぐに答えた。

「俺は今日、ひとからチャンスをもらって生き延びた。それに感謝して、お前にもチャンスをやる。弾が発射されるまでにこの部屋からでられたら、お前は自由だ。いきなりでるかもしれないし、五回ひきがねを引かなけりゃならないかもしれない。運試しだ」

真嶋は高垣に銃口を向けた。

「俺は運なんてもっていない」高垣は玄関のほうに視線を振った。

「俺は銃なんて撃ったことがない。それだけでも、運がある。——さあ、いつでも走りだせ。それとも俺が先にひきがねを――」

いきなり高垣は動いた。しかし、向かったのは玄関ではなかった。虚を突かれた真嶋は、まともに狙いもつけずにひきがねを引いた。破裂音。腕が跳ね上がる。弾が発射された。

高垣は動く。かすってもいない。リビングのセンターテーブルに駆け寄り、足が止まる。

弾はあと一発。慎重に背中に狙いをつける。これで終わりだ。ゆっくりと引いた。

カチンと鉄がぶつかる音。弾がでない。いったいどうした。

真嶋はすぐに勘違いに気づいた。

高垣がテーブルの上のワインボトルを摑んだ。こちらに顔を向け、歯を剝きだしにする。震えるような息遣い。いや違う、高垣は笑っている。ボトルを振り上げ、向かってきた。

真嶋はひきがねを引く。立て続けに一回、二回。最初の弾は六発目だったのだ。一発目に戻ったから、五回引かなければ弾はでない。

剝きだしの歯が迫ってくる。ボトルを振りかぶった。真嶋は身をかわしながら、ひきがねを引く。肩に衝撃。激痛が走る。右によろけて壁にぶつかった。

激しい痛みで寒気がした。体が震える。力も入らなかった。銃をもつ腕が上がらない。

高垣は笑い続けている。緩慢な動きでボトルを振り上げた。真嶋は頭を低くして、高垣の胸に飛び込んだ。肩をぶち当て、高垣もろとも床に倒れ込んだ。

高垣の体がクッションになった。真嶋は床に転がり落ちた。腕を伸ばして、高垣の腹に銃を乗せた。体の上を滑らせるようにして、上げていく。高垣の顎の下に銃口が当たった。

天井を見上げていた高垣の顔がこちらを向いた。ボトルをもった左腕は真嶋の体の下だ。

目が合った。高垣は口を開かない。目が何かを訴えているようだったが、けっして助けてくれと命乞いはしていない。

真嶋は目を合わせたまま、ひきがねにかけた指に力を込める。震えるくらい、満身の力で引く。

轟音、火薬の匂い。血しぶきの熱さが、何より真嶋の印象に残った。

80

もともと夜は嫌いだった。夜、家にいると怖くなる。

中学一年のときに母が死んだ。病院から電話がかかってきて、容態が急変したからすぐにくるようにと告げられた。あのときの電話の音がいまも耳に残っている。部屋にいるときは、たいていヘッドホンをさしていた。

月子は祖母が寝入ってから、家を抜けだした。あんなことがあっても、父親は相変わらず帰ってくるのが遅かった。もちろん月子にとっては、そのほうがありがたい。汚いものを見るような目を向けられるのはいやだった。辛いというより、性的な視線を向けられるのと同じような嫌悪を感じた。

父親に対してすまないという気持ちはなかった。ただ、刑事の子供として罪悪感のようなものはもっていた。子供のころから母親に、お父さんは刑事なのだから、月ちゃんもいい子にしていなければいけないよと言われ続けた。友達をいじめちゃいけない、カンニングをしてはいけない、万引きをしてはいけない。そんな当たり前のことを、母親はなぜか父親の職業と結びつけた。体を売ってはいけない。ドラッグに手をだしてはいけない。母親から注意を受けたことはなかったが、月子は法律よりも、刑事に背いた気になっていた。

ただ、月子が父親に何も期待していないのと同じく、向こうも自分に期待していないことがわかっているから、罪悪感に縛られるようなことはなかった。

ひとけのない夜道を通り、月子は今夜も石神井公園に向かった。

声をかけてきたのは、がりがりに痩せた男だった。ポテトチップスの匂いがした。なんの魅力もなさそうな男だが、一日中、キーボードかマウスに触れていそうな指は、長くて綺麗だった。

「掲示板にさ、石神井公園に女神が現れるって書かれているのを見たんだけど、絶対に嘘だと思った。念のためと思ってきたんだけど、ほんと俺、幸せ過ぎる。——あのー、キスしてもいいのかな」

月子は首を横に振った。

「俺は全然大丈夫。キスなくても大丈夫なひとだから。ああ、濡れてきてる。やらしいね。すごい、びしょびしょだよ」

男は手を顔の前にもってきて、糸を引く月子の体液を見せつける。

今夜も失敗のような気がする。体の奥から何も湧きでてこない。額の奥は冷めたままだ。

広い障害者用トイレで、いくらでも体位のとりようはあったが、月子は後ろ向きになった。バックからならまだ何かを感じられる可能性が残っている気がした。

「もう、入れていい」

月子は頷く。なんの期待感もなく、さっさとすませてもらおうと思った。男にコンドームを渡した。

吉井と会えなくなって以来、月子は感じなくなっていた。自分の手でいくら慰めようとしても、以前のように妄想が膨らむことはないし、昇りつめるような快感は得られなかった。快感の記憶は残っているのに、現実にはそれを得ることができず、月子はもどかしくて家を抜けでた。誰かに引きだしてもらおうと思うのだが、月子を満足させてくれる男には、まだ出会えていなかった。

「ねえ、モデルさんだよね。前に見たことある。絶対そうだよね。すごいよね。本物のモデルに入れちゃうんだ」

男が後ろからなかに入ってきた。乱暴ではないが、動きがぎこちない。すごい、すごいとずっと声を上げていた。

誰かこの男を黙らせて。何も集中できない。吉井さんの顔を浮かべることもできない。

月子は急に悲しくなった。自分が刑事の娘でなければきっと吉井は会ってくれる。電話にでてくれるはずだ。自分を利用しているのだとしてもかまわなかった。会えないほうが、よっぽど辛い。

吉井に会えるなら、こんな無駄なセックスをしなくてもすむのに。月子は刑事である父親を恨んだ。刑事であり続けるだろう男を頭のなかで殺した。

真嶋はタクシーで羽田空港の国際線ターミナルに乗りつけると、急いで発券カウンターに進んだ。クアラルンプールいきの深夜便が四十五分後の出発だった。発券のスタッフはチェックインの担当と連絡をとり、まだチェックイン可能であることを確認して、発券した。真嶋は現金で支払った。すぐにチェックインカウンターにいき、手続きをすませた。

発券のときもチェックインのときも、スタッフは笑みを浮かべていたが、どこか自分を見る目に怯えのようなものが感じられた。

頭の傷は、皮膚がえぐれ、なかなか血が止まらなかった。ガーゼを当て、その上から帽子を被り、どうにかしのいでいた。口はなるべく開けないようにしているが、喋れば前歯が欠けていることはすぐにわかる。顔のいたるところに、傷や痣があり、怪しく見えるのも当然ではあった。それでも、次に進んだ出国審査も無事に通過し、あっという間に日本から脱出する準備が整った。

真嶋はマレーシアに入国したあと、タイかフィリピンに向かうつもりでいた。どちらの国にも知り合いはいないし、なんの知識もないが、そのあたりなら、日本からきた犯罪者に便宜を図ってくれる人間を探すのに苦労はいらないような気がした。

出発ゲート前のベンチに座り、電話をかけまくった。最初にかけた和幸は、「いくな」と言った。人間らしいその声を聞いて、にわかに興ざめした。増田兄弟が自分と種類が違うことは最初からわかっていたが、なぜかそれが急激に強く意識された。昭江の死体を見たときの感覚に似ていた。真嶋は「忘れてくれ」と和幸に言った。もう二度と会うことはないのだと思った。

沢井、大竹、関連会社の社長たちに、海外へ逃亡することを告げ、自分がいなくなったあとのことをよろしく頼むと伝えた。何も縛るつもりはなかった。いつか姿を現し、元の座に納まろうとも思っていなかったし、やめたいならそれはそれでかまわなかった。

すべてを失ったかっこうだが、負けたとは思っていなかった。終わったとも思っていない。自分はまだ生きている。生きていることが最大の武器なのだと、真嶋は得心していた。

殺さずにはいられないほどいやがられているのだからそういうことになる。何度襲われても生き延びてやればいいのだ。そのうち、向こうも嫌気がさすはずだ。疲れ、恐れ、勘弁してくれと足下にひざまずく。そのときこそ、自分の勝利だろう。眺めのいい景色が目の前に広がっているはずだ。

搭乗開始のアナウンスがかかった。真嶋は、ゲートに並んだ列がひけてきてから、立ち上がった。ボストンバッグをもって、列についた。搭乗券を機械に通して、ボーディングブリッジに向かった。

いつかここへ戻ってくる。そんな遠い先の話ではない。

たぶん、自分の暴力の影響が残っているうちに、記憶が薄れないうちに、戻ってくるだろう。そして戻ってきたことをしらせてやる。

暴力で、恐怖で。

写真　松尾　哲
モデル　山田亮平（Image）

〈著者紹介〉
新野剛志　1965年東京都生まれ。立教大学社会学部卒業。99年「八月のマルクス」で第45回江戸川乱歩賞を受賞。2008年「あぽやん」が第139回直木賞候補となる。近著に『明日の色』など。著書多数。

この作品は「パピルス」(平成24年10月号〜平成26年12月号)に連載されていたものに加筆・修正したものです。

GENTOSHA

キングダム
2015年8月25日　第1刷発行

著　者　新野剛志
発行者　見城 徹

発行所　株式会社 幻冬舎
〒151-0051 東京都渋谷区千駄ヶ谷4-9-7

電話:03(5411)6211(編集)
03(5411)6222(営業)
振替:00120-8-767643
印刷・製本所:中央精版印刷株式会社

検印廃止

Printed in Japan
ISBN978-4-344-02804-3 C0093
幻冬舎ホームページアドレス　http://www.gentosha.co.jp/

この本に関するご意見・ご感想をメールでお寄せいただく場合は、
comment@gentosha.co.jpまで。

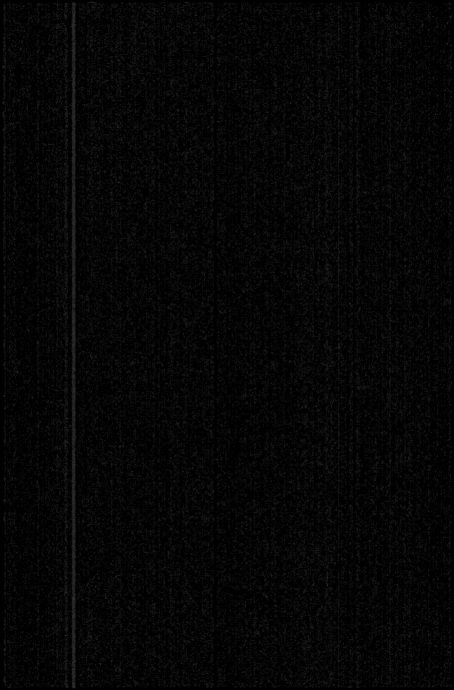